Les Éditions de l'arbre ont le plaisir de présenter

SUPER CHIEN 5
SA MAJESTÉ DES PUCES

DAV PILKEY

EN TANT QUE GEORGES BARNABÉ ET HAROLD HÉBERT

MISE EN COULEUR DE JOSE GARIBALDI

TEXTE FRANÇAIS D'ISABELLE ALLARD

■ SCHOLASTIC

MERCI À NOTRE CHÈRE AMIE RACHEL «RAY RAY» COUN QUI ÉTAIT LÀ DEPUIS LE DÉBUT

Catalogage avant publication de Bibliothèque et Archives Canada

Pilkey, Dav, 1966-
[Dog man, lord of the fleas. Français]
Sa Majesté des puces / Dav Pilkey, auteur et illustrateur;
texte français d'Isabelle Allard.

(Super Chien ; 5)
traduction de: Dog Man, lord of the fleas.
ISBN 978-1-4431-7306-3 (couverture souple)

I. Titre. II. Titre: Dog Man, lord of the fleas. Français.

PZ23.P5565Sa 2018   j813'.54   C2018-902000-8

Édition publiée par les Éditions Scholastic, 604, rue King Ouest, Toronto (Ontario) M5V 1E1.
5 4 3 2 1   Imprimé en Malaisie 108   18 19 20 21 22

Conception graphique : Dav Pilkey et Phil Falco
Mise en couleur : Jose Garibaldi
Directeur artistique : David Saylor

TABLE DES MATIÈRES

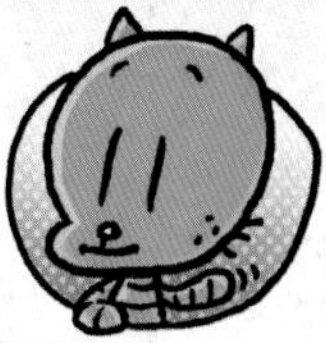

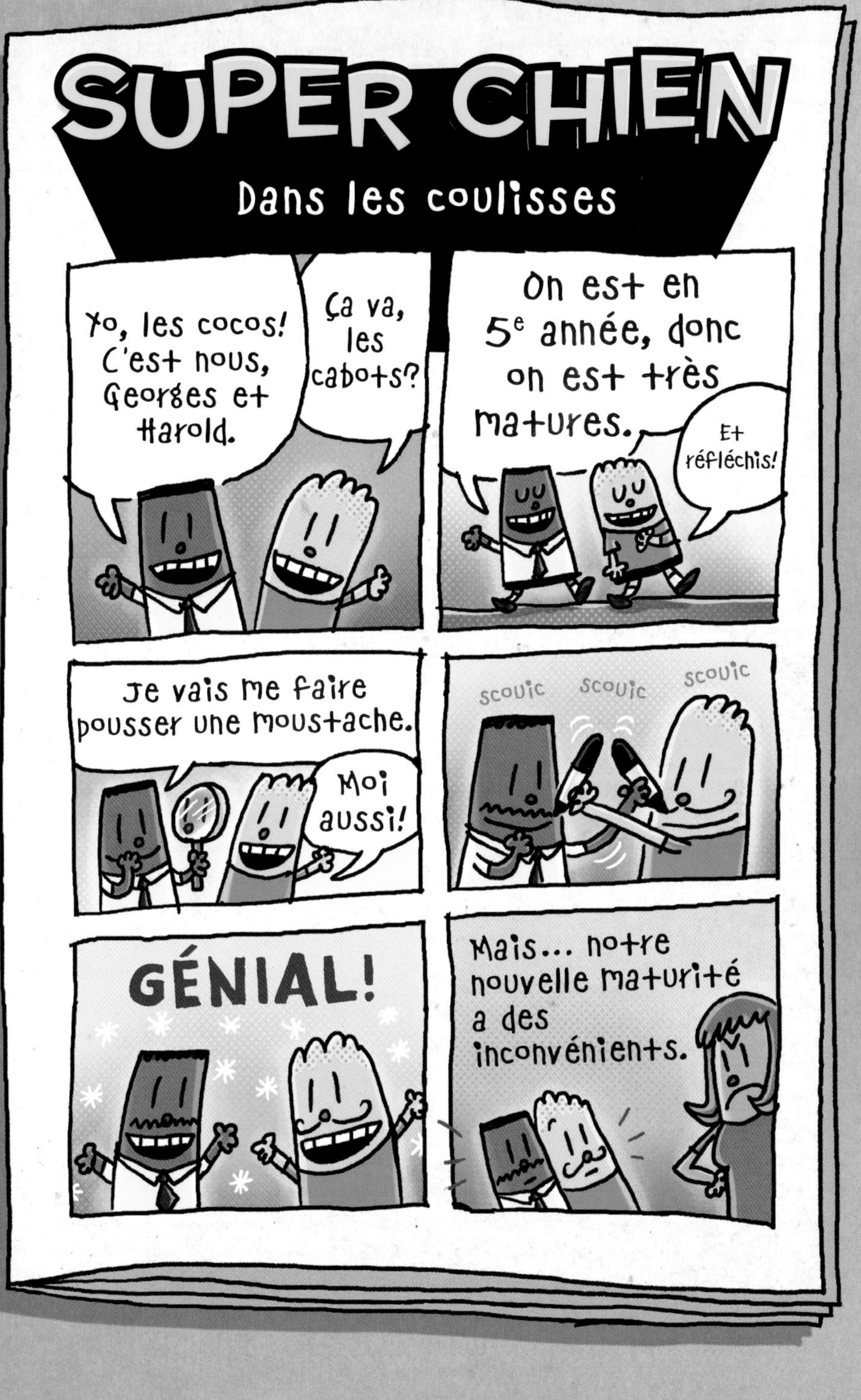
SUPER CHIEN
Dans les coulisses
Yo, les cocos! C'est nous, Georges et Harold.
Ça va, les cabots?
On est en 5e année, donc on est très matures.
Et réfléchis!
Je vais me faire pousser une moustache.
Moi aussi!
SCOUIC
SCOUIC
SCOUIC
GÉNIAL!
Mais... notre nouvelle maturité a des inconvénients.

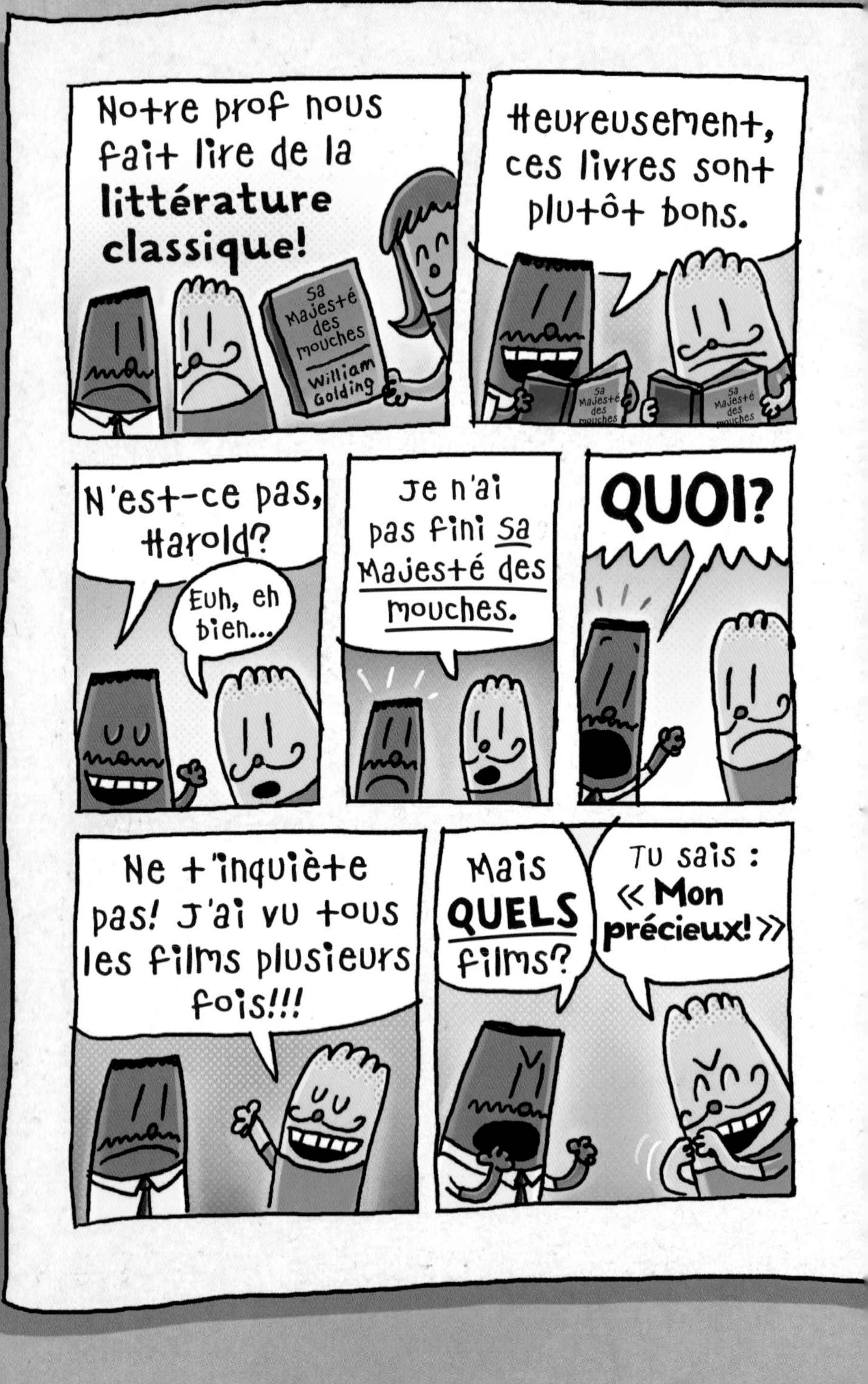

Notre prof nous fait lire de la **littérature classique!**
Sa Majesté des mouches
William Golding
Heureusement, ces livres sont plutôt bons.
Sa Majesté des mouches
Sa Majesté des mouches
N'est-ce pas, Harold?
Euh, eh bien...
Je n'ai pas fini Sa Majesté des mouches.
QUOI?
Ne t'inquiète pas! J'ai vu tous les films plusieurs fois!!!
Mais QUELS films?
Tu sais : « Mon précieux! »

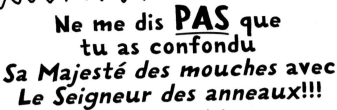

Ne me dis **PAS** que tu as confondu *Sa Majesté des mouches* avec *Le Seigneur des anneaux!!!*

Ce n'est pas la même série?

NON!!!

Pas étonnant que j'aie échoué au test!

Zong!

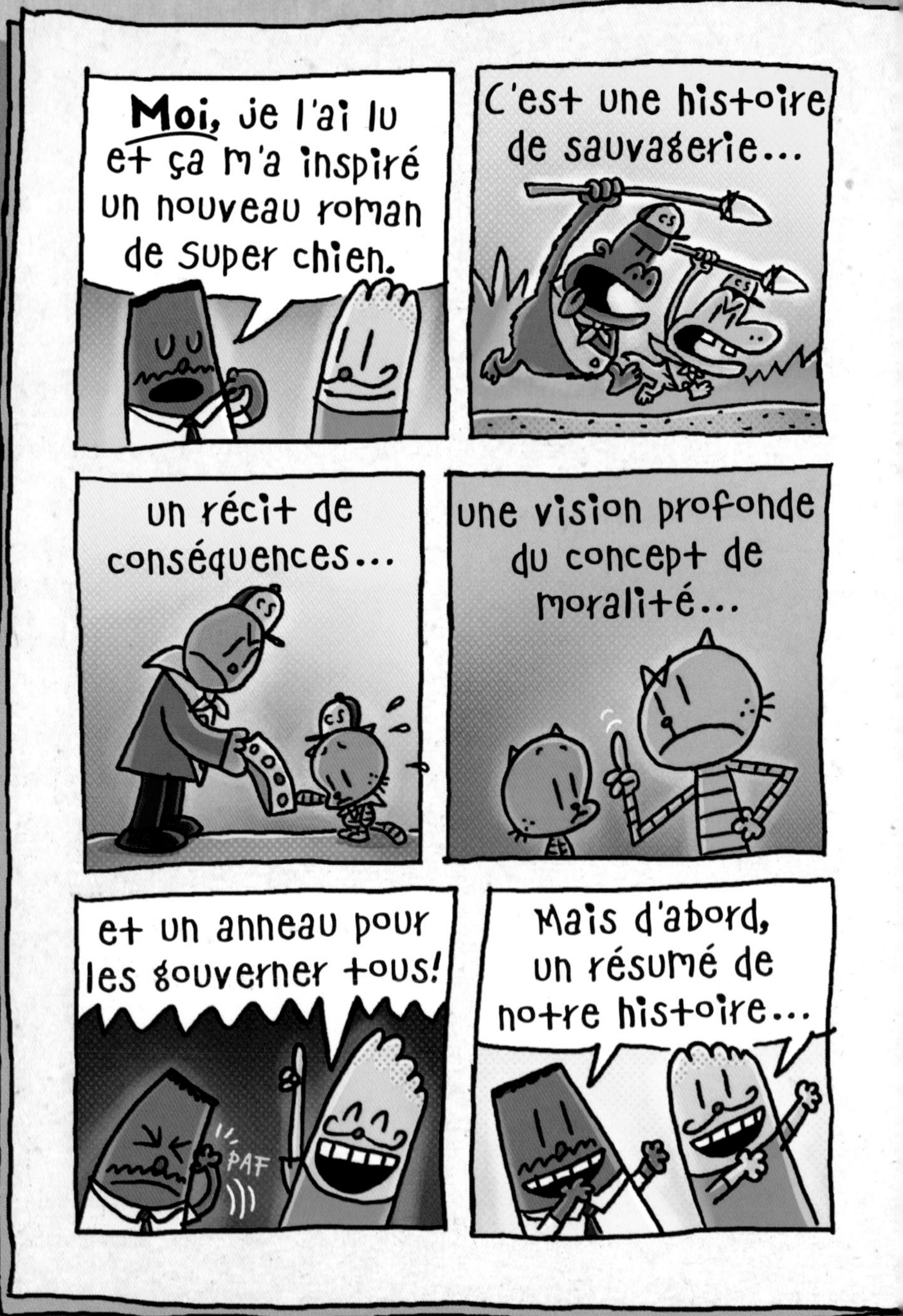
Moi, je l'ai lu et ça m'a inspiré un nouveau roman de Super Chien.
C'est une histoire de sauvagerie...
un récit de conséquences...
une vision profonde du concept de moralité...
et un anneau pour les gouverner tous!
PAF
Mais d'abord, un résumé de notre histoire...

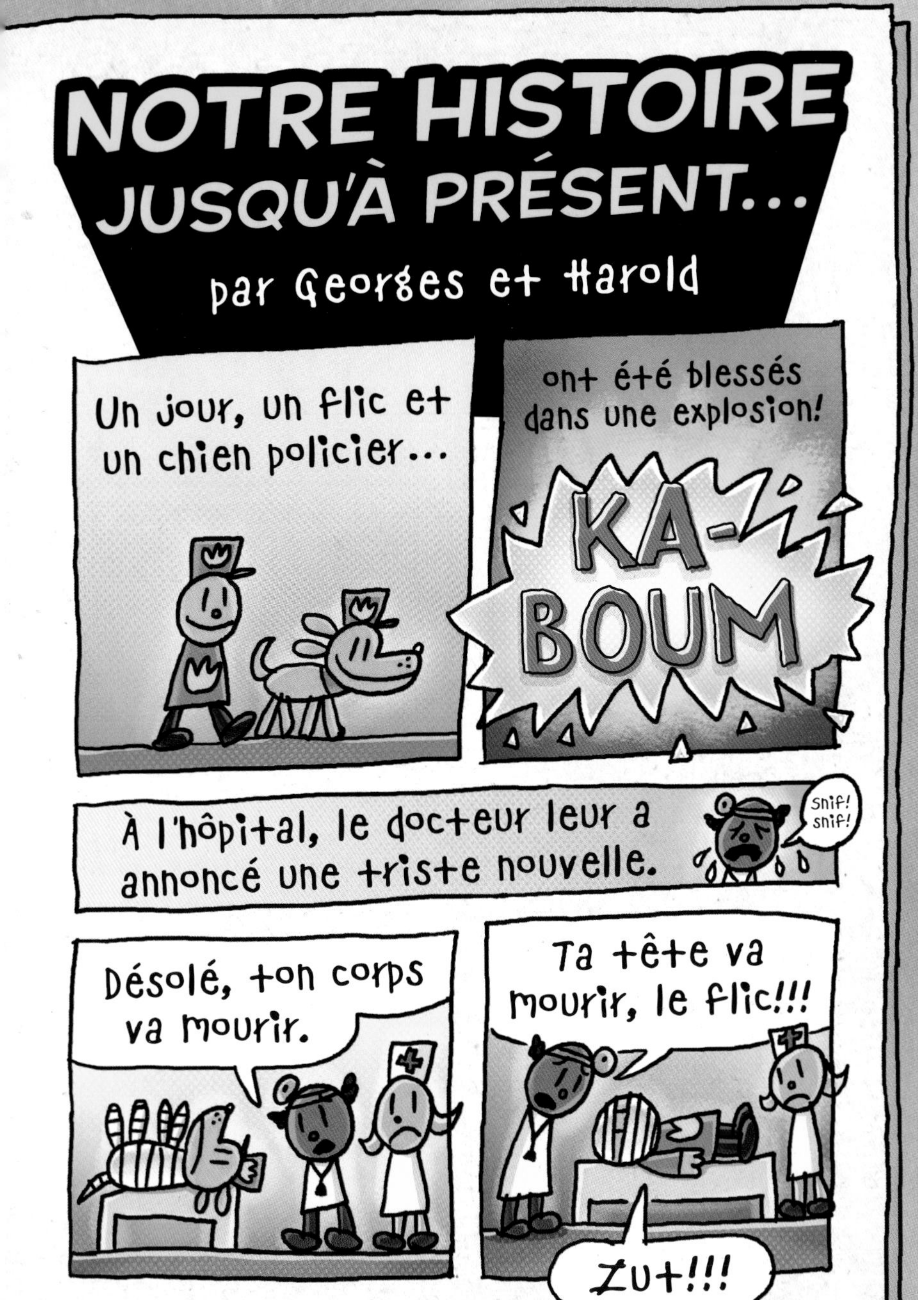
NOTRE HISTOIRE JUSQU'À PRÉSENT...
par Georges et Harold
Un jour, un flic et un chien policier...
ont été blessés dans une explosion!
KA-BOUM
À l'hôpital, le docteur leur a annoncé une triste nouvelle.
Snif! snif!
Désolé, ton corps va mourir.
Ta tête va mourir, le flic!!!
Zut!!!

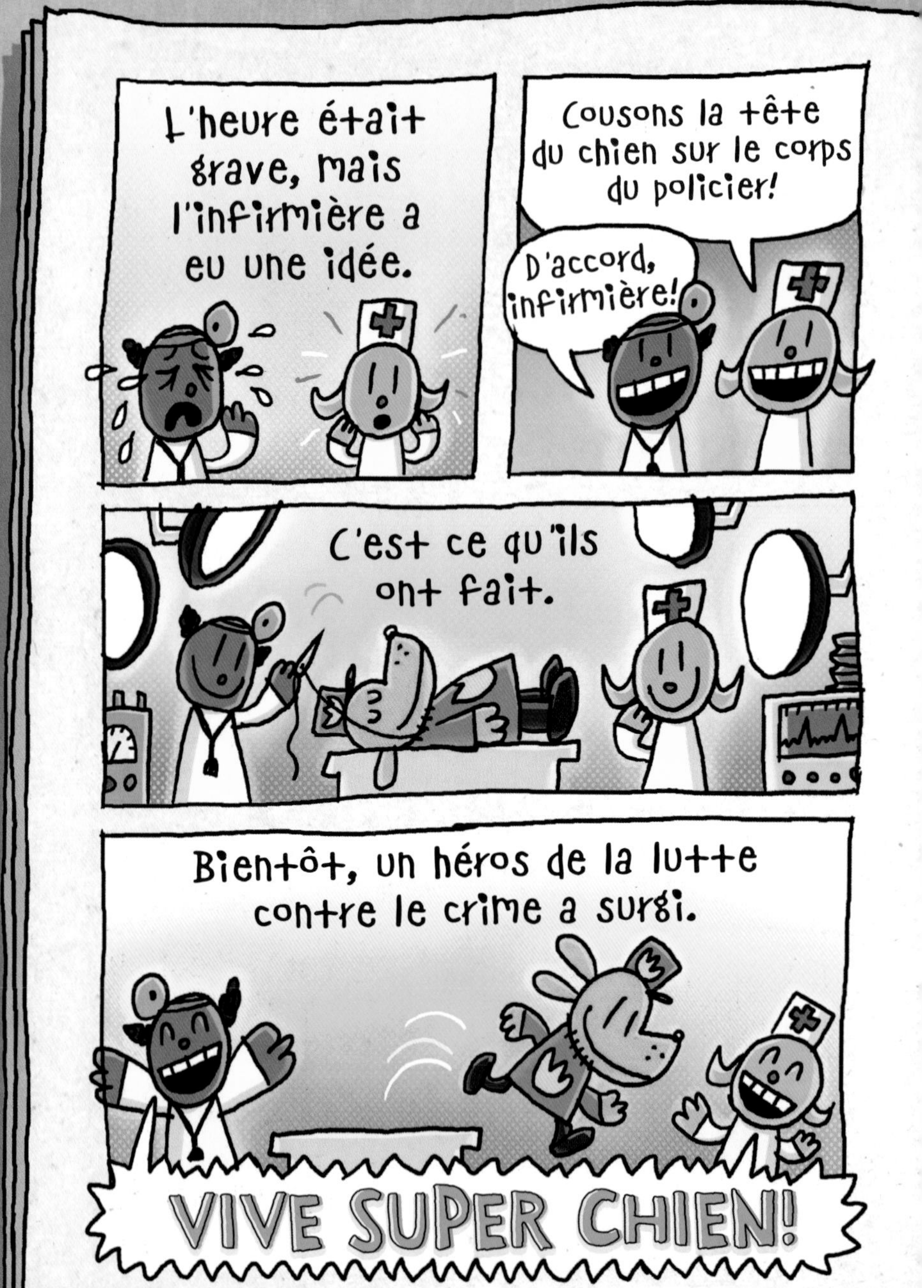
L'heure était grave, mais l'infirmière a eu une idée.
Cousons la tête du chien sur le corps du policier!
D'accord, infirmière!
C'est ce qu'ils ont fait.
Bientôt, un héros de la lutte contre le crime a surgi.
VIVE SUPER CHIEN!

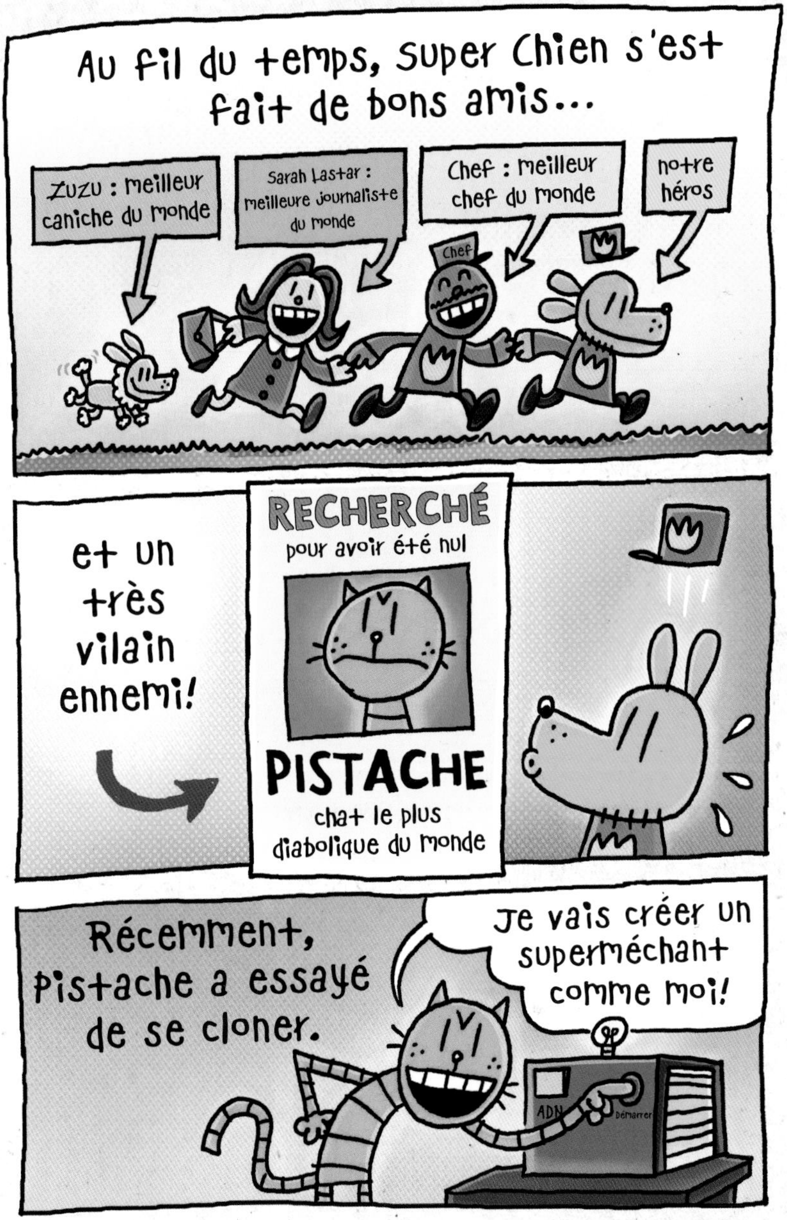
Au fil du temps, Super Chien s'est fait de bons amis...
Zuzu : meilleur caniche du monde
Sarah Lastar : meilleure journaliste du monde
Chef : meilleur chef du monde
notre héros
Chef
et un très vilain ennemi!
RECHERCHÉ
pour avoir été nul
PISTACHE
chat le plus diabolique du monde
Récemment, Pistache a essayé de se cloner.
Je vais créer un superméchant comme moi!
ADN
Démarrer

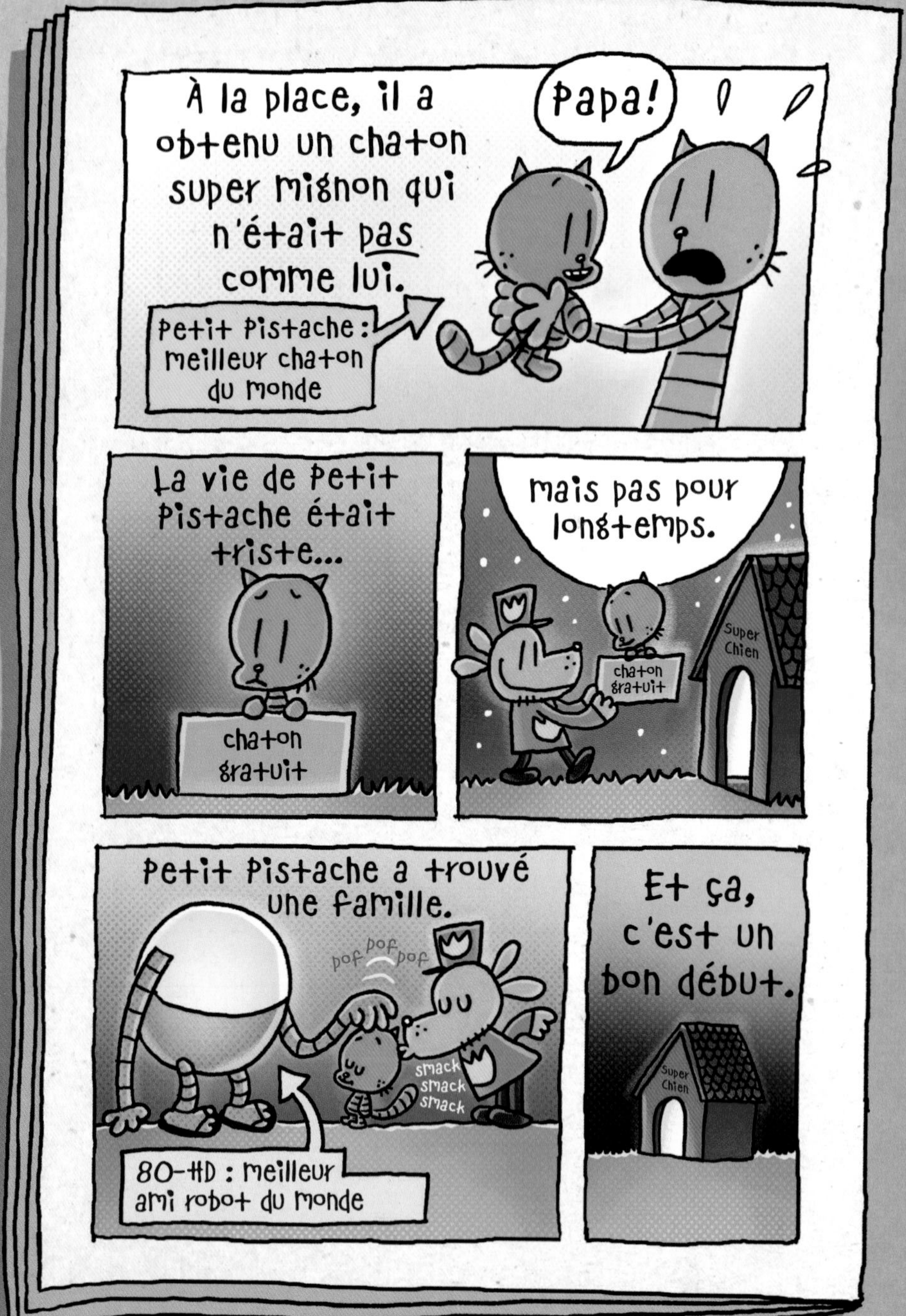
À la place, il a obtenu un chaton super mignon qui n'était pas comme lui.
Papa!
Petit Pistache : meilleur chaton du monde
La vie de Petit Pistache était triste...
chaton gratuit
Mais pas pour longtemps.
Super Chien
chaton gratuit
Petit Pistache a trouvé une famille.
pof pof pof
smack smack smack
80-HD : meilleur ami robot du monde
Et ça, c'est un bon début.
Super Chien

Les Éditions de l'arbre ont le plaisir de présenter

CHAPITRE 1
LA VISITE DES SERVICES DE PROTECTION DES FÉLINS

par
Georges et Harold

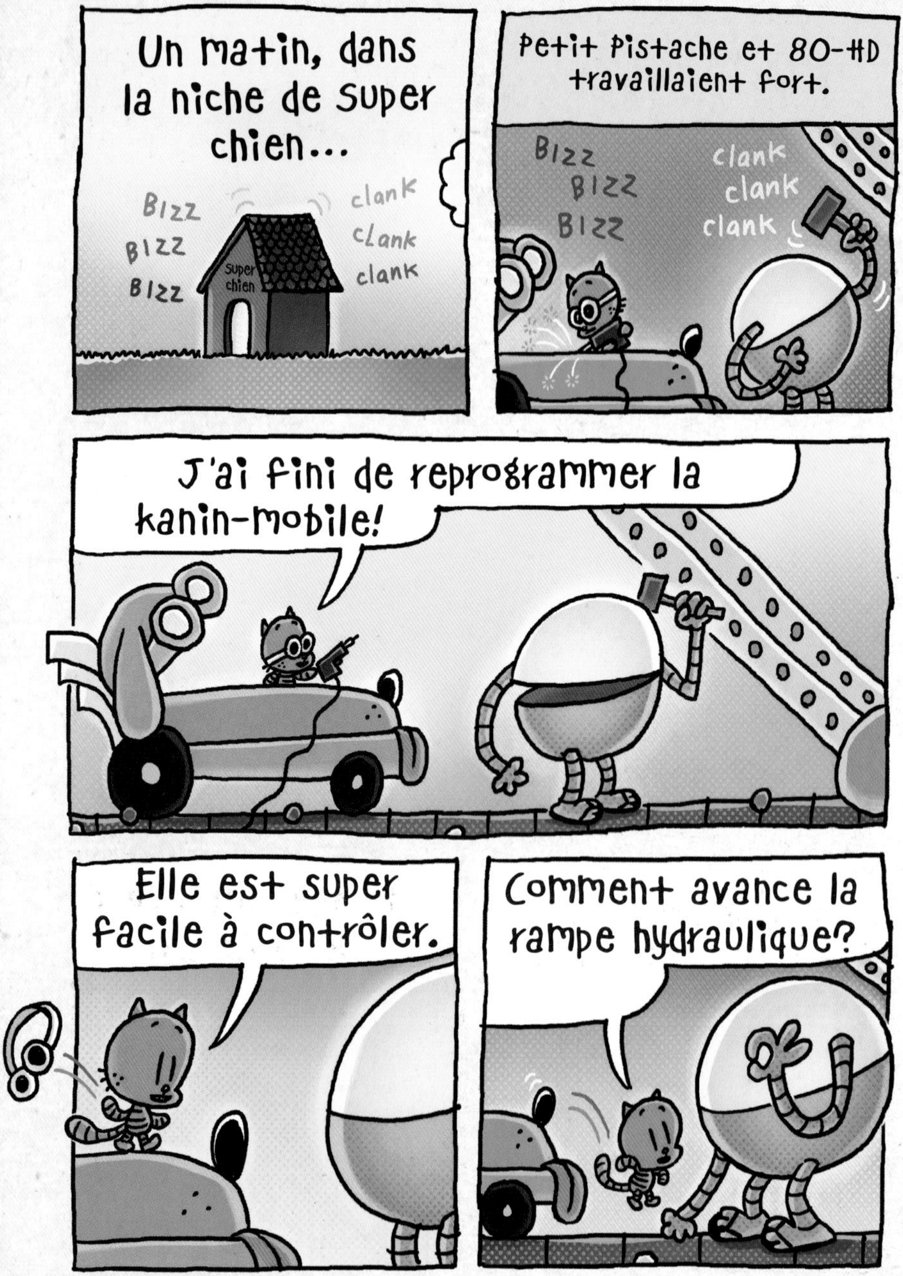
Un matin, dans la niche de Super chien...
Bizz
Bizz
Bizz
Super chien
clank
clank
clank
Petit Pistache et 80-HD travaillaient fort.
Bizz
Bizz
Bizz
clank
clank
clank
J'ai fini de reprogrammer la kanin-mobile!
Elle est super facile à contrôler.
Comment avance la rampe hydraulique?

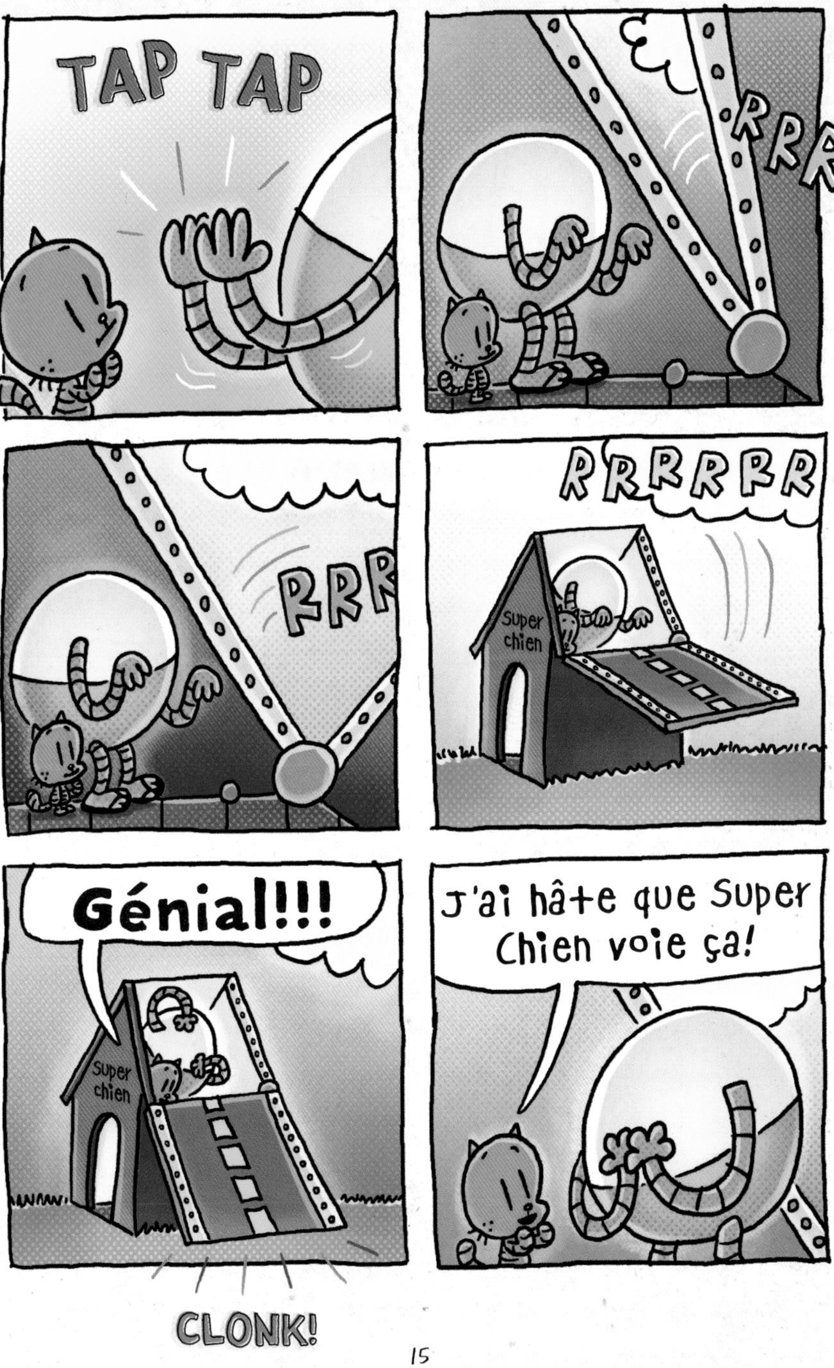
TAP TAP
RRRR
RRR
RRRRRR
Super chien
Génial!!!
Super chien
J'ai hâte que Super Chien voie ça!
CLONK!

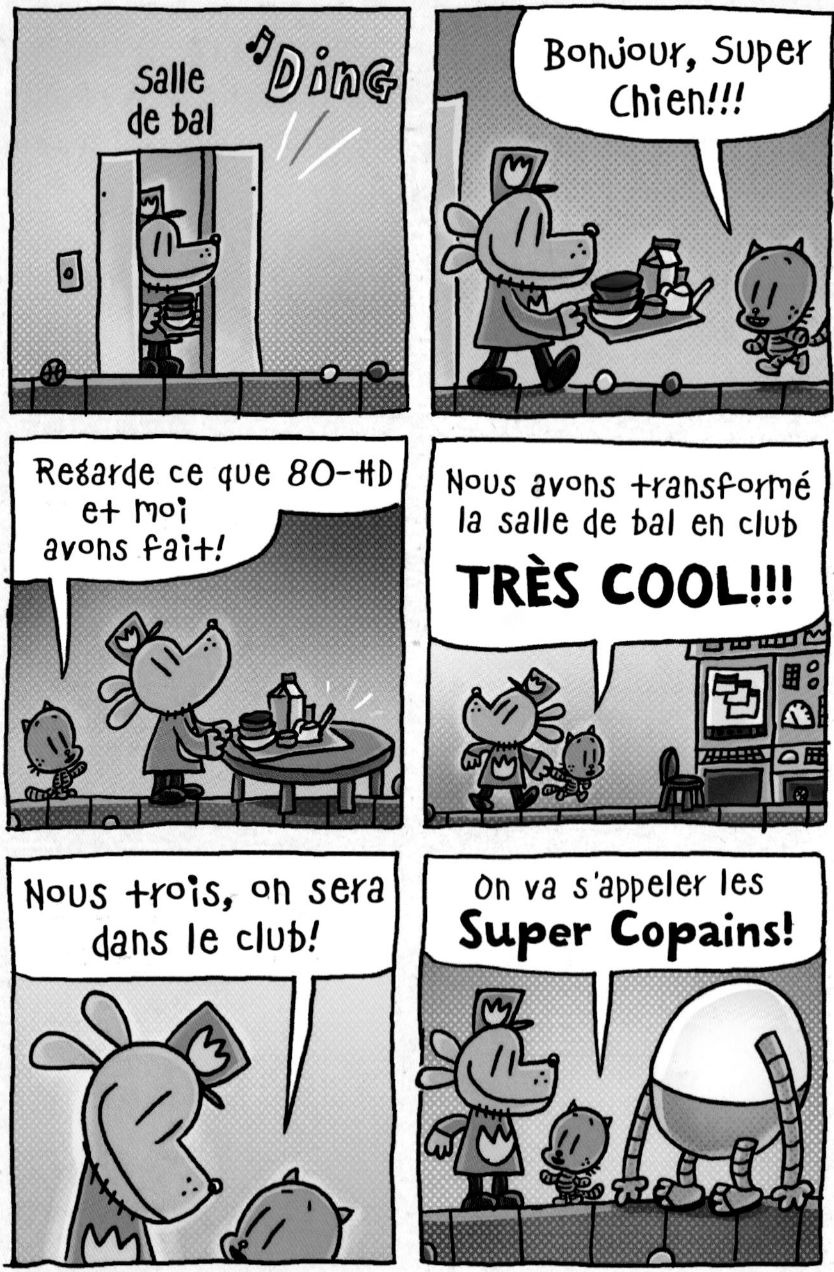
Salle de bal
DING
Bonjour, Super Chien!!!
Regarde ce que 80-HD et moi avons fait!
Nous avons transformé la salle de bal en club TRÈS COOL!!!
Nous trois, on sera dans le club!
On va s'appeler les Super Copains!

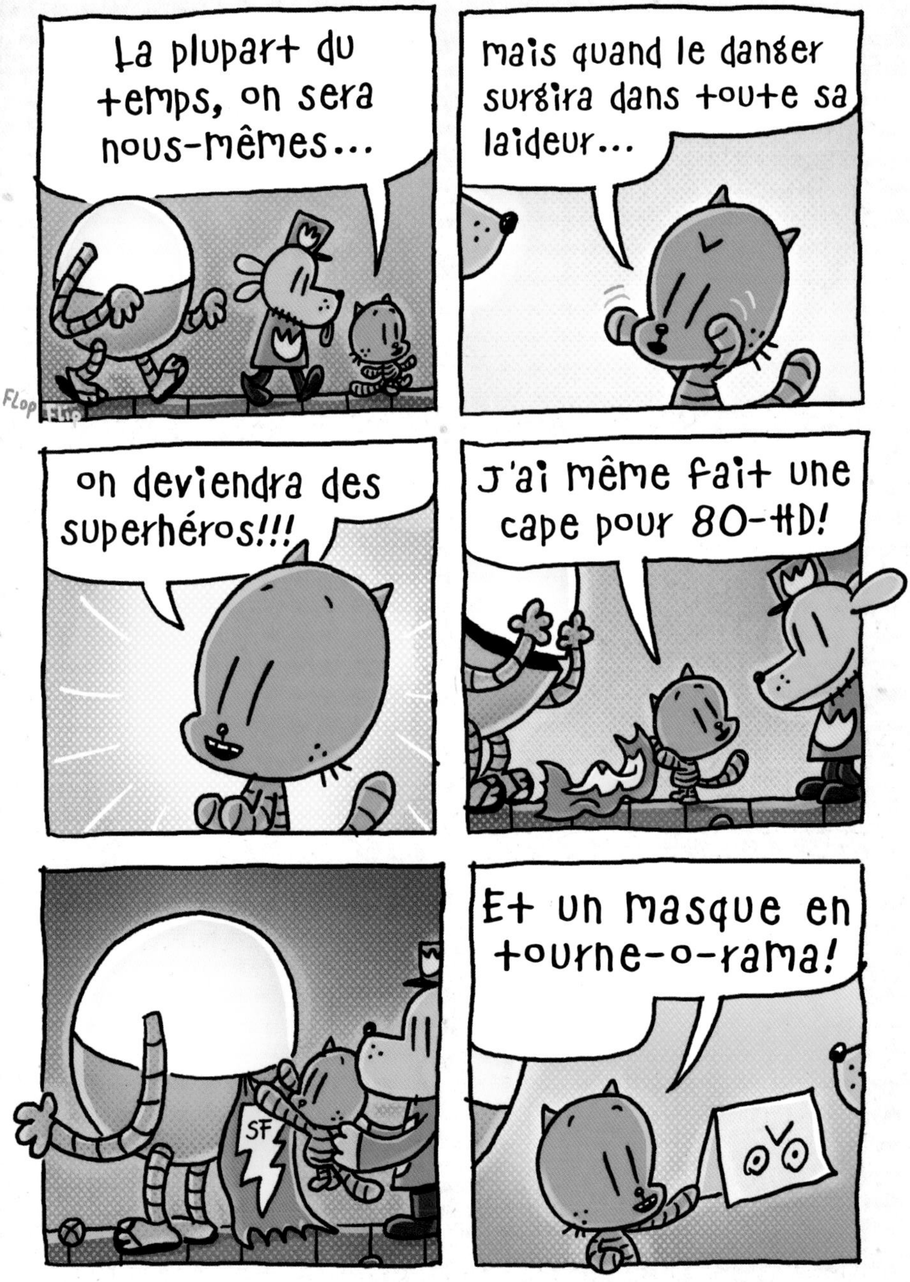
La plupart du temps, on sera nous-mêmes...
mais quand le danger surgira dans toute sa laideur...
Flop
Flip
on deviendra des superhéros!!!
J'ai même fait une cape pour 80-HD!
SF
Et un masque en tourne-o-rama!

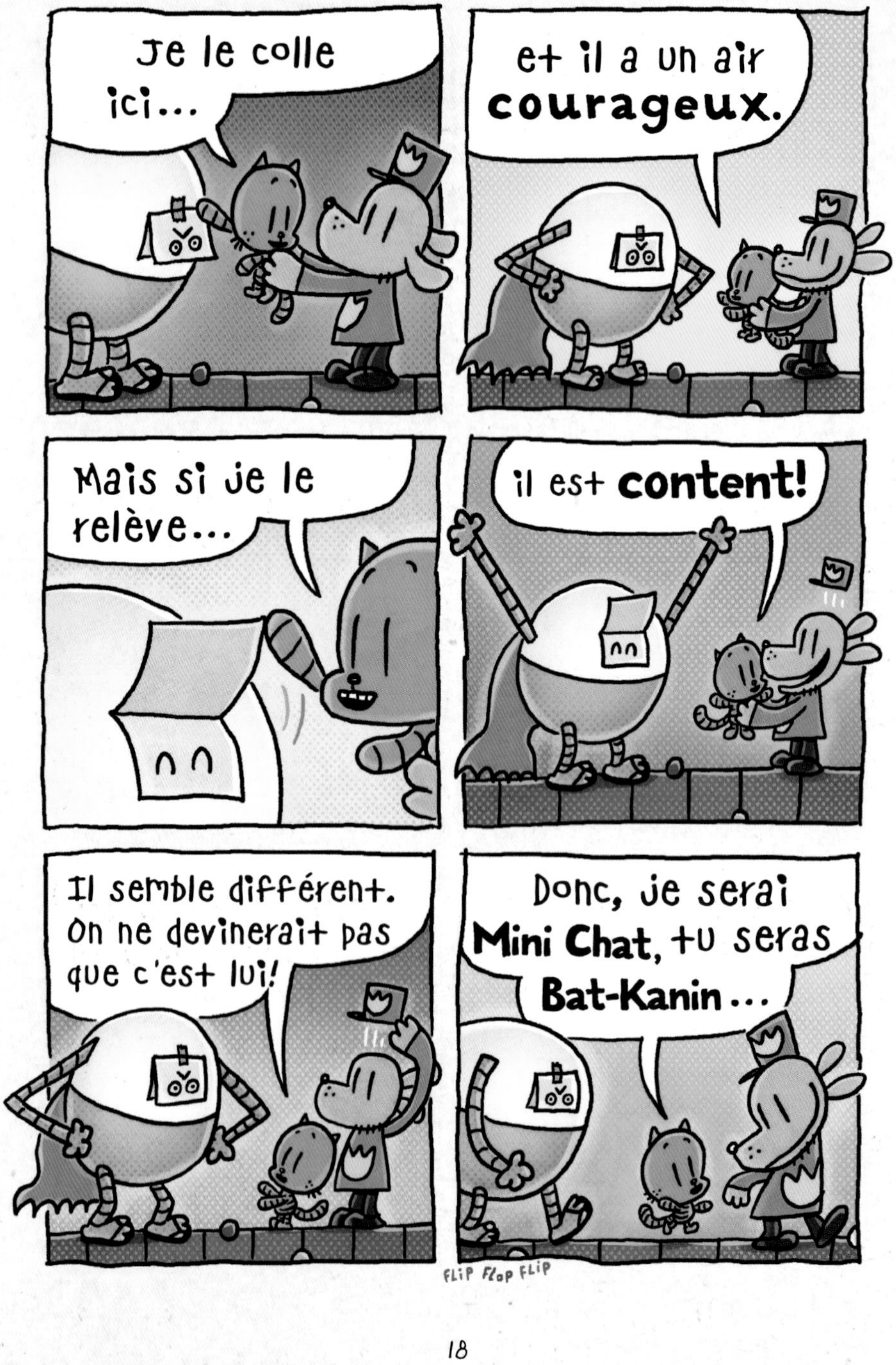
Je le colle ici...
et il a un air courageux.
Mais si je le relève...
il est content!
Il semble différent. On ne devinerait pas que c'est lui!
Donc, je serai Mini Chat, tu seras Bat-Kanin...
FLIP Flop FLIP

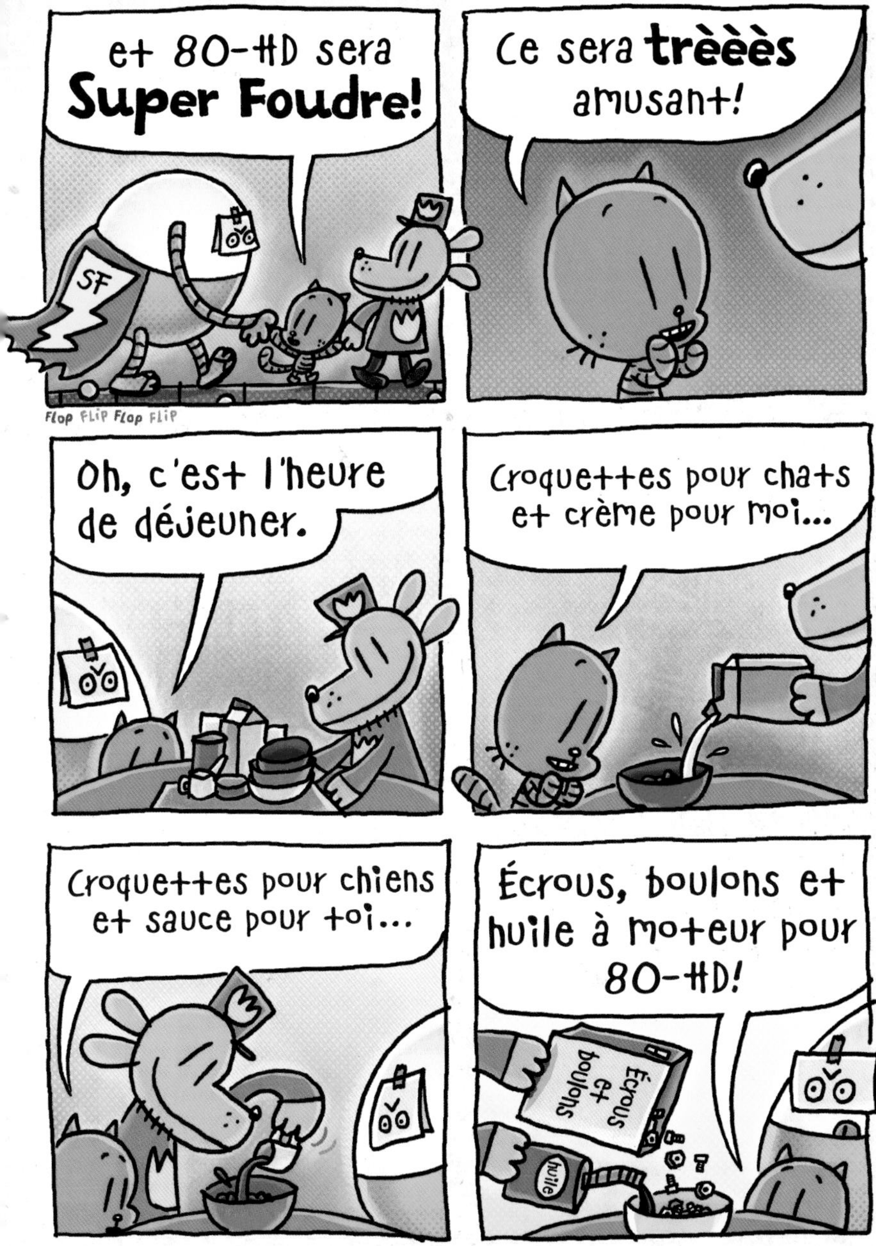
et 80-HD sera **Super Foudre!**
SF
Flop FLIP Flop FLIP
Ce sera **trèèès** amusant!
Oh, c'est l'heure de déjeuner.
Croquettes pour chats et crème pour moi...
Croquettes pour chiens et sauce pour toi...
Écrous, boulons et huile à moteur pour 80-HD!
Écrous et boulons
huile

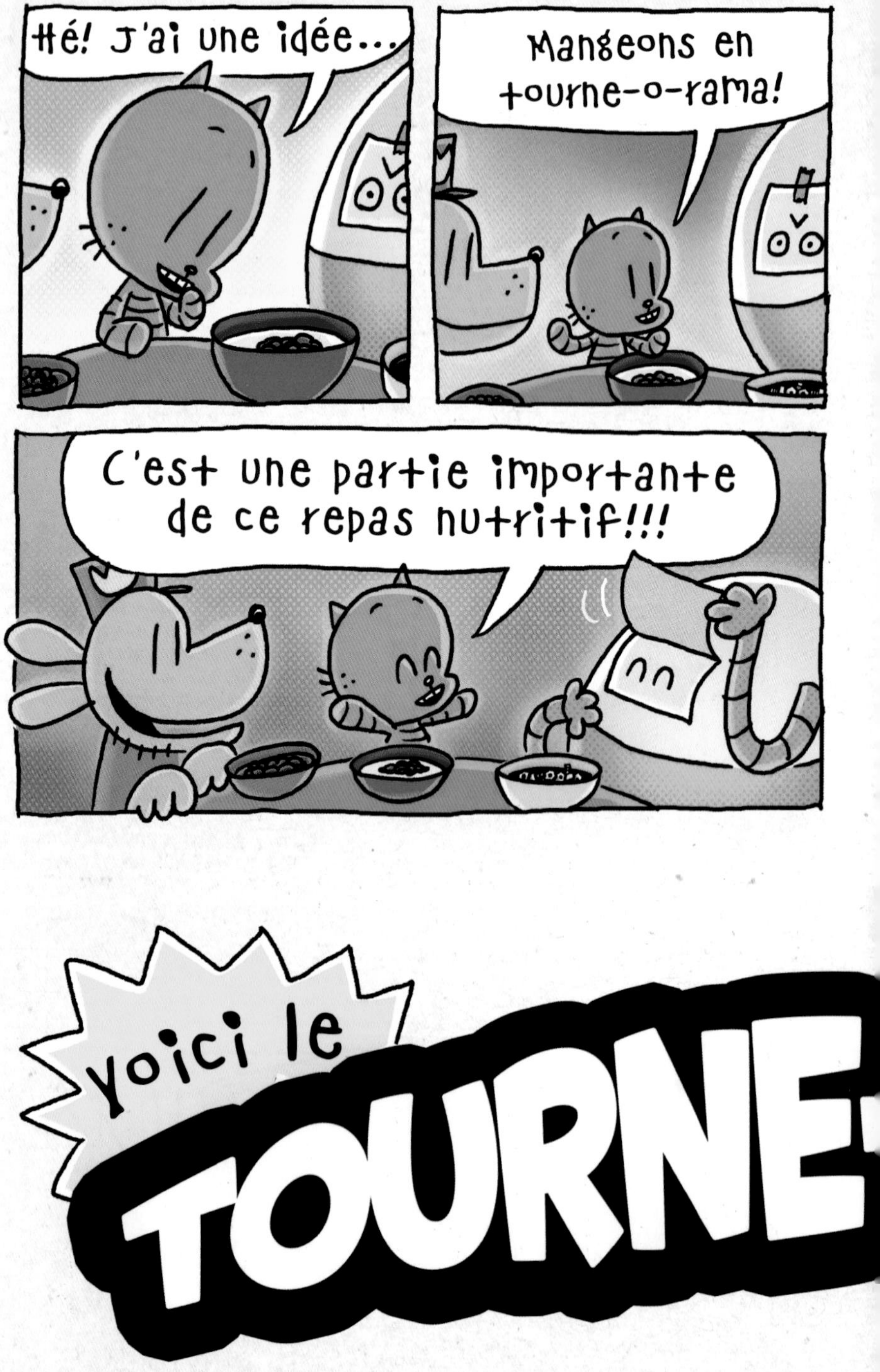
Hé! J'ai une idée...
Mangeons en tourne-o-rama!
C'est une partie importante de ce repas nutritif!!!

Voici le TOURNE-

Étape n° 1
Place la main gauche sur la zone marquée « MAIN GAUCHE » à l'intérieur des pointillés. Garde le livre ouvert et bien à plat!

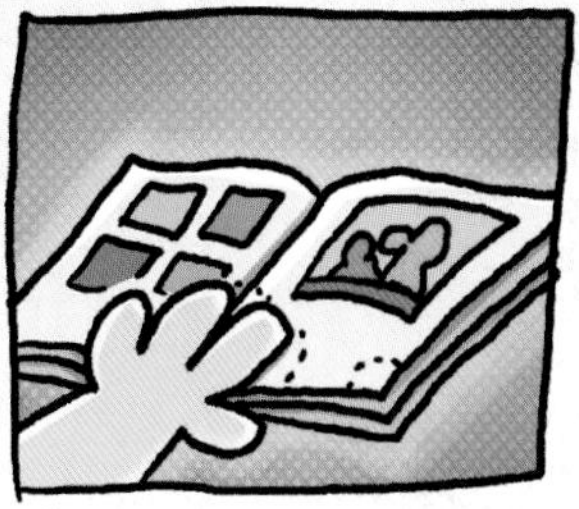

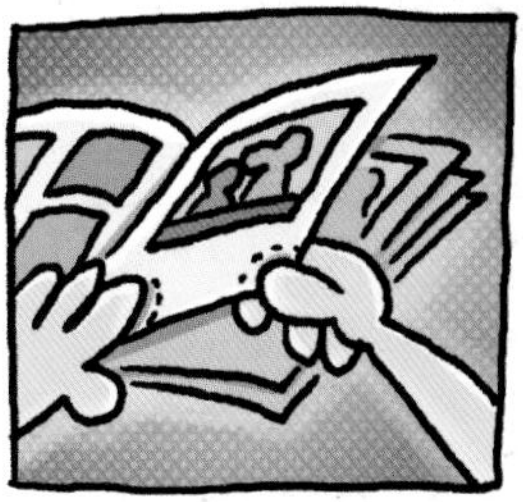

Étape n° 2
Prends la page de droite entre le pouce et l'index de la main droite (à l'intérieur des pointillés, dans la zone marquée « POUCE DROIT »).

Étape n° 3
Tourne rapidement la page de droite dans les deux sens jusqu'à ce que les dessins aient l'air animés.

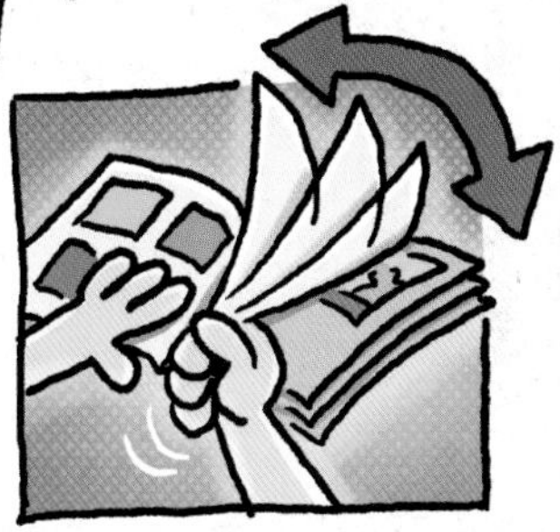

(Pour avoir encore plus de plaisir, crée tes propres effets sonores!)

O-RAMA

N'OUBLIE PAS

de tourner
seulement la page 23.
Assure-toi de voir le
dessin aux pages 23 **ET**
25 en tournant la page.

Si tu tournes
rapidement, les images
auront l'air d'un
dessin animé!

Ajoute tes
propres effets
sonores!

Main gauche

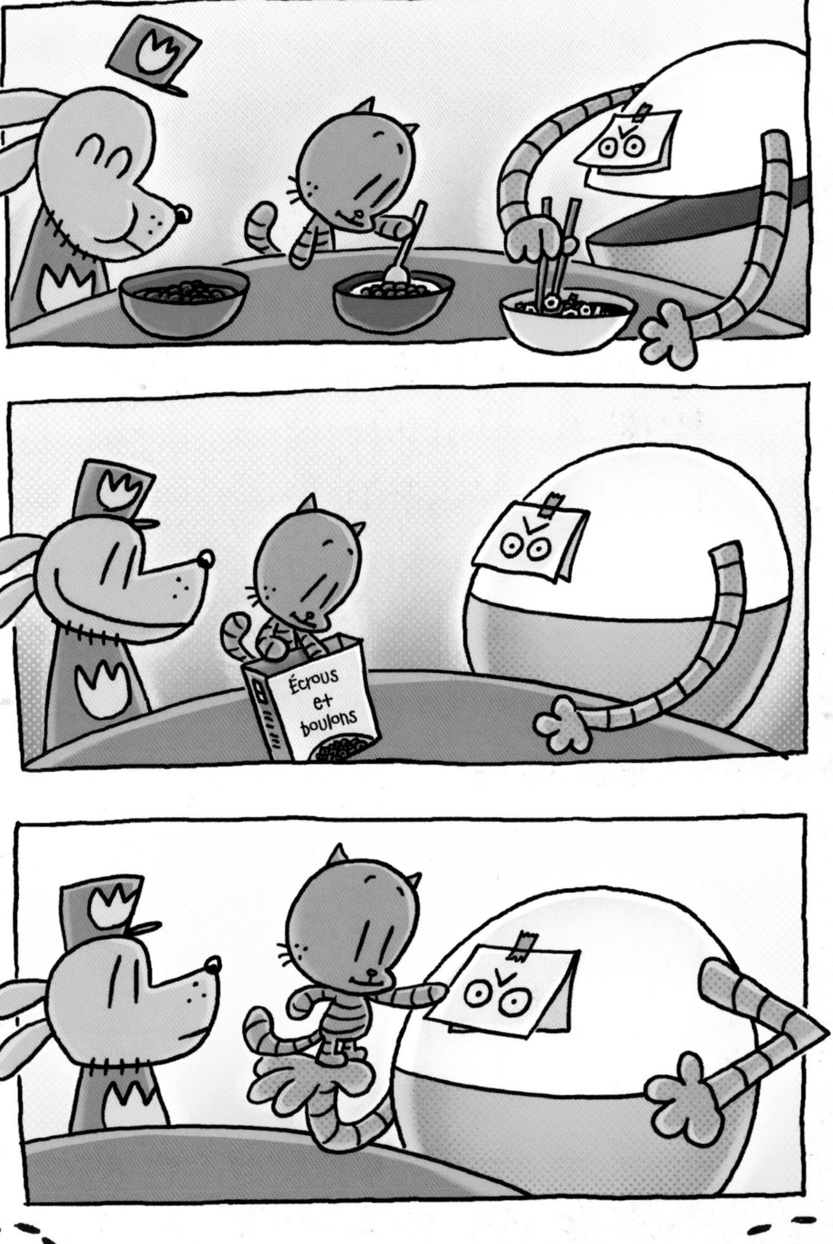
Écrous
et
boulons

pouce
droit

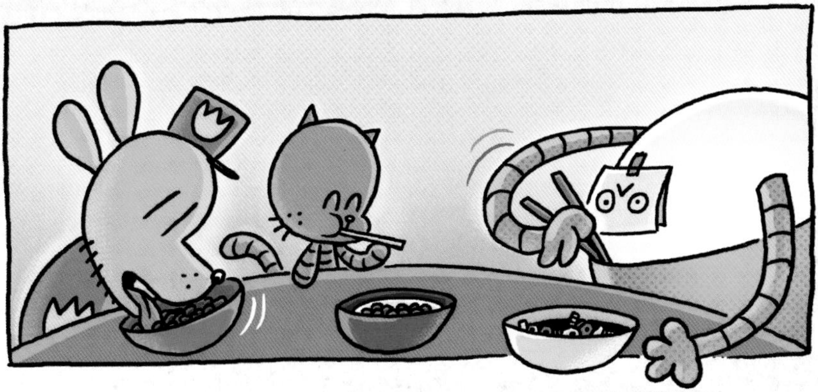

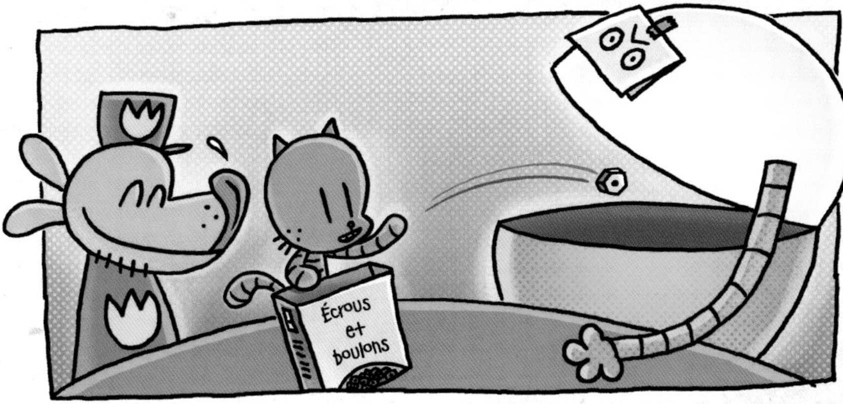
Écrous et boulons

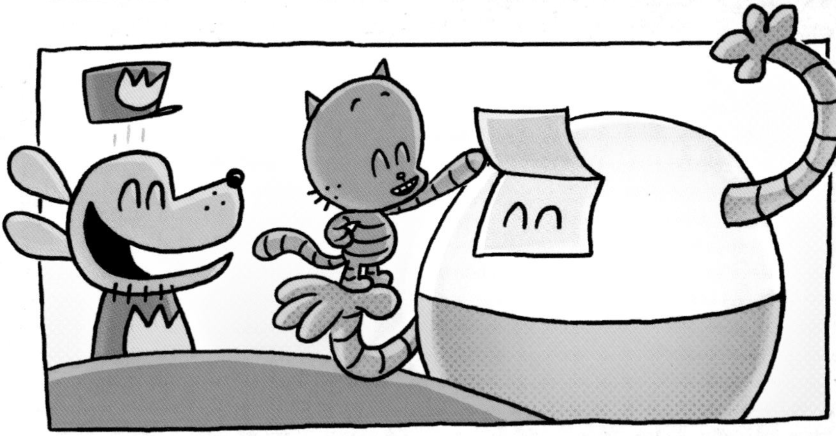

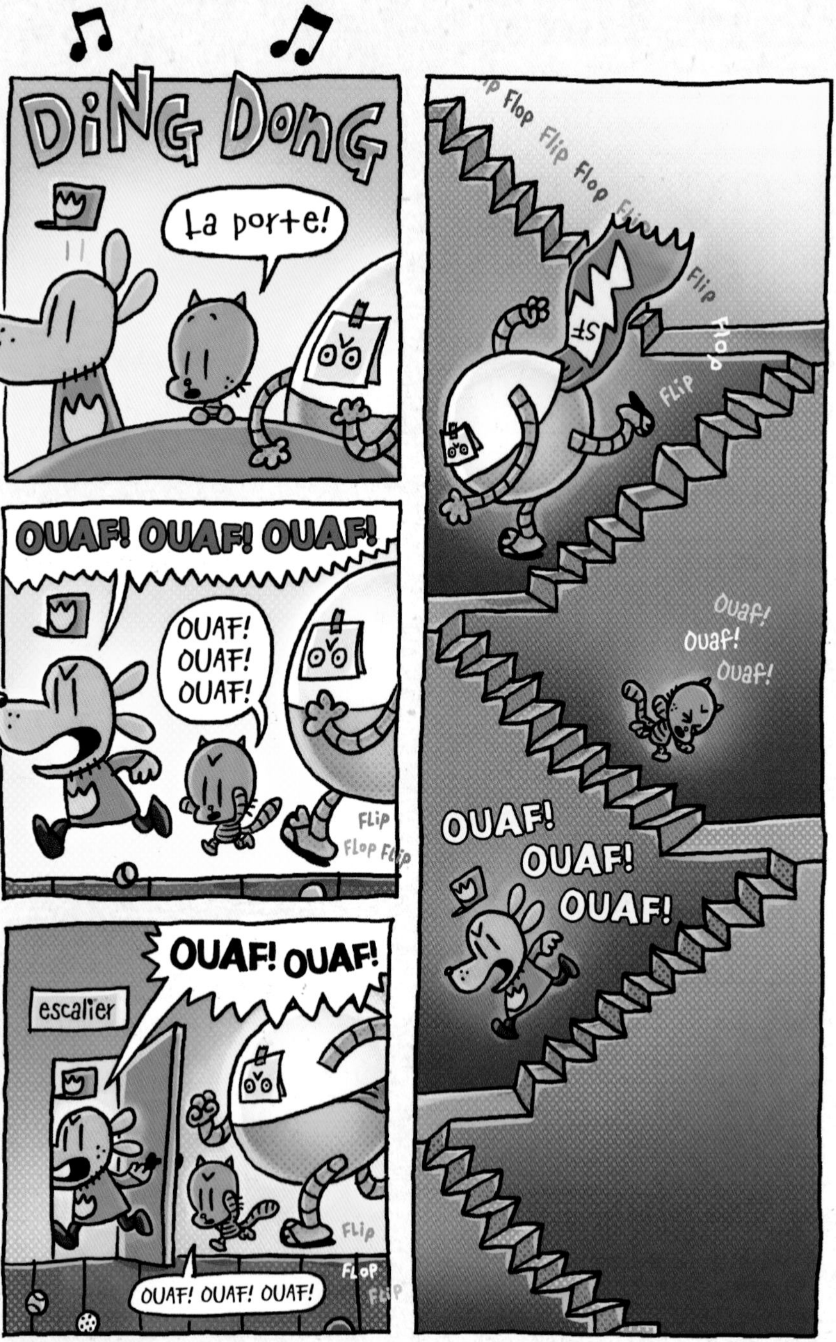
DING DONG
La porte!
OUAF! OUAF! OUAF!
OUAF!
OUAF!
OUAF!
FLIP
FLOP FLIP
escalier
OUAF! OUAF!
FLIP
FLOP
FLIP
OUAF! OUAF! OUAF!
Flop Flip Flop
Flip
Flop
FLIP
Ouaf!
Ouaf!
Ouaf!
OUAF!
OUAF!
OUAF!

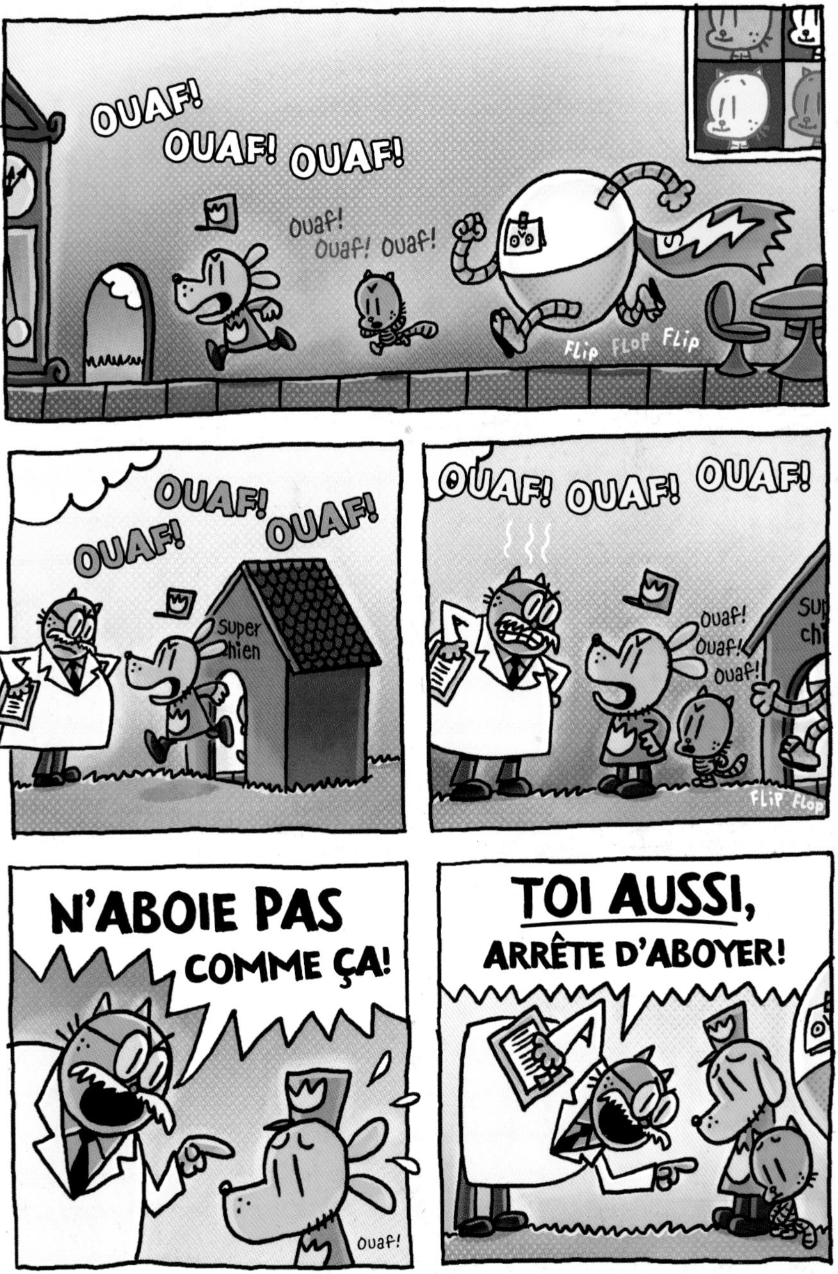
OUAF!
OUAF! OUAF!
Ouaf!
Ouaf! Ouaf!
FLip FLOP FLip
OUAF!
OUAF!
OUAF!
Super
chien
OUAF! OUAF! OUAF!
Ouaf!
Ouaf!
Ouaf!
FLiP FLoP
N'ABOIE PAS COMME ÇA!
Ouaf!
TOI AUSSI, ARRÊTE D'ABOYER!

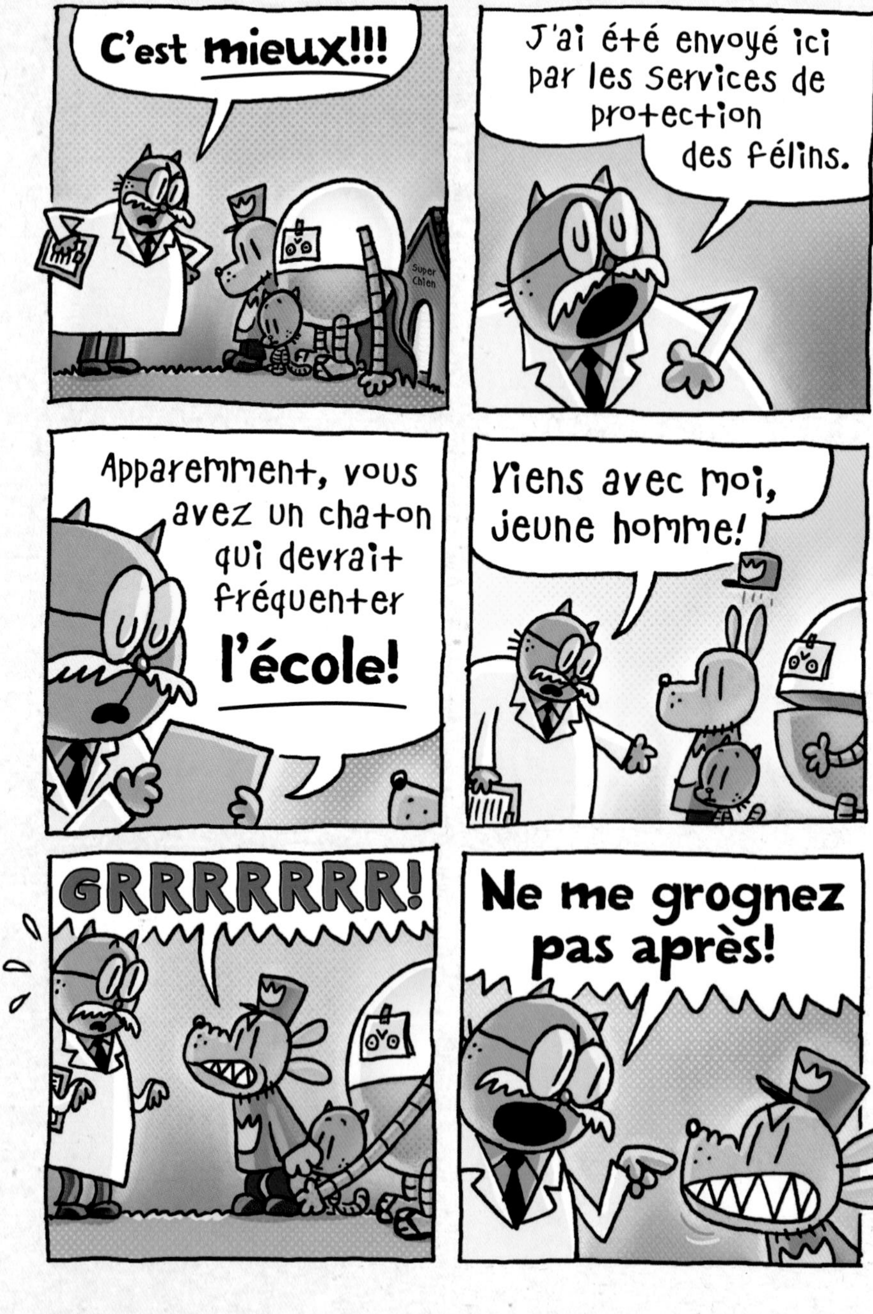
C'est mieux!!!
Super Chien
J'ai été envoyé ici par les Services de protection des félins.
Apparemment, vous avez un chaton qui devrait fréquenter l'école!
Viens avec moi, jeune homme!
GRRRRRRR!
Ne me grognez pas après!

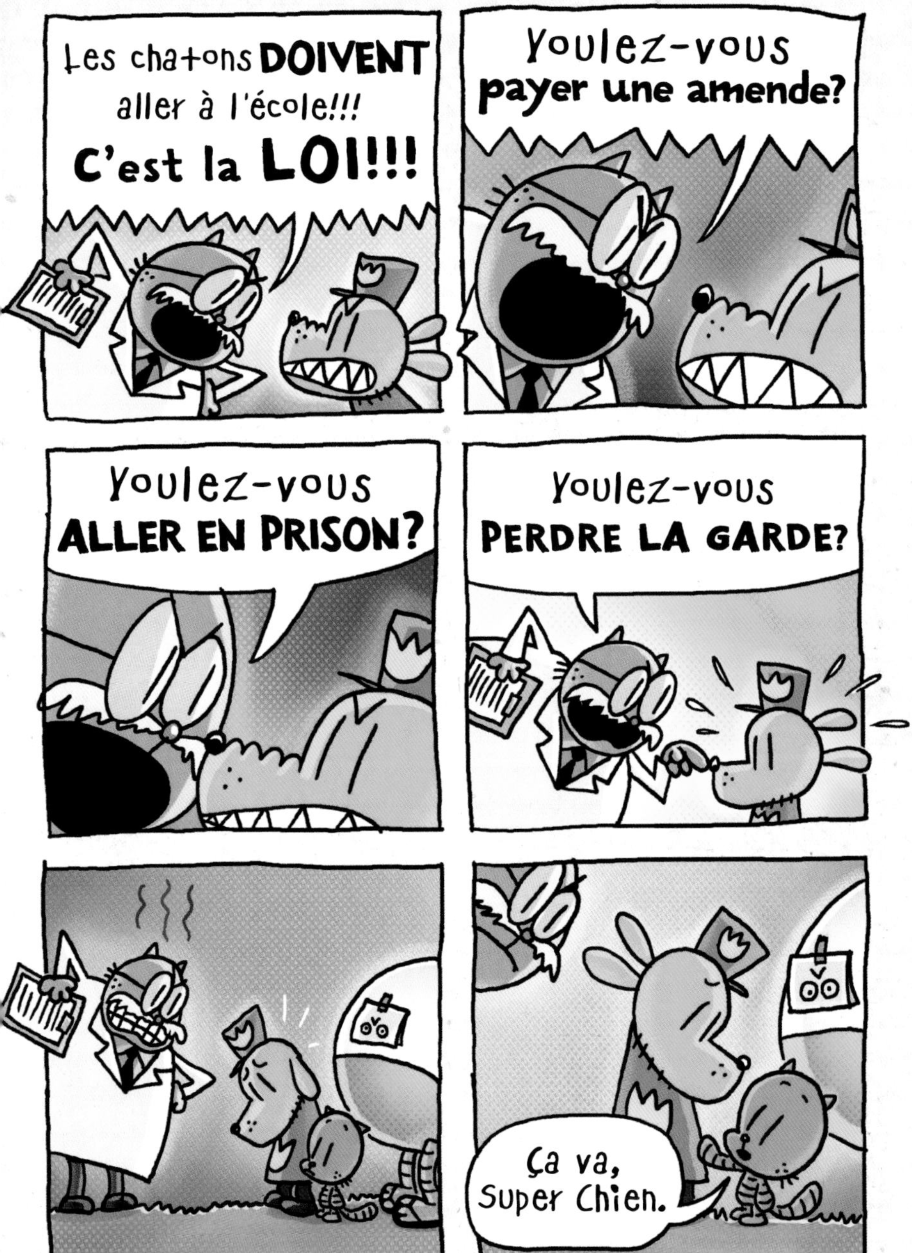
Les chatons DOIVENT aller à l'école!!! C'est la LOI!!!
Voulez-vous payer une amende?
Voulez-vous ALLER EN PRISON?
Voulez-vous PERDRE LA GARDE?
Ça va, Super Chien.

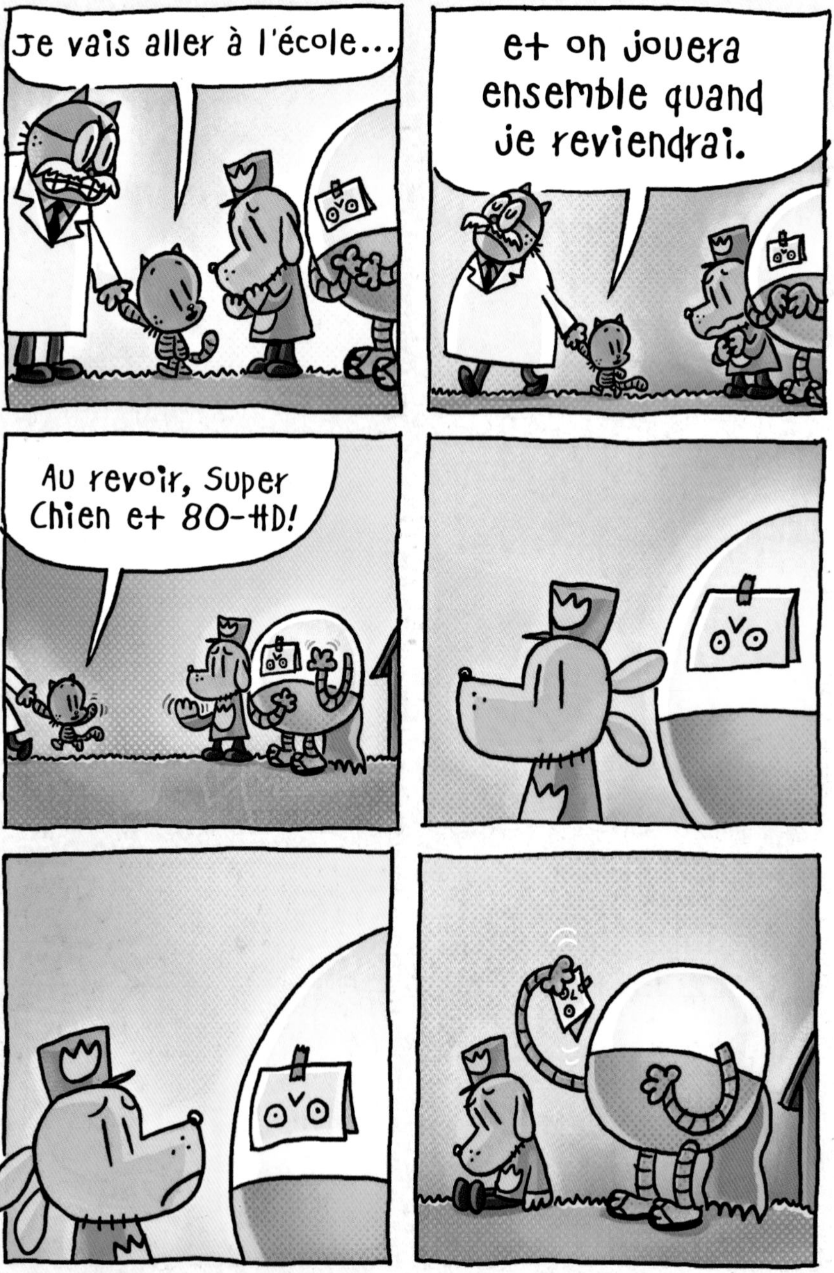

Je vais aller à l'école...
et on jouera ensemble quand je reviendrai.
Au revoir, Super Chien et 80-HD!

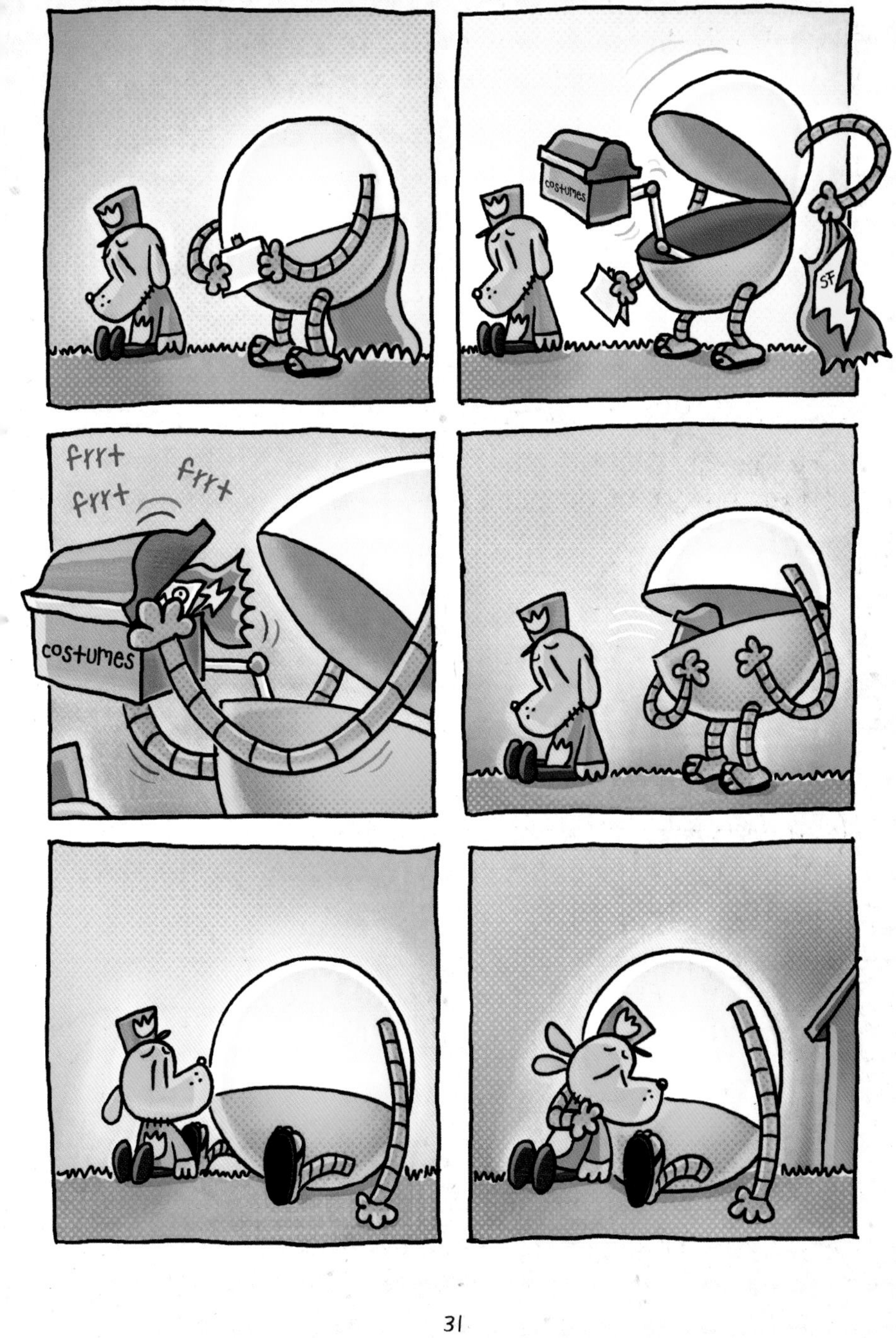
costumes
SF
frrt
frrt
frrt
costumes

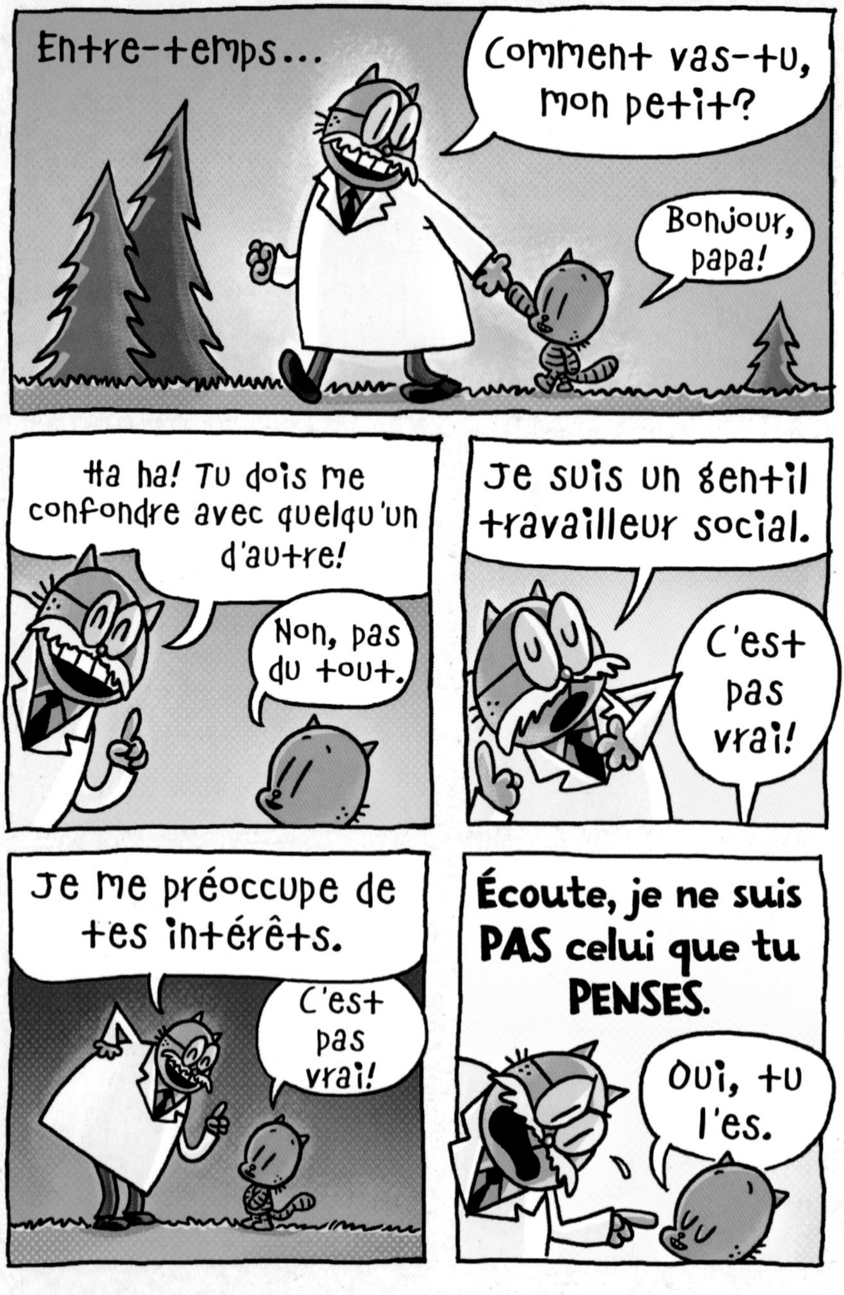
Entre-temps...
Comment vas-tu, mon petit?
Bonjour, papa!
Ha ha! Tu dois me confondre avec quelqu'un d'autre!
Non, pas du tout.
Je suis un gentil travailleur social.
C'est pas vrai!
Je me préoccupe de tes intérêts.
C'est pas vrai!
Écoute, je ne suis PAS celui que tu PENSES.
Oui, tu l'es.

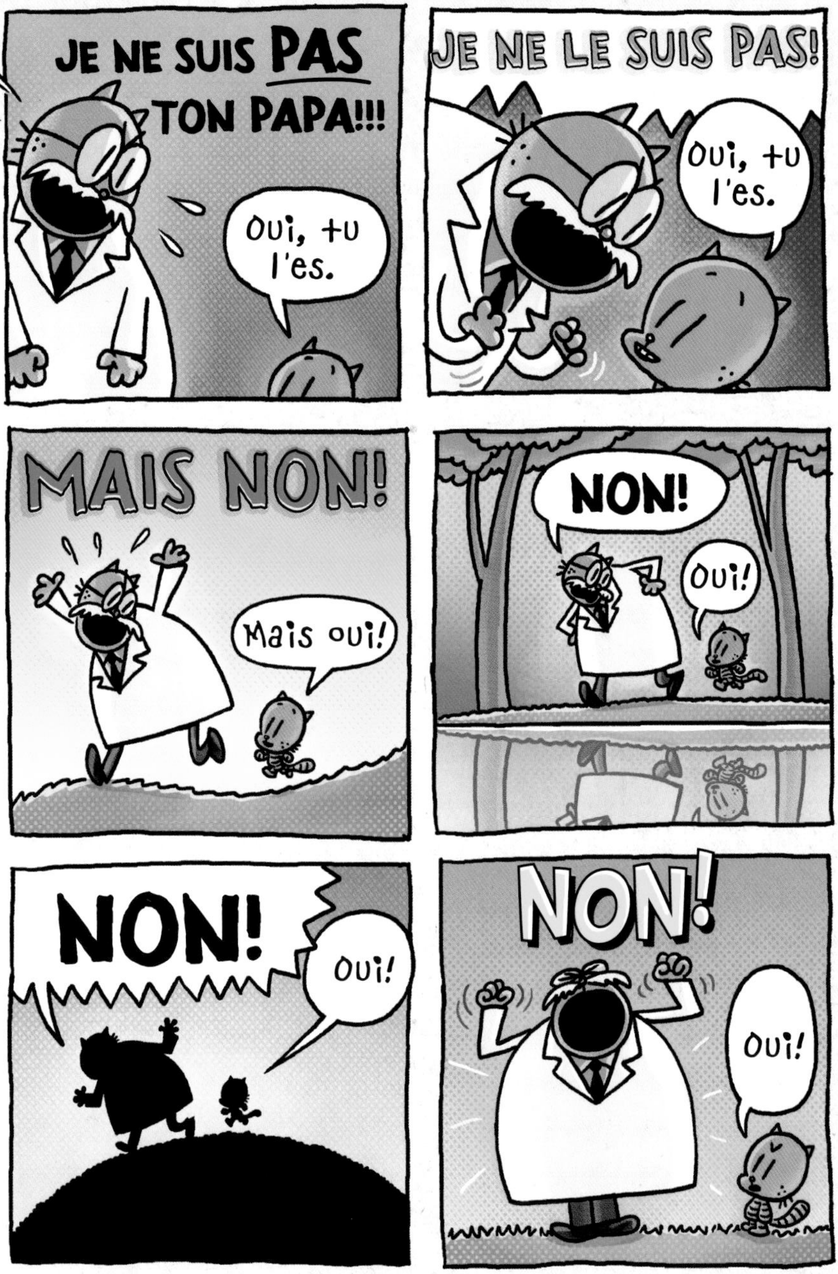
JE NE SUIS PAS TON PAPA!!!
Oui, tu l'es.
JE NE LE SUIS PAS!
Oui, tu l'es.
MAIS NON!
Mais oui!
NON!
Oui!
NON!
Oui!
NON!
Oui!

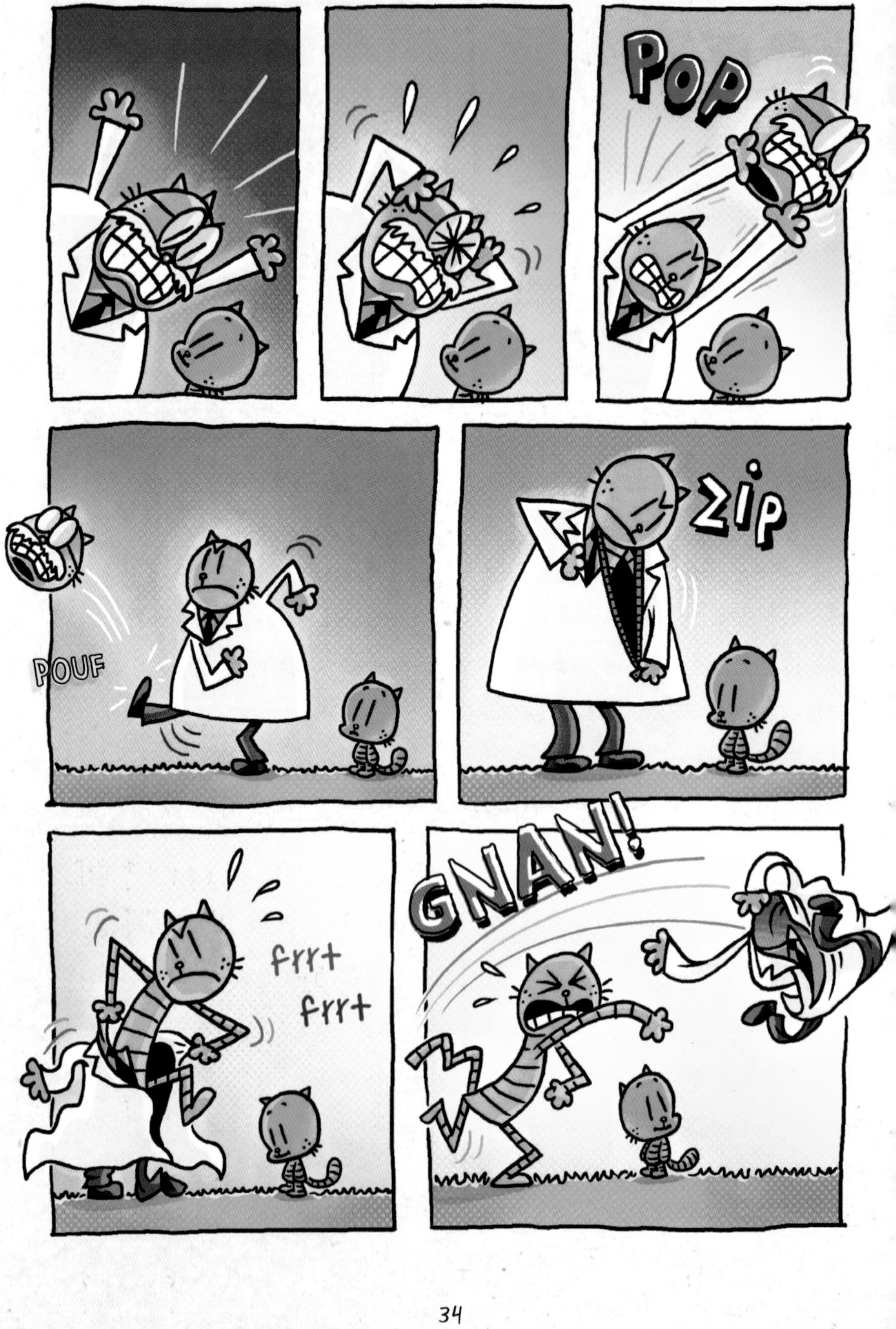
POP
POUF
ZIP
frrt
frrt
GNAN!

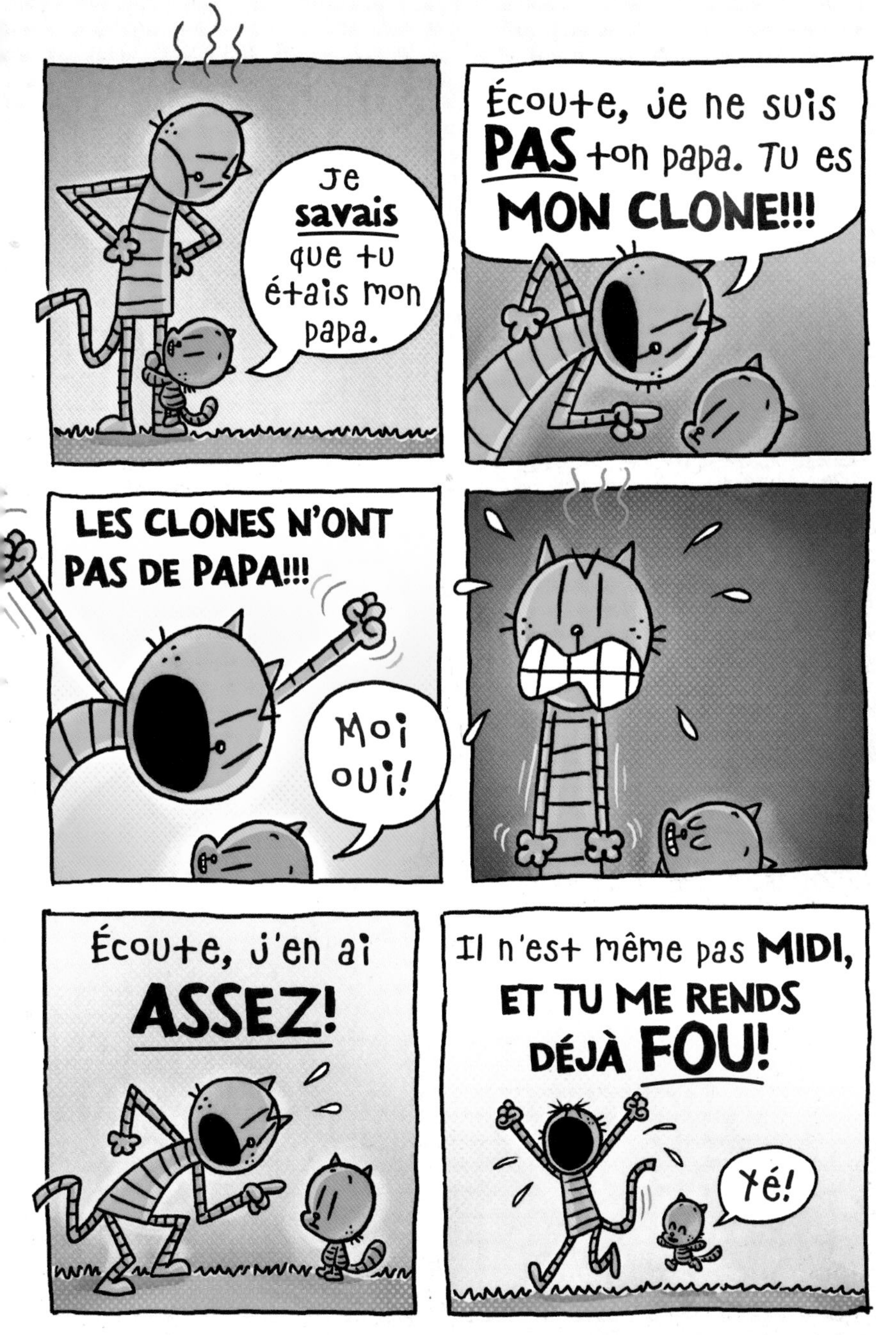
Je savais que tu étais mon papa.
Écoute, je ne suis PAS ton papa. Tu es MON CLONE!!!
LES CLONES N'ONT PAS DE PAPA!!!
Moi oui!
Écoute, j'en ai ASSEZ!
Il n'est même pas MIDI, ET TU ME RENDS DÉJÀ FOU!
Yé!

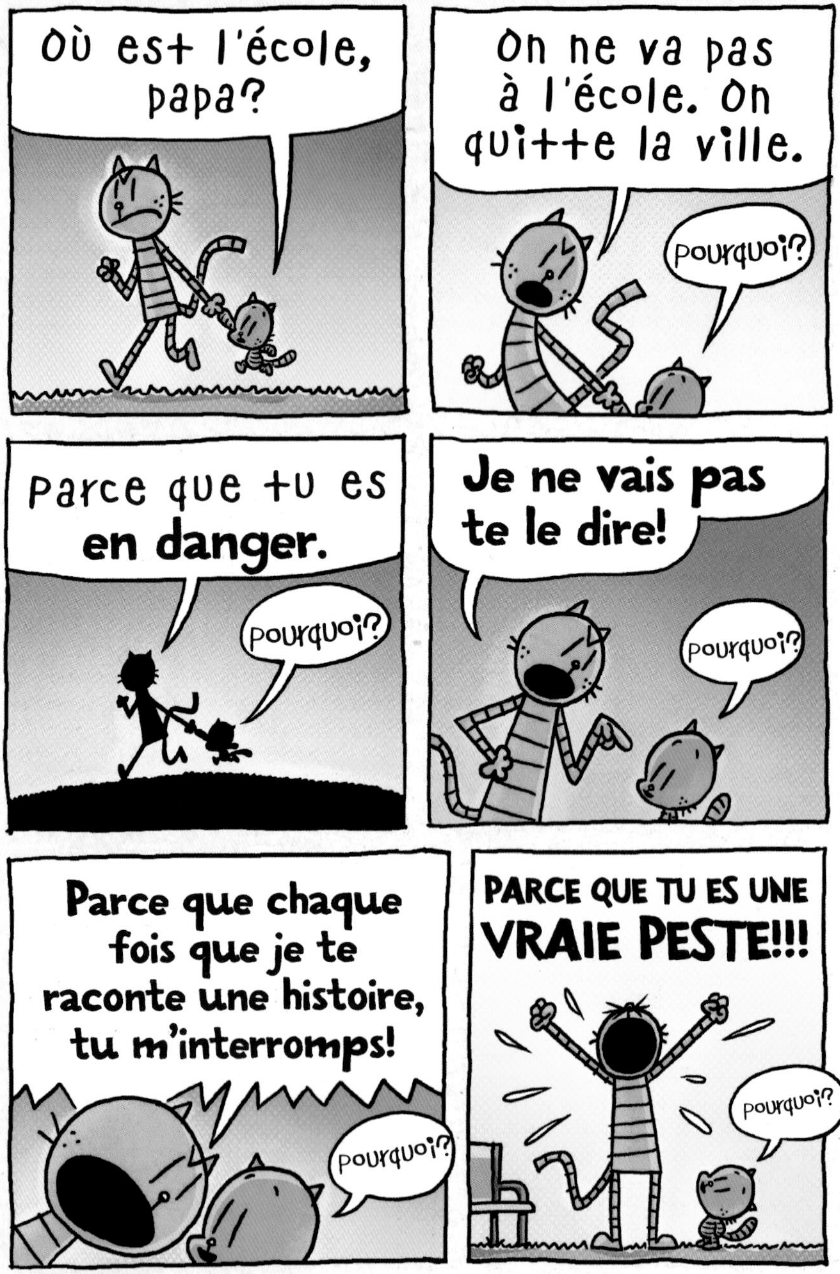
Où est l'école, papa?
On ne va pas à l'école. On quitte la ville.
pourquoi?
Parce que tu es en danger.
pourquoi?
Je ne vais pas te le dire!
pourquoi?
Parce que chaque fois que je te raconte une histoire, tu m'interromps!
pourquoi?
PARCE QUE TU ES UNE VRAIE PESTE!!!
pourquoi?

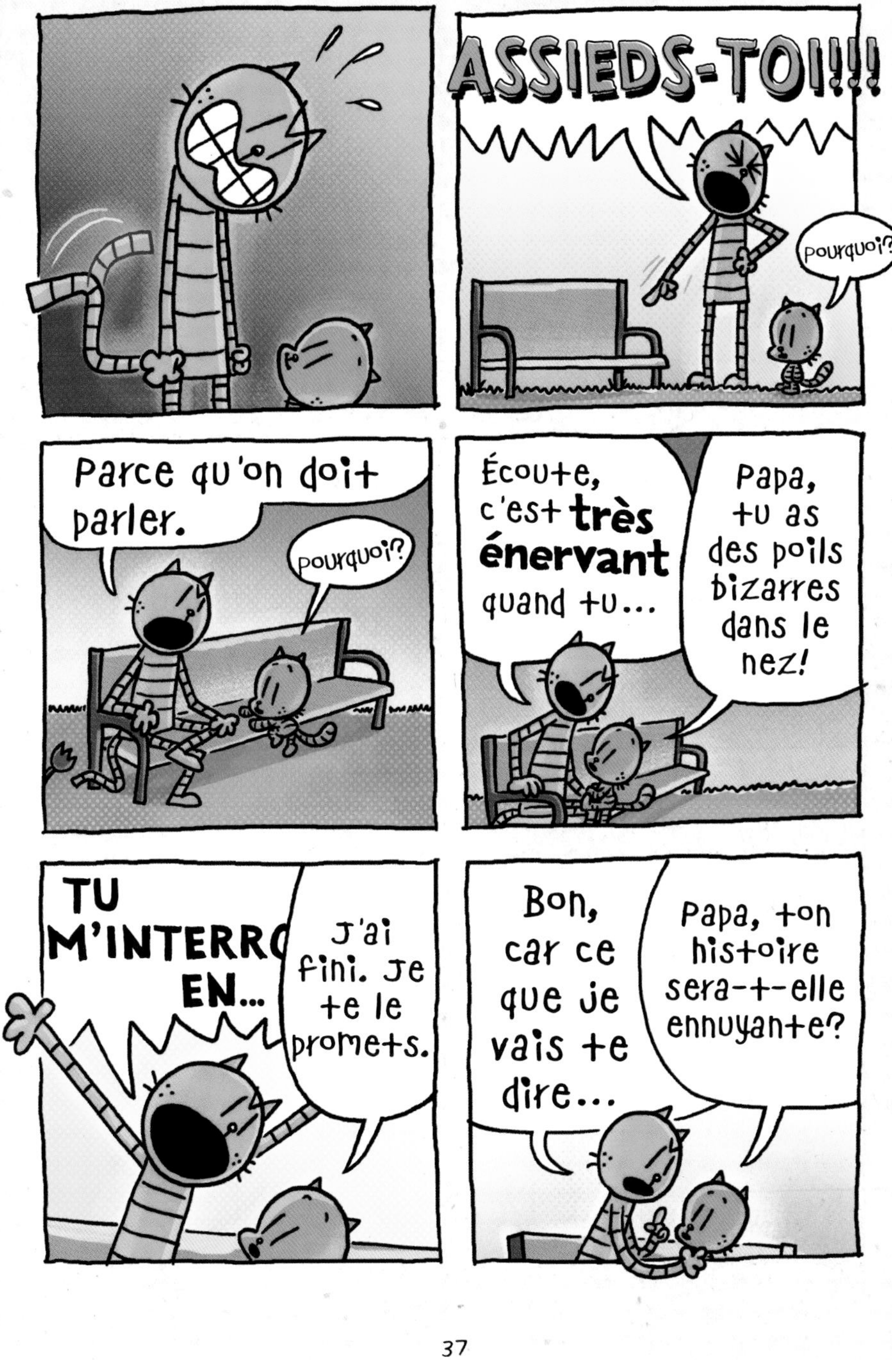
ASSIEDS-TOI!!!
Pourquoi?
Parce qu'on doit parler.
Pourquoi?
Écoute, c'est **très énervant** quand tu...
Papa, tu as des poils bizarres dans le nez!
TU M'INTERRO EN...
J'ai fini. Je te le promets.
Bon, car ce que je vais te dire...
Papa, ton histoire sera-t-elle ennuyante?

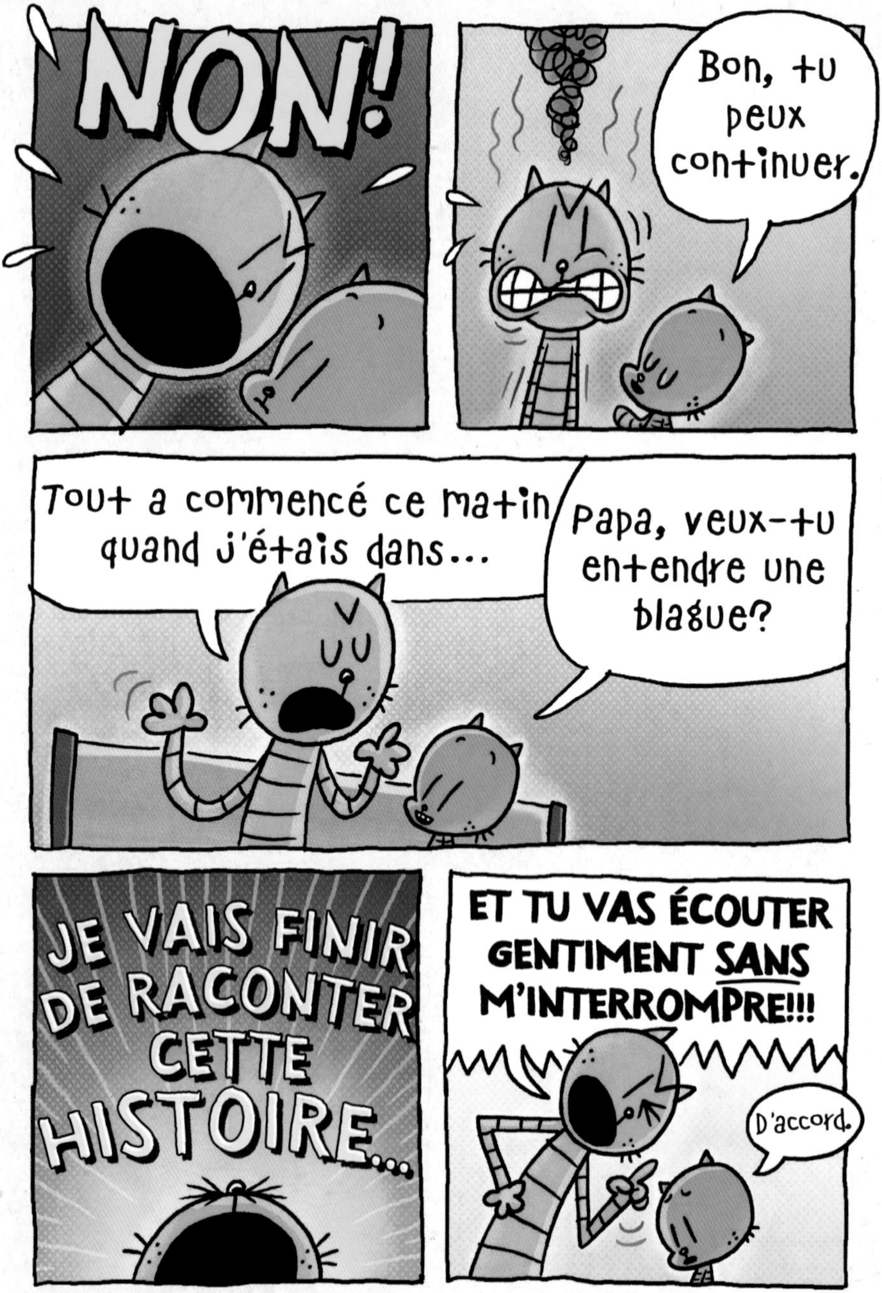
NON!
Bon, tu peux continuer.
Tout a commencé ce matin quand j'étais dans...
Papa, veux-tu entendre une blague?
JE VAIS FINIR DE RACONTER CETTE HISTOIRE...
ET TU VAS ÉCOUTER GENTIMENT SANS M'INTERROMPRE!!!
D'accord.

CHAPITRE 2

L'HISTOIRE DE PISTACHE

(AVEC PLEIN D'INTERRUPTIONS)

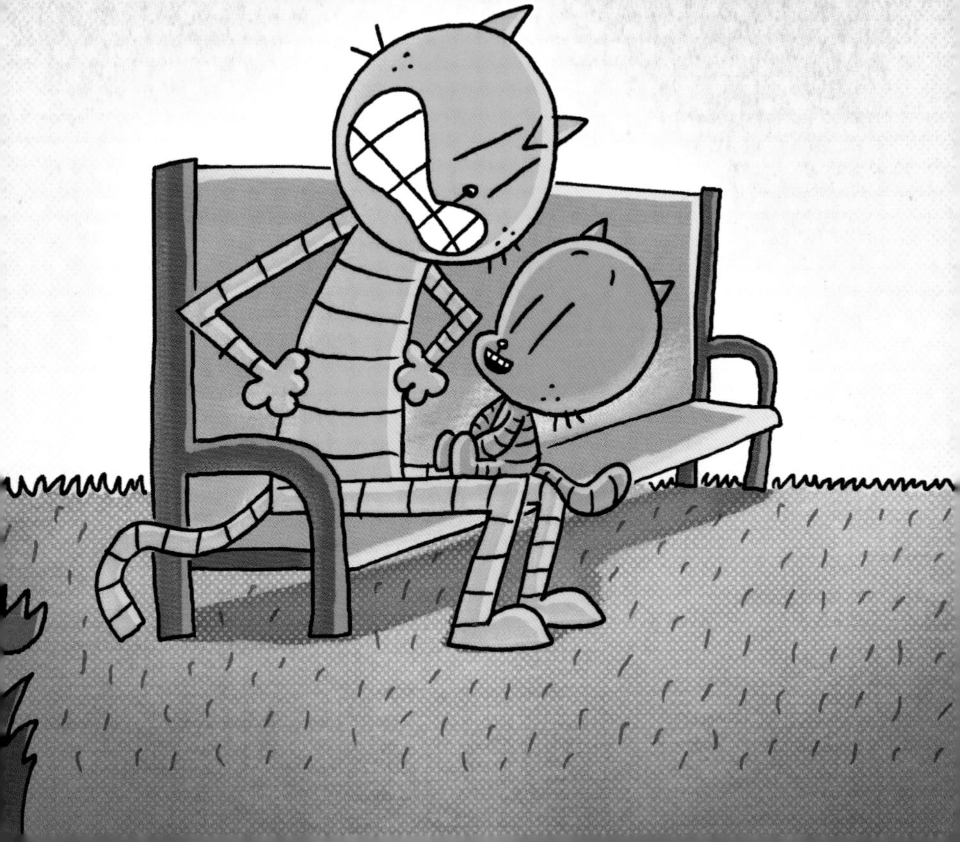

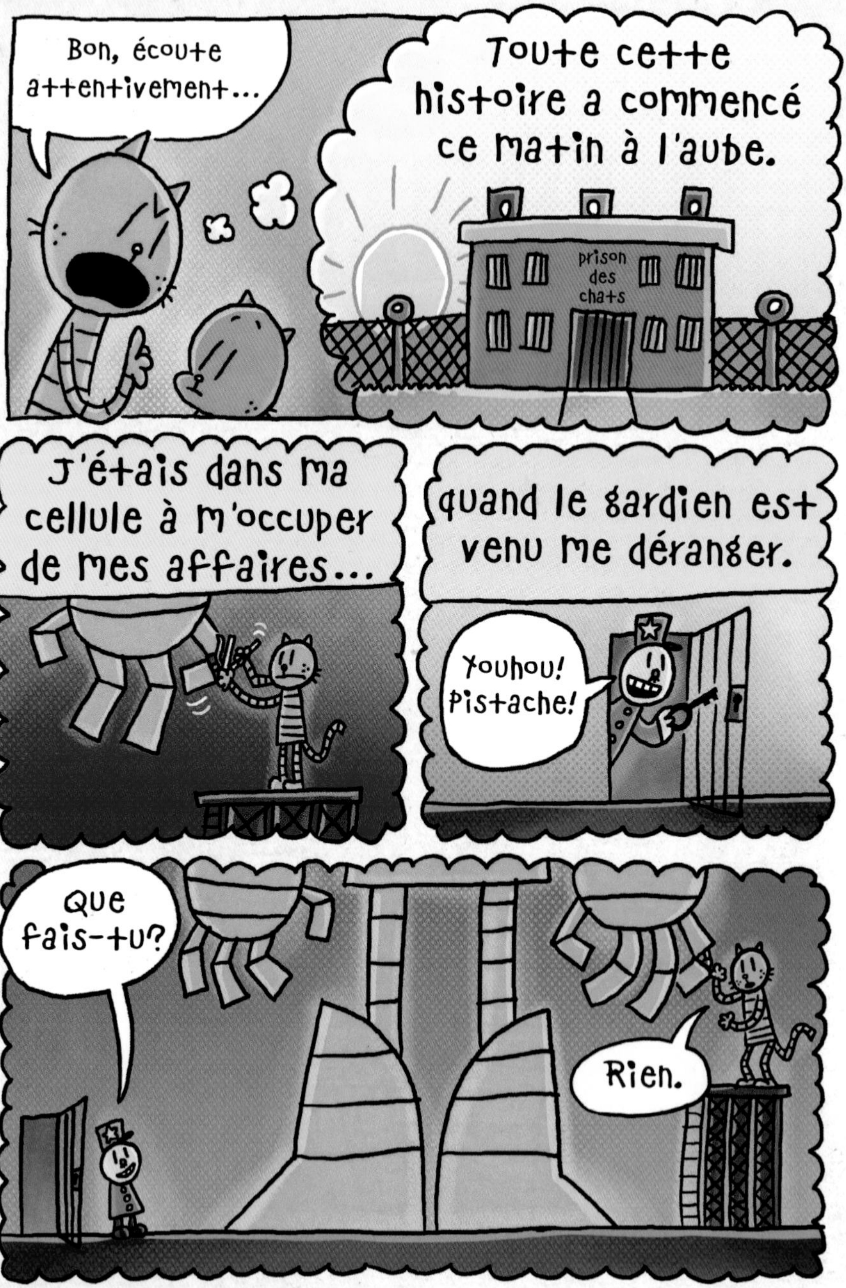

Bon, écoute attentivement...
Toute cette histoire a commencé ce matin à l'aube.
prison des chats
J'étais dans ma cellule à m'occuper de mes affaires...
quand le gardien est venu me déranger.
Youhou! Pistache!
Que fais-tu?
Rien.

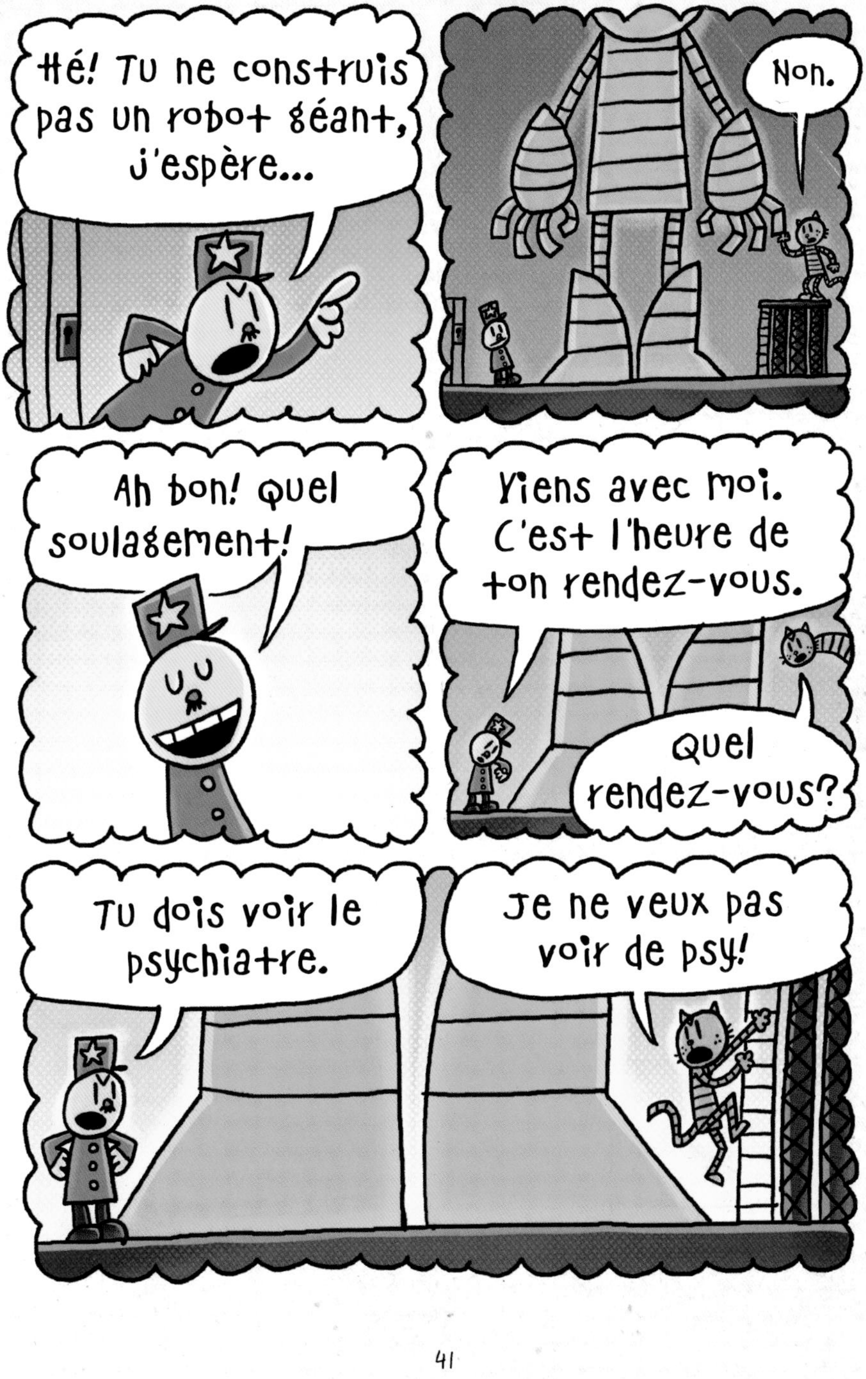
Hé! Tu ne construis pas un robot géant, j'espère...
Non.
Ah bon! Quel soulagement!
Viens avec moi. C'est l'heure de ton rendez-vous.
Quel rendez-vous?
Tu dois voir le psychiatre.
Je ne veux pas voir de psy!

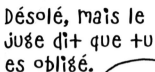

Désolé, mais le juge dit que tu es obligé.

ZUT!

Alors...

Pistache, voici le Dr Fellini.

Heureux de te rencontrer, Pistache.

Oui, je sais.

Papa, cet homme ressemble au costume que tu portais.

SOIS ATTENTIF!!! Tu comprendras bientôt!

Bon.

ALORS...

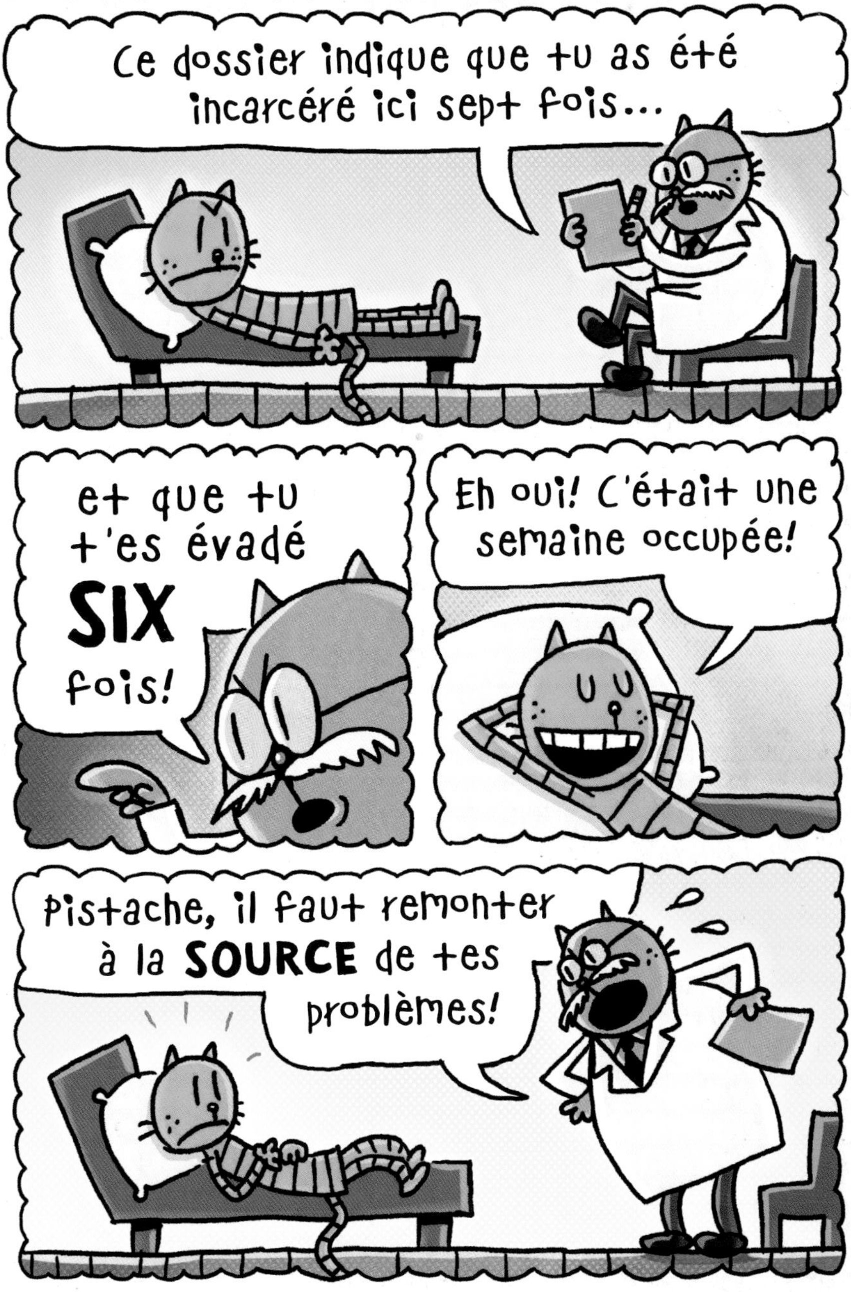

Ce dossier indique que tu as été incarcéré ici sept fois...
et que tu t'es évadé SIX fois!
Eh oui! C'était une semaine occupée!
Pistache, il faut remonter à la SOURCE de tes problèmes!

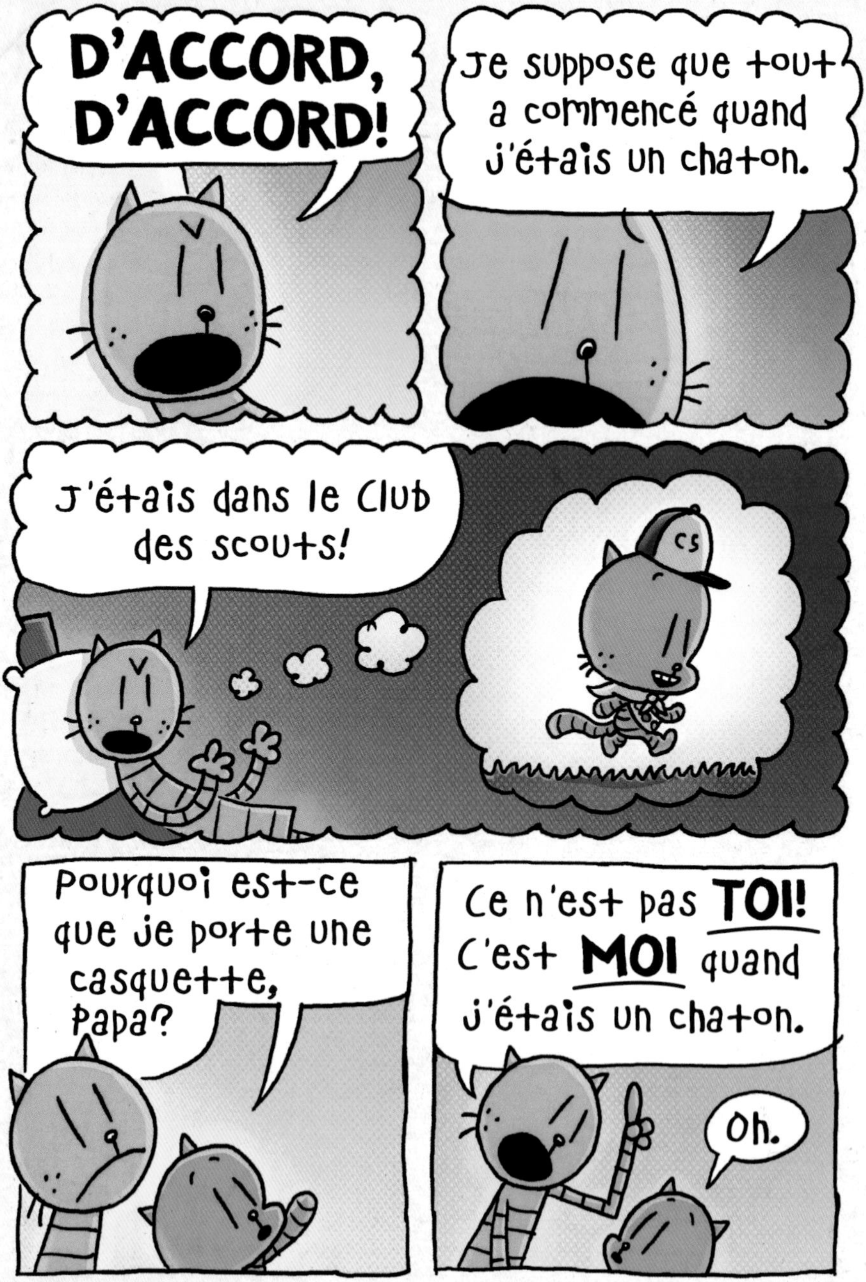
D'ACCORD, D'ACCORD!
Je suppose que tout a commencé quand j'étais un chaton.
J'étais dans le Club des scouts!
CS
Pourquoi est-ce que je porte une casquette, papa?
Ce n'est pas TOI! C'est MOI quand j'étais un chaton.
Oh.

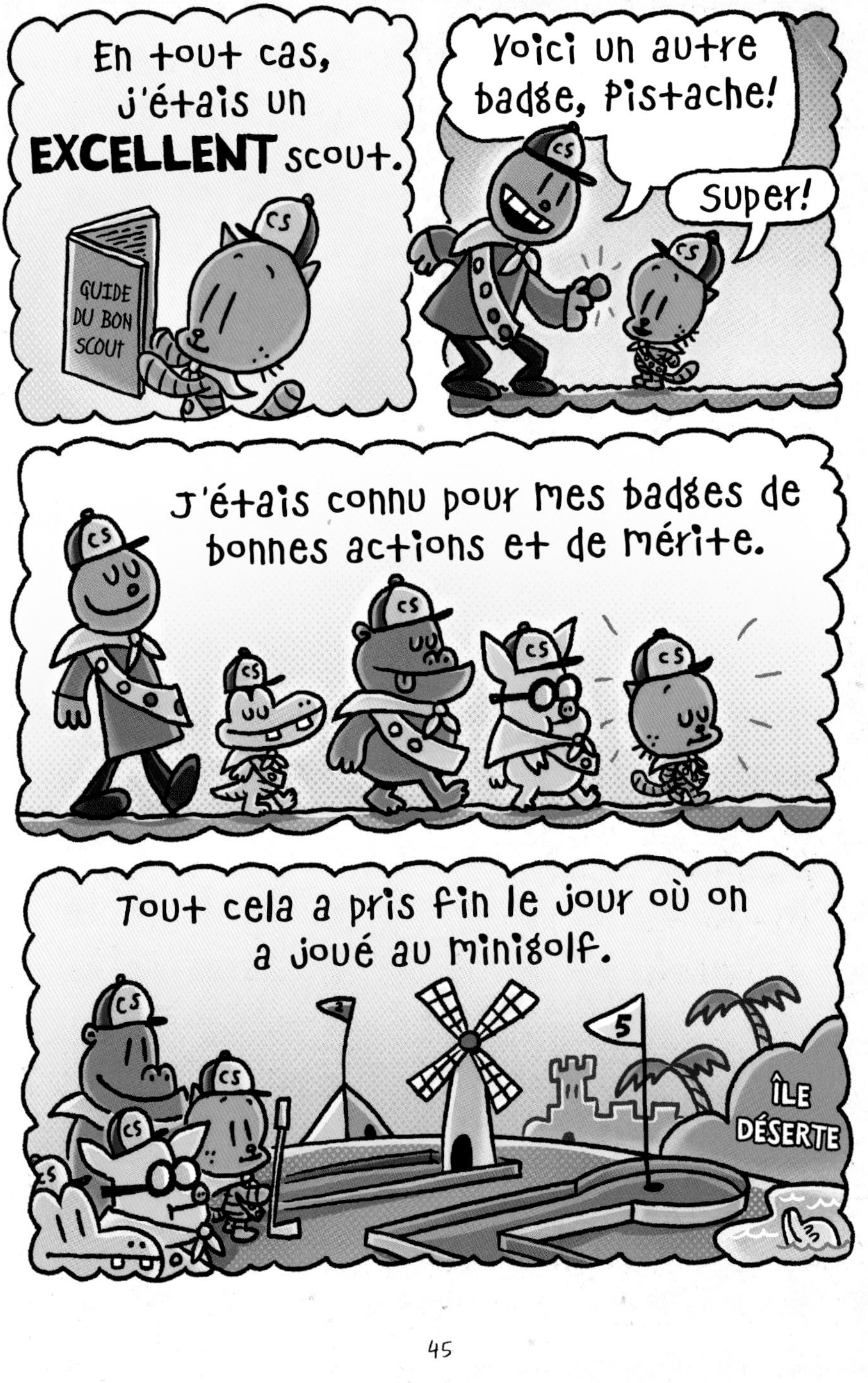
En tout cas, j'étais un **EXCELLENT** scout.
GUIDE DU BON SCOUT
CS
Voici un autre badge, Pistache!
Super!
CS
J'étais connu pour mes badges de bonnes actions et de mérite.
CS
Tout cela a pris fin le jour où on a joué au minigolf.
CS
5
ÎLE DÉSERTE

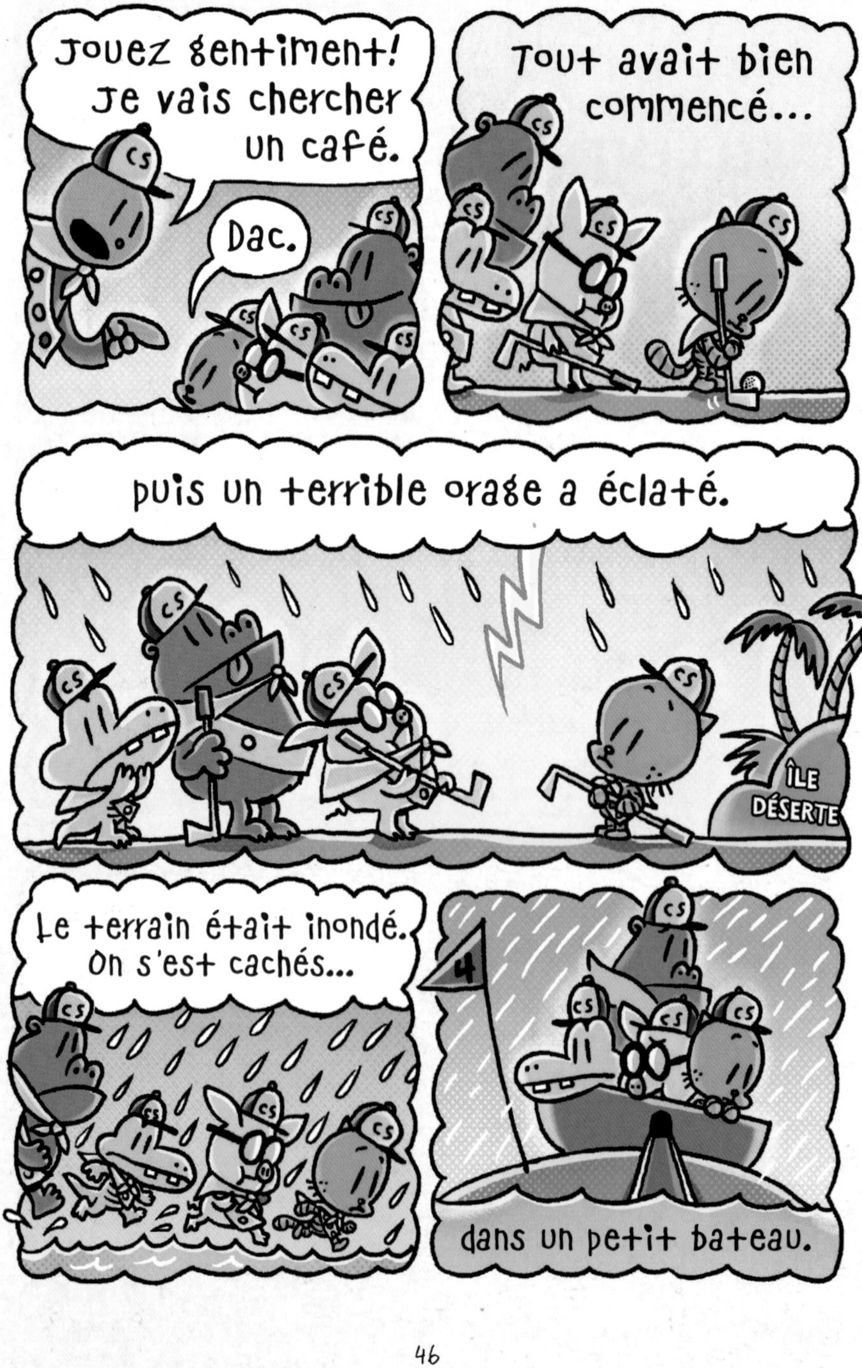
Jouez gentiment! Je vais chercher un café.
Dac.
Tout avait bien commencé...
puis un terrible orage a éclaté.
ÎLE DÉSERTE
Le terrain était inondé. On s'est cachés...
4
dans un petit bateau.

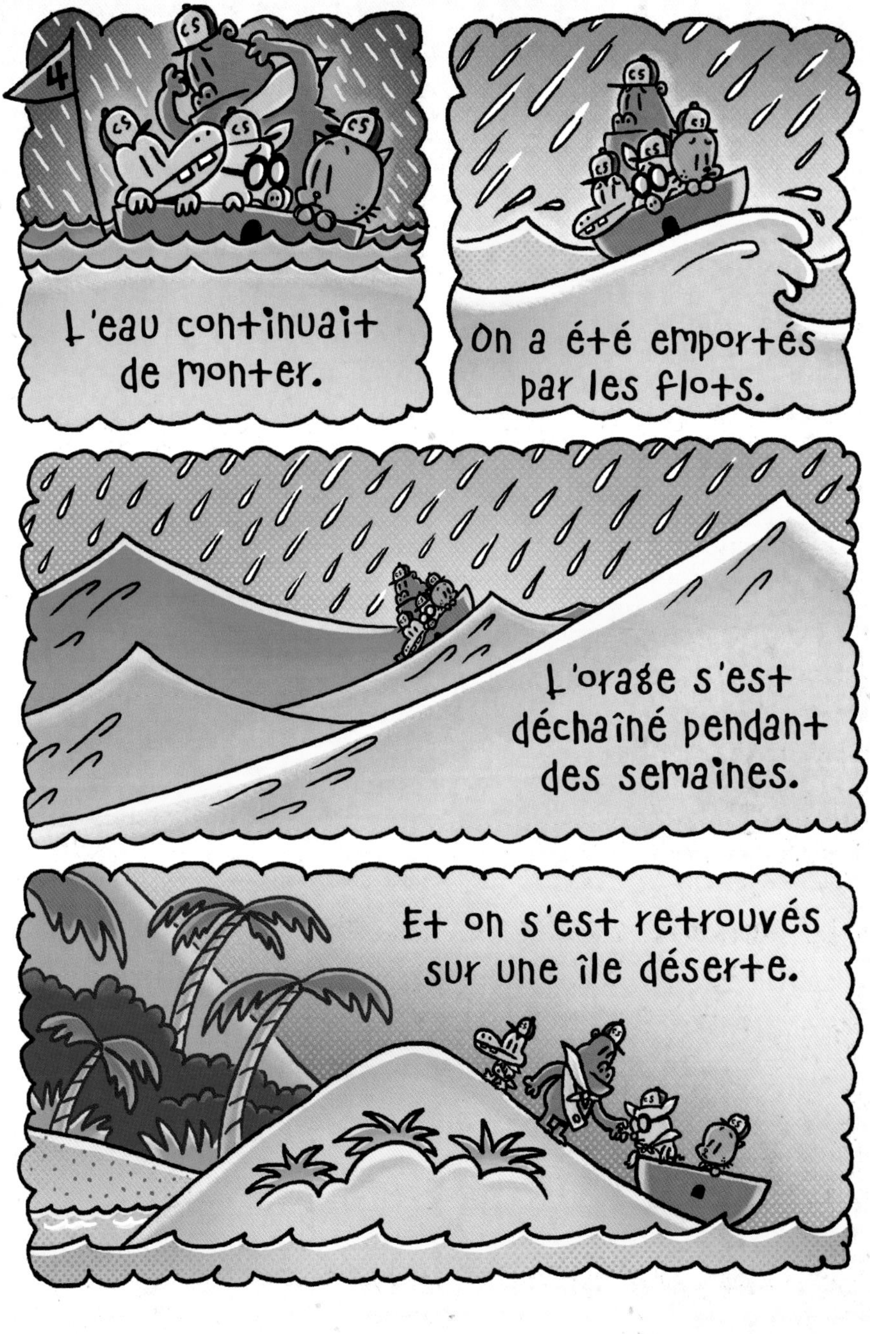
L'eau continuait de monter.
On a été emportés par les flots.
L'orage s'est déchaîné pendant des semaines.
Et on s'est retrouvés sur une île déserte.

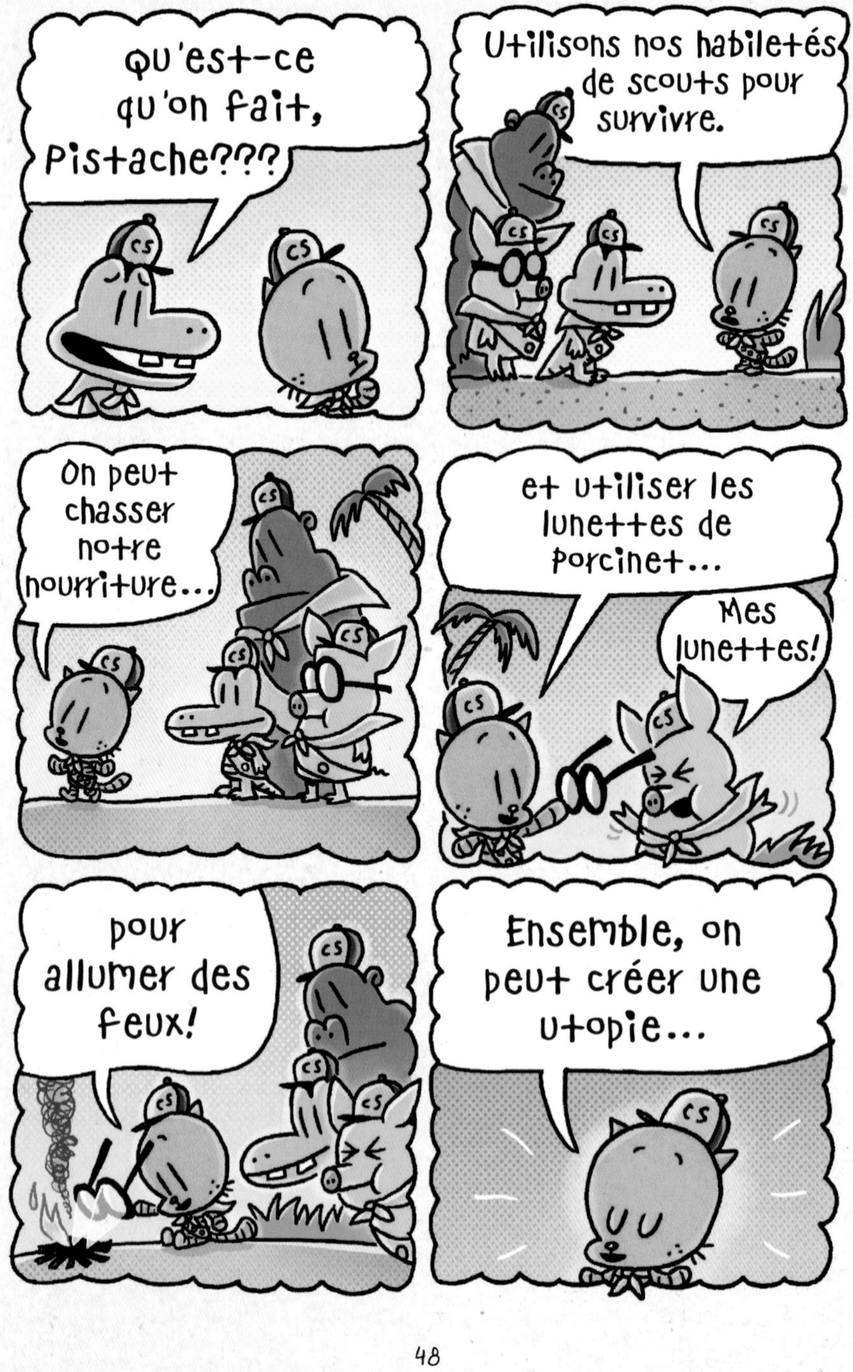
Qu'est-ce qu'on fait, Pistache???
Utilisons nos habiletés de scouts pour survivre.
On peut chasser notre nourriture...
et utiliser les lunettes de Porcinet...
Mes lunettes!
pour allumer des feux!
Ensemble, on peut créer une utopie...

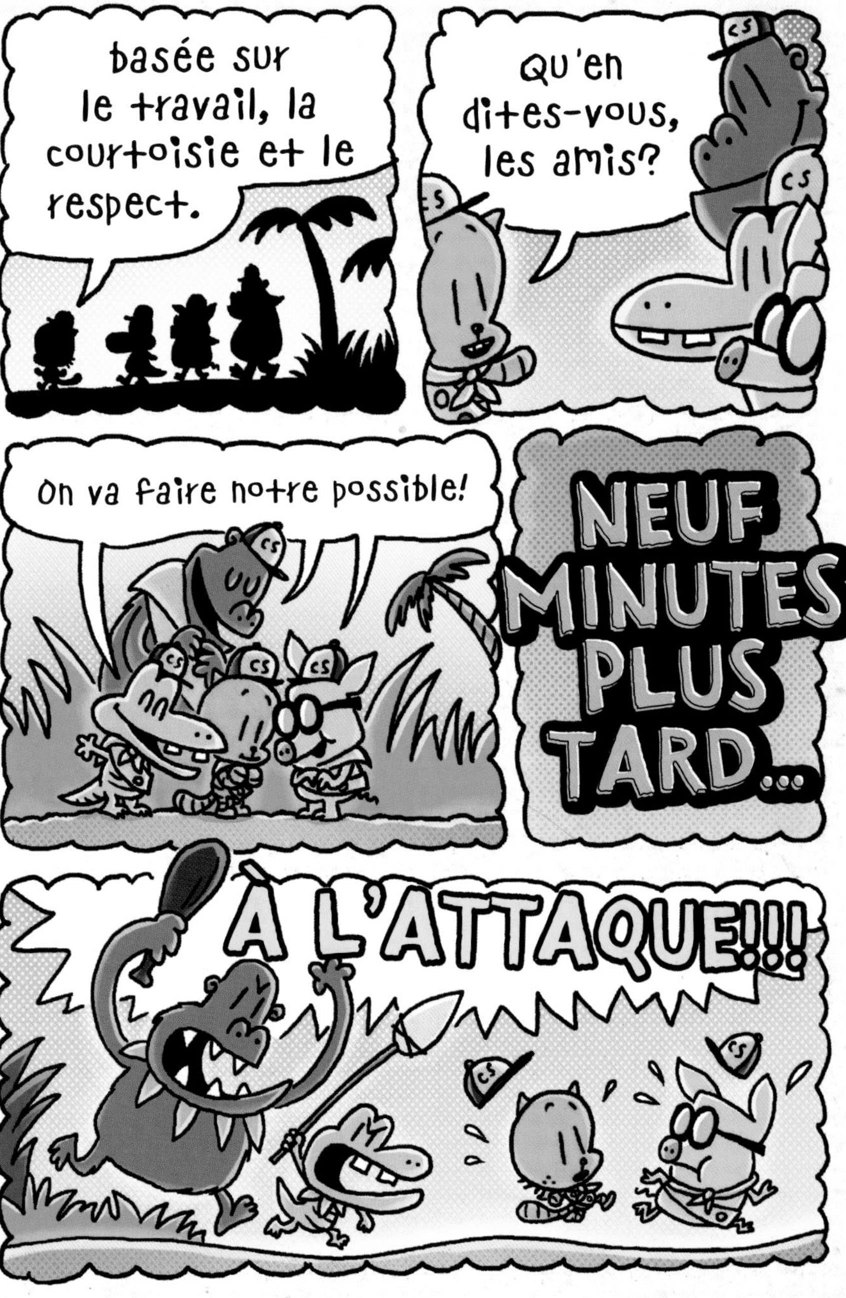
basée sur le travail, la courtoisie et le respect.
Qu'en dites-vous, les amis?
On va faire notre possible!
NEUF MINUTES PLUS TARD...
À L'ATTAQUE!!!

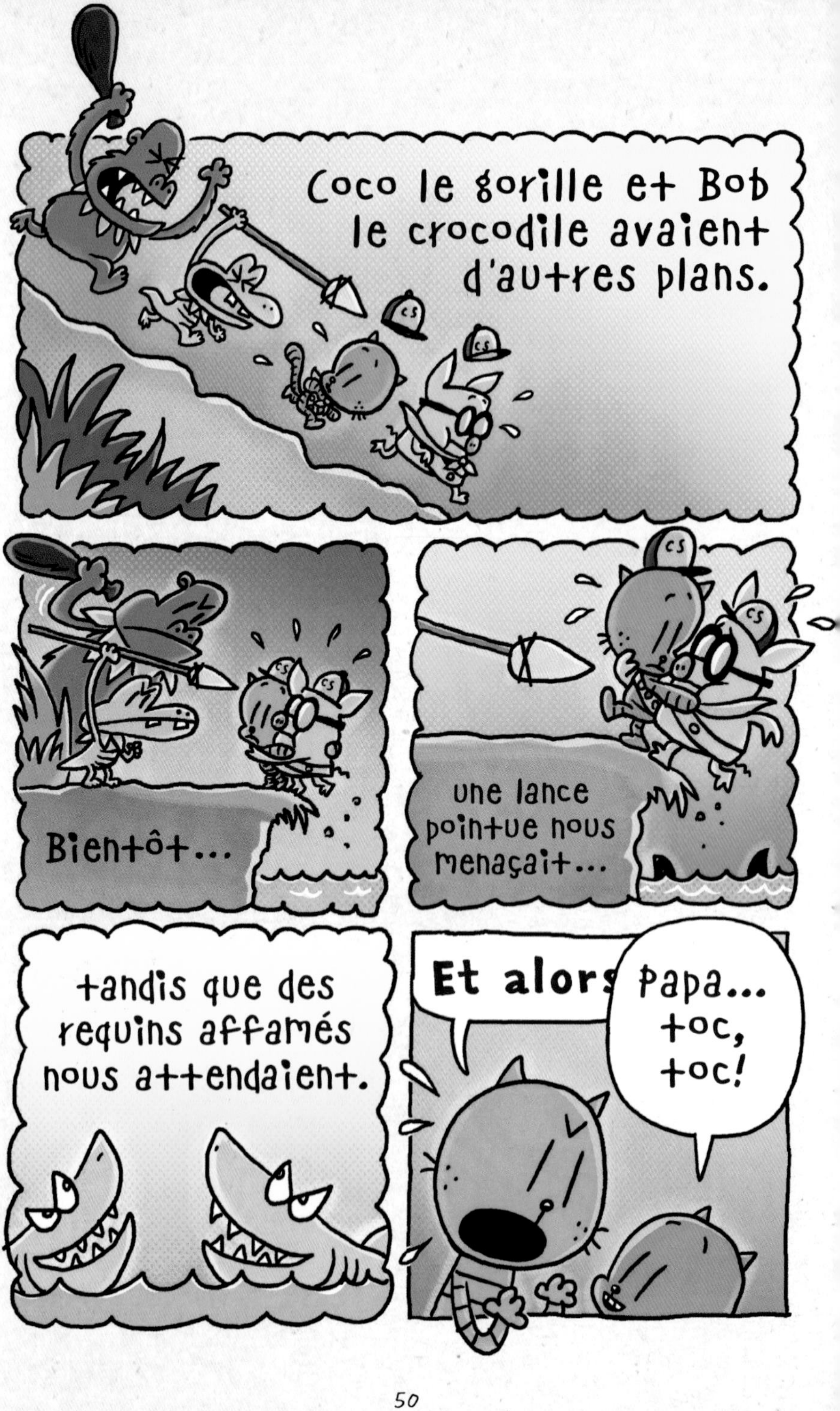
Coco le gorille et Bob le crocodile avaient d'autres plans.
Bientôt...
une lance pointue nous menaçait...
tandis que des requins affamés nous attendaient.
Et alors
Papa... toc, toc!

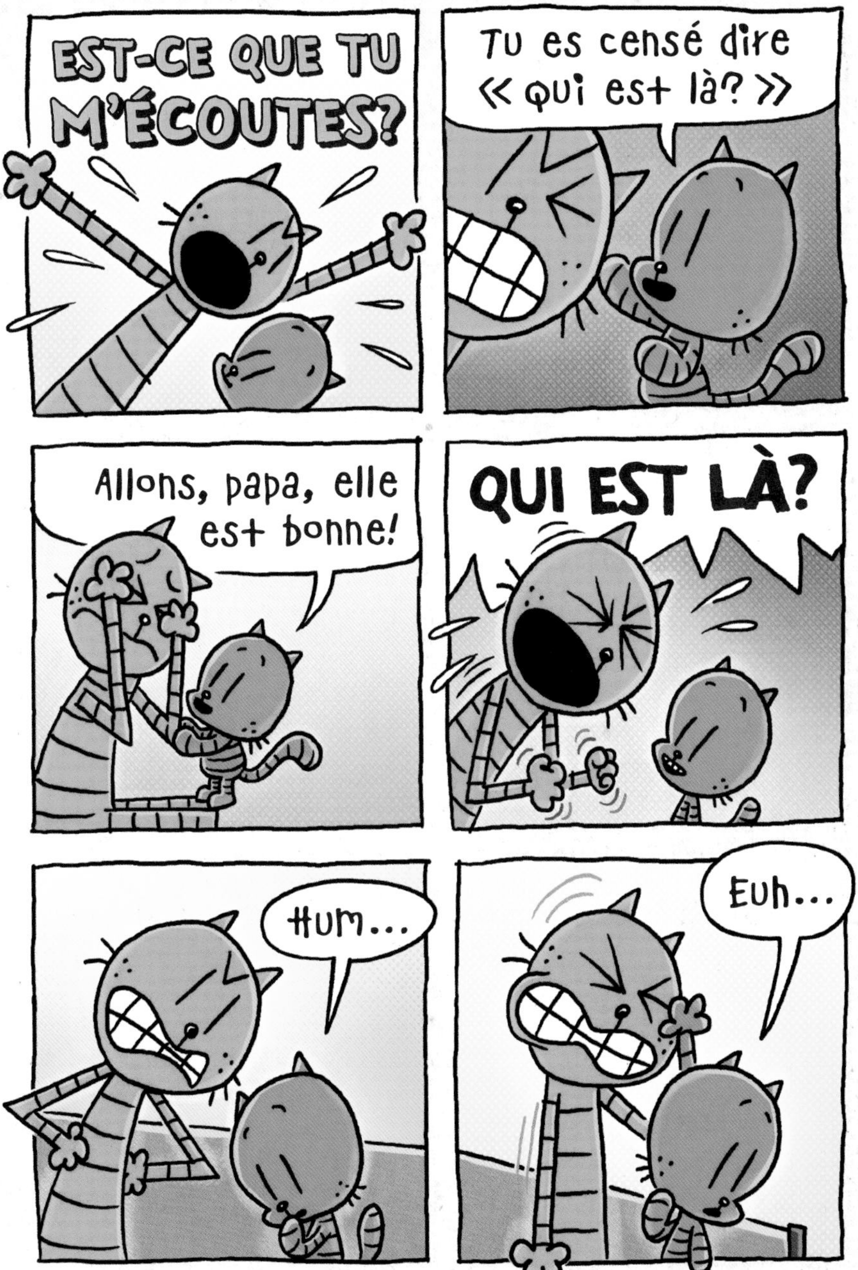
EST-CE QUE TU M'ÉCOUTES?
Tu es censé dire « qui est là? »
Allons, papa, elle est bonne!
QUI EST LÀ?
Hum...
Euh...

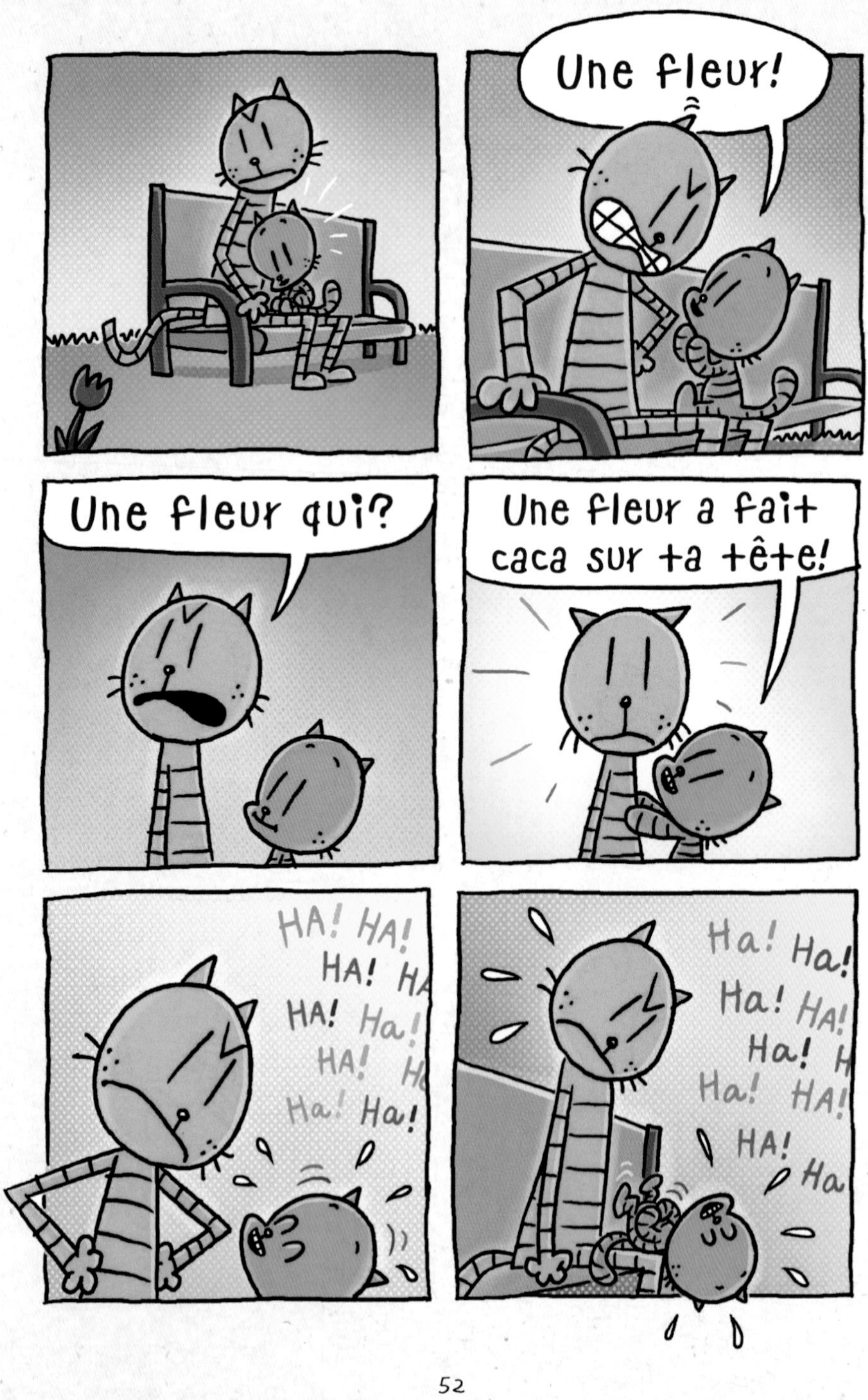
Une fleur!
Une fleur qui?
Une fleur a fait caca sur ta tête!
HA! HA! HA! HA! Ha! HA! Ha! Ha!
Ha! Ha! Ha! HA! Ha! Ha! HA! HA!

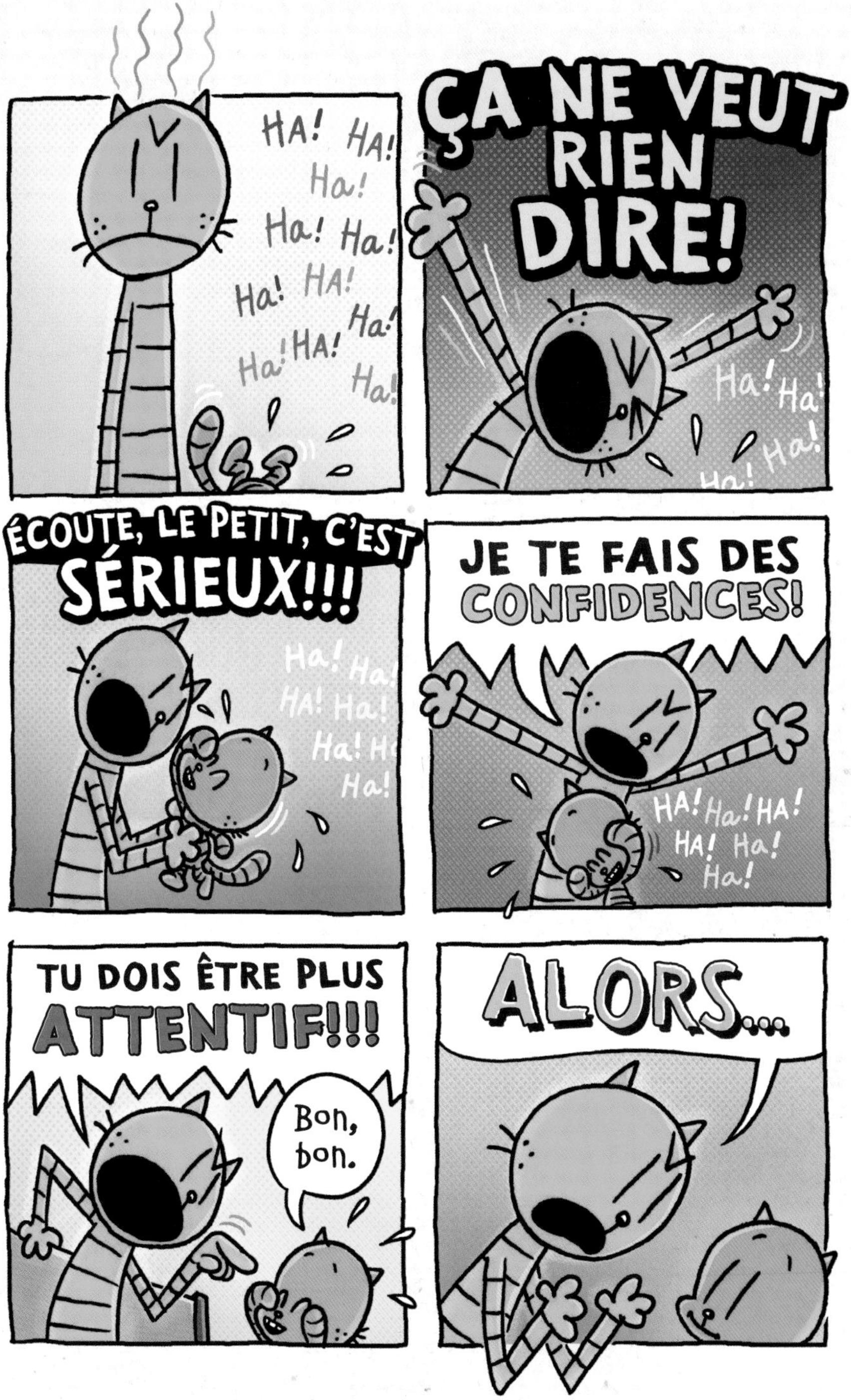
HA! HA! Ha! Ha! Ha! Ha! HA! Ha! Ha! HA! Ha!
ÇA NE VEUT RIEN DIRE!
Ha! Ha! Ha!
ÉCOUTE, LE PETIT, C'EST SÉRIEUX!!!
Ha! Ha! HA! Ha! Ha! Ha!
JE TE FAIS DES CONFIDENCES!
HA! Ha! HA! HA! Ha! Ha!
TU DOIS ÊTRE PLUS ATTENTIF!!!
Bon, bon.
ALORS...

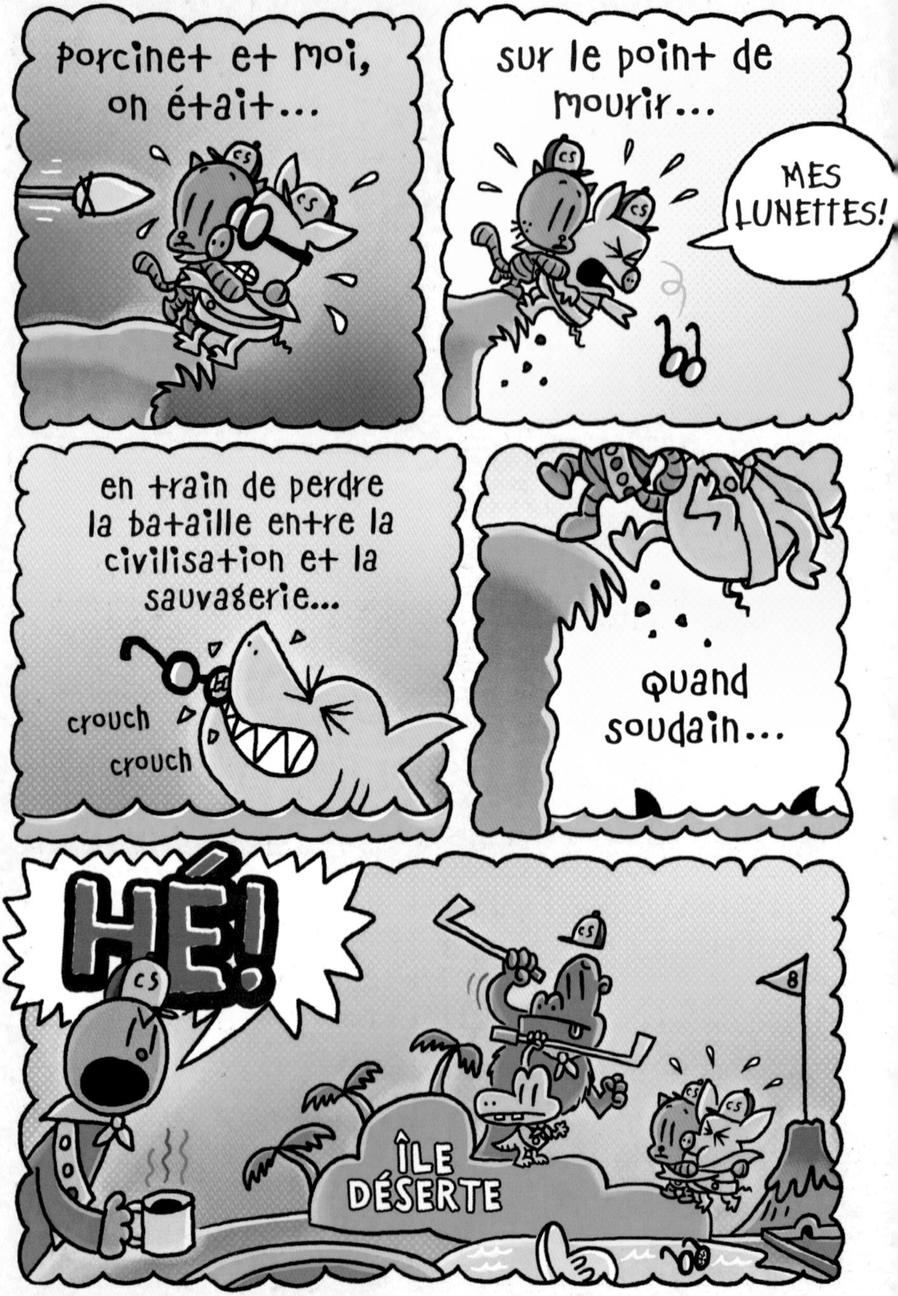
porcinet et moi,
on était...
sur le point de
mourir...
MES
LUNETTES!
en train de perdre
la bataille entre la
civilisation et la
sauvagerie...
crouch
crouch
quand
soudain...
HÉ!
ÎLE
DÉSERTE

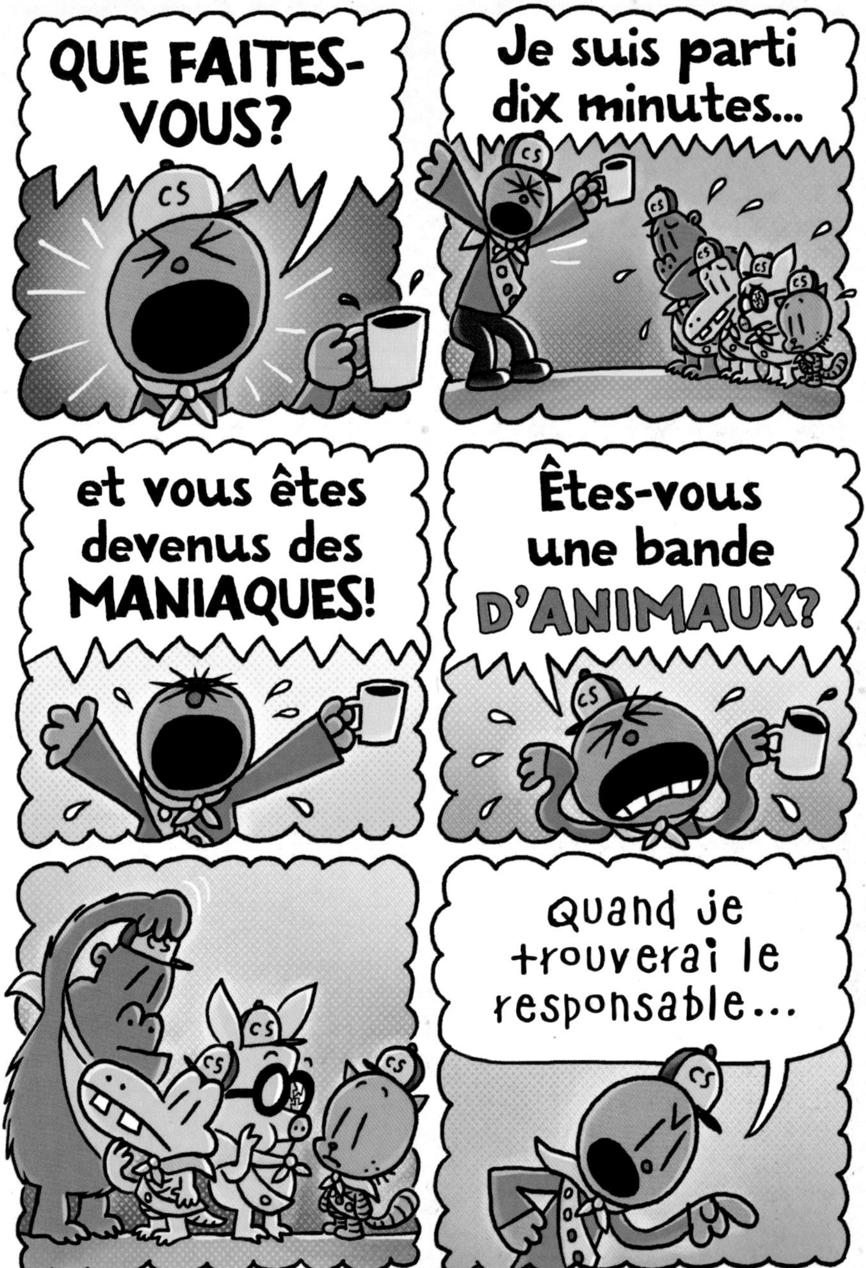
QUE FAITES-VOUS?
Je suis parti dix minutes...
et vous êtes devenus des MANIAQUES!
Êtes-vous une bande D'ANIMAUX?
Quand je trouverai le responsable...

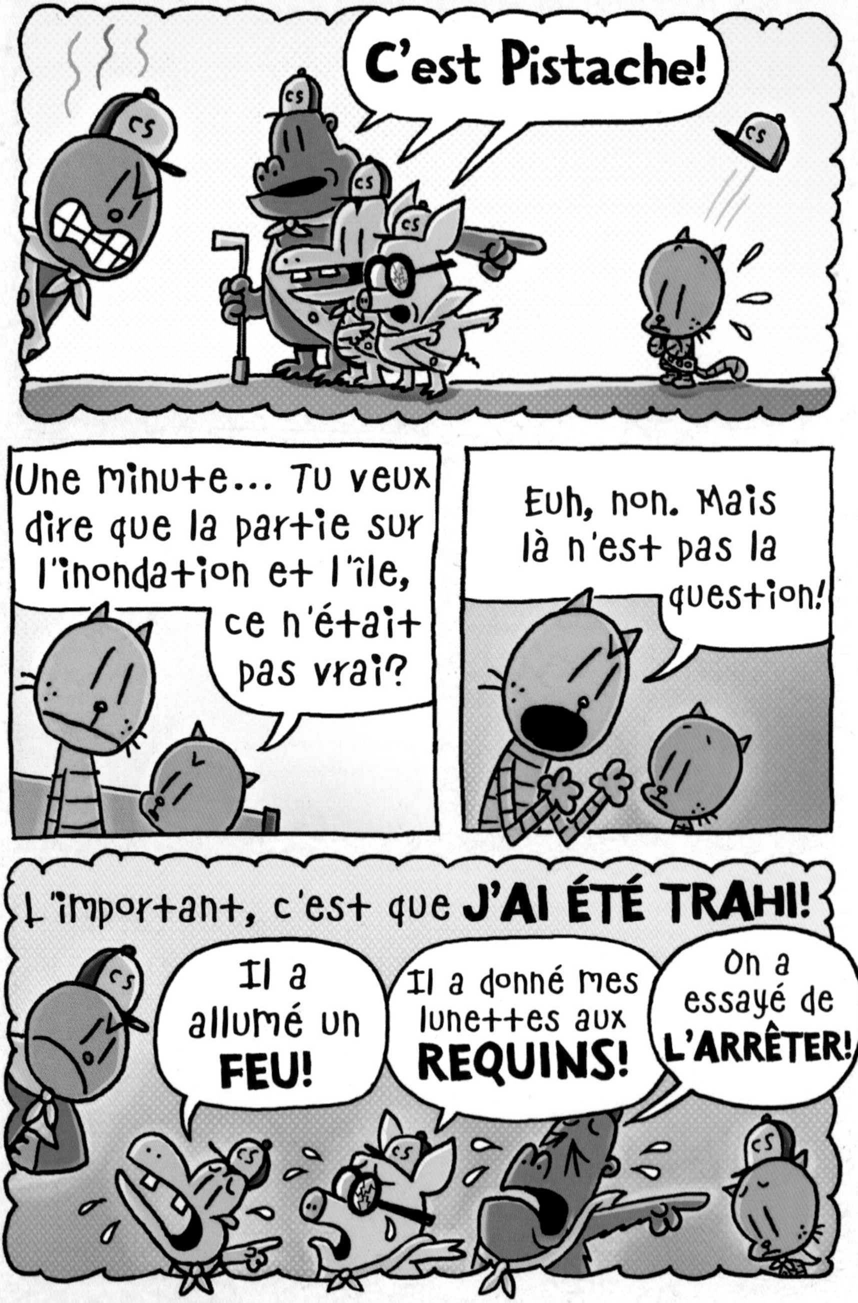
C'est Pistache!
Une minute... Tu veux dire que la partie sur l'inondation et l'île, ce n'était pas vrai?
Euh, non. Mais là n'est pas la question!
L'important, c'est que J'AI ÉTÉ TRAHI!
Il a allumé un FEU!
Il a donné mes lunettes aux REQUINS!
On a essayé de L'ARRÊTER!

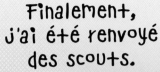

Finalement, j'ai été renvoyé des scouts.

Mes bonnes actions ont été effacées.

Tous mes efforts vertueux ne voulaient plus rien dire.

La vie... ne rimait plus... à rien.

Les choses n'ont plus jamais été les mêmes par la suite, doc.

Qu'est-il arrivé à Porcinet, Coco et Bob?

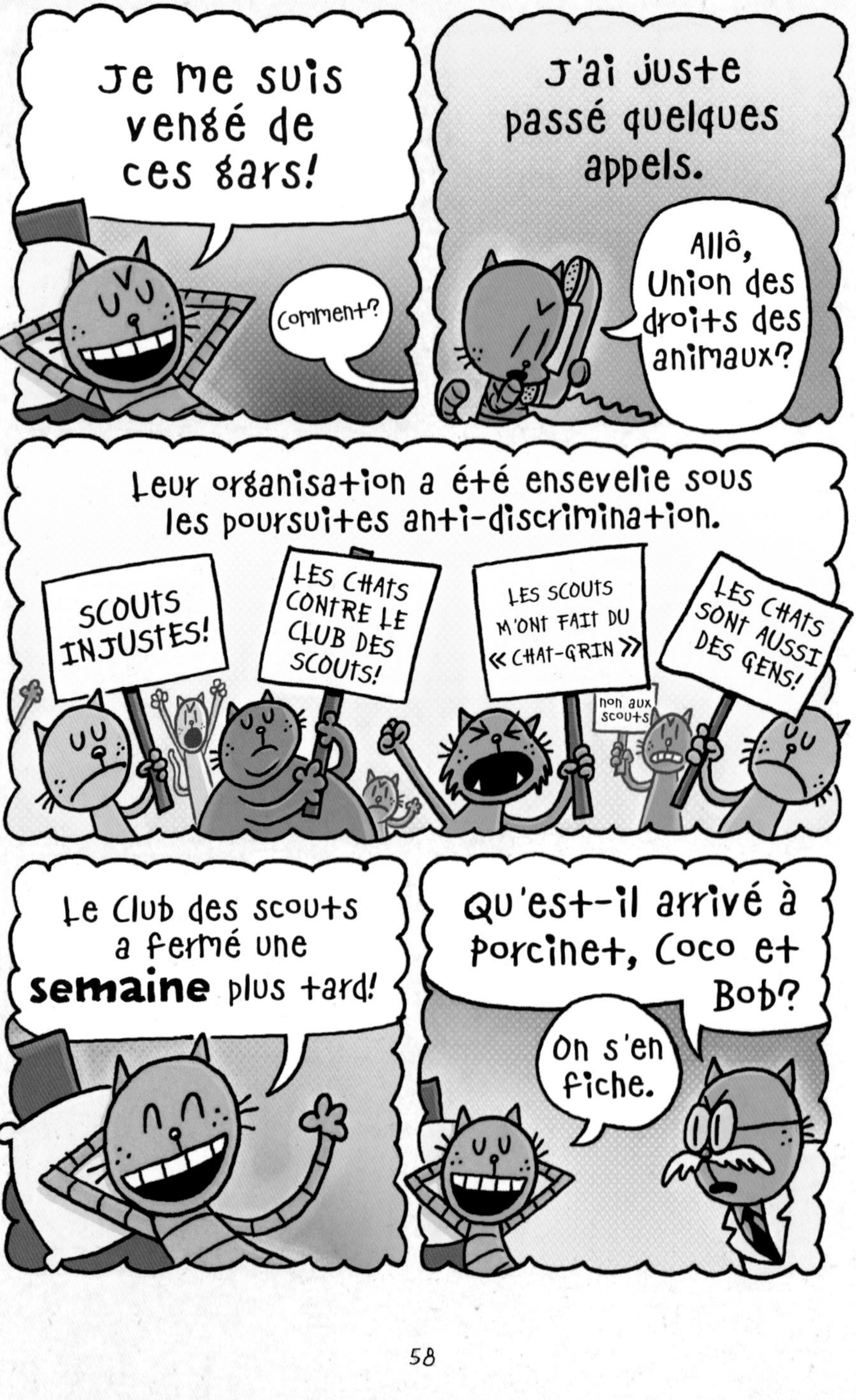
Je me suis vengé de ces gars!
Comment?
J'ai juste passé quelques appels.
Allô, Union des droits des animaux?
Leur organisation a été ensevelie sous les poursuites anti-discrimination.
SCOUTS INJUSTES!
LES CHATS CONTRE LE CLUB DES SCOUTS!
LES SCOUTS M'ONT FAIT DU « CHAT-GRIN »
non aux scouts
LES CHATS SONT AUSSI DES GENS!
Le Club des scouts a fermé une **semaine** plus tard!
Qu'est-il arrivé à Porcinet, Coco et Bob?
On s'en fiche.

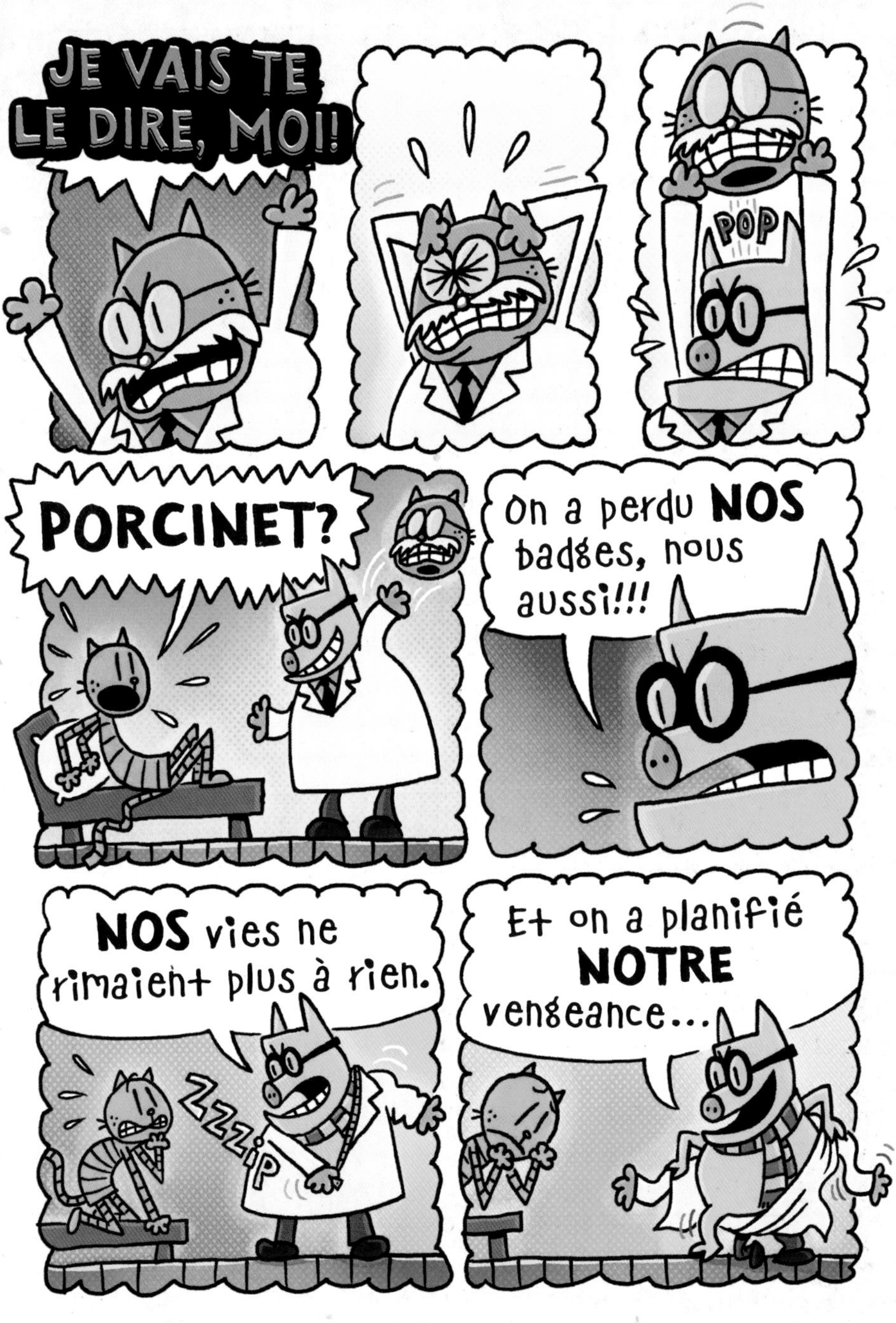
JE VAIS TE LE DIRE, MOI!
POP
PORCINET?
On a perdu NOS badges, nous aussi!!!
NOS vies ne rimaient plus à rien.
ZZZIP
Et on a planifié NOTRE vengeance...

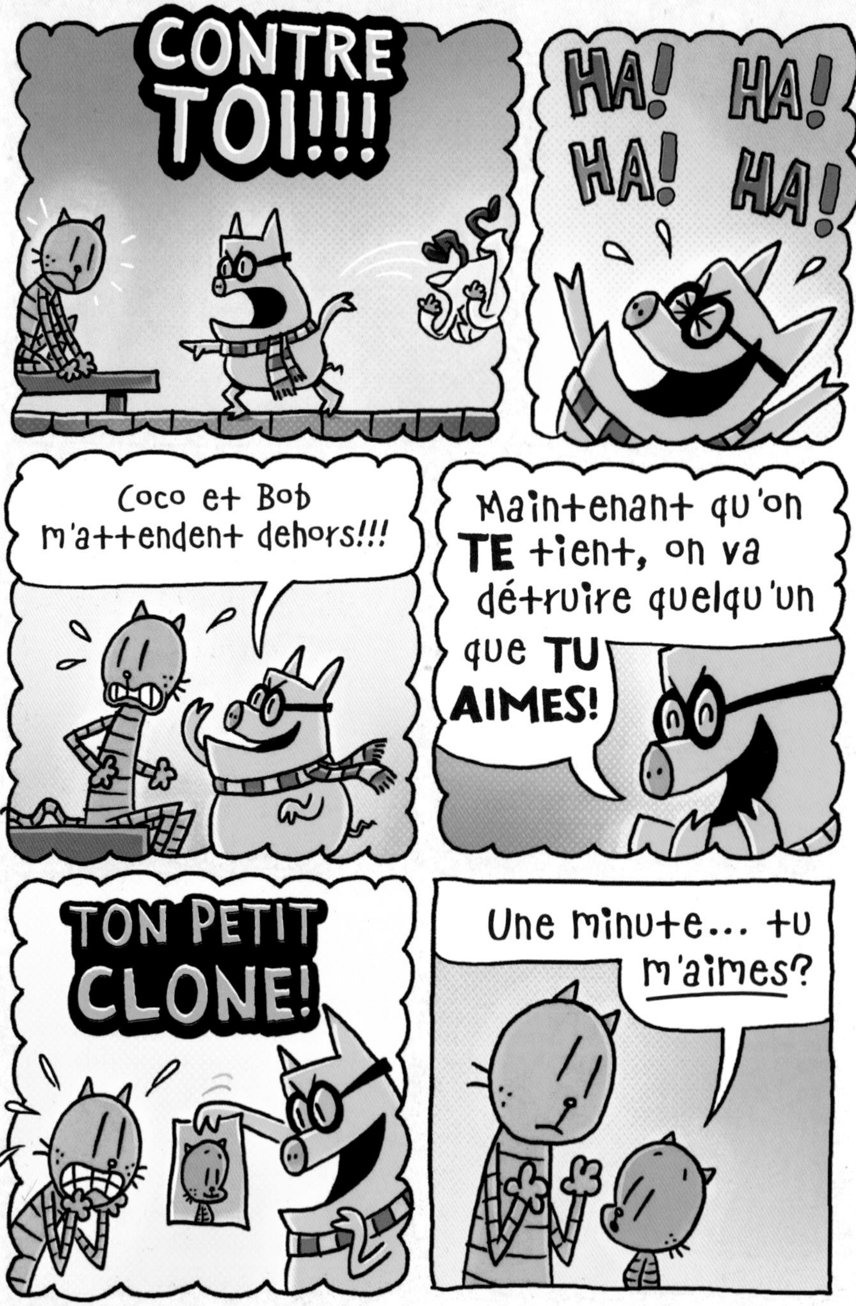
CONTRE TOI!!!
HA! HA! HA! HA!
Coco et Bob m'attendent dehors!!!
Maintenant qu'on TE tient, on va détruire quelqu'un que TU AIMES!
TON PETIT CLONE!
Une minute... tu m'aimes?

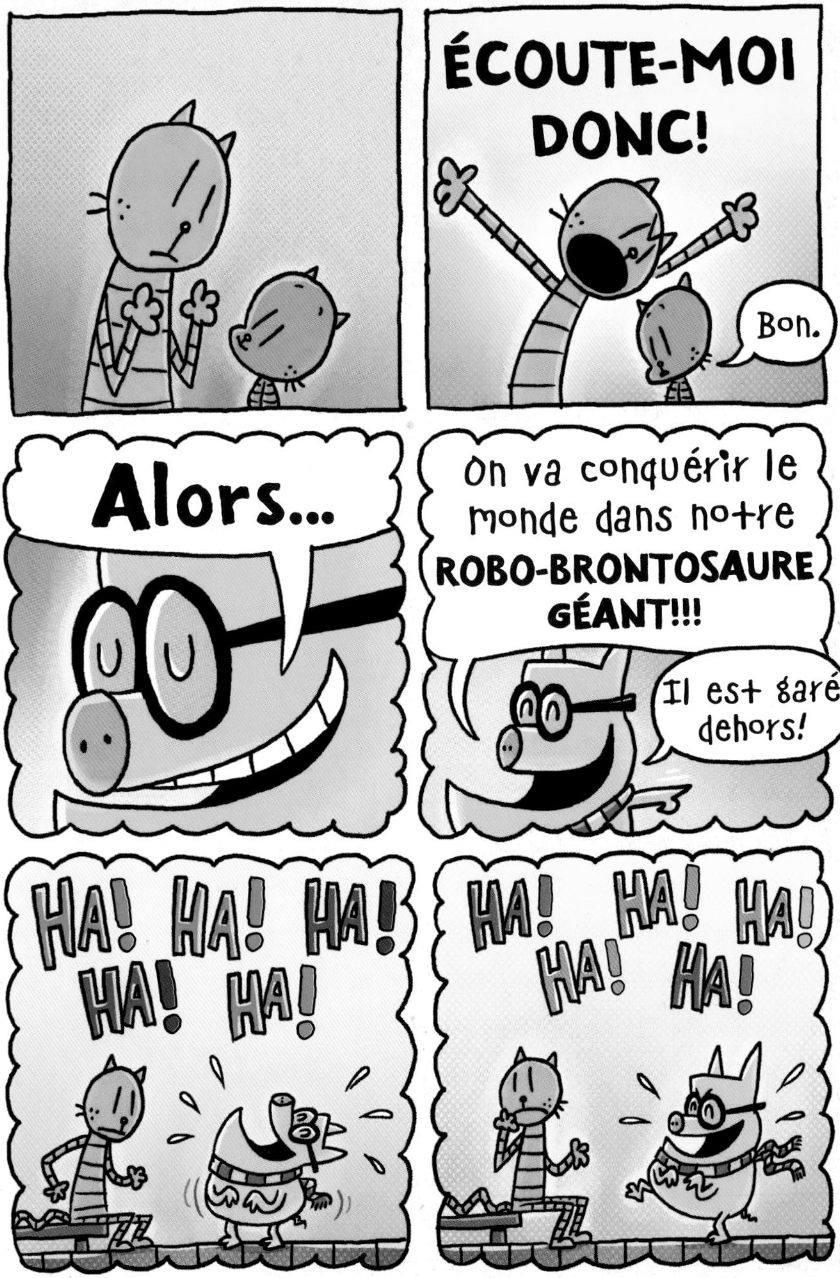

ÉCOUTE-MOI DONC!
Bon.
Alors...
On va conquérir le monde dans notre ROBO-BRONTOSAURE GÉANT!!!
Il est garé dehors!
HA! HA! HA! HA! HA!
HA! HA! HA! HA! HA!

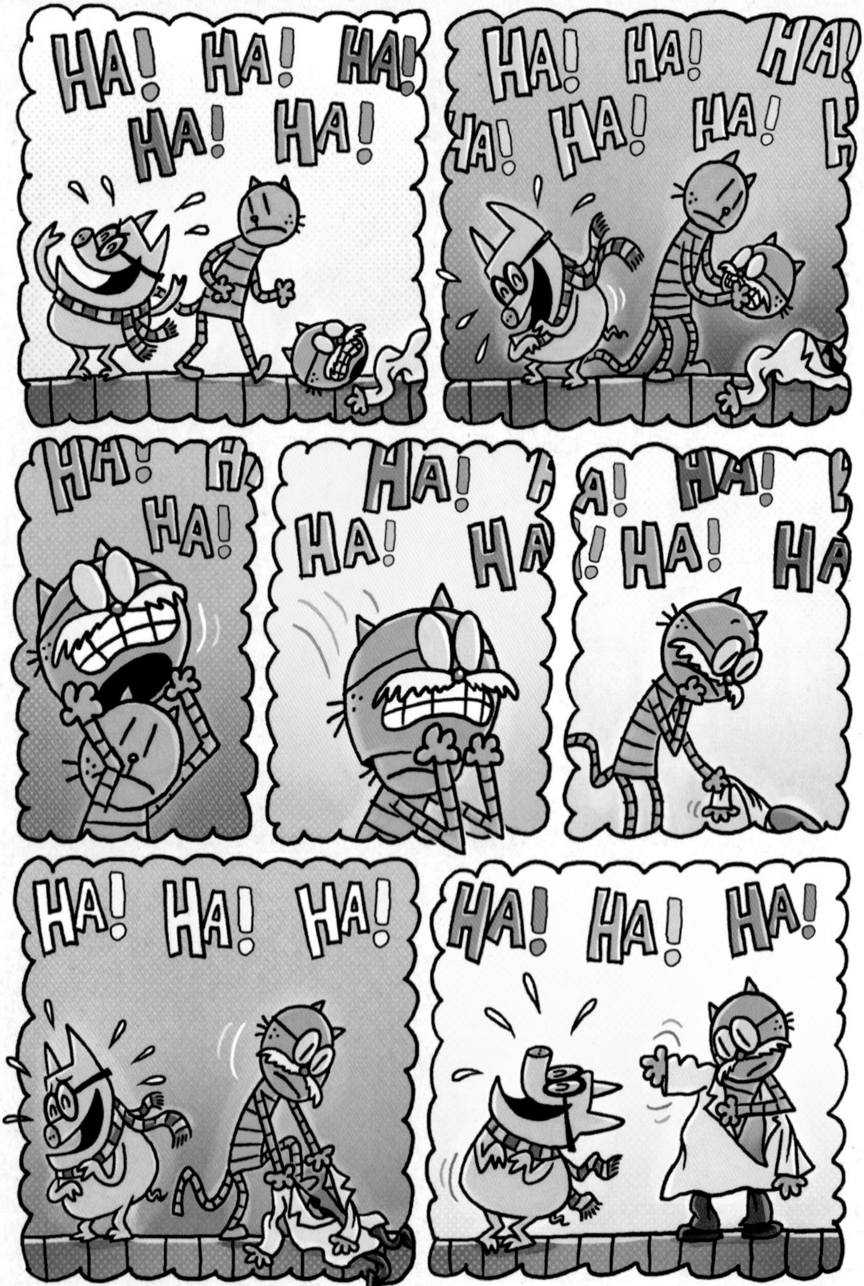
HA! HA! HA!
HA! HA!
HA! HA! HA!
HA! HA!
HA!
HA!
HA!
HA!
HA!
HA!
HA! HA! HA!
HA! HA! HA!

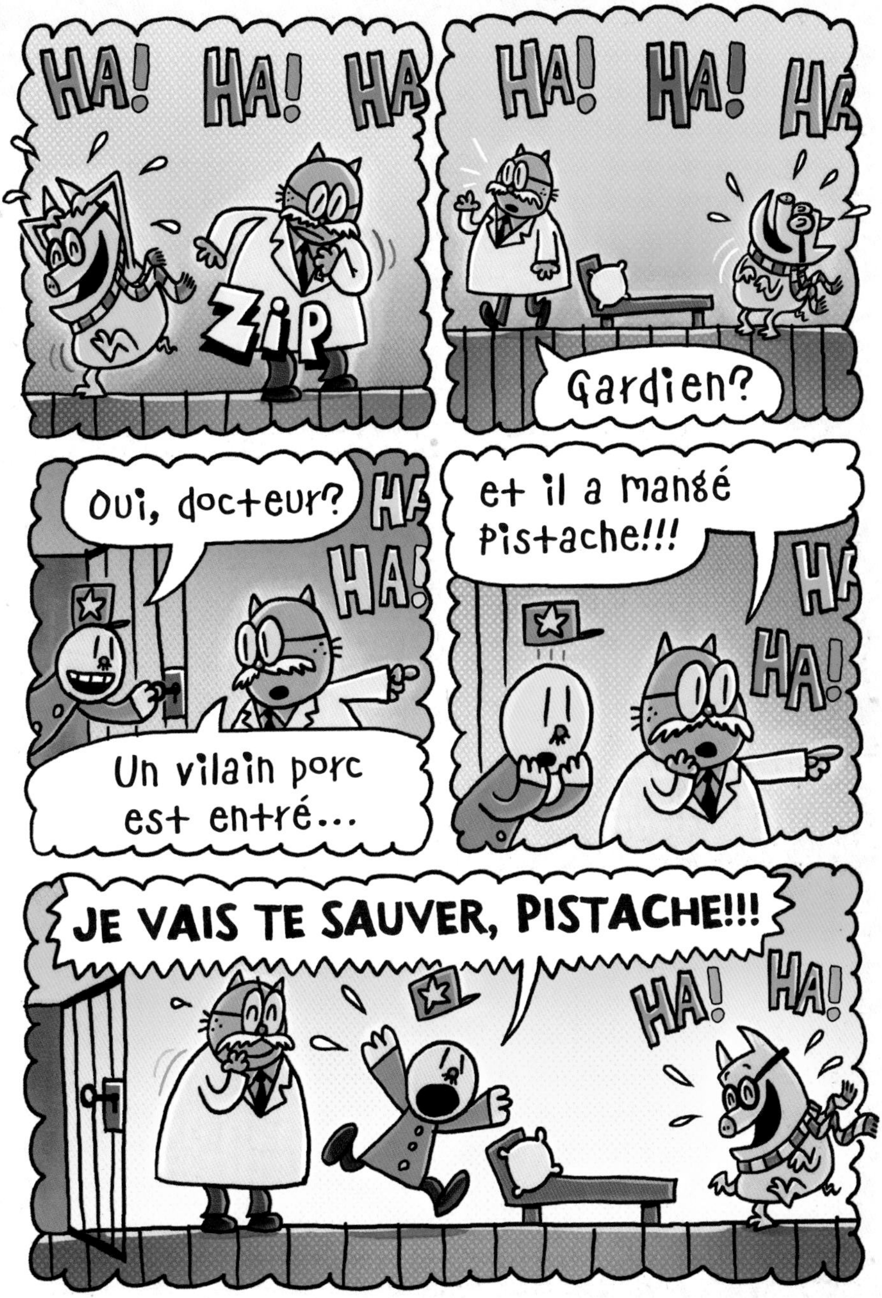
HA! HA! HA
ZIP
HA! HA! HA
Gardien?
Oui, docteur?
HA HA!
Un vilain porc est entré...
et il a mangé Pistache!!!
HA HA!
JE VAIS TE SAUVER, PISTACHE!!!
HA! HA!

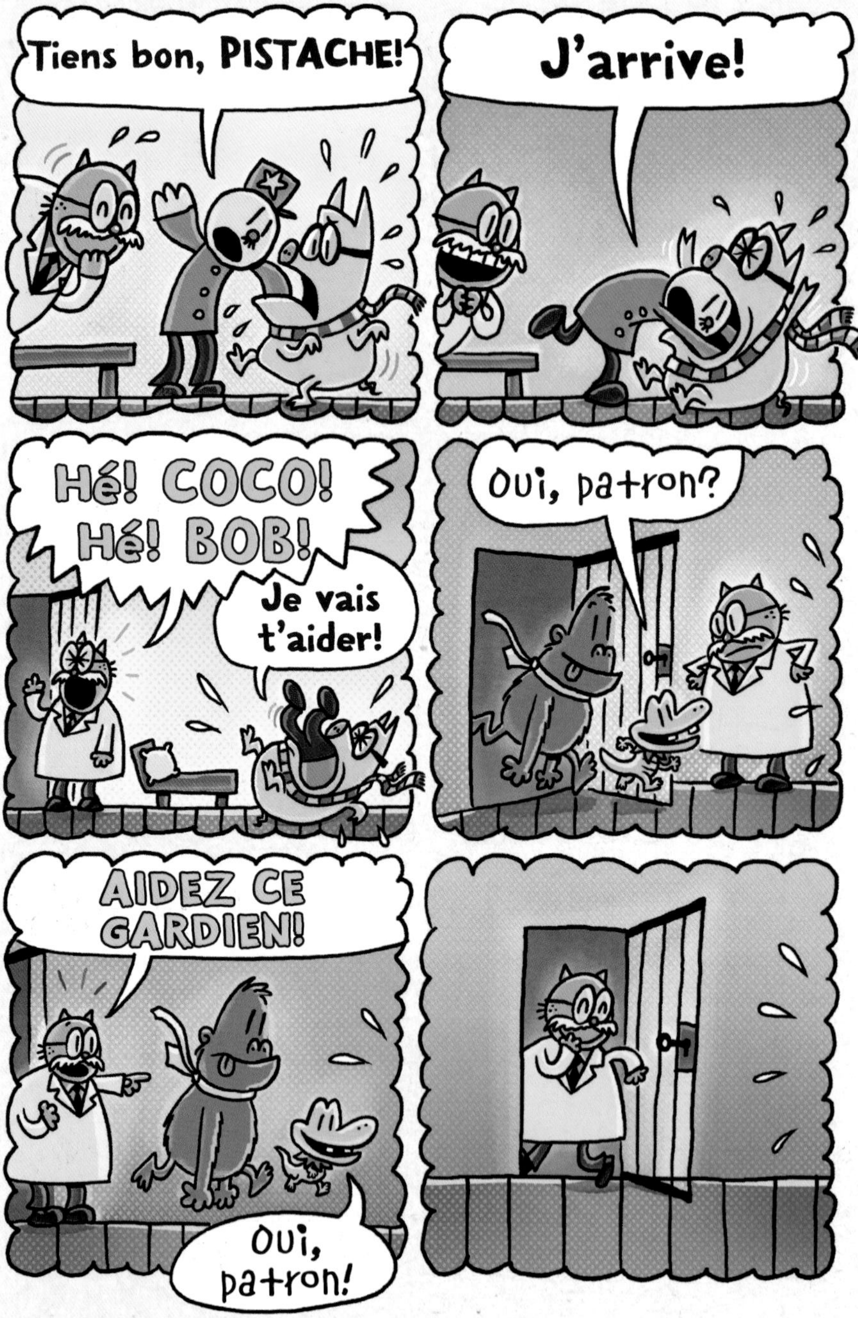
Tiens bon, PISTACHE!
J'arrive!
Hé! COCO! Hé! BOB!
Je vais t'aider!
Oui, patron?
AIDEZ CE GARDIEN!
Oui, patron!

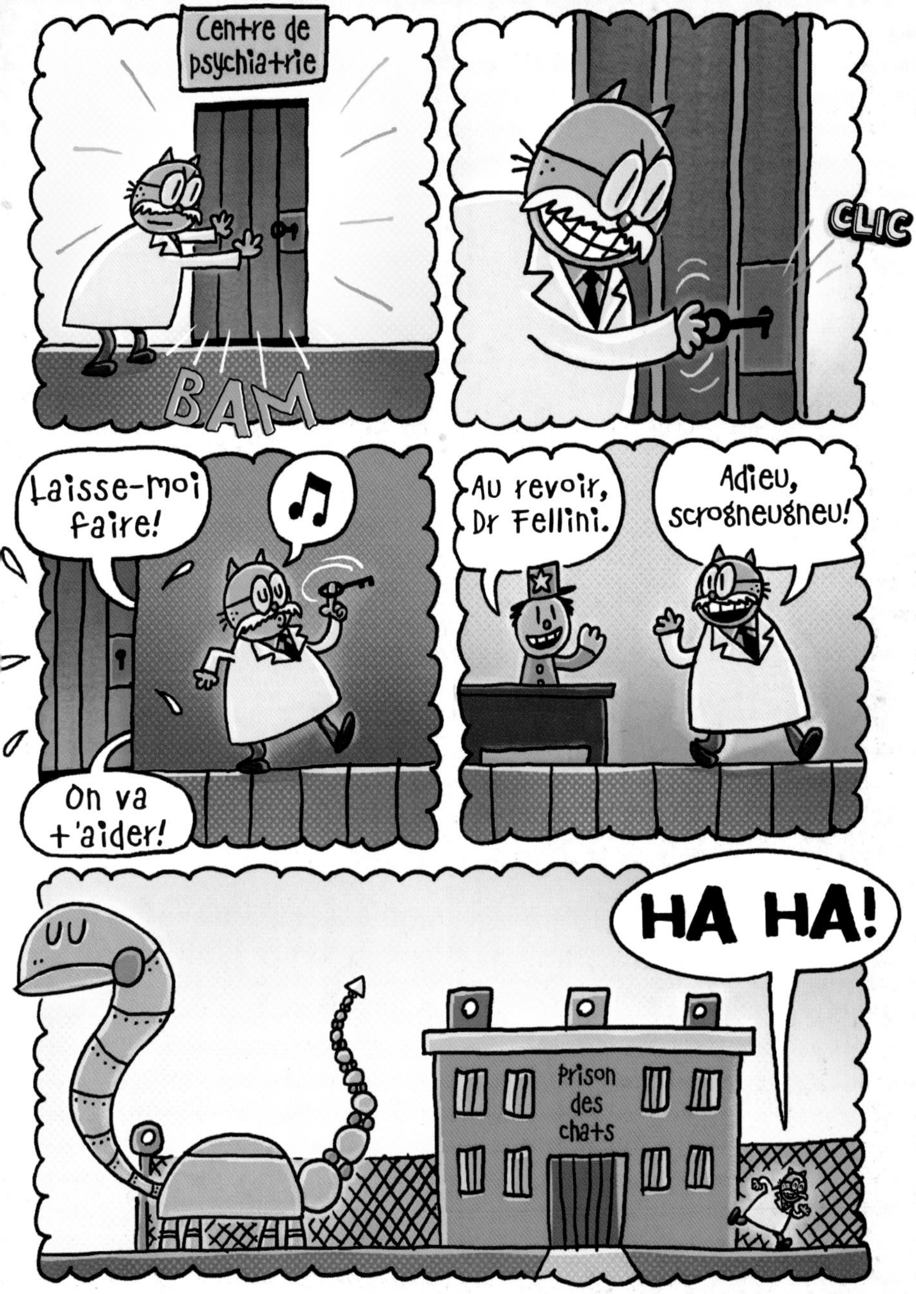
Centre de psychiatrie
BAM
CLIC
Laisse-moi faire!
On va t'aider!
Au revoir, Dr Fellini.
Adieu, scrogneugneu!
HA HA!
Prison des chats

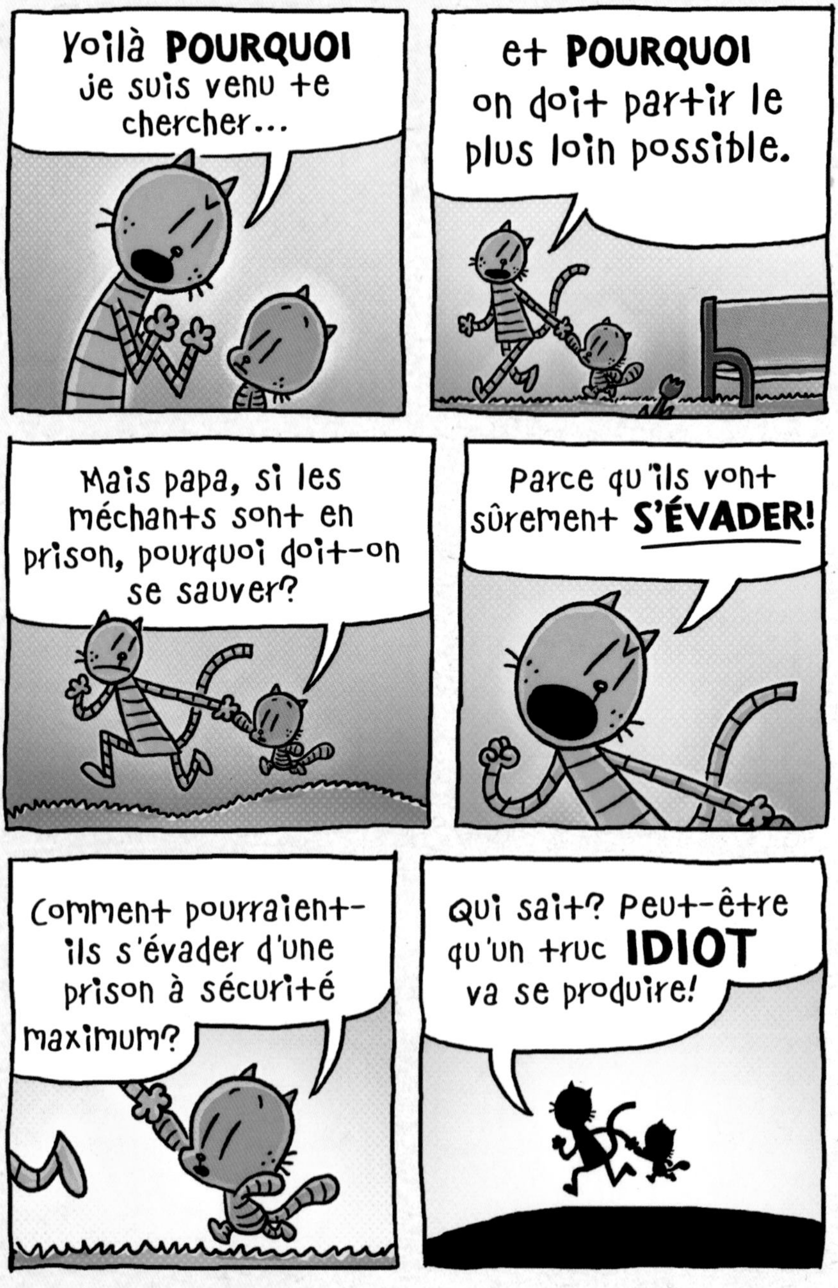
Voilà **POURQUOI** je suis venu te chercher...
et **POURQUOI** on doit partir le plus loin possible.
Mais papa, si les méchants sont en prison, pourquoi doit-on se sauver?
Parce qu'ils vont sûrement **S'ÉVADER!**
Comment pourraient-ils s'évader d'une prison à sécurité maximum?
Qui sait? Peut-être qu'un truc **IDIOT** va se produire!

CHAPITRE 3

Les Éditions de l'arbre ont le plaisir de présenter

UN TRUC IDIOT SE PRODUIT!

par Georges Barnabé et Harold Hébert

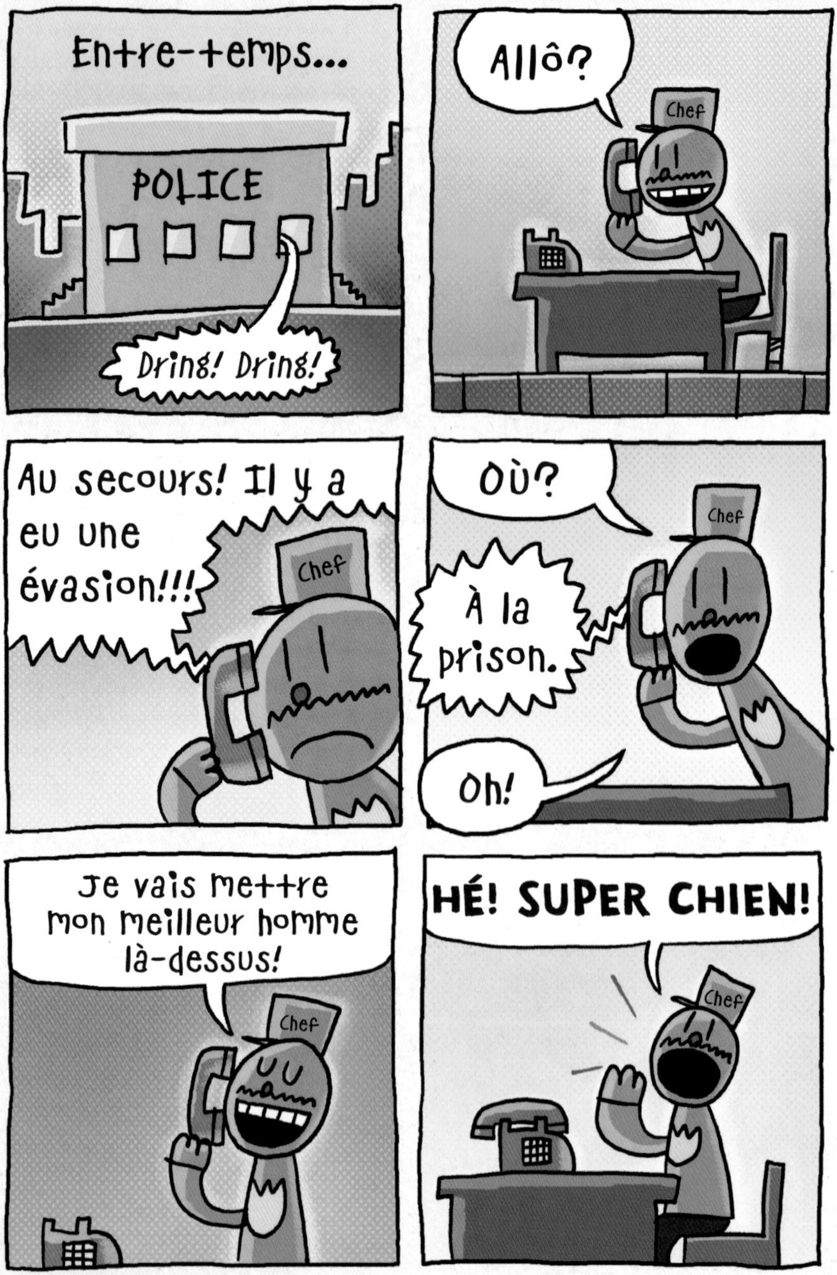
Entre-temps...
POLICE
Dring! Dring!
Allô?
Chef
Au secours! Il y a eu une évasion!!!
Chef
Où?
Chef
À la prison.
Oh!
Je vais mettre mon meilleur homme là-dessus!
Chef
HÉ! SUPER CHIEN!
Chef

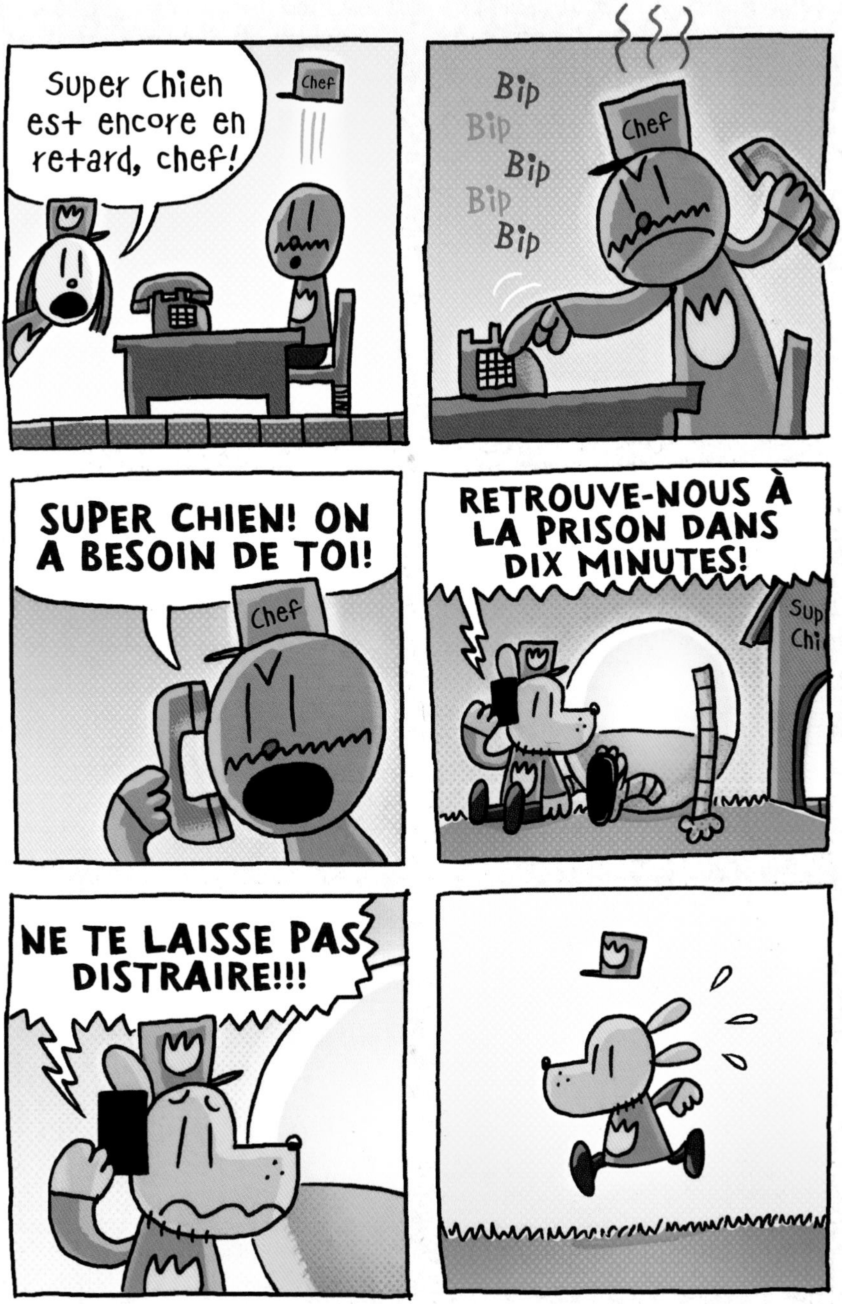
Super Chien est encore en retard, chef!
Chef
Bip
Bip
Bip
Bip
Bip
Chef
SUPER CHIEN! ON A BESOIN DE TOI!
Chef
RETROUVE-NOUS À LA PRISON DANS DIX MINUTES!
NE TE LAISSE PAS DISTRAIRE!!!

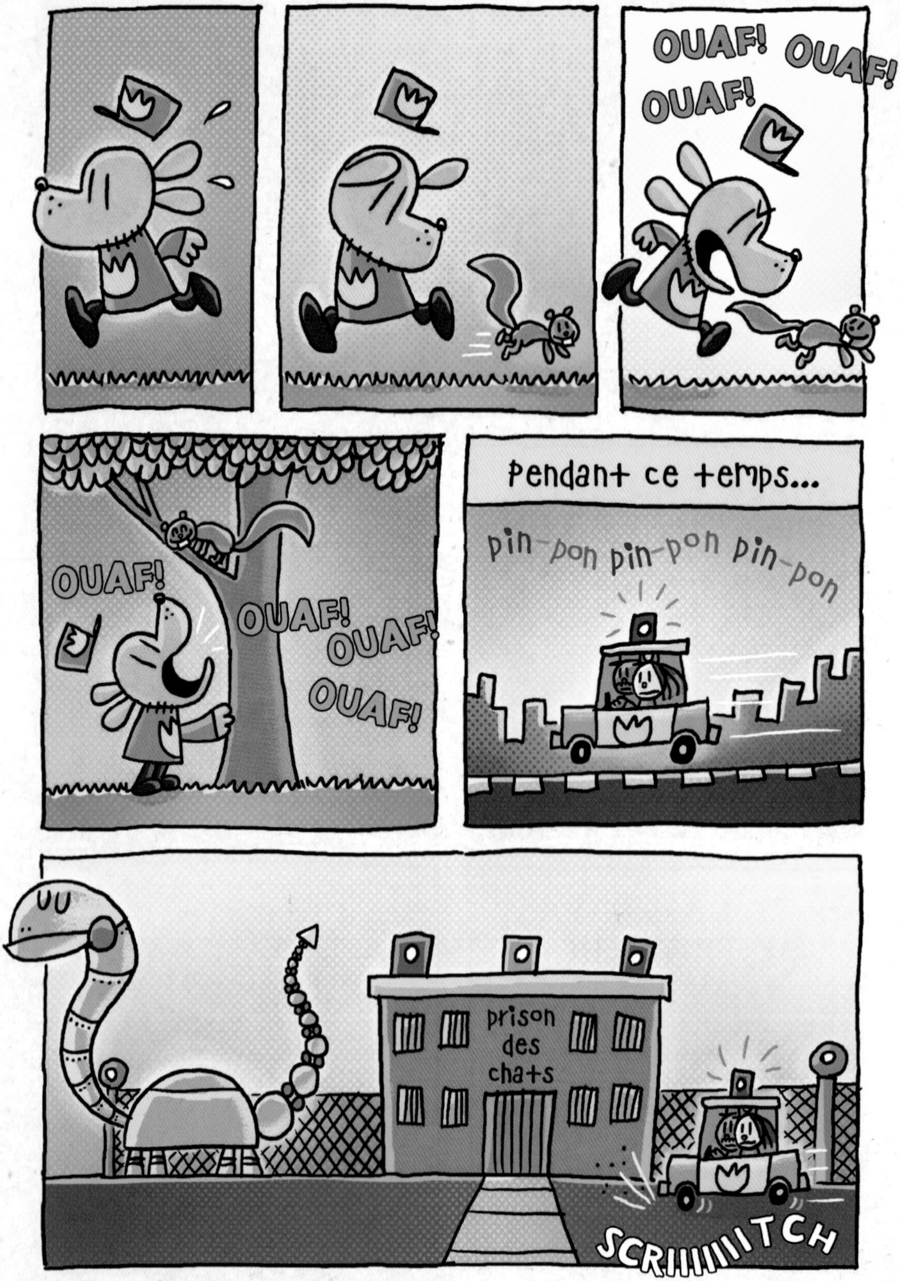
OUAF! OUAF!
OUAF!
OUAF!
OUAF!
OUAF!
OUAF!
Pendant ce temps...
pin-pon pin-pon pin-pon
prison des chats
SCRIIIIIIITCH

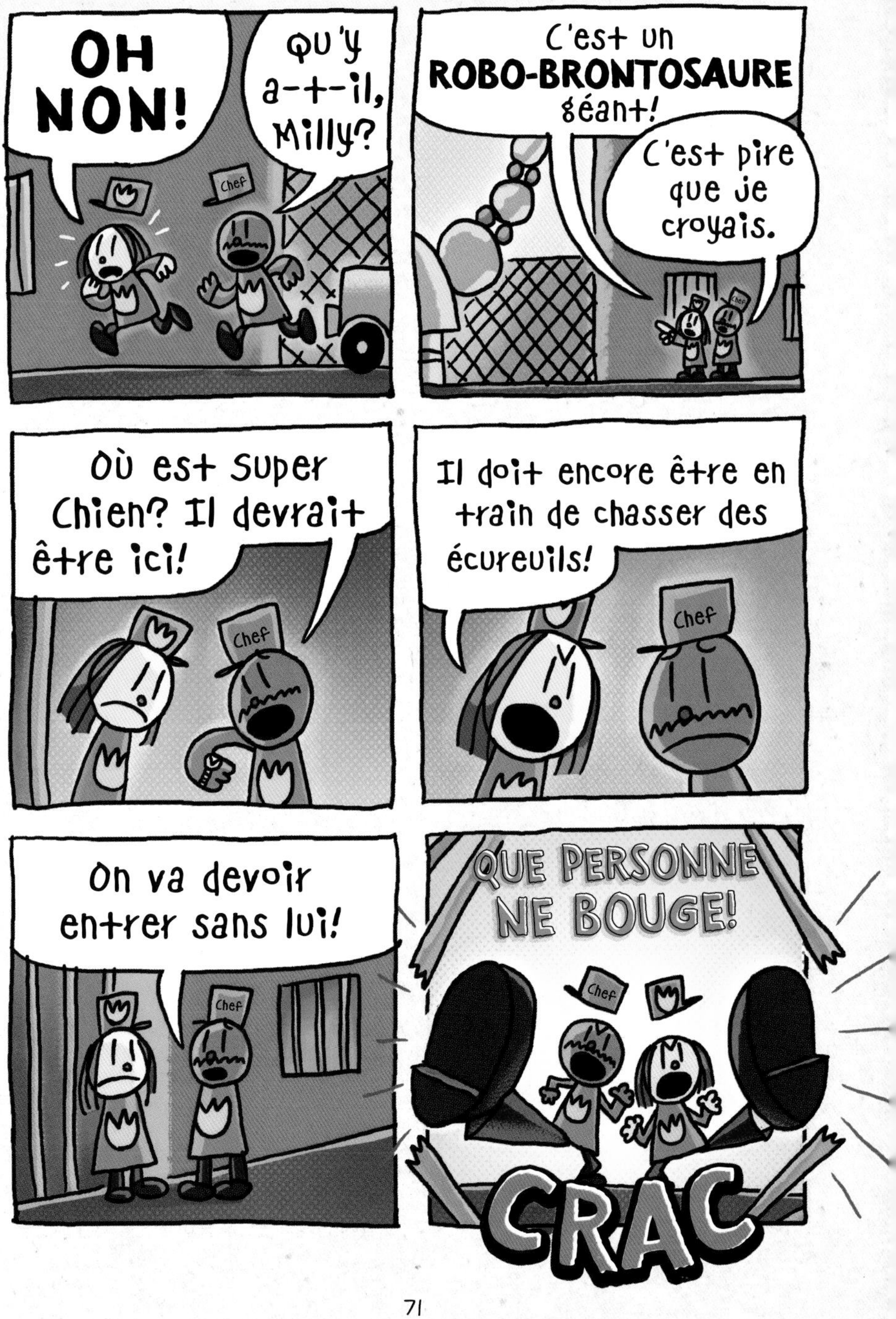
OH NON!
Qu'y a-t-il, Milly?
C'est un ROBO-BRONTOSAURE géant!
C'est pire que je croyais.
Chef
Où est Super Chien? Il devrait être ici!
Il doit encore être en train de chasser des écureuils!
On va devoir entrer sans lui!
QUE PERSONNE NE BOUGE!
CRAC

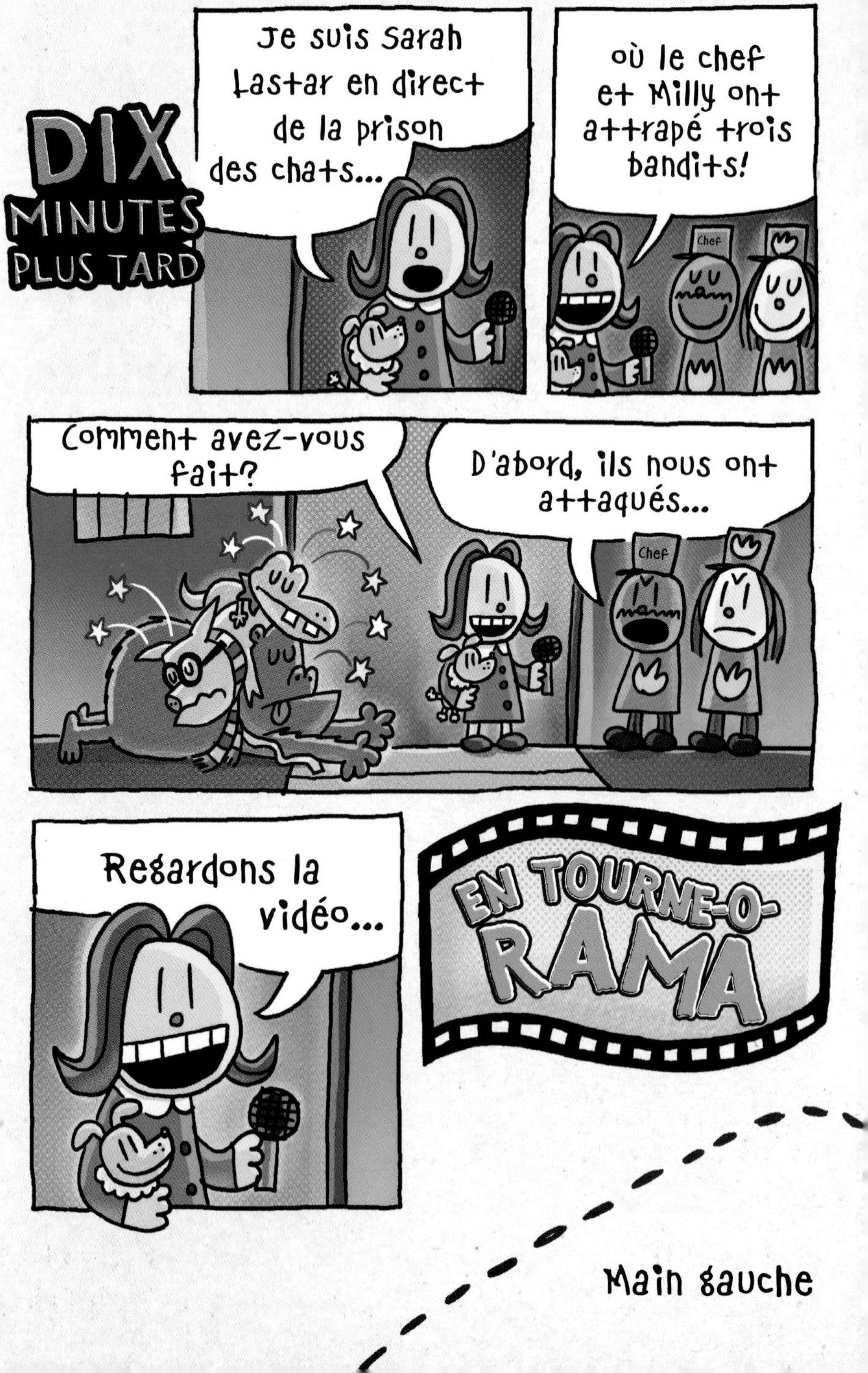
DIX MINUTES PLUS TARD
Je suis Sarah Lastar en direct de la prison des chats...
où le chef et Milly ont attrapé trois bandits!
Chef
Comment avez-vous fait?
D'abord, ils nous ont attaqués...
Chef
Regardons la vidéo...
EN TOURNE-O-RAMA
Main gauche

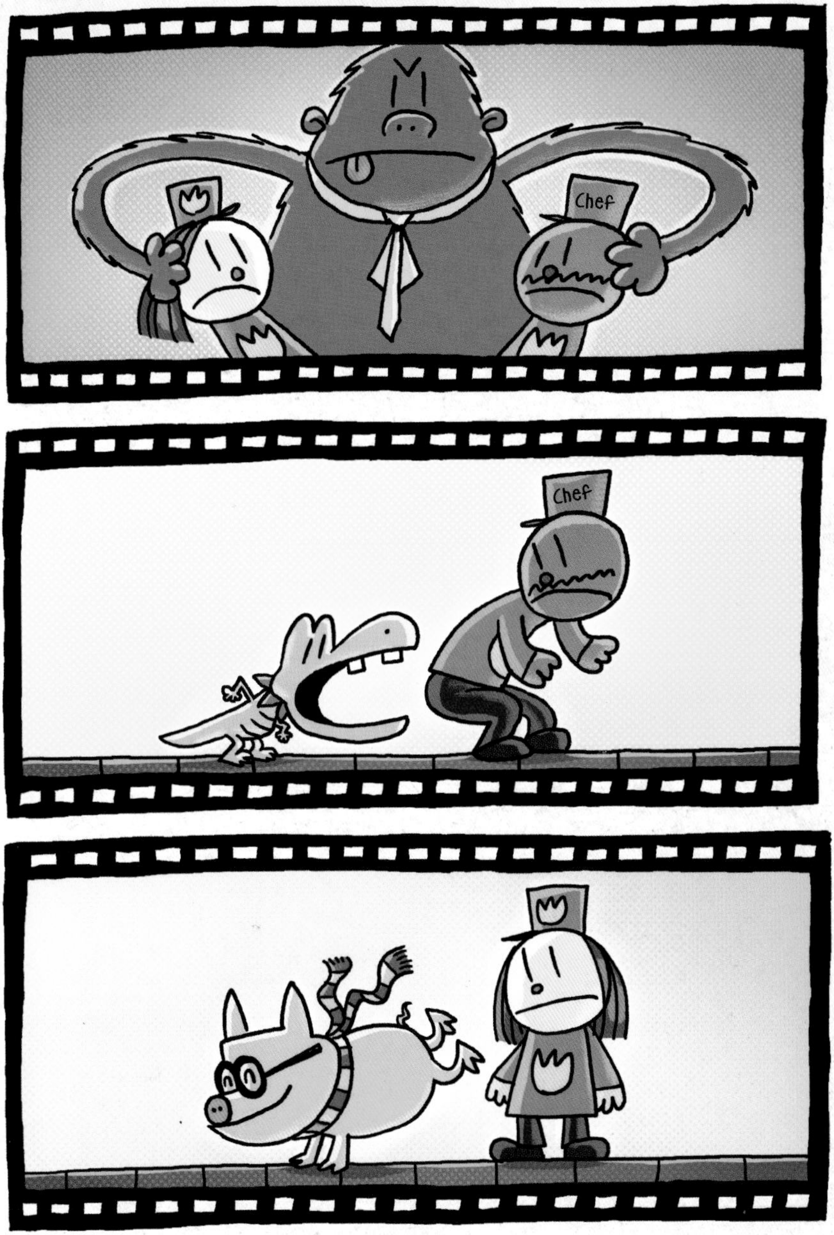
Chef
Chef

pouce
droit

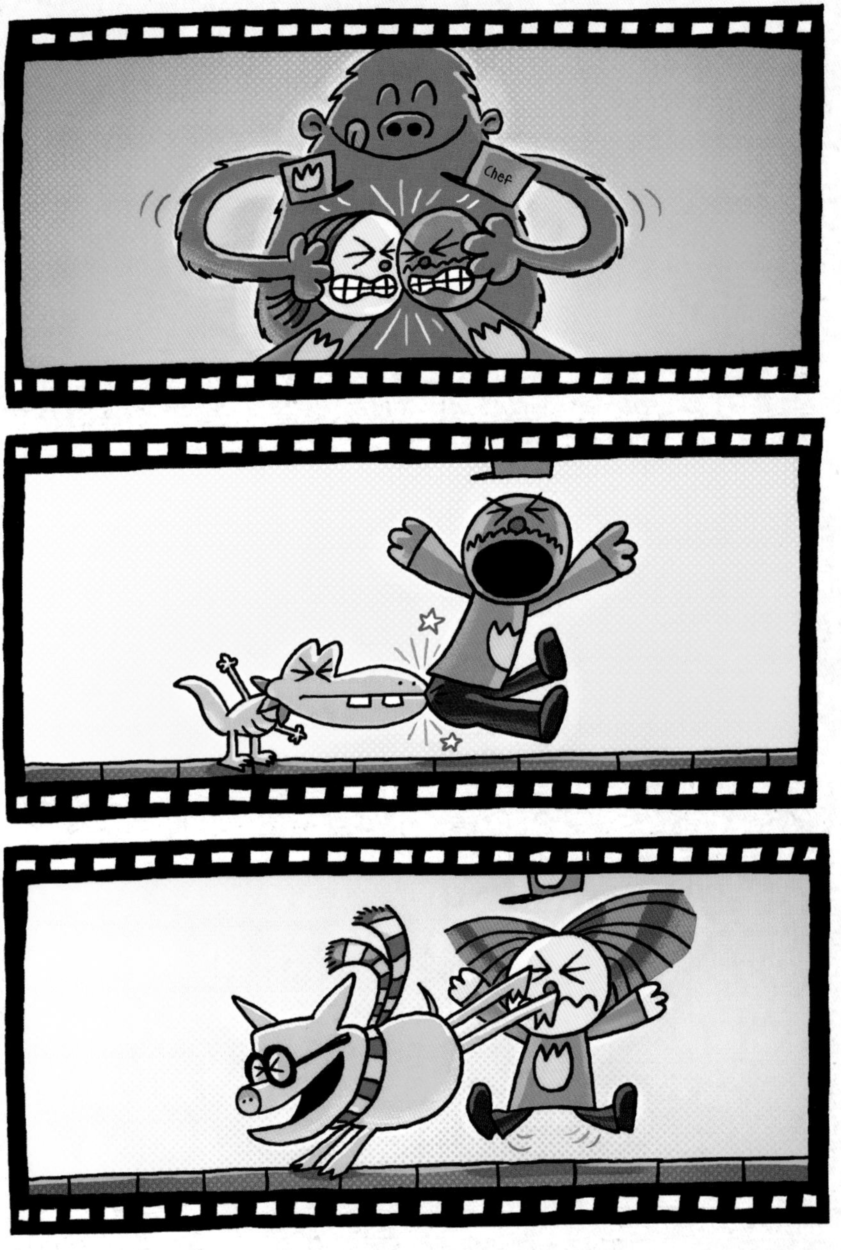
Chef

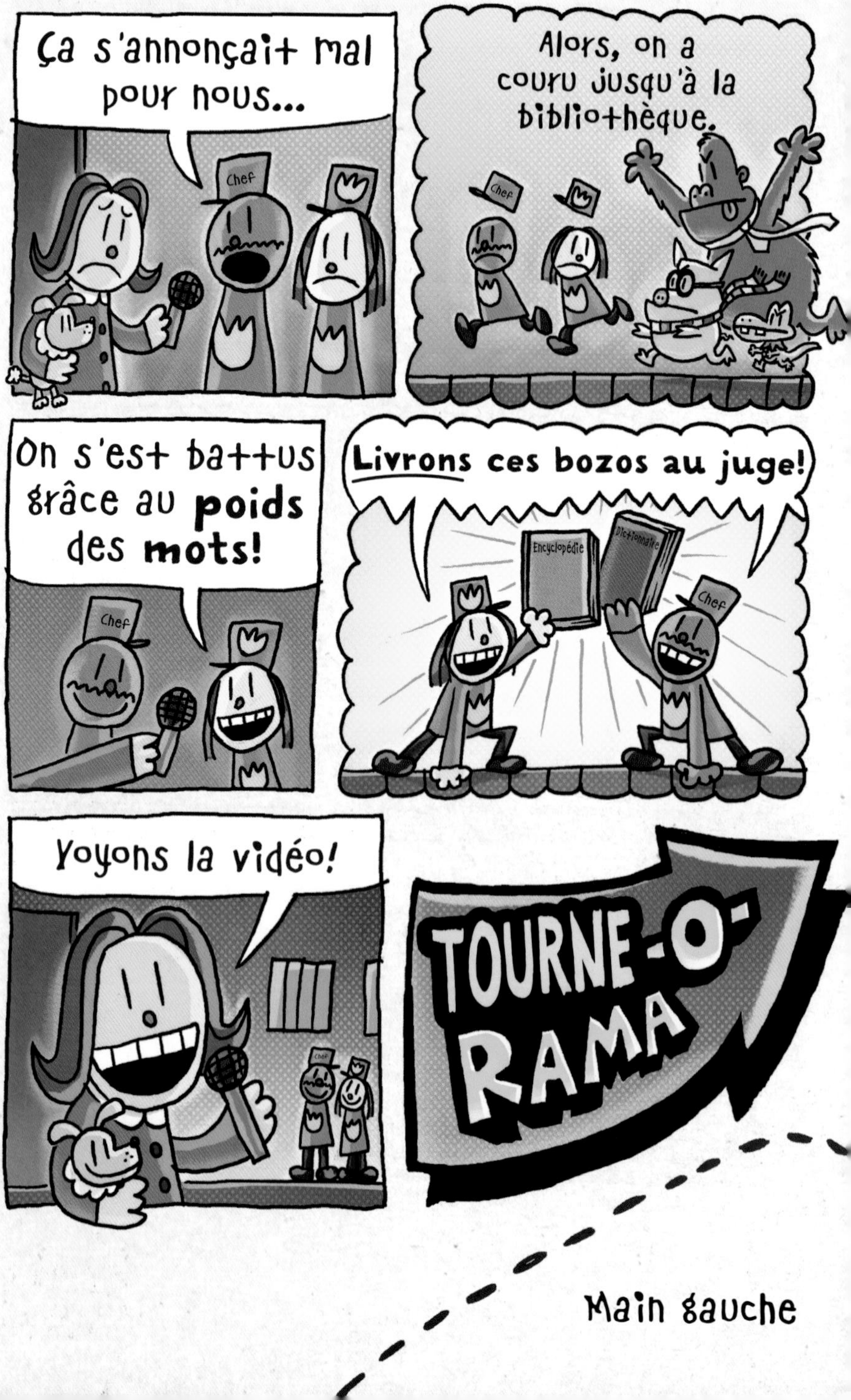

Ça s'annonçait mal pour nous...
Chef
Alors, on a couru jusqu'à la bibliothèque.
Chef
On s'est battus grâce au poids des mots!
Chef
Livrons ces bozos au juge!
Encyclopédie
Dictionnaire
Chef
Voyons la vidéo!
Chef
TOURNE-O-RAMA
Main gauche

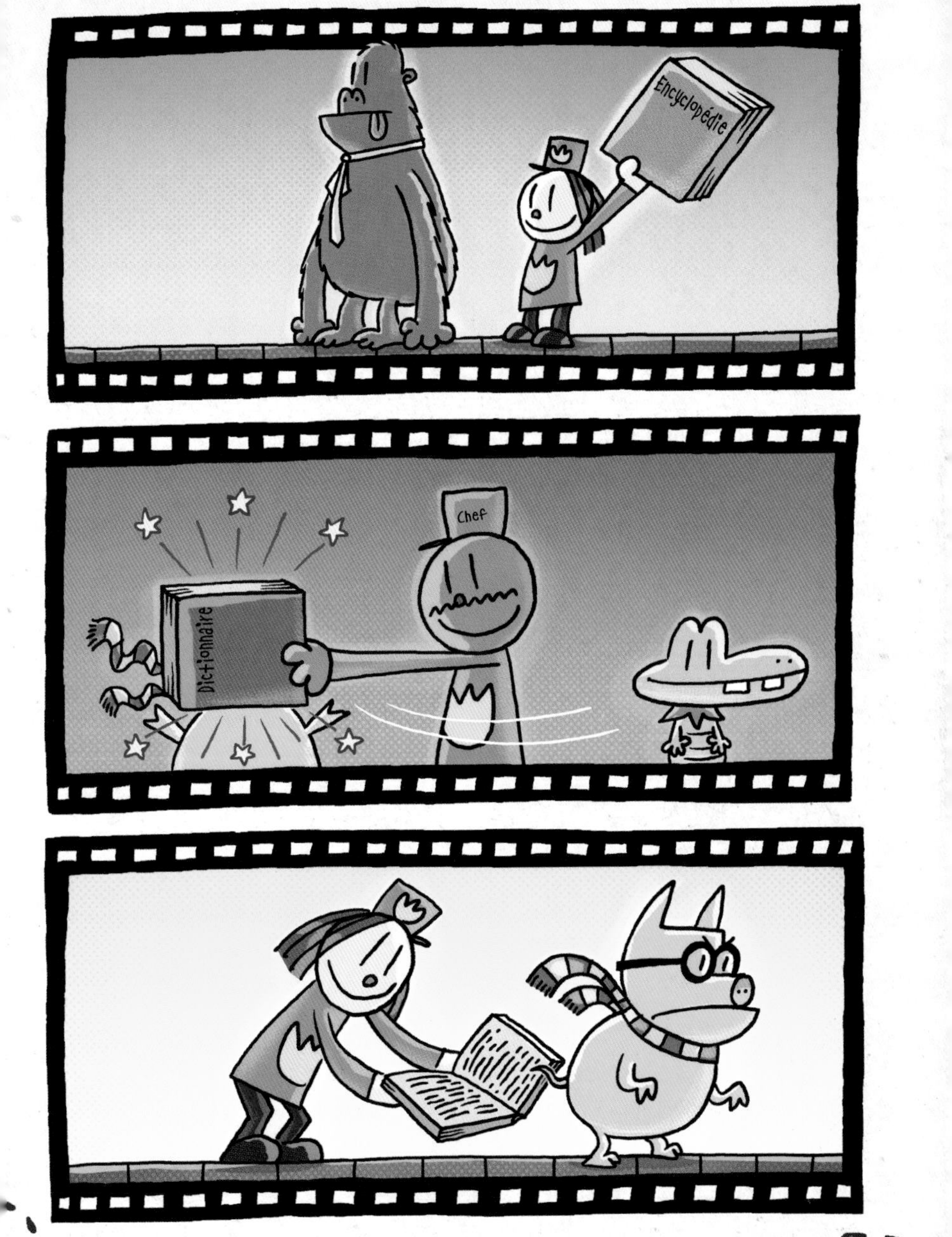
Encyclopédie
Chef
Dictionnaire

pouce
droit

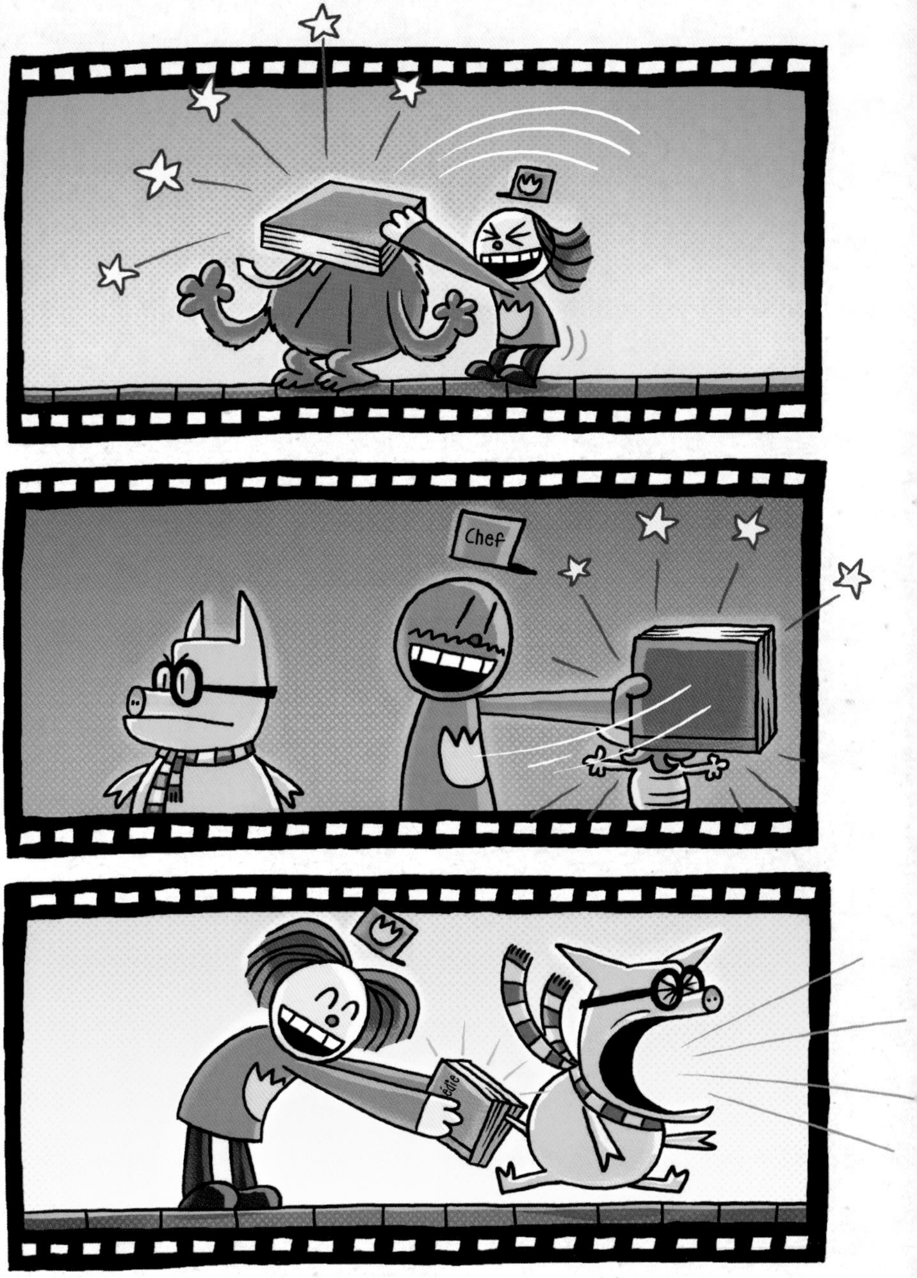
Chef

Félicitations pour cette arrestation!
Merci. J'aurais aimé que Super Chien soit là.
Chef
Où est Super Chien, au fait?
Je vais vérifier.
Chef
Bip Bip Bip
OUAF!
OUAF!
OUAF!
DRING! DRING! DRING!
SUPER CHIEN... OÙ ES-TU?

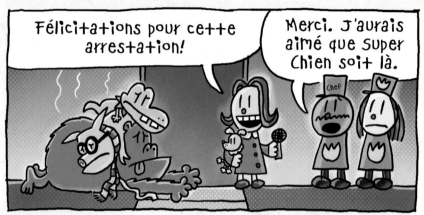

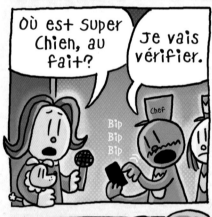

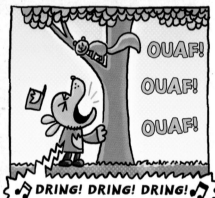

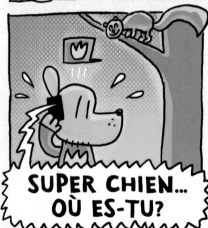

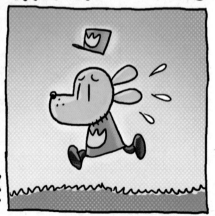

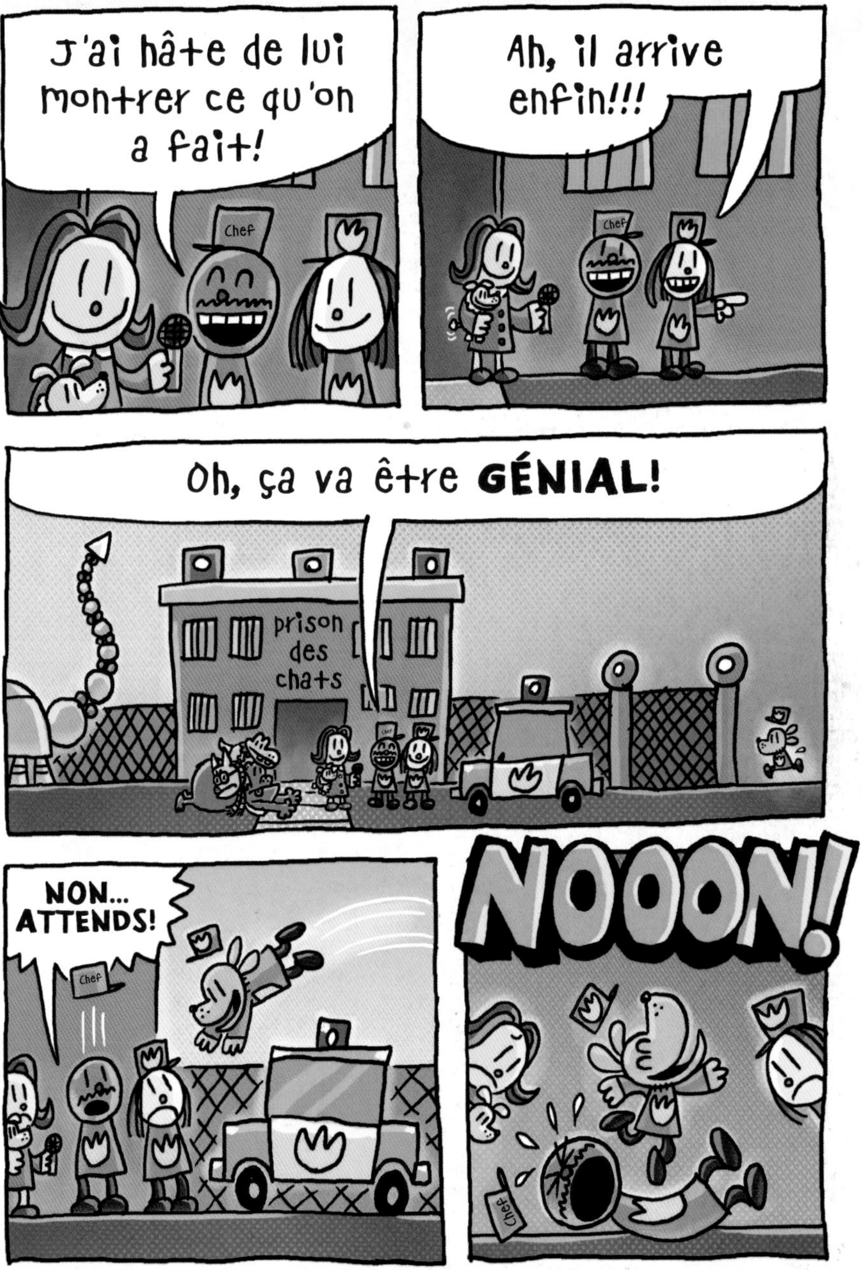
J'ai hâte de lui montrer ce qu'on a fait!
Chef
Ah, il arrive enfin!!!
Chef
Oh, ça va être **GÉNIAL!**
prison des chats
NON... ATTENDS!
Chef
NOOON!
Chef

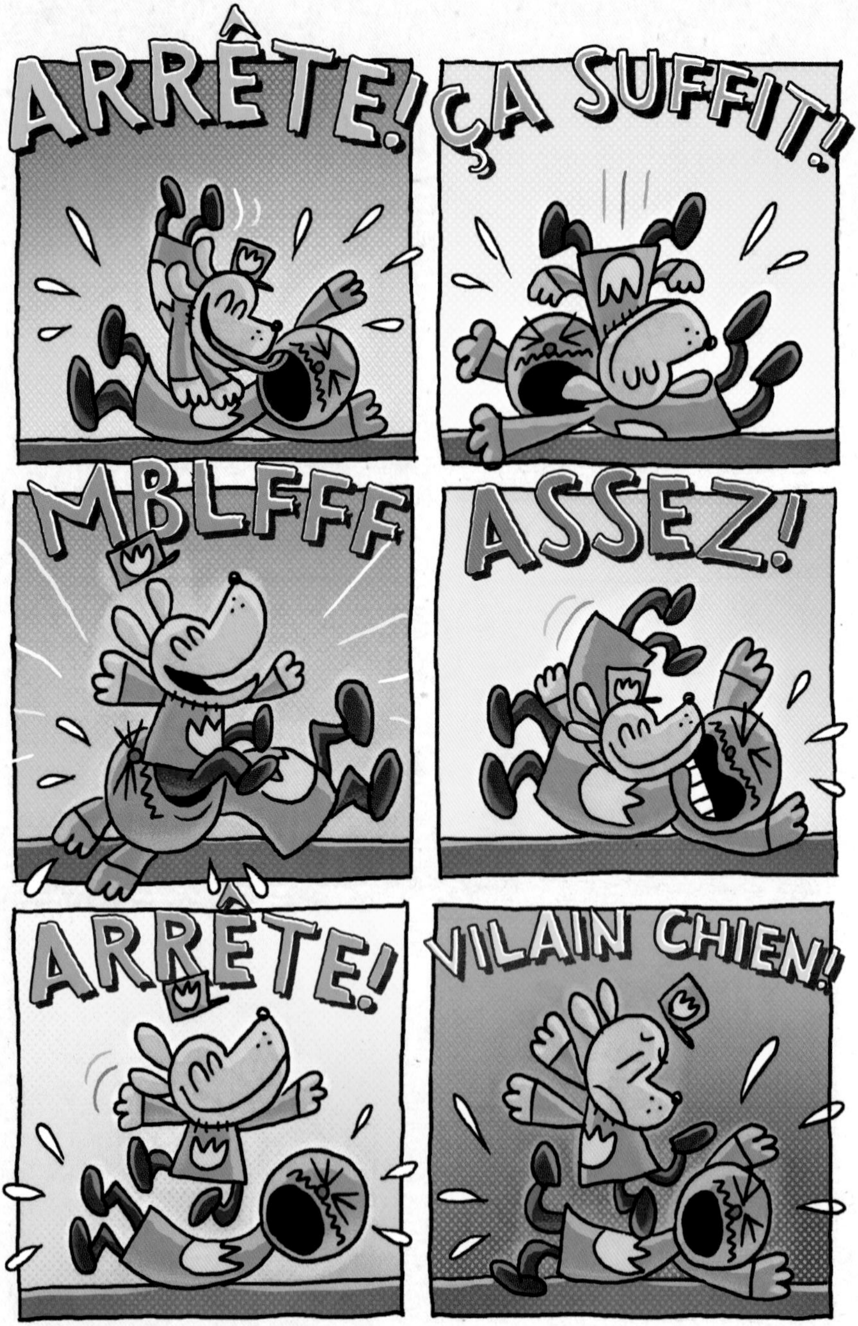
ARRÊTE!
ÇA SUFFIT!
MBLFFF
ASSEZ!
ARRÊTE!
VILAIN CHIEN!

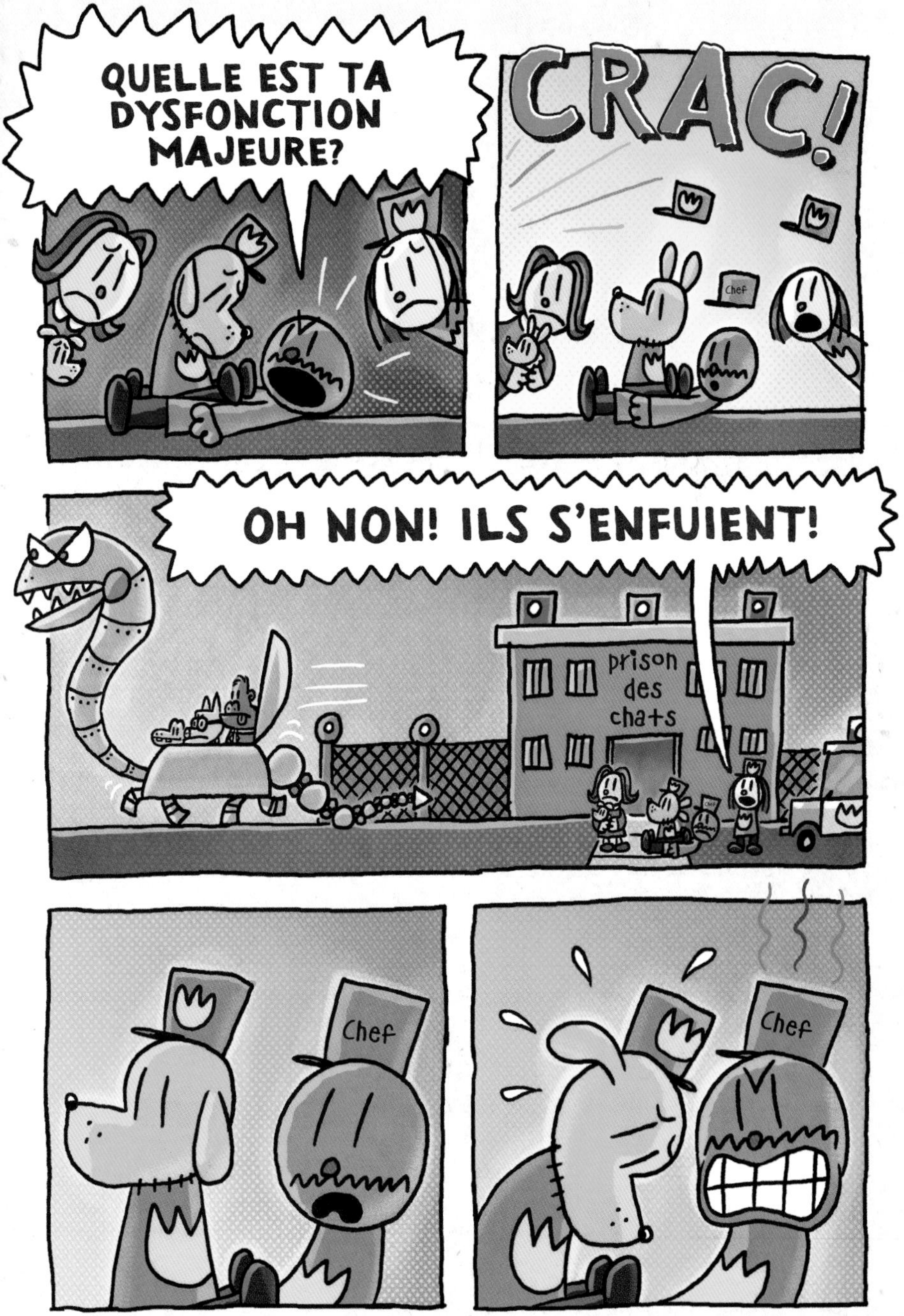
QUELLE EST TA DYSFONCTION MAJEURE?
CRAC!
Chef
OH NON! ILS S'ENFUIENT!
prison des chats
Chef
Chef

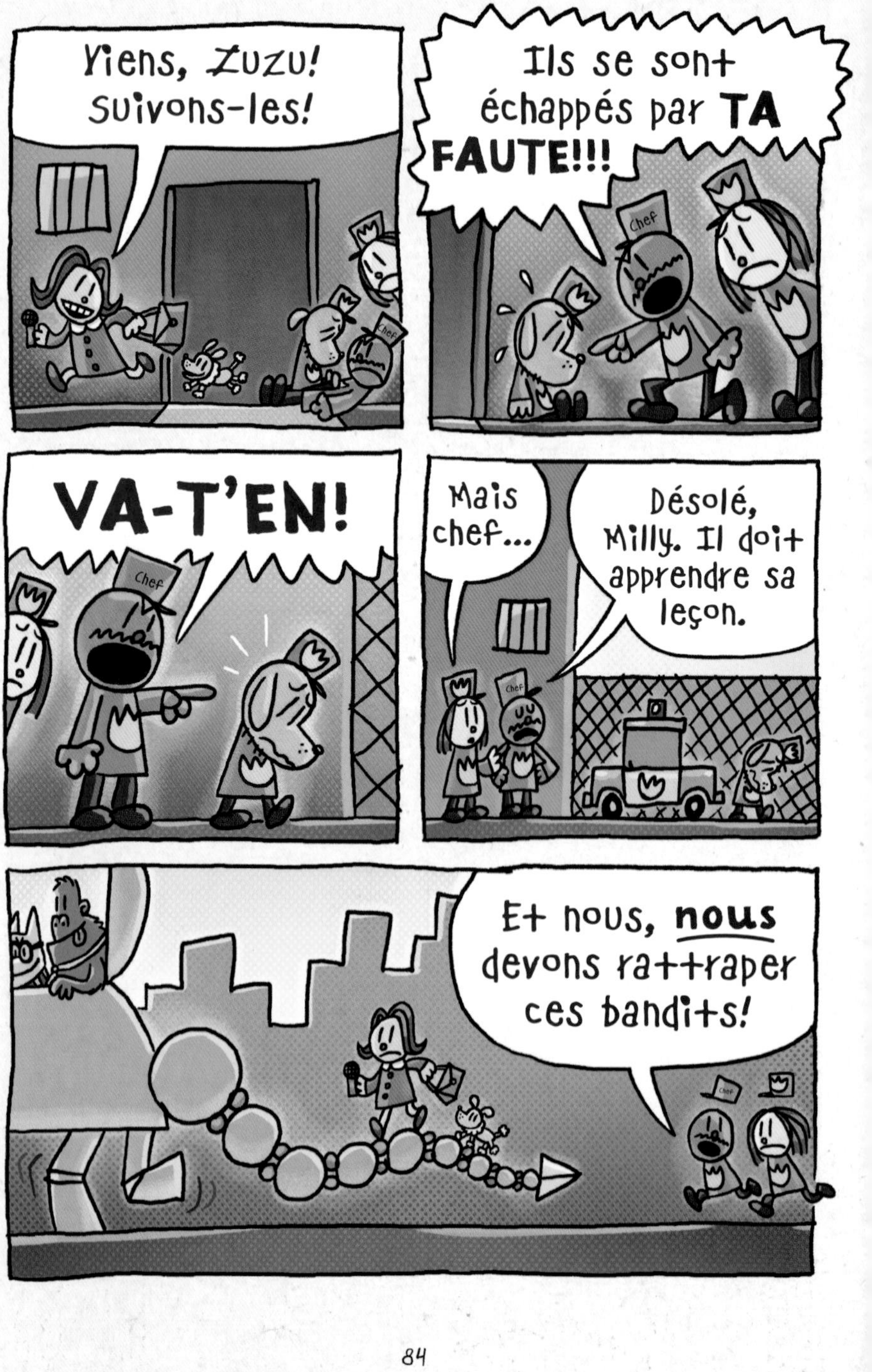
Viens, Zuzu! Suivons-les!
Ils se sont échappés par TA FAUTE!!!
Chef
VA-T'EN!
Mais chef...
Désolé, Milly. Il doit apprendre sa leçon.
Et nous, nous devons rattraper ces bandits!

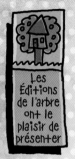

CHAPITRE 4

Les Éditions de l'arbre ont le plaisir de présenter

La Vengeance des P.U.C.E.S.

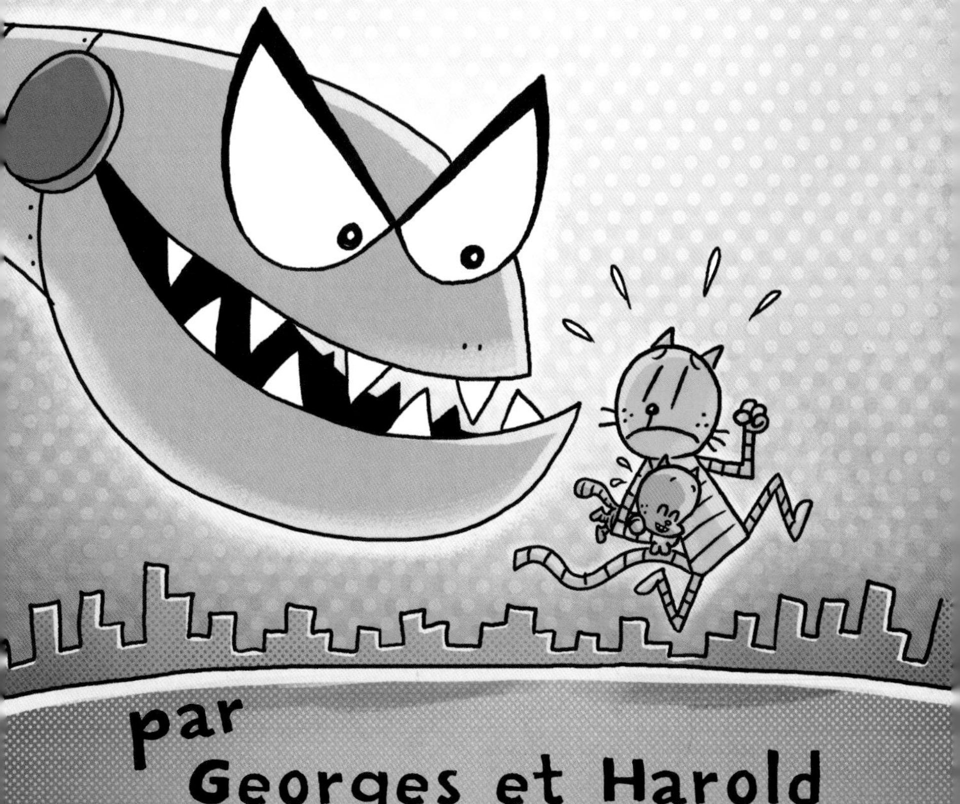

par Georges et Harold

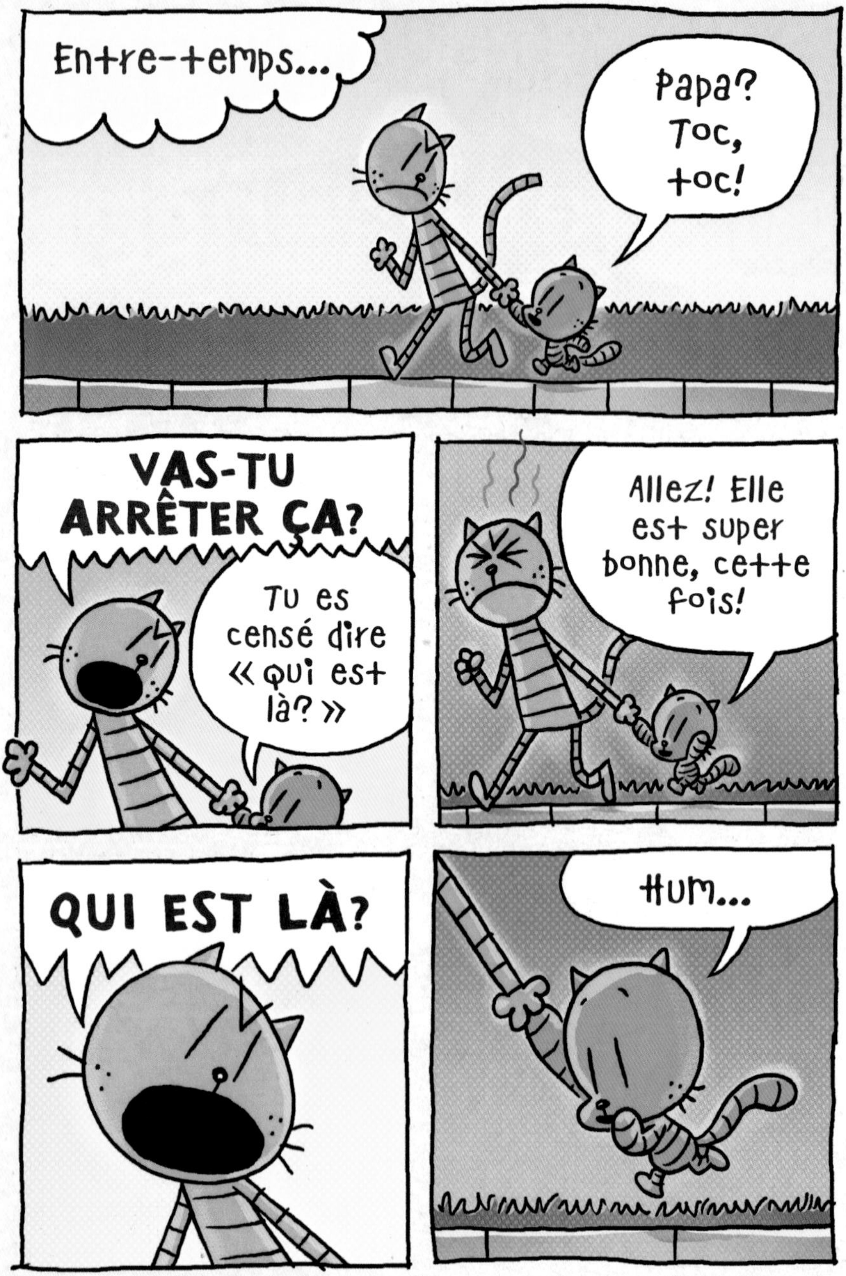
Entre-temps...
Papa? Toc, toc!
VAS-TU ARRÊTER ÇA?
Tu es censé dire « qui est là? »
Allez! Elle est super bonne, cette fois!
QUI EST LÀ?
Hum...

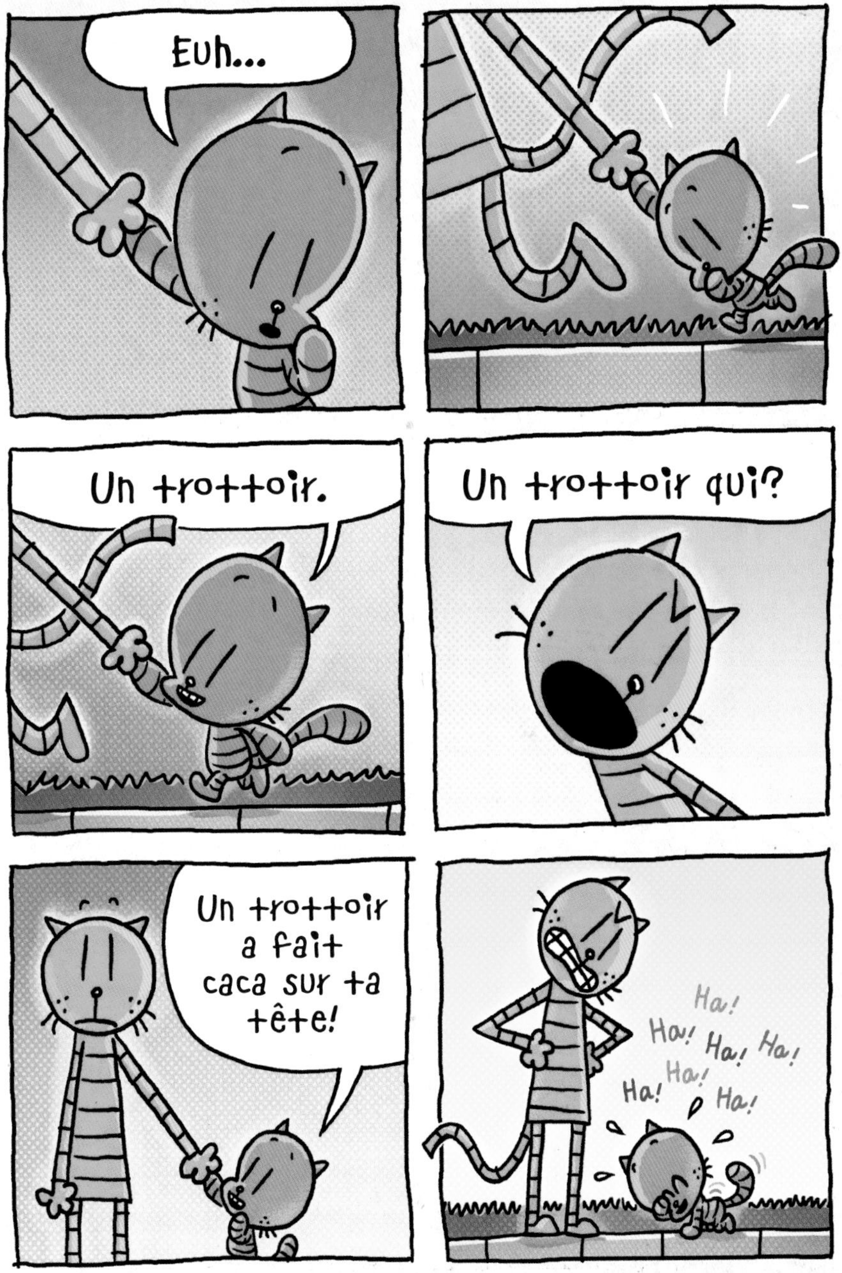
Euh...
Un trottoir.
Un trottoir qui?
Un trottoir a fait caca sur ta tête!
Ha! Ha! Ha! Ha! Ha! Ha! Ha!

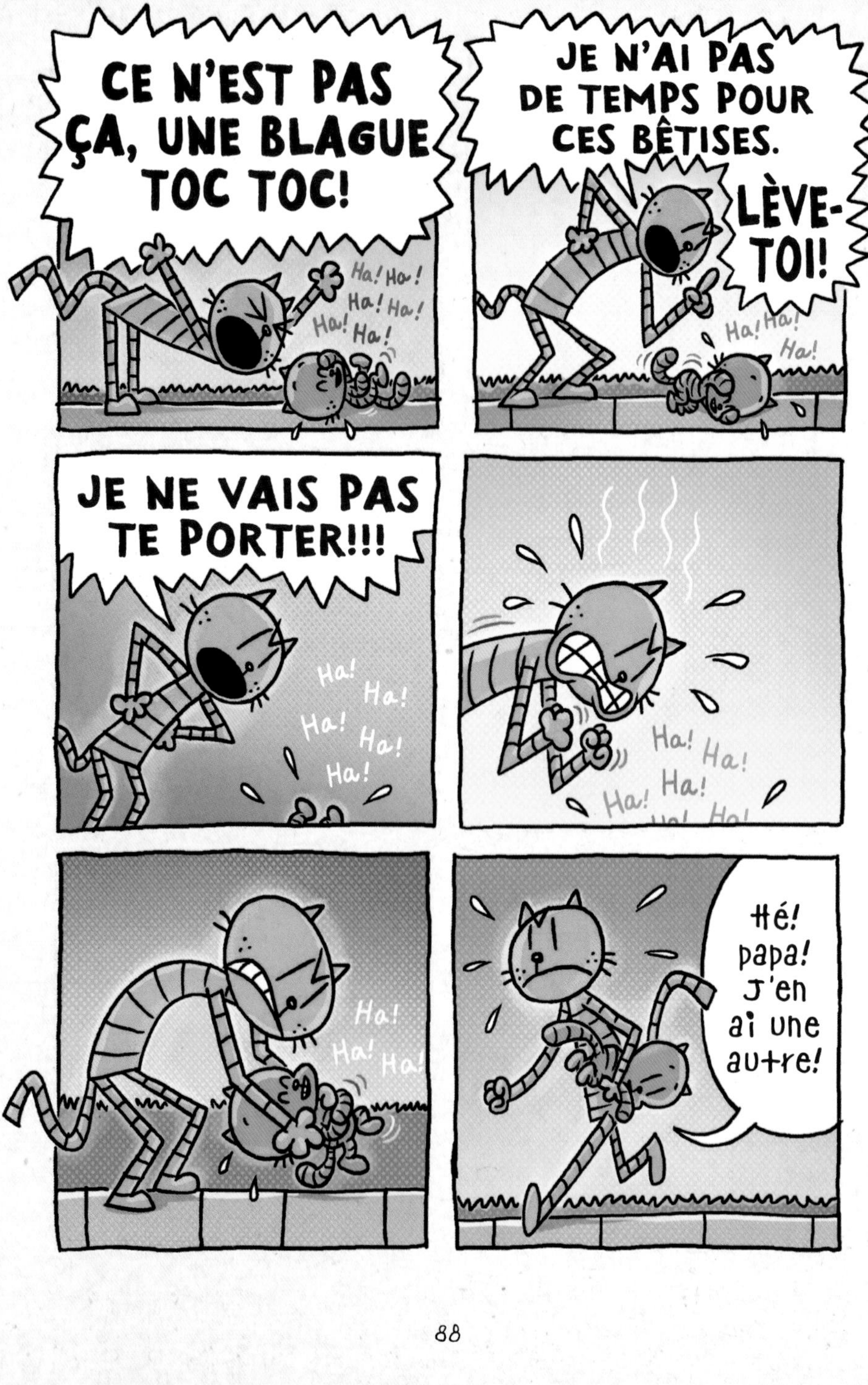
CE N'EST PAS ÇA, UNE BLAGUE TOC TOC!
Ha! Ha! Ha! Ha! Ha! Ha!
JE N'AI PAS DE TEMPS POUR CES BÊTISES.
LÈVE-TOI!
Ha! Ha! Ha!
JE NE VAIS PAS TE PORTER!!!
Ha! Ha! Ha! Ha! Ha!
Ha! Ha! Ha! Ha!
Ha! Ha! Ha!
Hé! papa! J'en ai une autre!

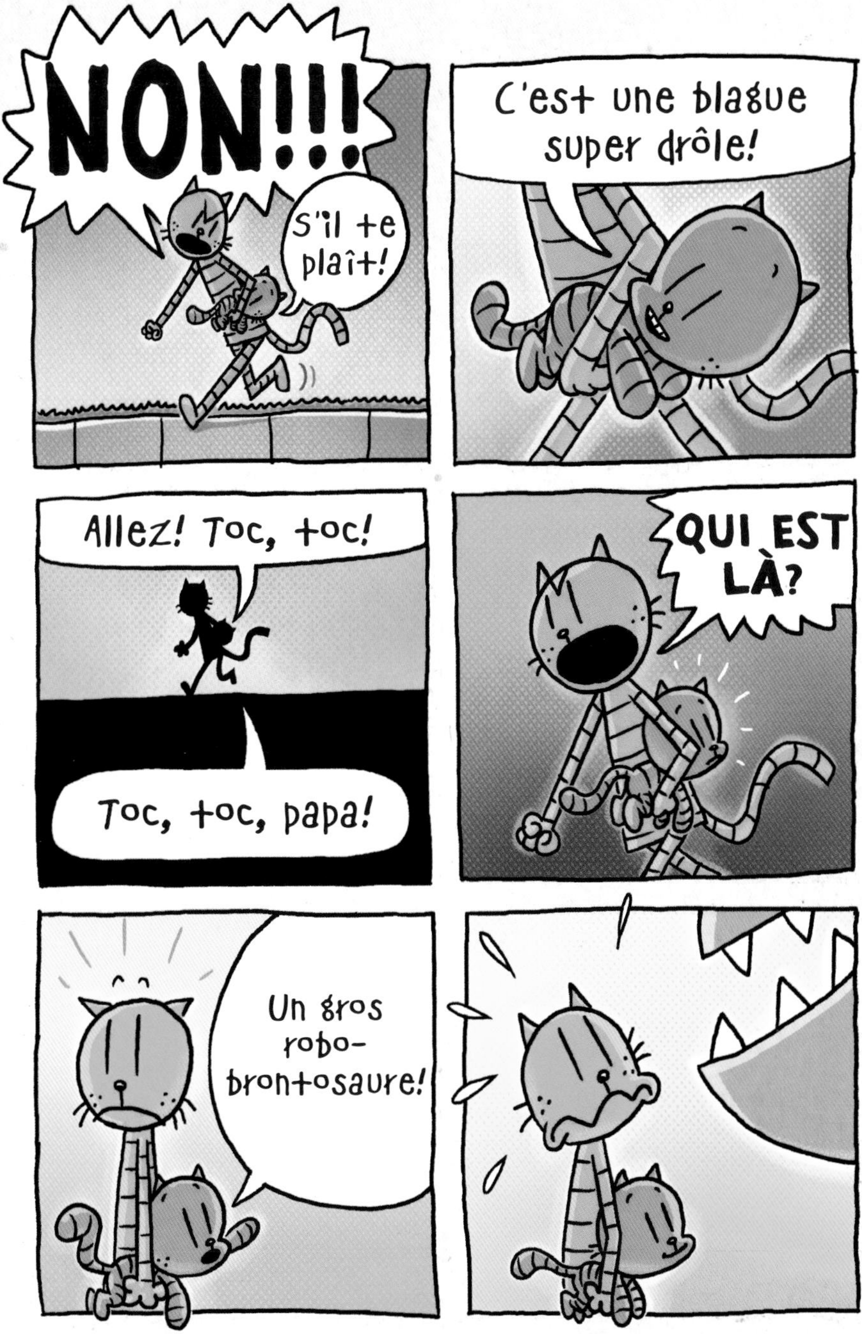
NON!!!
S'il te plaît!
C'est une blague super drôle!
Allez! Toc, toc!
Toc, toc, papa!
QUI EST LÀ?
Un gros robo-brontosaure!

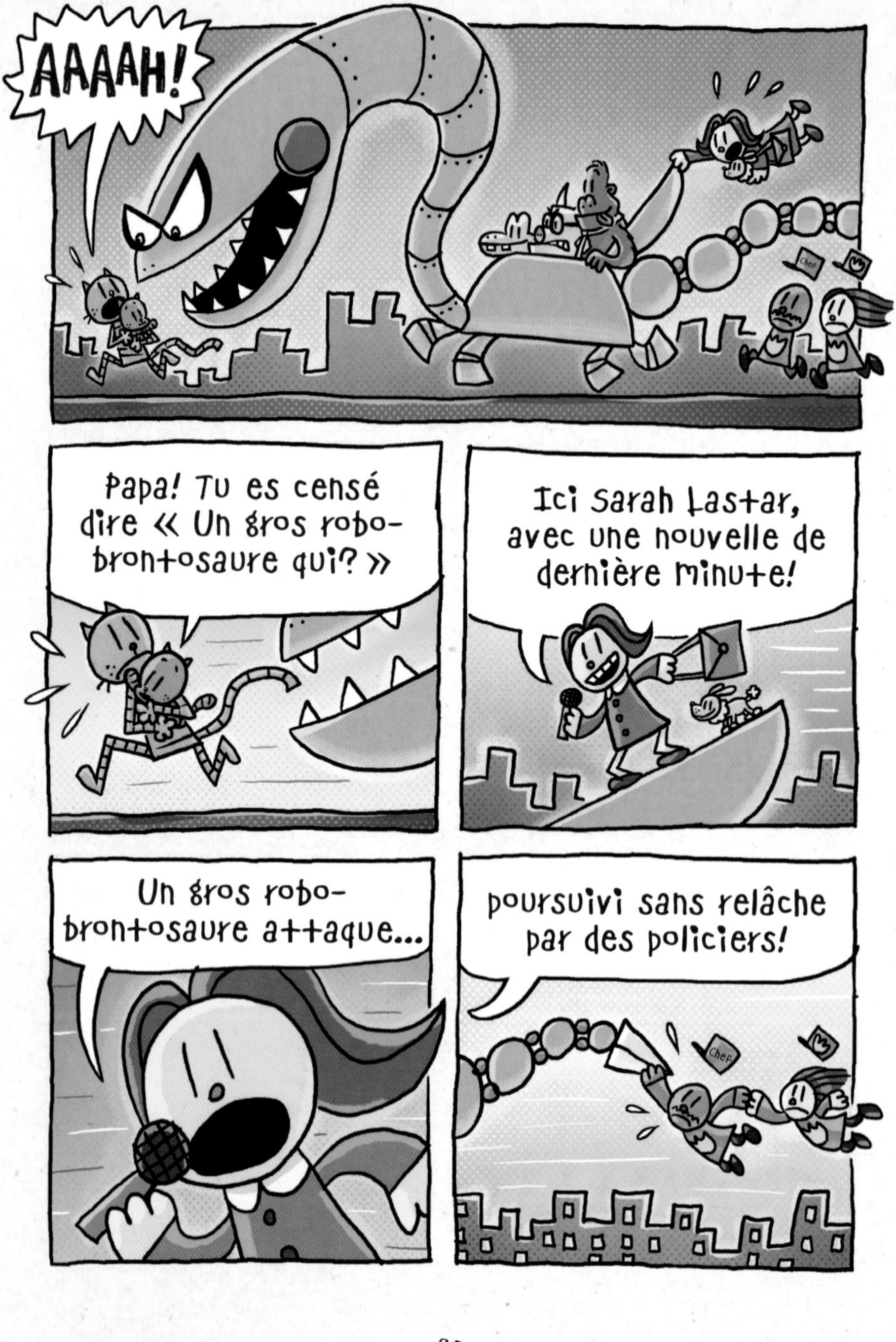
AAAAH!
Chef
Papa! Tu es censé dire « Un gros robo-brontosaure qui? »
Ici Sarah Lastar, avec une nouvelle de dernière minute!
Un gros robo-brontosaure attaque...
poursuivi sans relâche par des policiers!
Chef

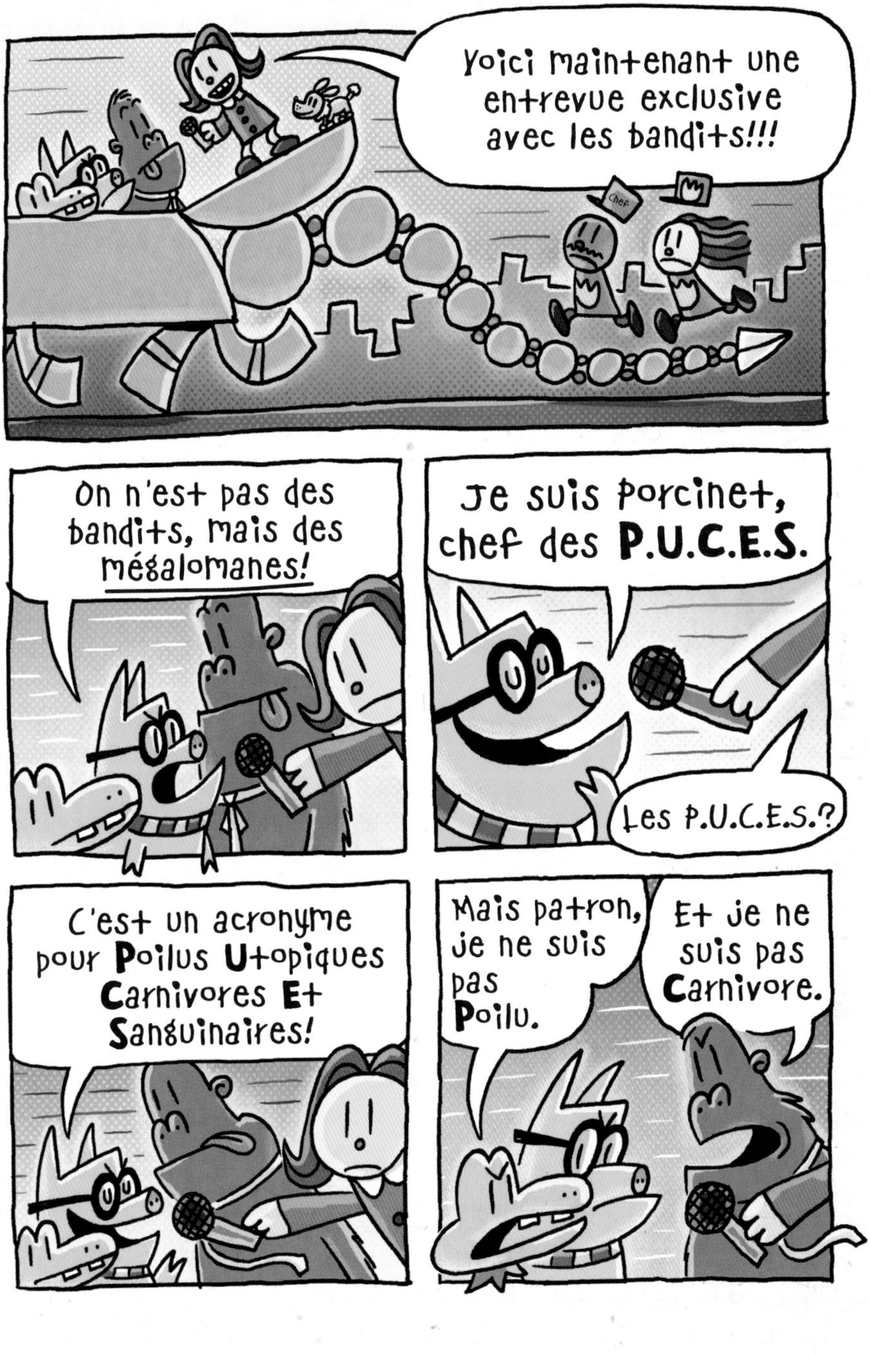

Voici maintenant une entrevue exclusive avec les bandits!!!
Chef
On n'est pas des bandits, mais des mégalomanes!
Je suis Porcinet, chef des P.U.C.E.S.
Les P.U.C.E.S.?
C'est un acronyme pour Poilus Utopiques Carnivores Et Sanguinaires!
Mais patron, je ne suis pas Poilu.
Et je ne suis pas Carnivore.

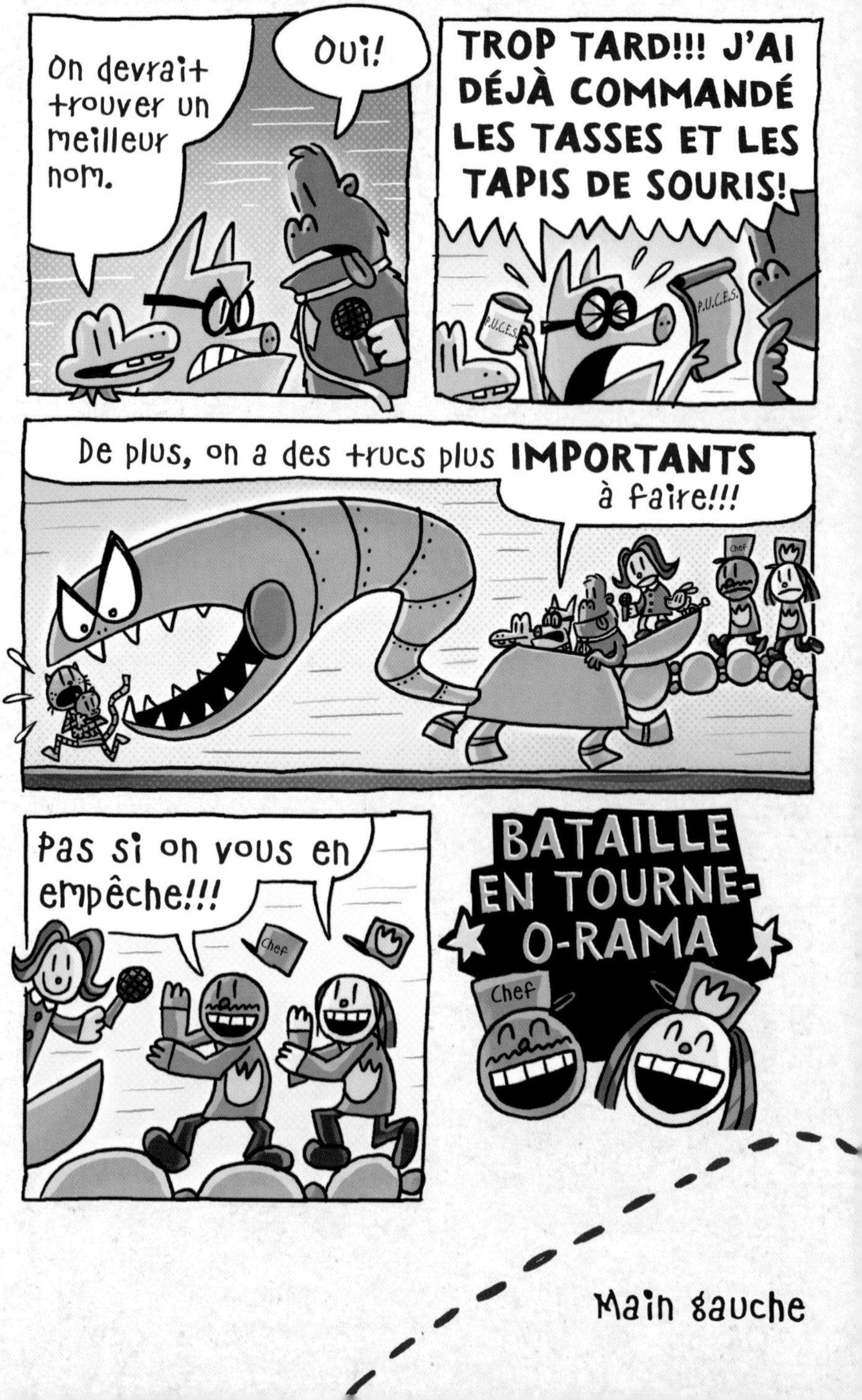
On devrait trouver un meilleur nom.
Oui!
TROP TARD!!! J'AI DÉJÀ COMMANDÉ LES TASSES ET LES TAPIS DE SOURIS!
P.U.C.E.S.
P.U.C.E.S.
De plus, on a des trucs plus IMPORTANTS à faire!!!
Chef
Pas si on vous en empêche!!!
Chef
BATAILLE EN TOURNE-O-RAMA
Chef
Main gauche

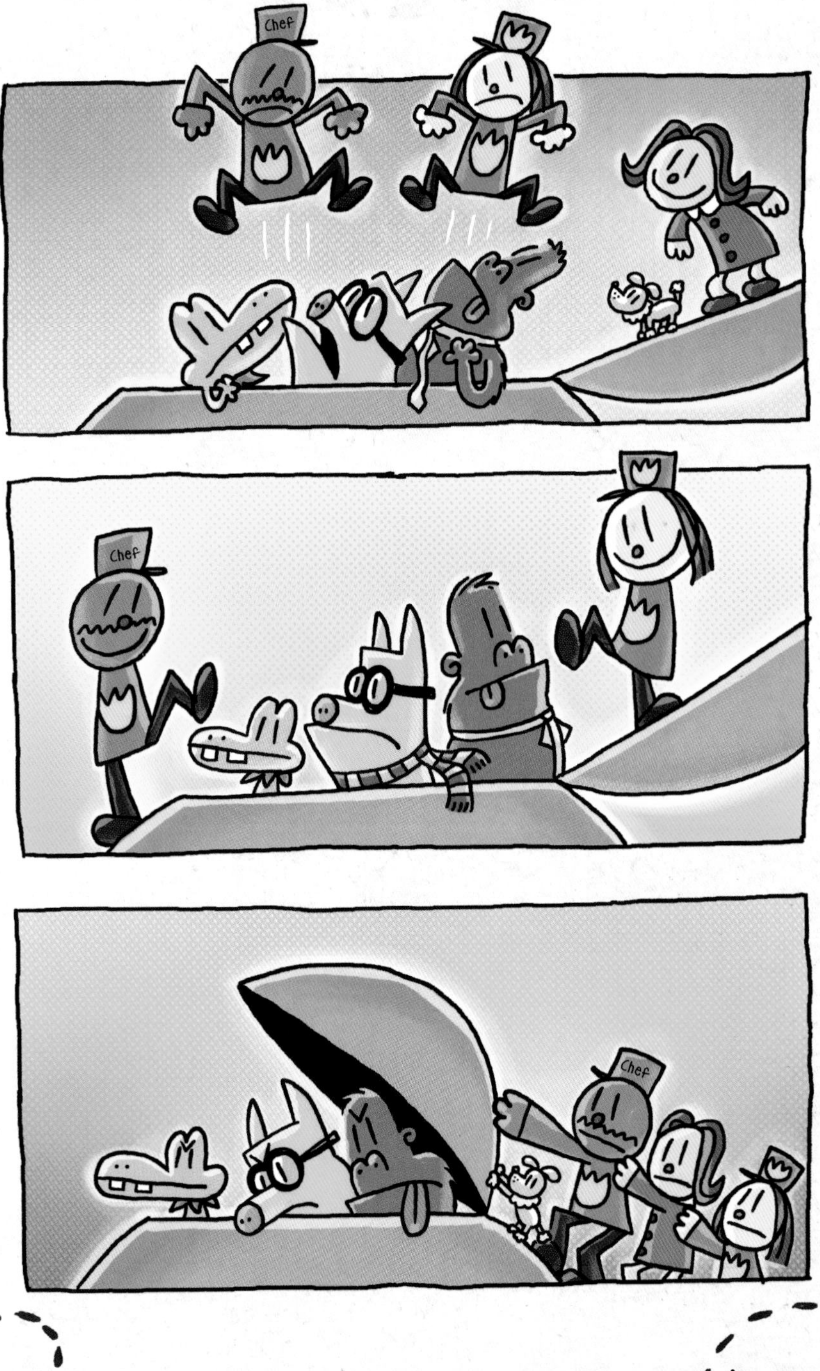
Chef
Chef
Chef

pouce droit

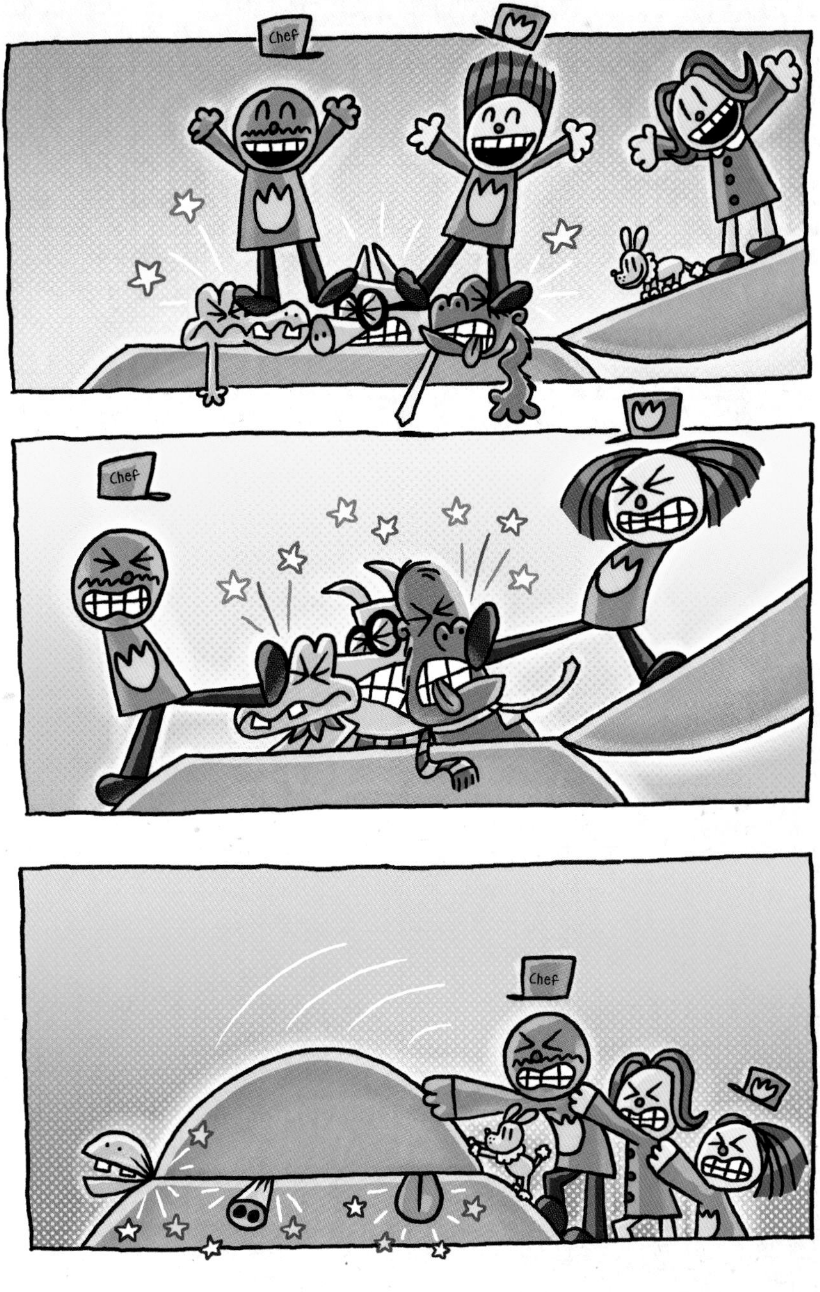
Chef
Chef
Chef

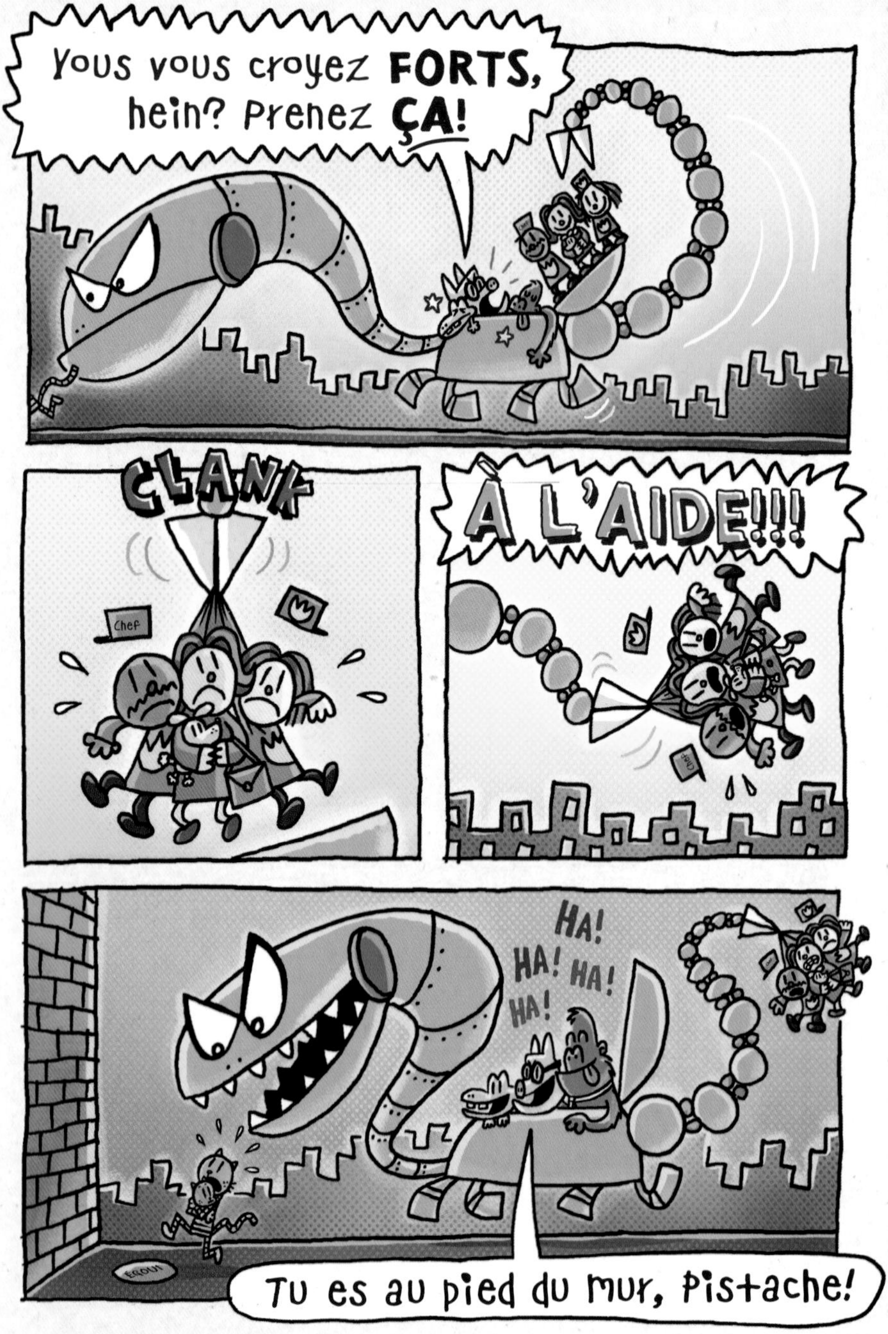

Vous vous croyez **FORTS**, hein? Prenez **ÇA**!
CLANK
Chef
À L'AIDE!!!
HA! HA! HA! HA!
Tu es au pied du mur, Pistache!

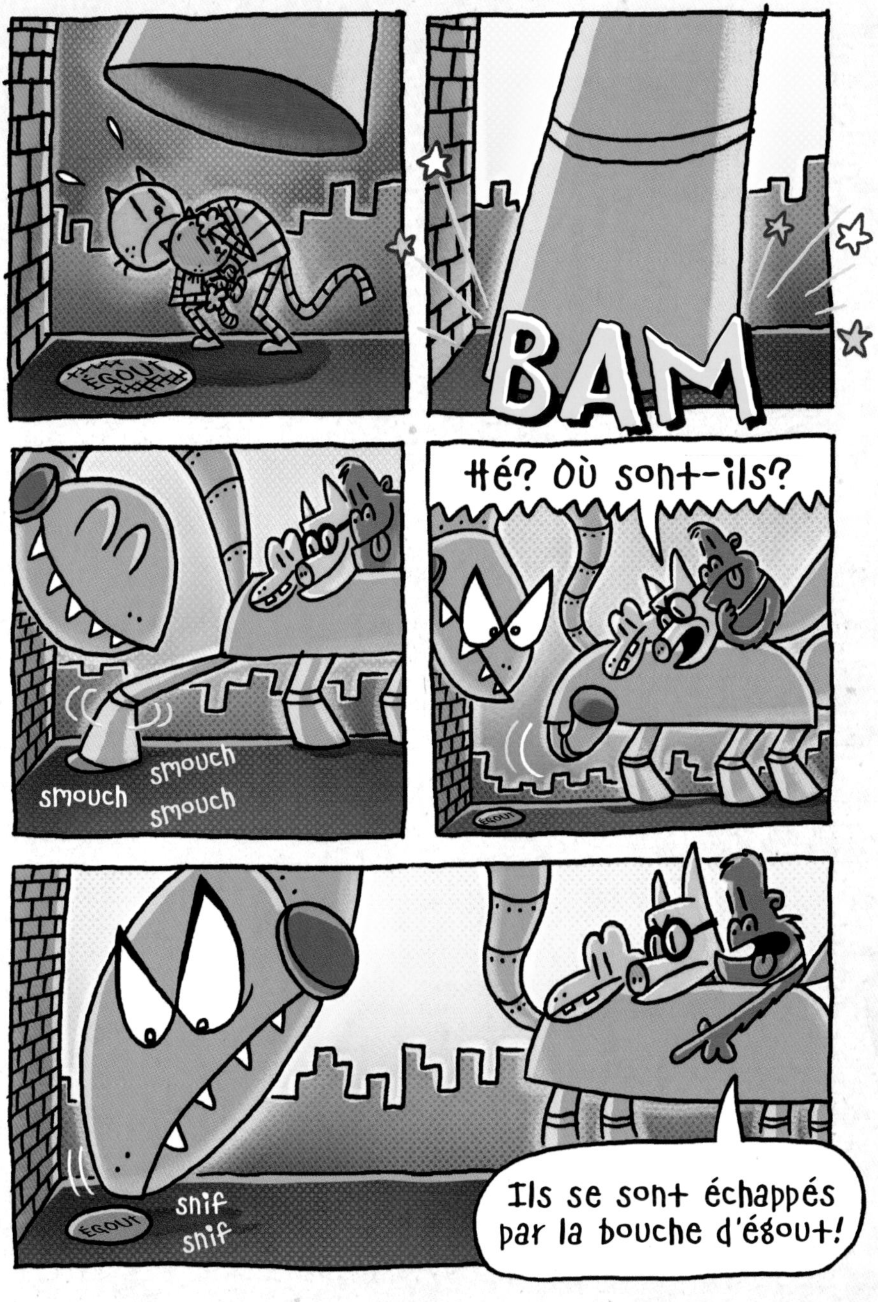
BAM
smouch
smouch
smouch
Hé? Où sont-ils?
ÉGOUT
snif
snif
Ils se sont échappés par la bouche d'égout!

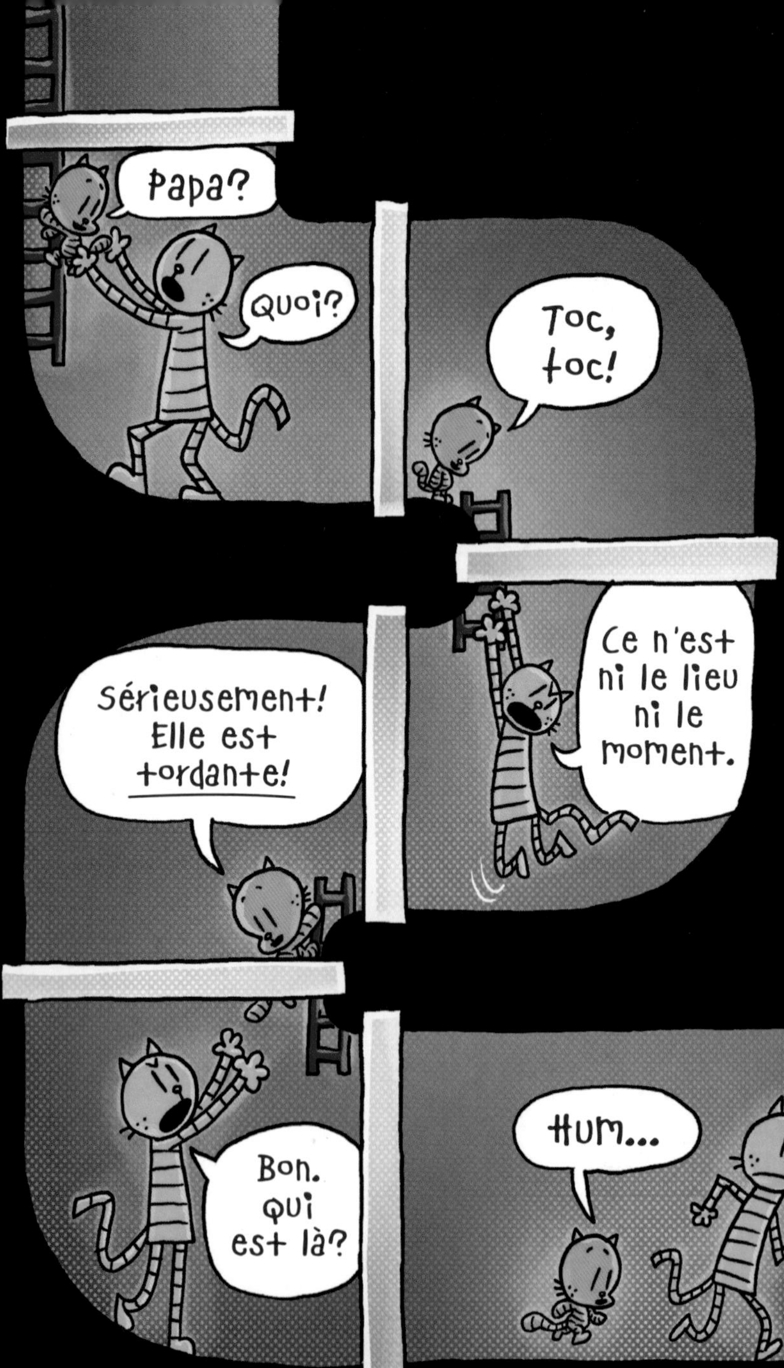
Papa?
Quoi?
Toc, toc!
Ce n'est ni le lieu ni le moment.
Sérieusement! Elle est tordante!
Bon. Qui est là?
Hum...

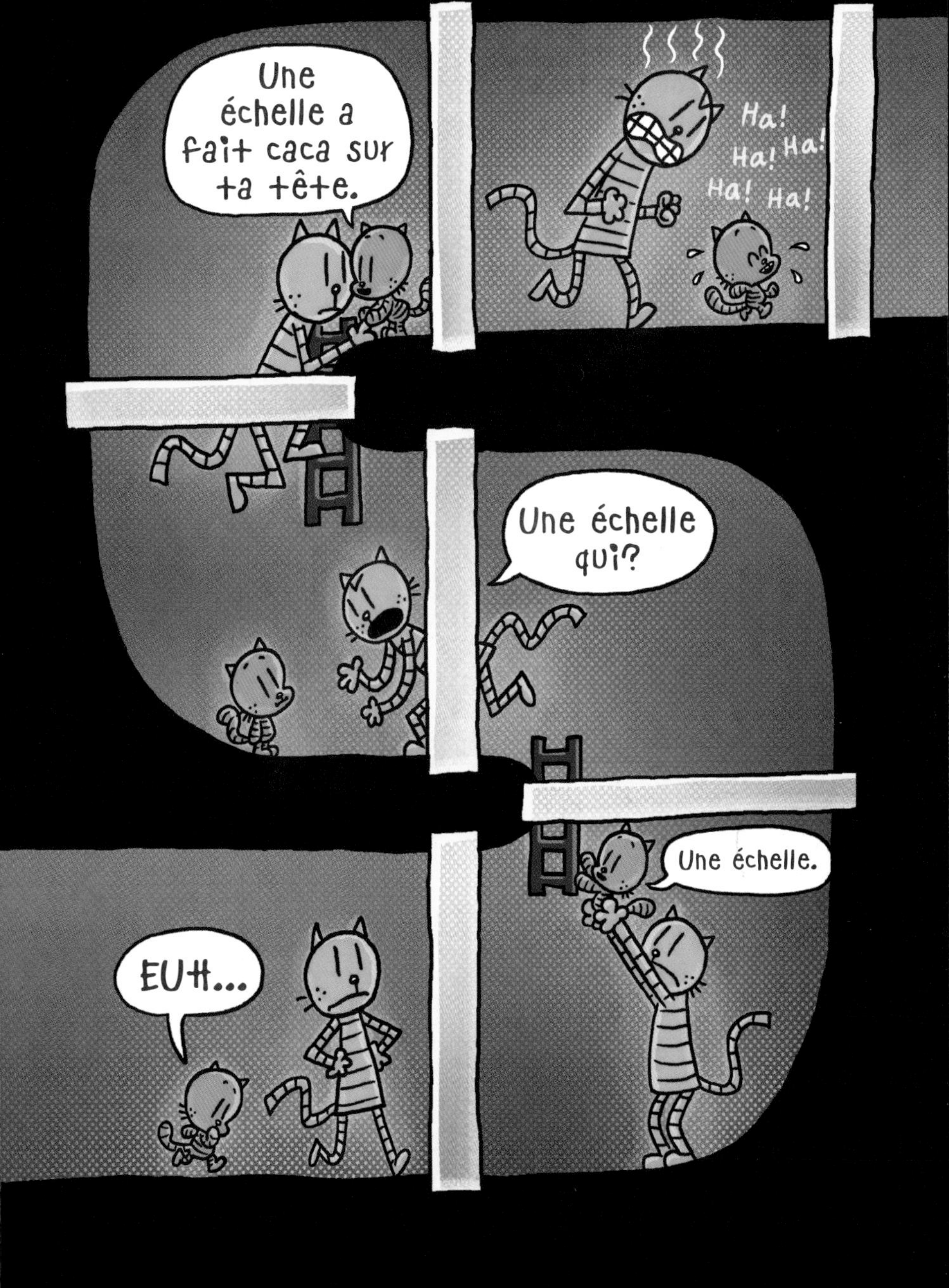
Une échelle a fait caca sur ta tête.
Ha! Ha! Ha! Ha! Ha!
Une échelle qui?
Une échelle.
EUH...

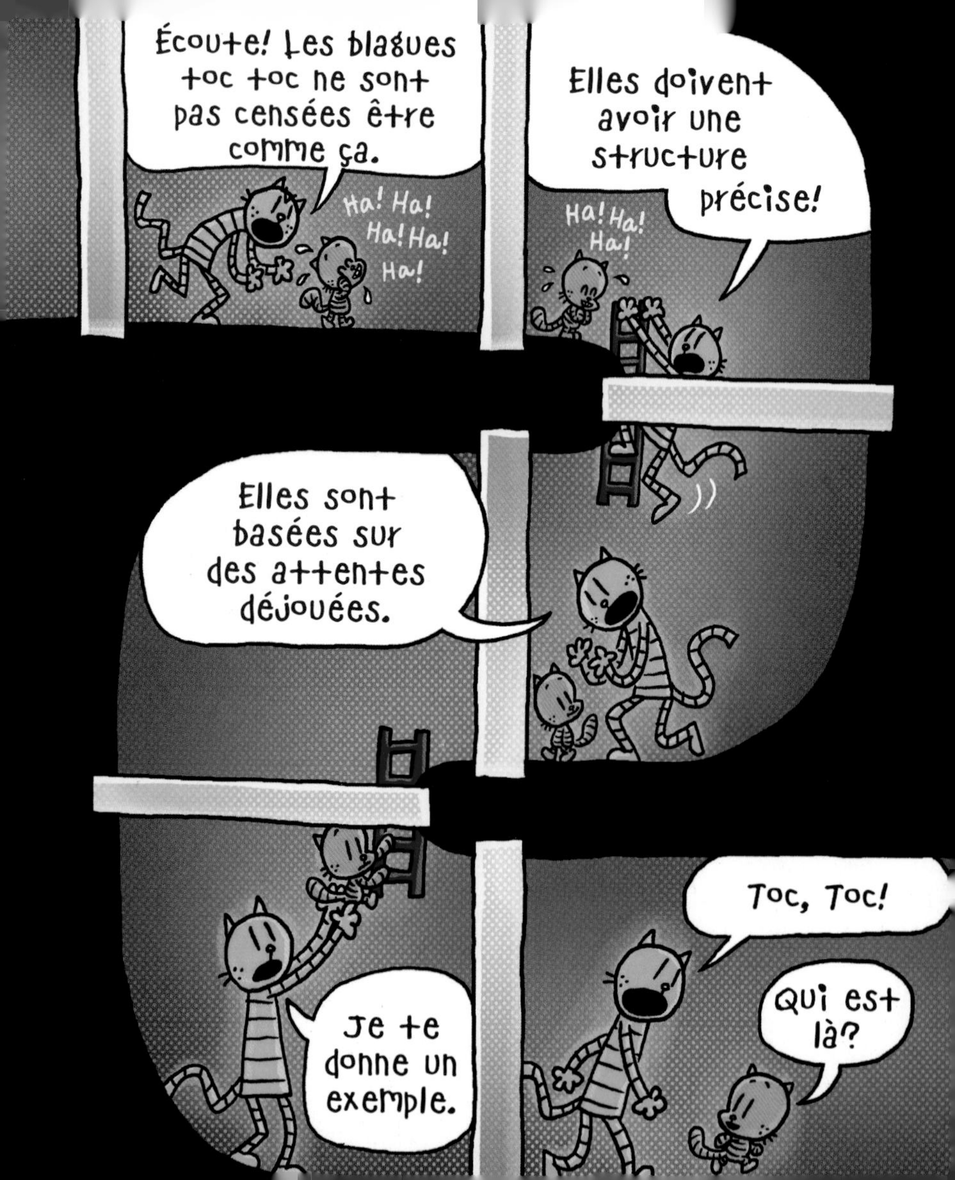
Écoute! Les blagues toc toc ne sont pas censées être comme ça.
Ha! Ha! Ha! Ha! Ha!
Elles doivent avoir une structure précise!
Ha! Ha! Ha!
Elles sont basées sur des attentes déjouées.
Je te donne un exemple.
Toc, Toc!
Qui est là?

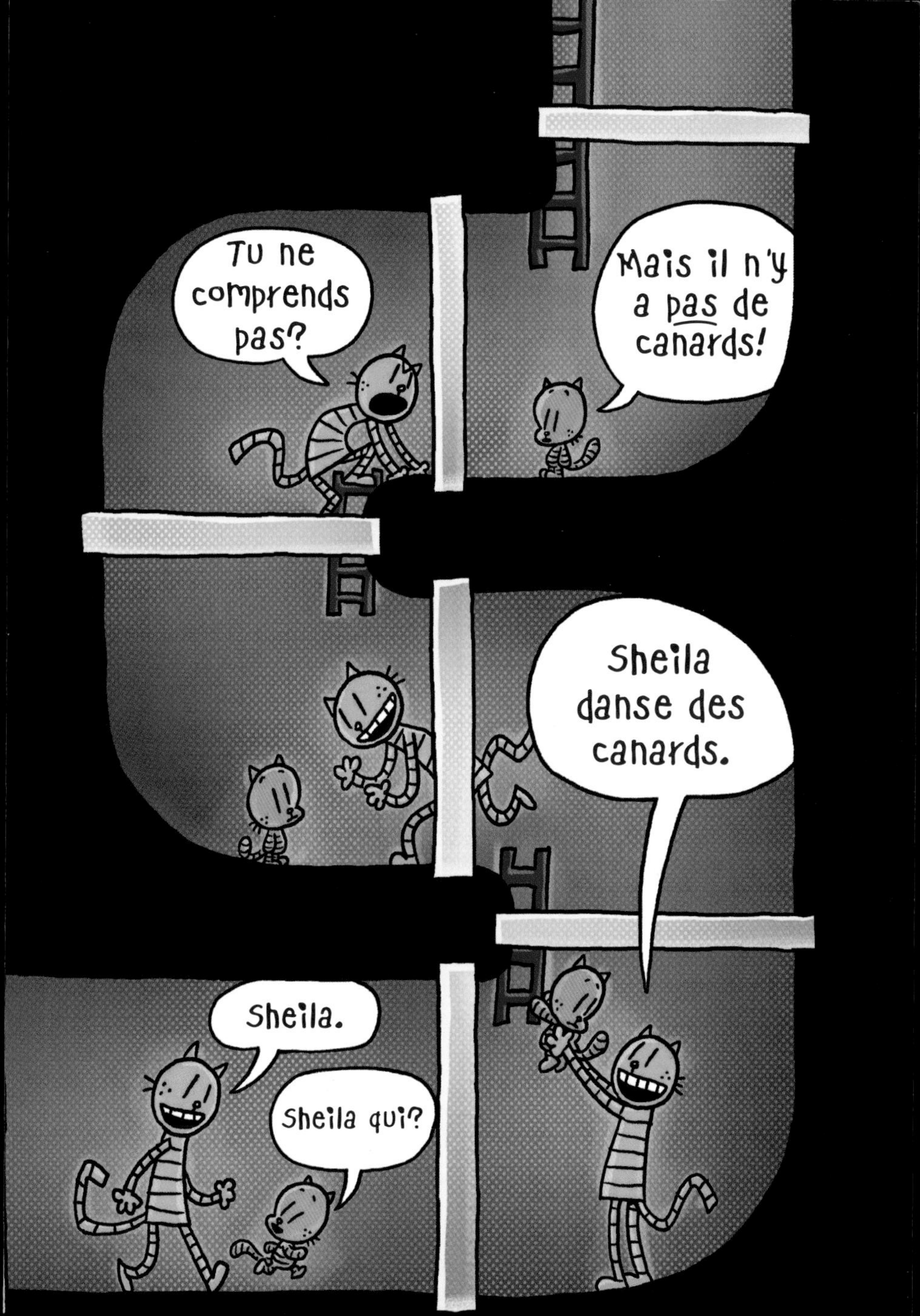
Tu ne comprends pas?
Mais il n'y a pas de canards!
Sheila danse des canards.
Sheila.
Sheila qui?

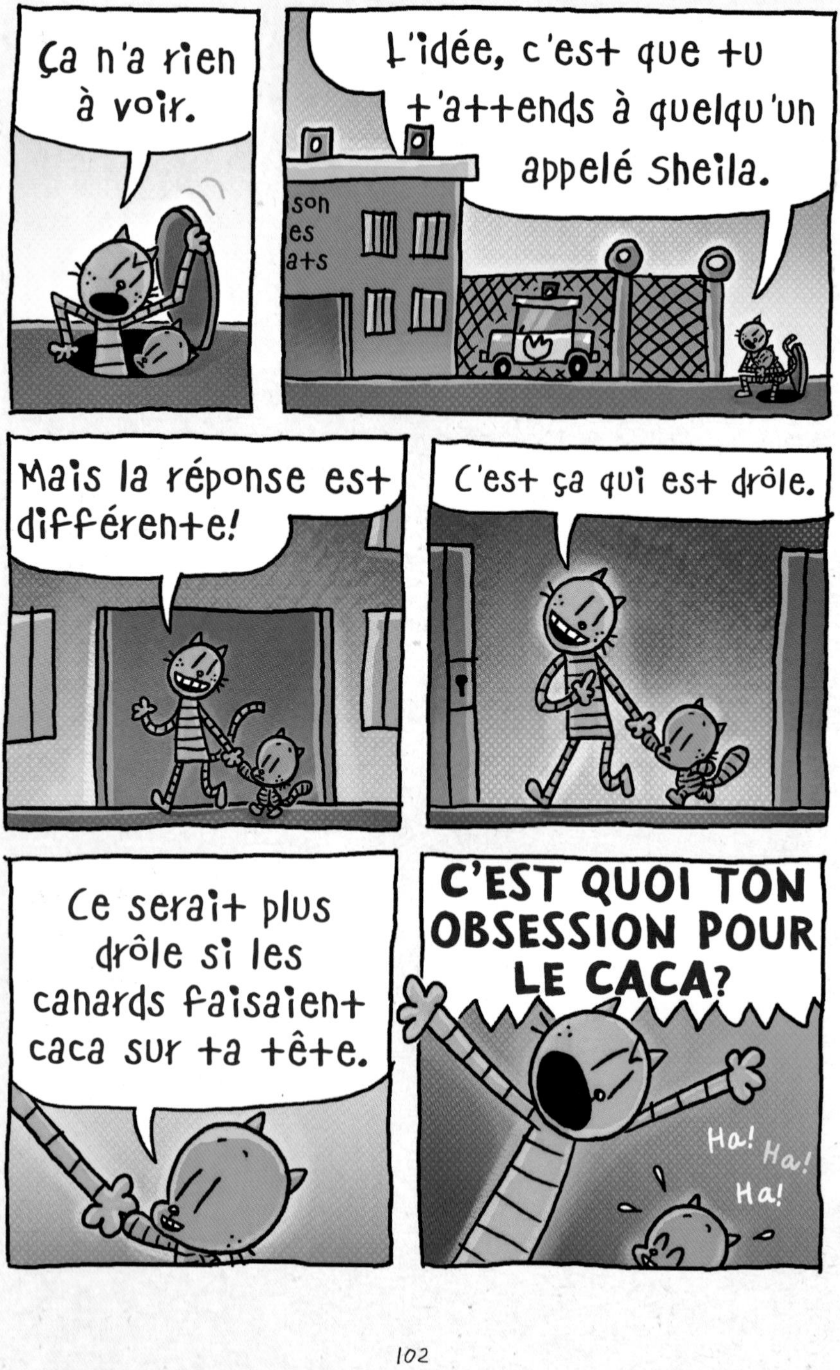
Ça n'a rien à voir.
L'idée, c'est que tu t'attends à quelqu'un appelé Sheila.
Mais la réponse est différente!
C'est ça qui est drôle.
Ce serait plus drôle si les canards faisaient caca sur ta tête.
C'EST QUOI TON OBSESSION POUR LE CACA?
Ha! Ha! Ha!

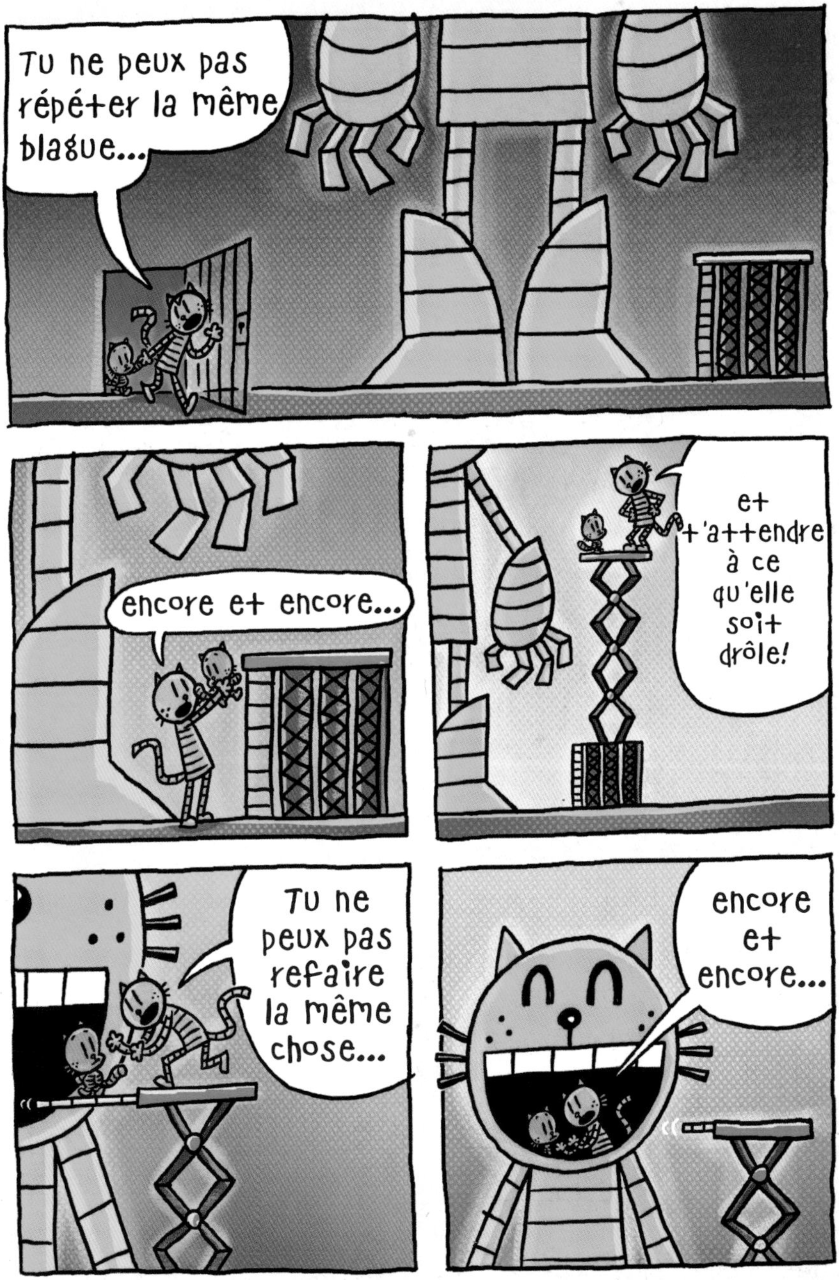
Tu ne peux pas répéter la même blague...
encore et encore...
et t'attendre à ce qu'elle soit drôle!
Tu ne peux pas refaire la même chose...
encore et encore...

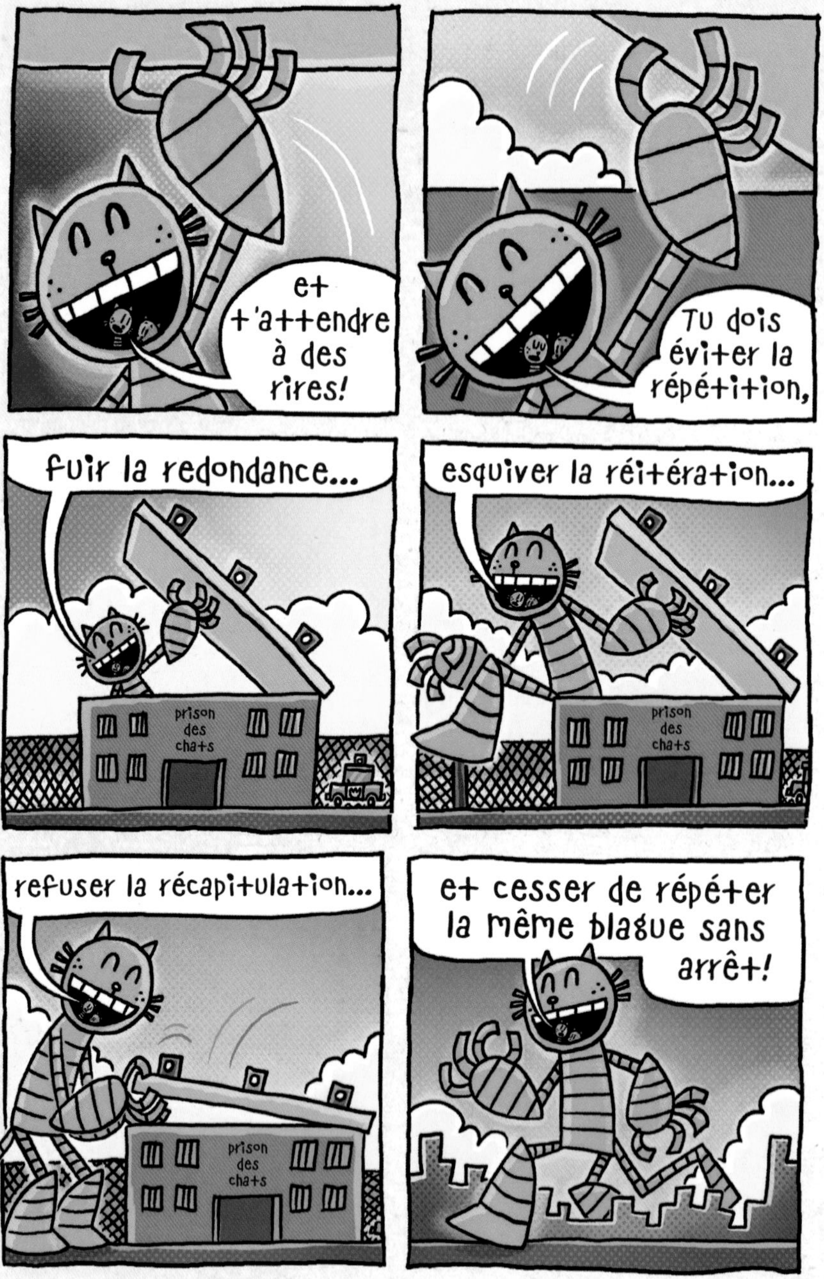
et t'attendre à des rires!
Tu dois éviter la répétition,
fuir la redondance...
prison des chats
esquiver la réitération...
prison des chats
refuser la récapitulation...
prison des chats
et cesser de répéter la même blague sans arrêt!

CHAPITRE 5

Des tas de trucs arrivent ensuite

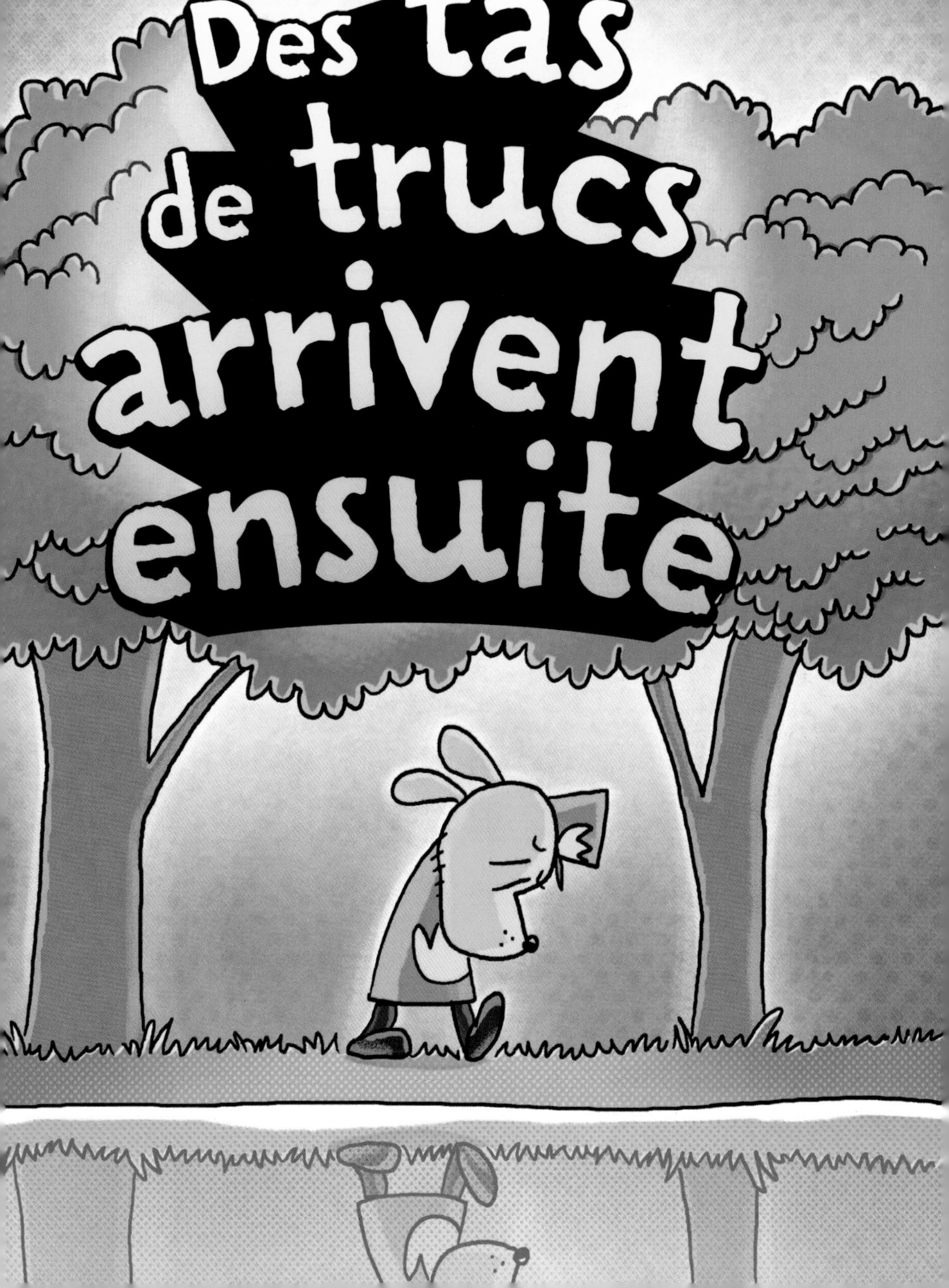

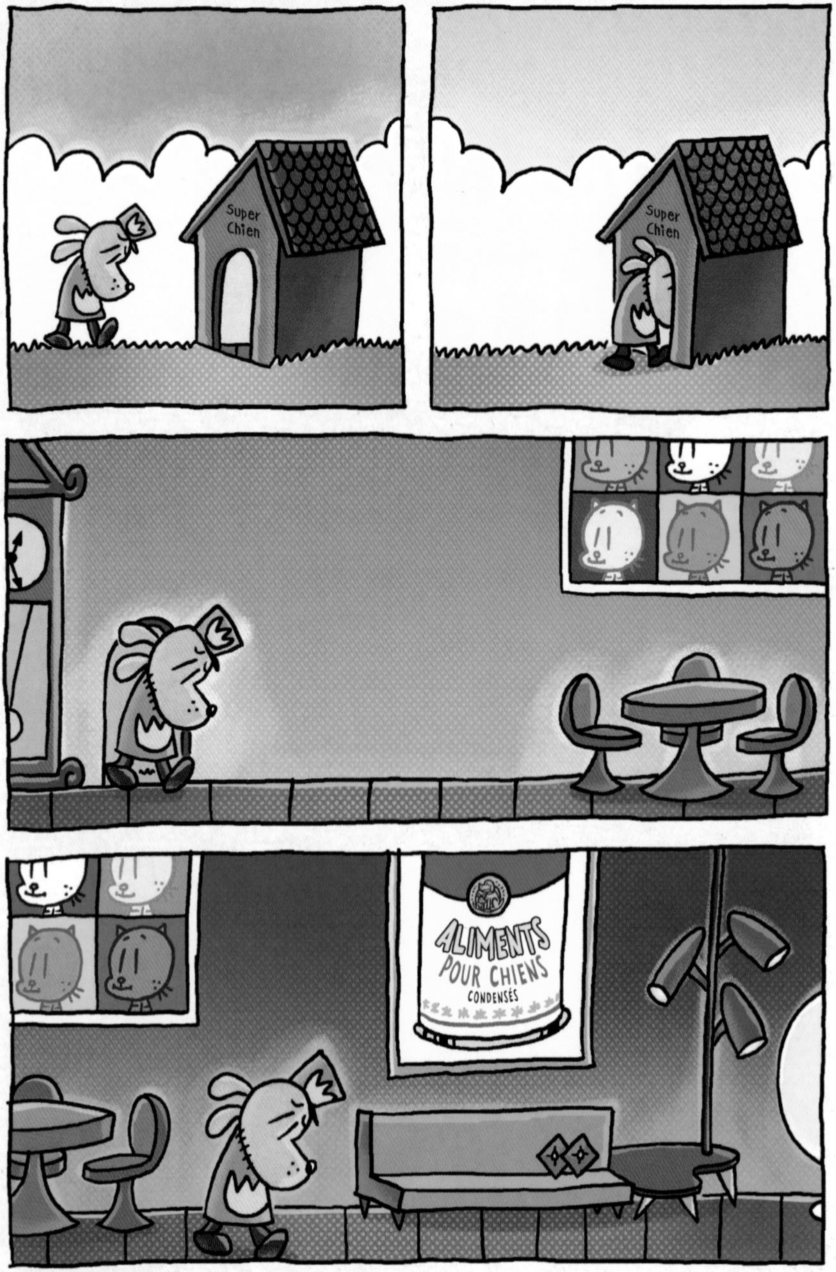
Super Chien
Super Chien
ALIMENTS
POUR CHIENS
CONDENSÉS

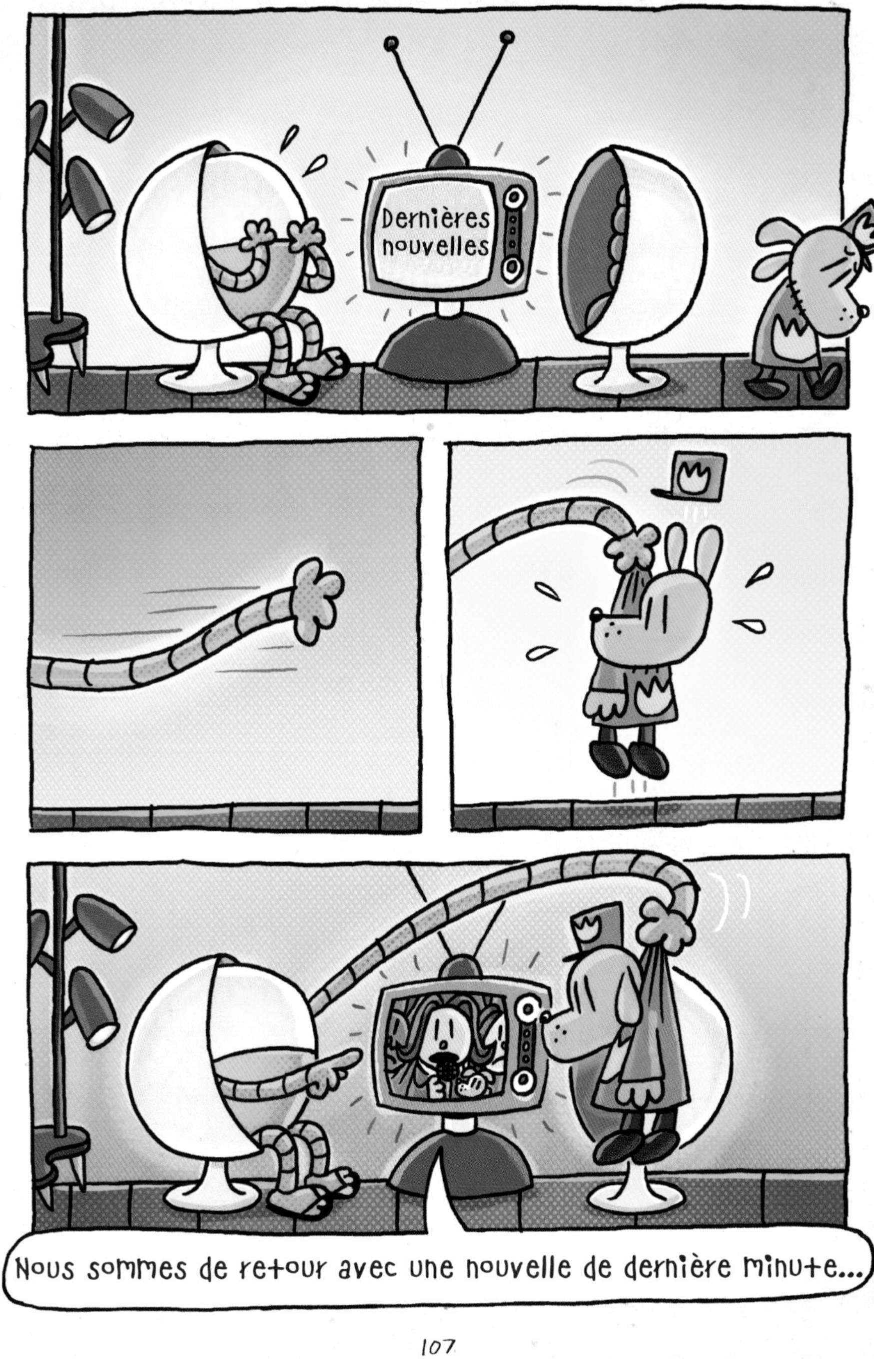
Dernières nouvelles
Nous sommes de retour avec une nouvelle de dernière minute...

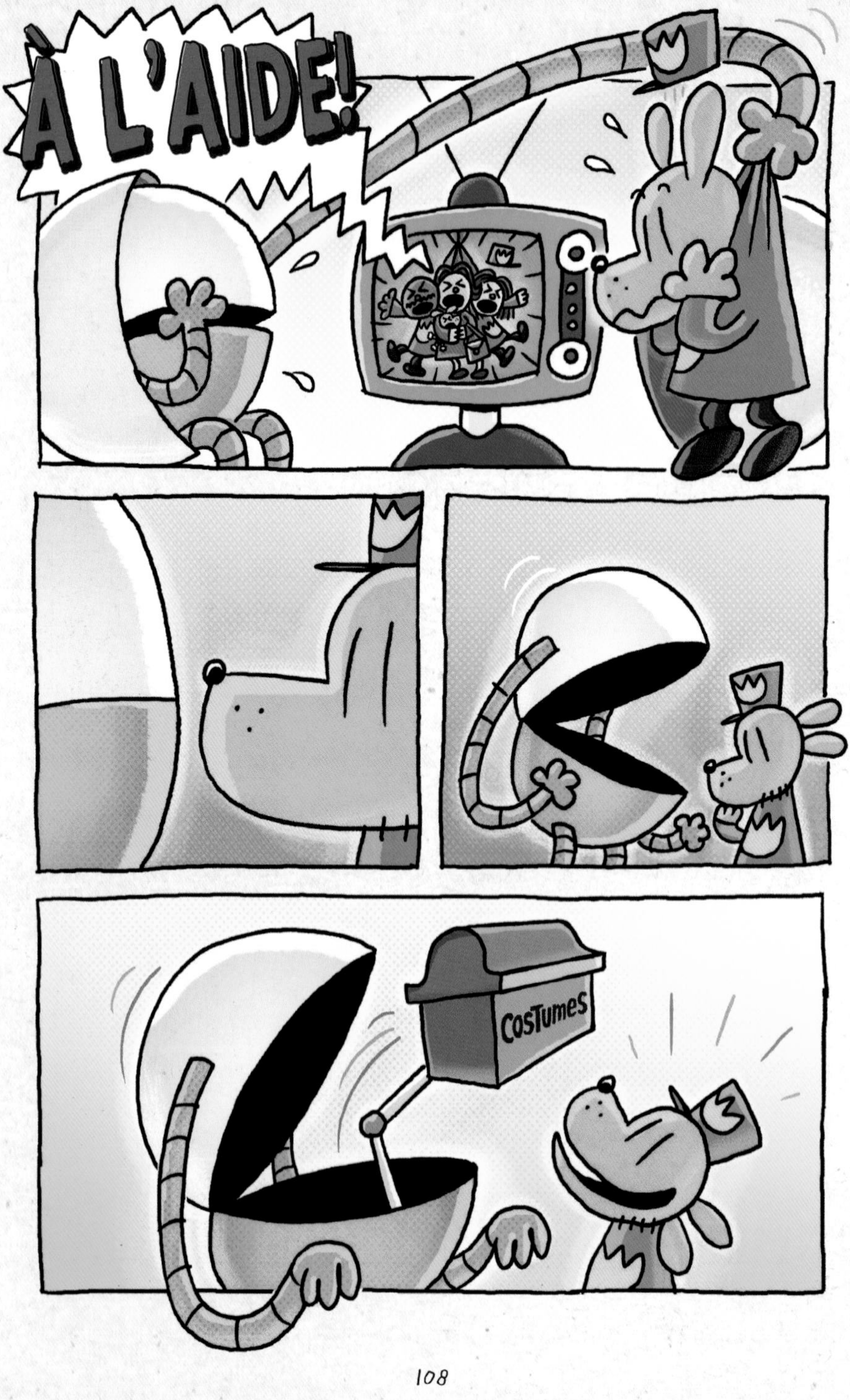
À L'AIDE!
COSTUMES

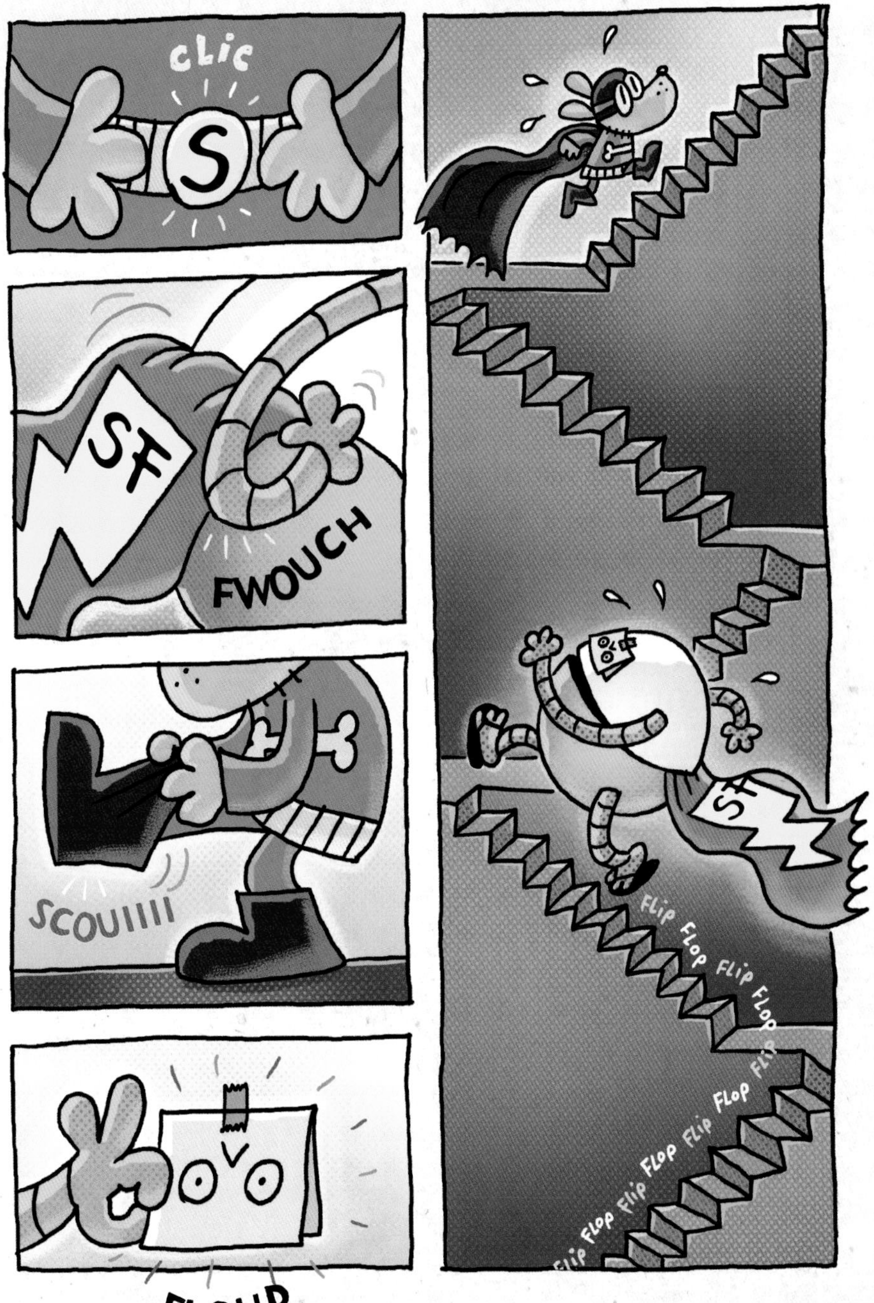
CLIC
FWOUCH
SCOUIIII
FLOUP
FLIP FLOP FLIP FLOP FLOP FLIP FLOP FLIP FLOP FLIP FLOP FLIP

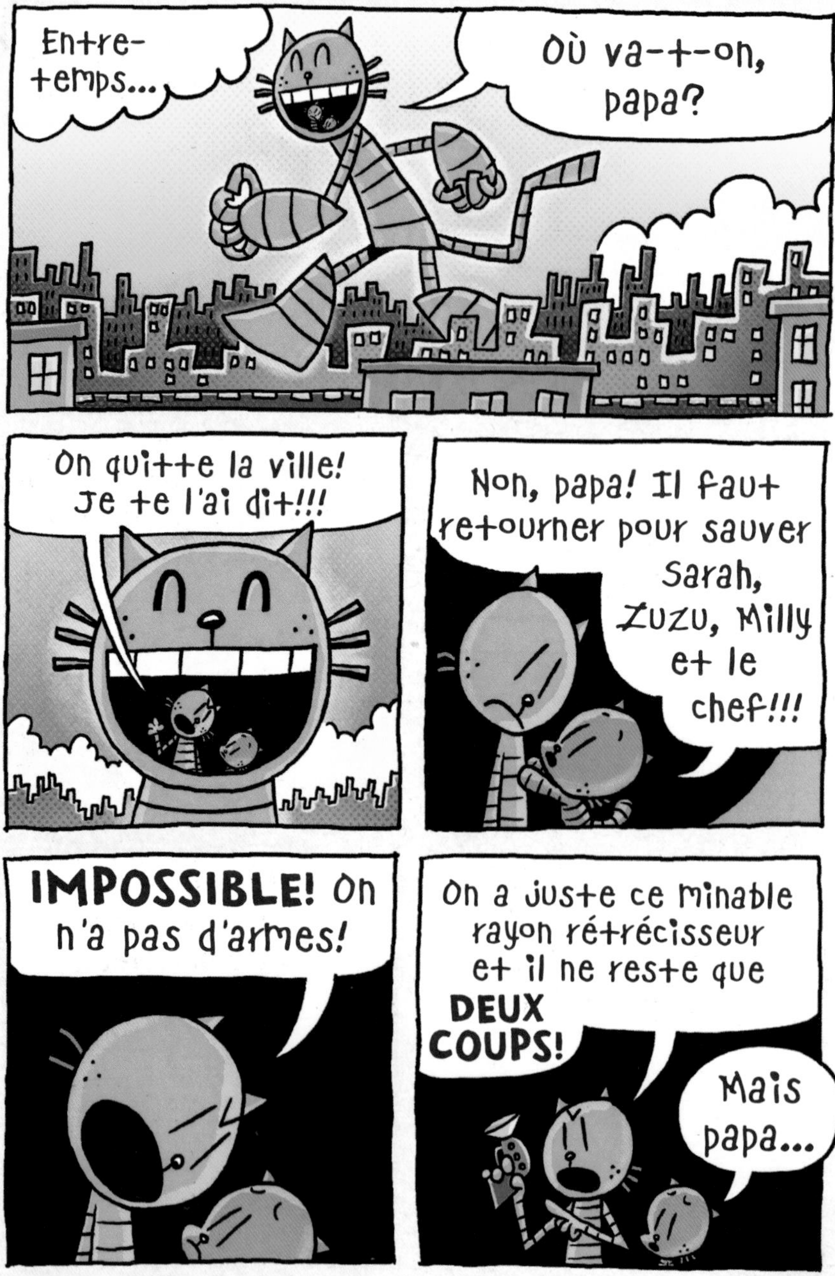
Entre-temps...
Où va-t-on, papa?
On quitte la ville! Je te l'ai dit!!!
Non, papa! Il faut retourner pour sauver Sarah, Zuzu, Milly et le chef!!!
IMPOSSIBLE! On n'a pas d'armes!
On a juste ce minable rayon rétrécisseur et il ne reste que DEUX COUPS!
Mais papa...

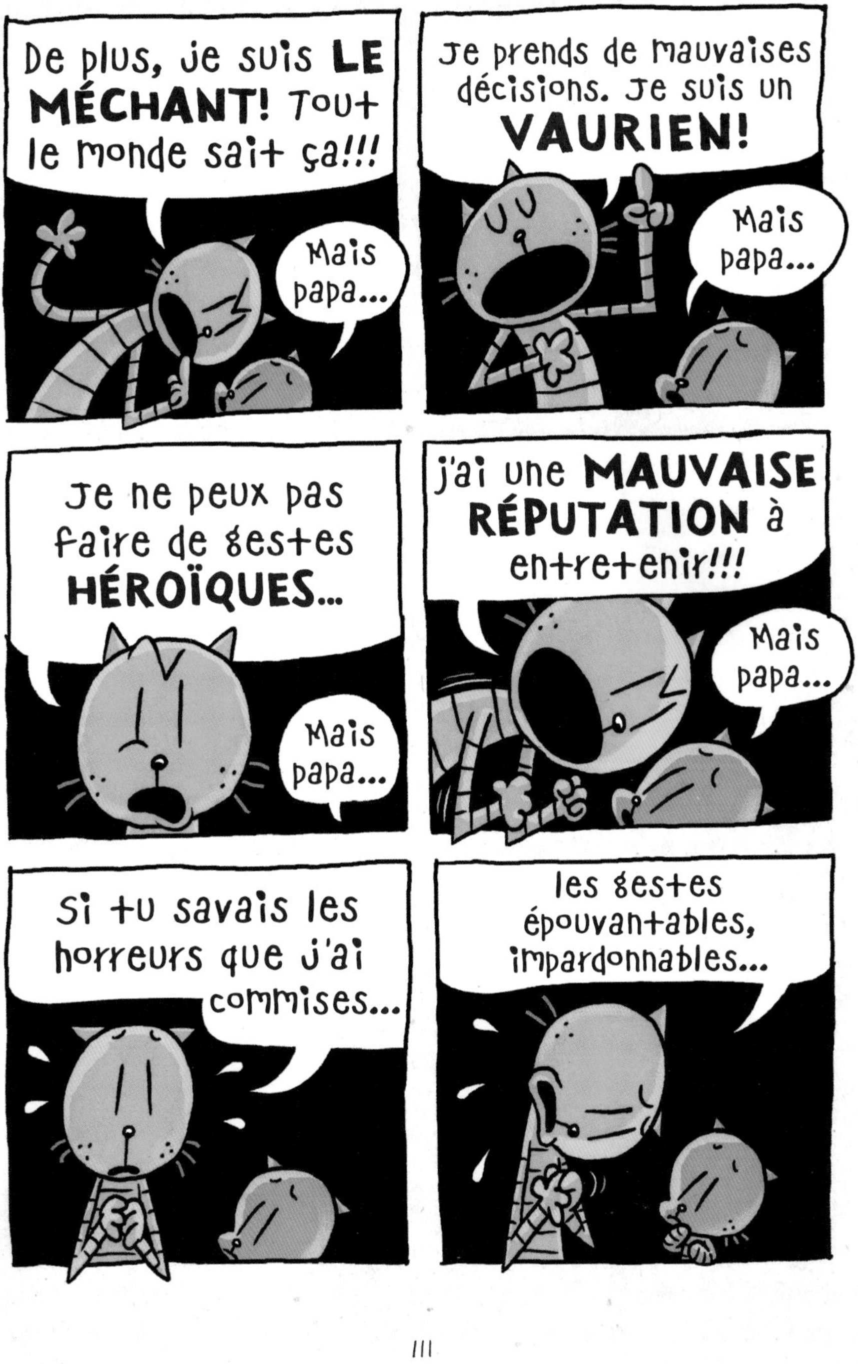
De plus, je suis LE MÉCHANT! Tout le monde sait ça!!!
Mais papa...
Je prends de mauvaises décisions. Je suis un VAURIEN!
Mais papa...
Je ne peux pas faire de gestes HÉROÏQUES...
Mais papa...
J'ai une MAUVAISE RÉPUTATION à entretenir!!!
Mais papa...
Si tu savais les horreurs que j'ai commises...
les gestes épouvantables, impardonnables...

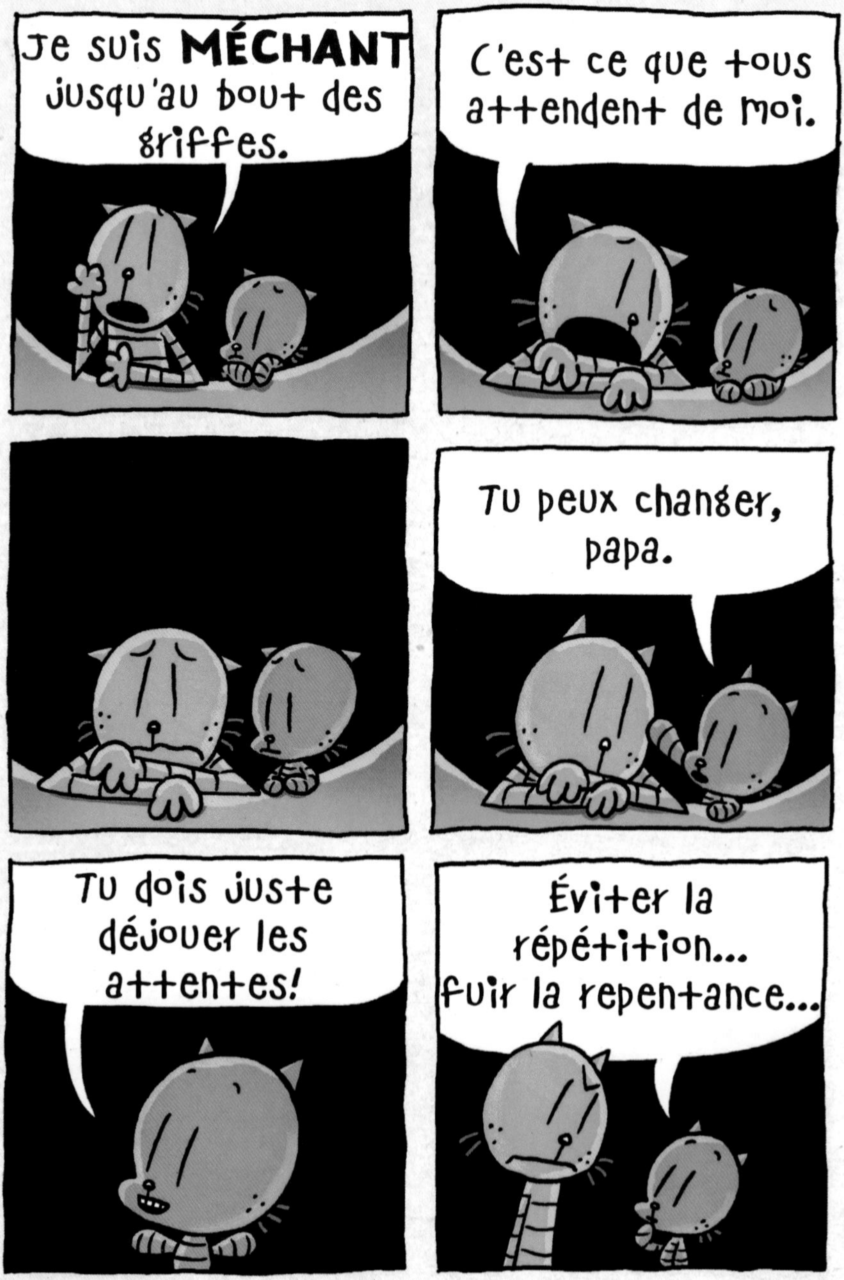
Je suis **MÉCHANT** jusqu'au bout des griffes.
C'est ce que tous attendent de moi.
Tu peux changer, papa.
Tu dois juste déjouer les attentes!
Éviter la répétition... fuir la repentance...

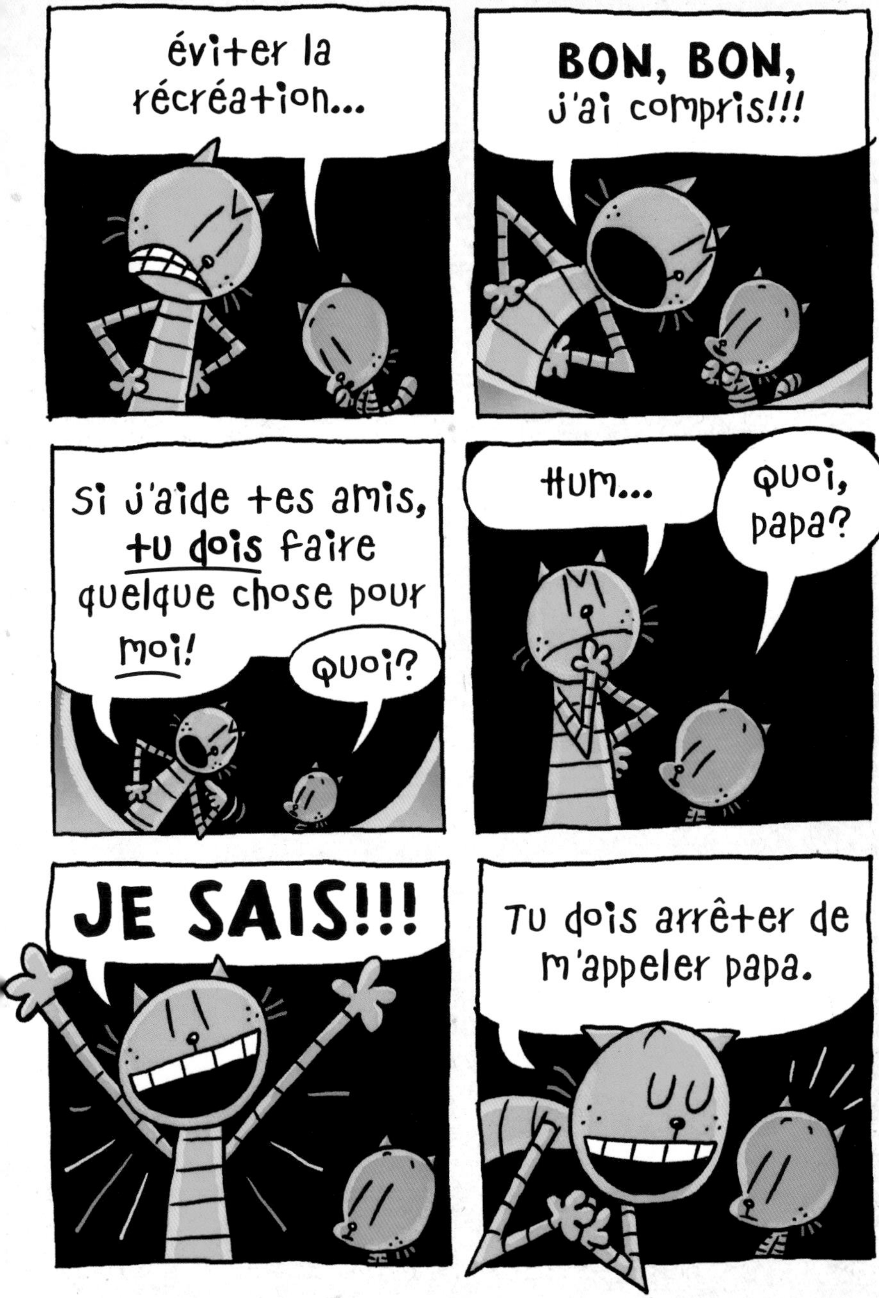
éviter la récréation...
BON, BON, j'ai compris!!!
Si j'aide tes amis, tu dois faire quelque chose pour moi!
Quoi?
Hum...
Quoi, papa?
JE SAIS!!!
Tu dois arrêter de m'appeler papa.

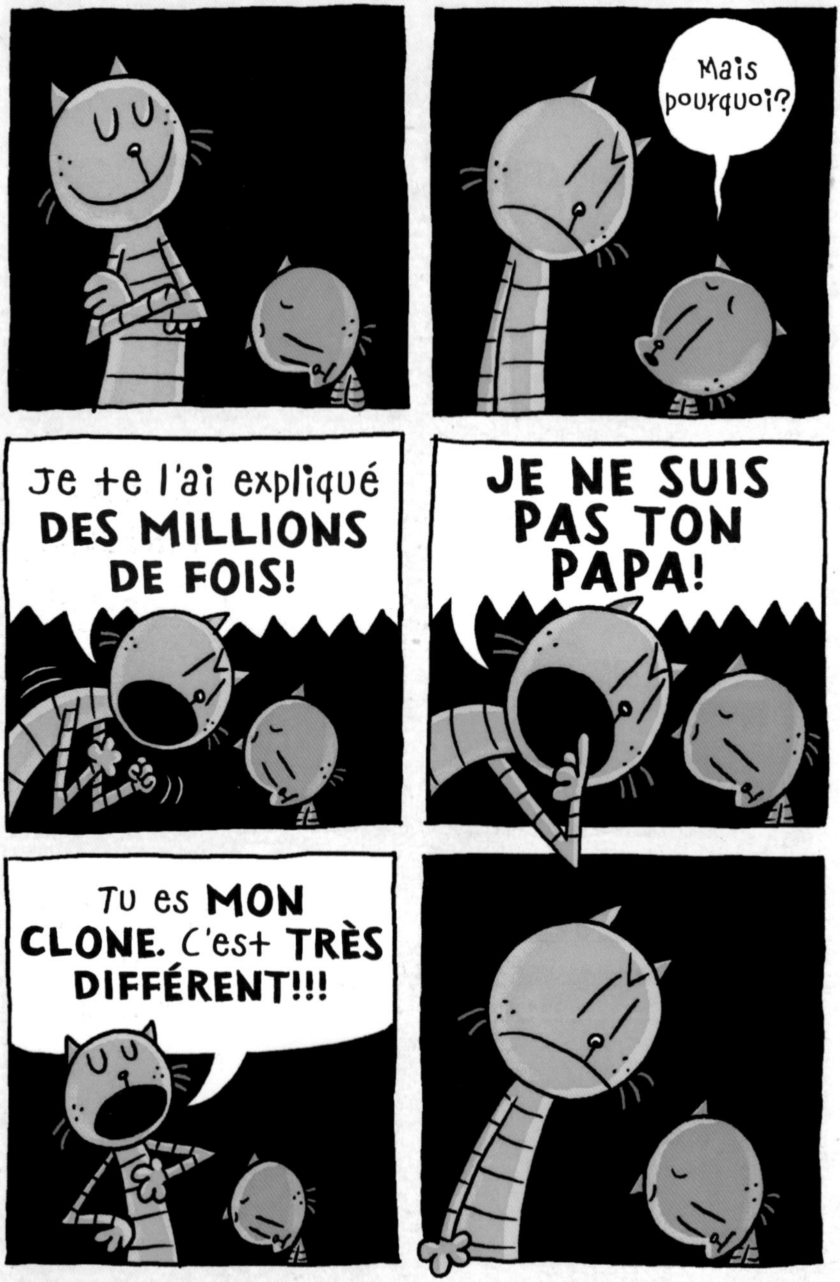
Mais pourquoi?
Je te l'ai expliqué DES MILLIONS DE FOIS!
JE NE SUIS PAS TON PAPA!
Tu es MON CLONE. C'est TRÈS DIFFÉRENT!!!

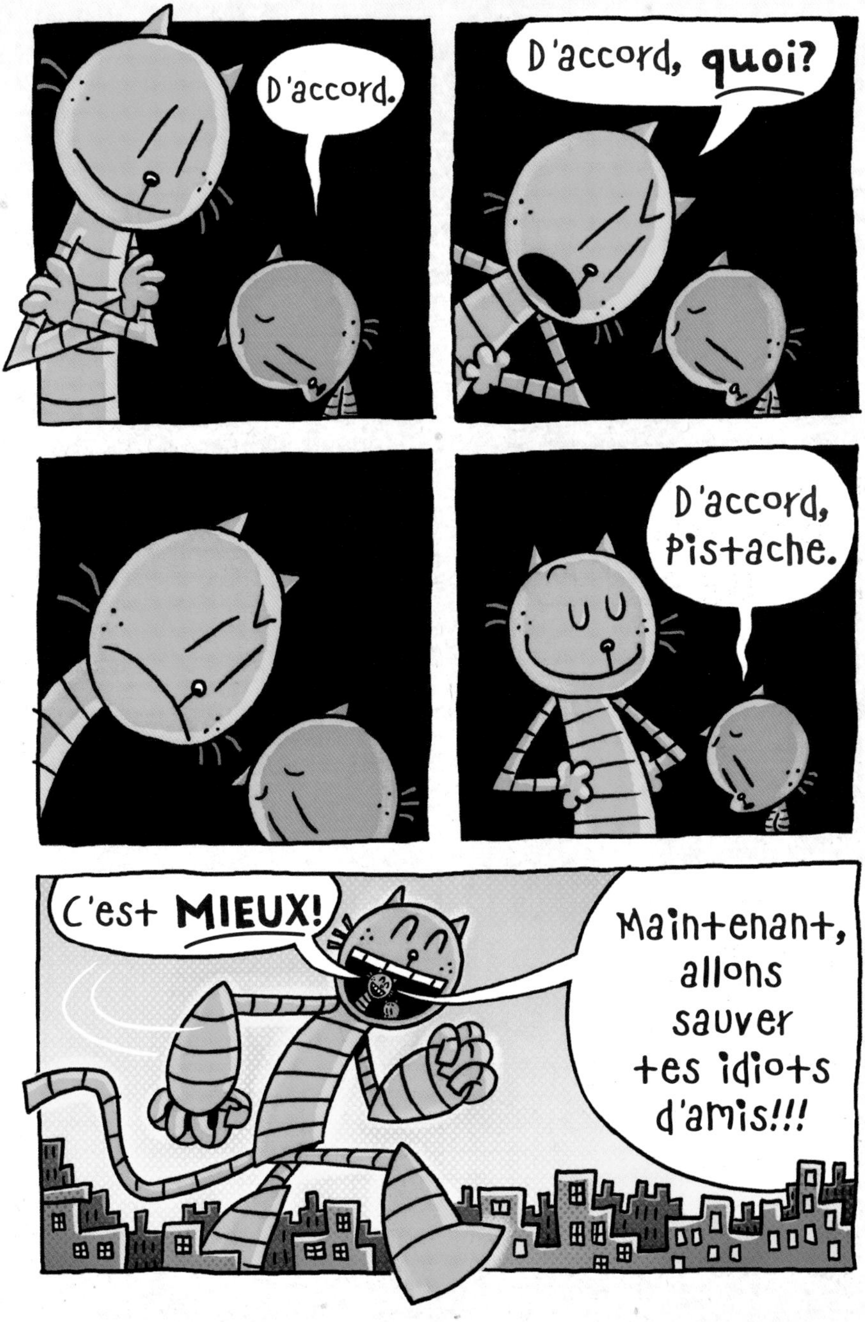
D'accord.
D'accord, **quoi?**
D'accord, Pistache.
C'est **MIEUX!**
Maintenant, allons sauver tes idiots d'amis!!!

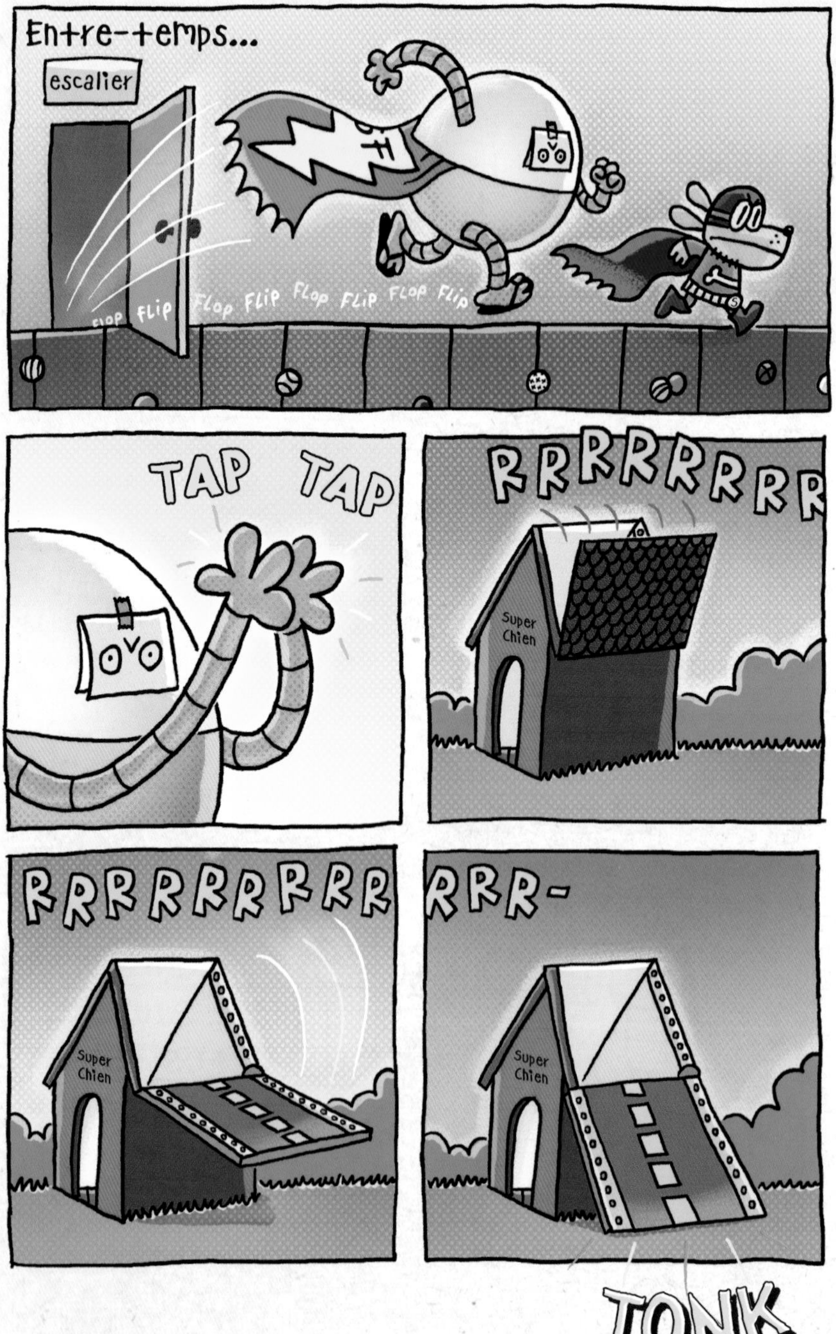
Entre-temps...
escalier
FLOP FLIP FLOP FLIP FLOP FLIP FLOP FLIP
TAP TAP
RRRRRRRRR
Super Chien
RRRRRRRRR RRR-
Super Chien
Super Chien
TONK

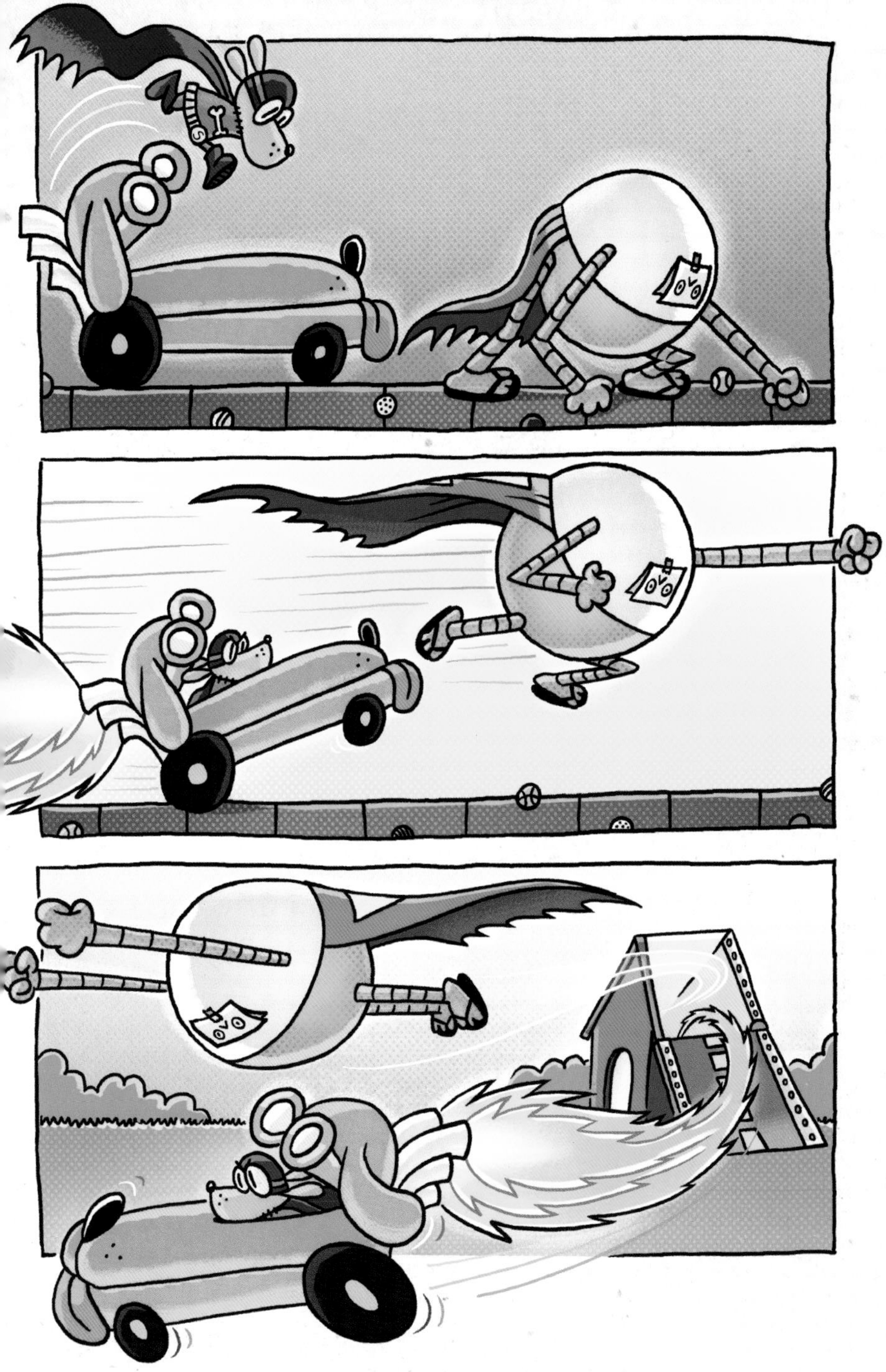

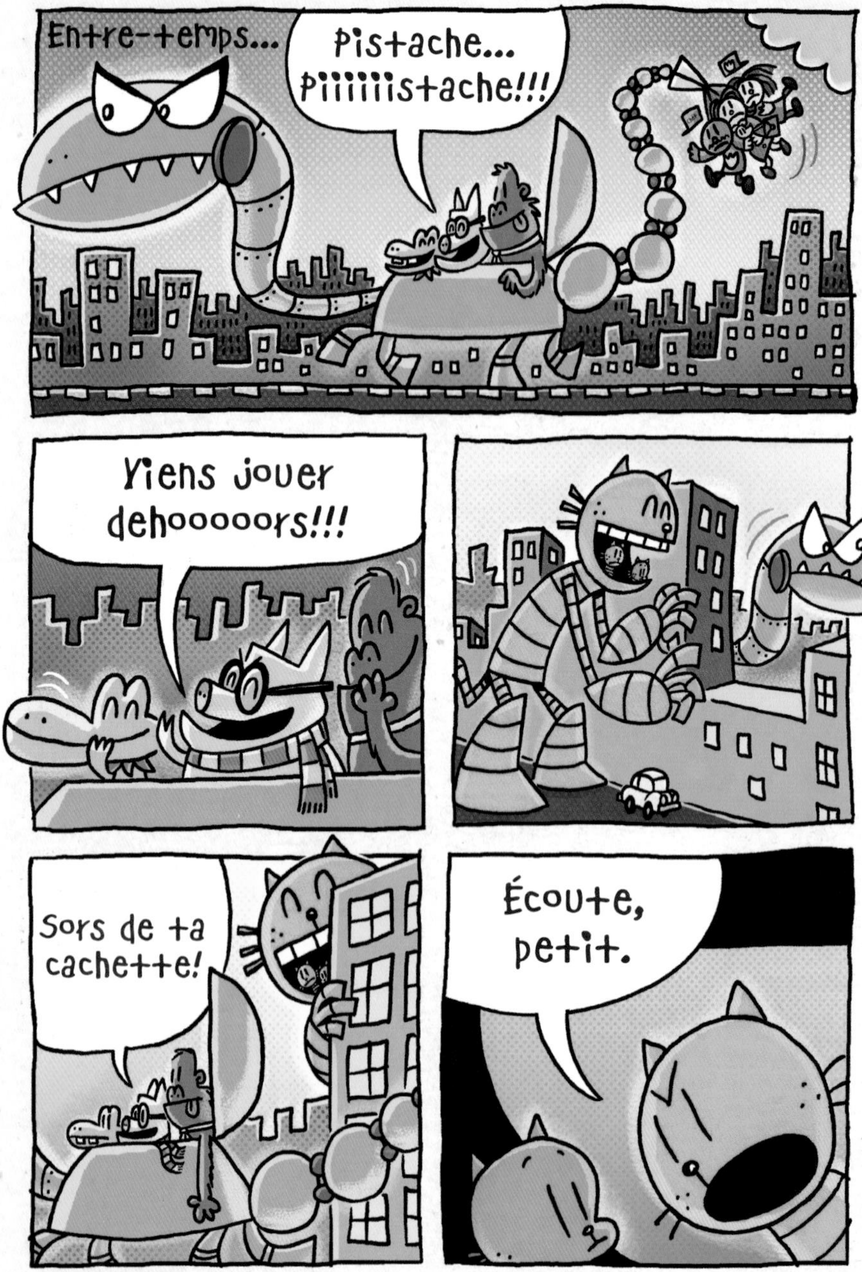
Entre-temps...
Pistache... Piiiiiiistache!!!
Viens jouer dehoooooors!!!
Sors de ta cachette!
Écoute, petit.

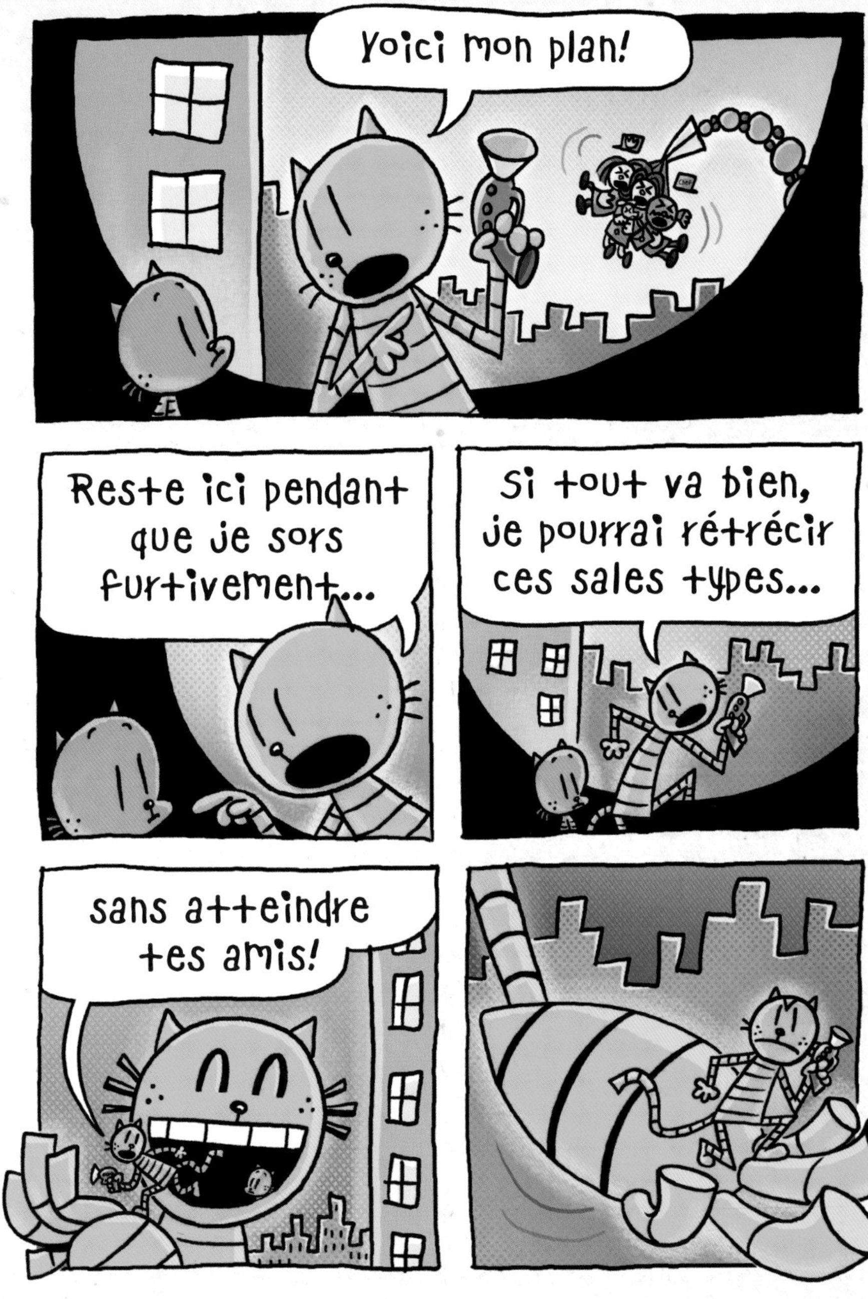
Voici mon plan!
Reste ici pendant que je sors furtivement...
Si tout va bien, je pourrai rétrécir ces sales types...
sans atteindre tes amis!

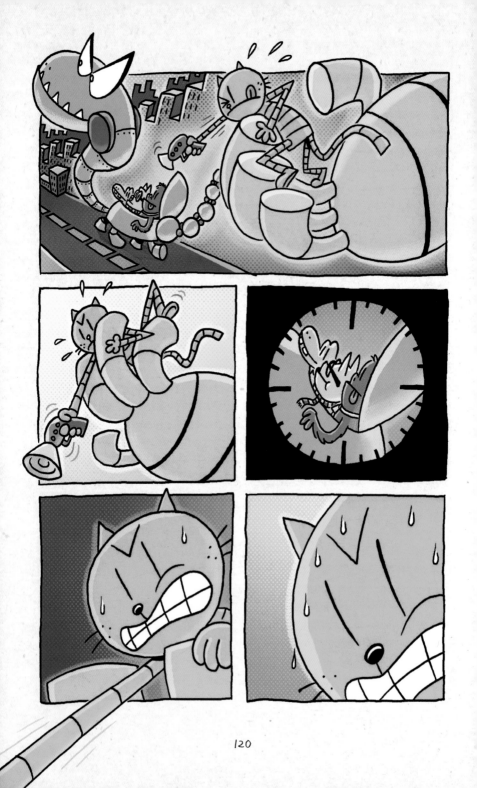

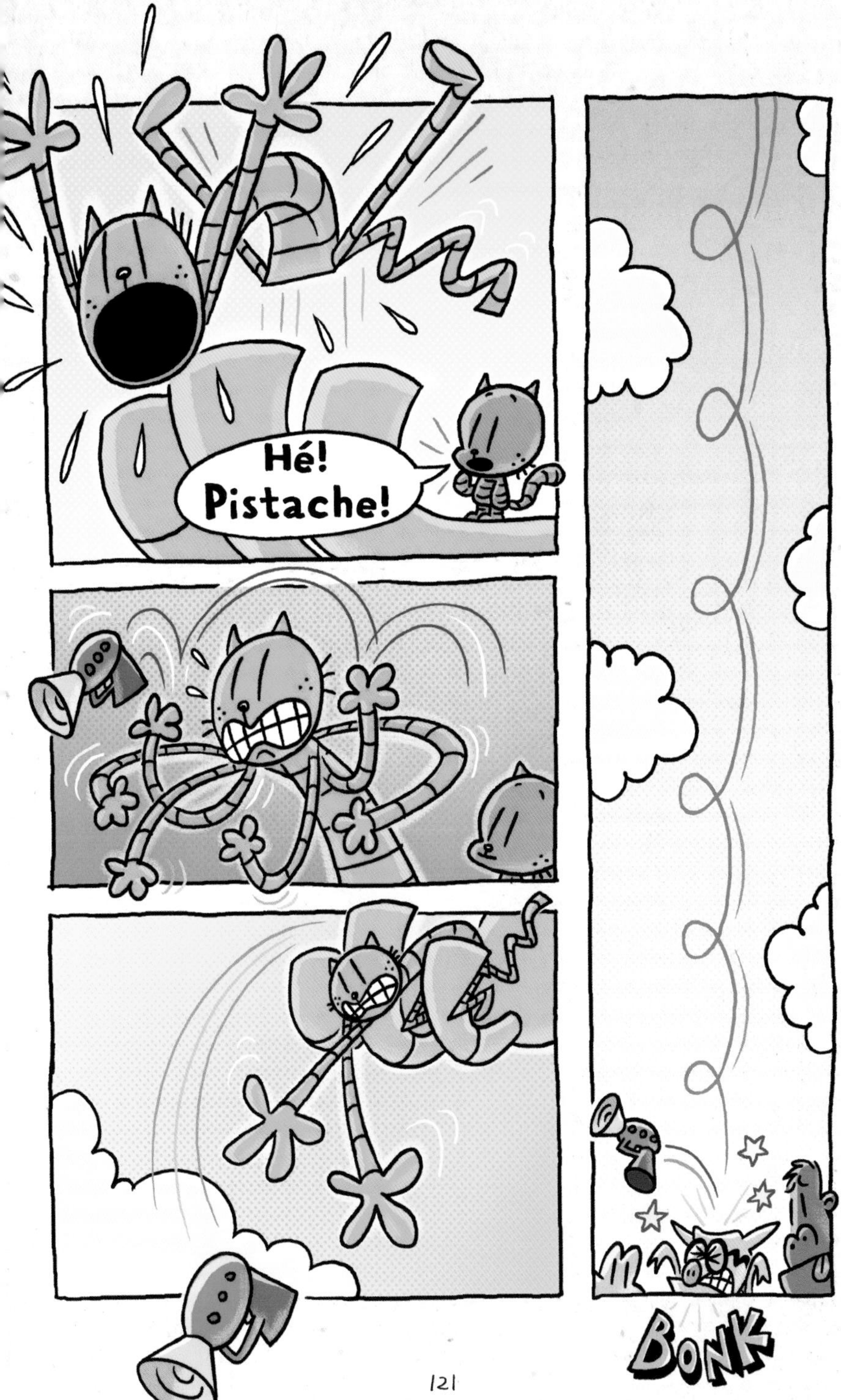
Hé!
Pistache!
BONK

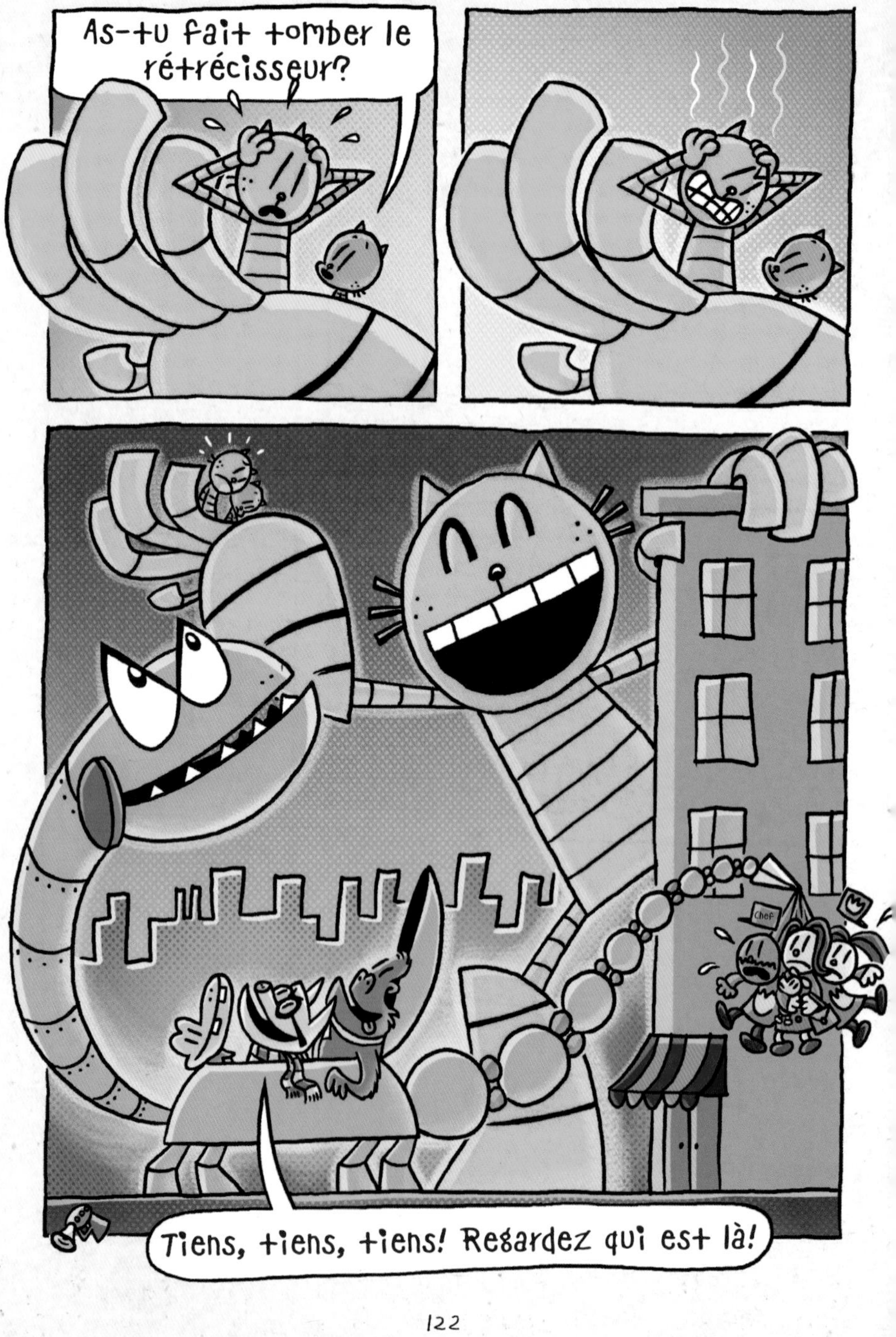
As-tu fait tomber le rétrécisseur?
Tiens, tiens, tiens! Regardez qui est là!

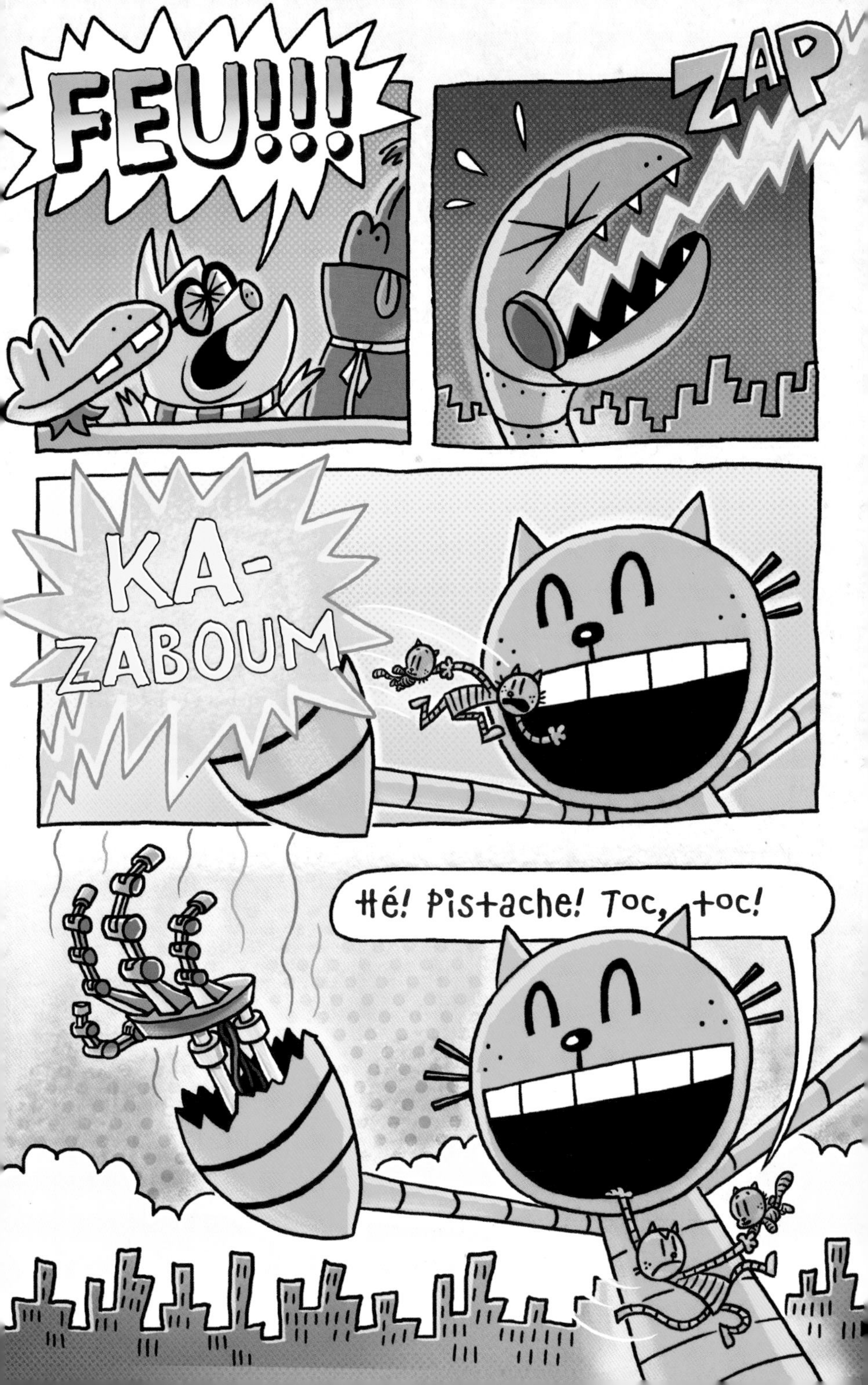
FEU!!!!
ZAP
KA-
ZABOUM
Hé! Pistache! Toc, toc!

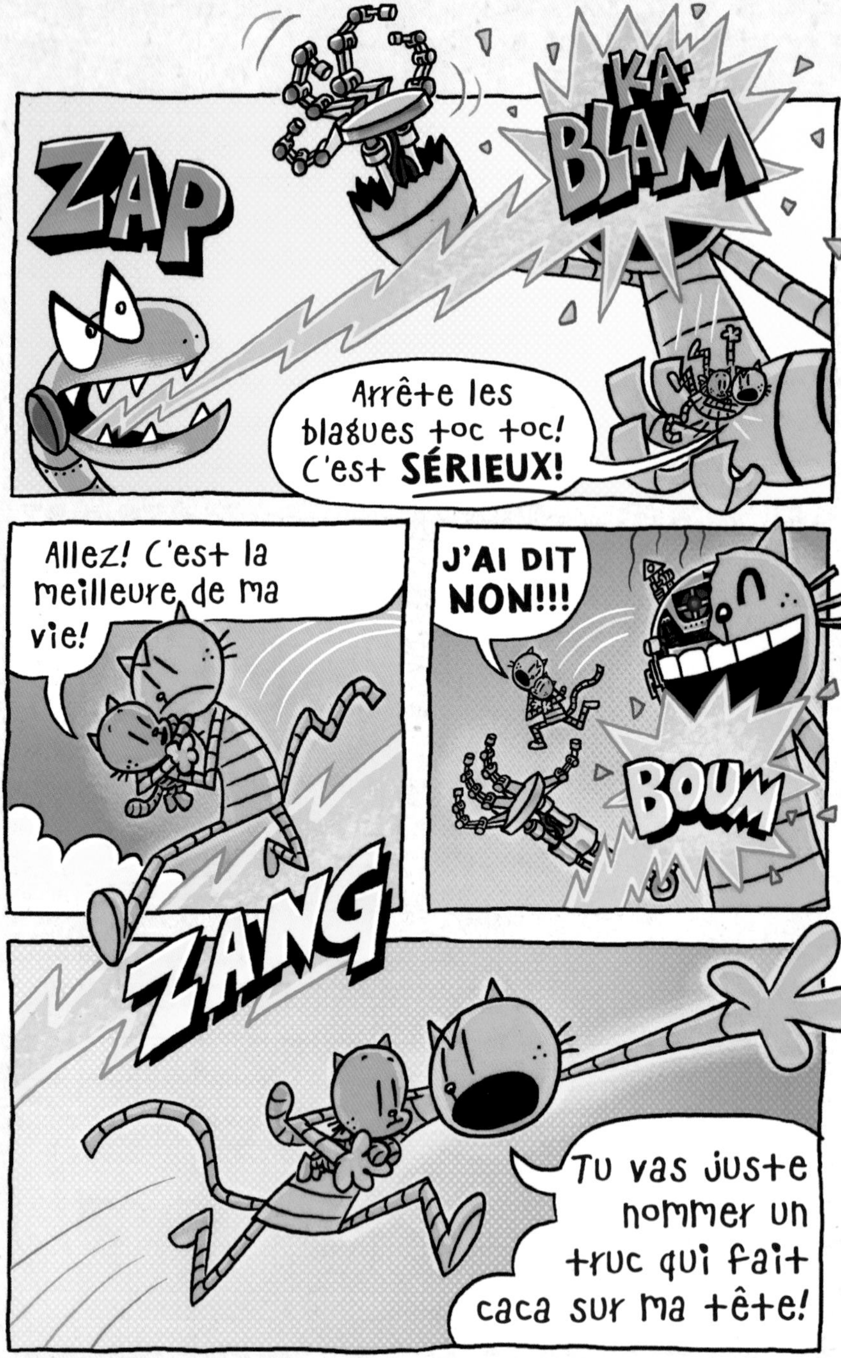
ZAP
KA-BLAM
Arrête les blagues toc toc! C'est SÉRIEUX!
Allez! C'est la meilleure de ma vie!
J'AI DIT NON!!!
BOUM
ZANG
Tu vas juste nommer un truc qui fait caca sur ma tête!

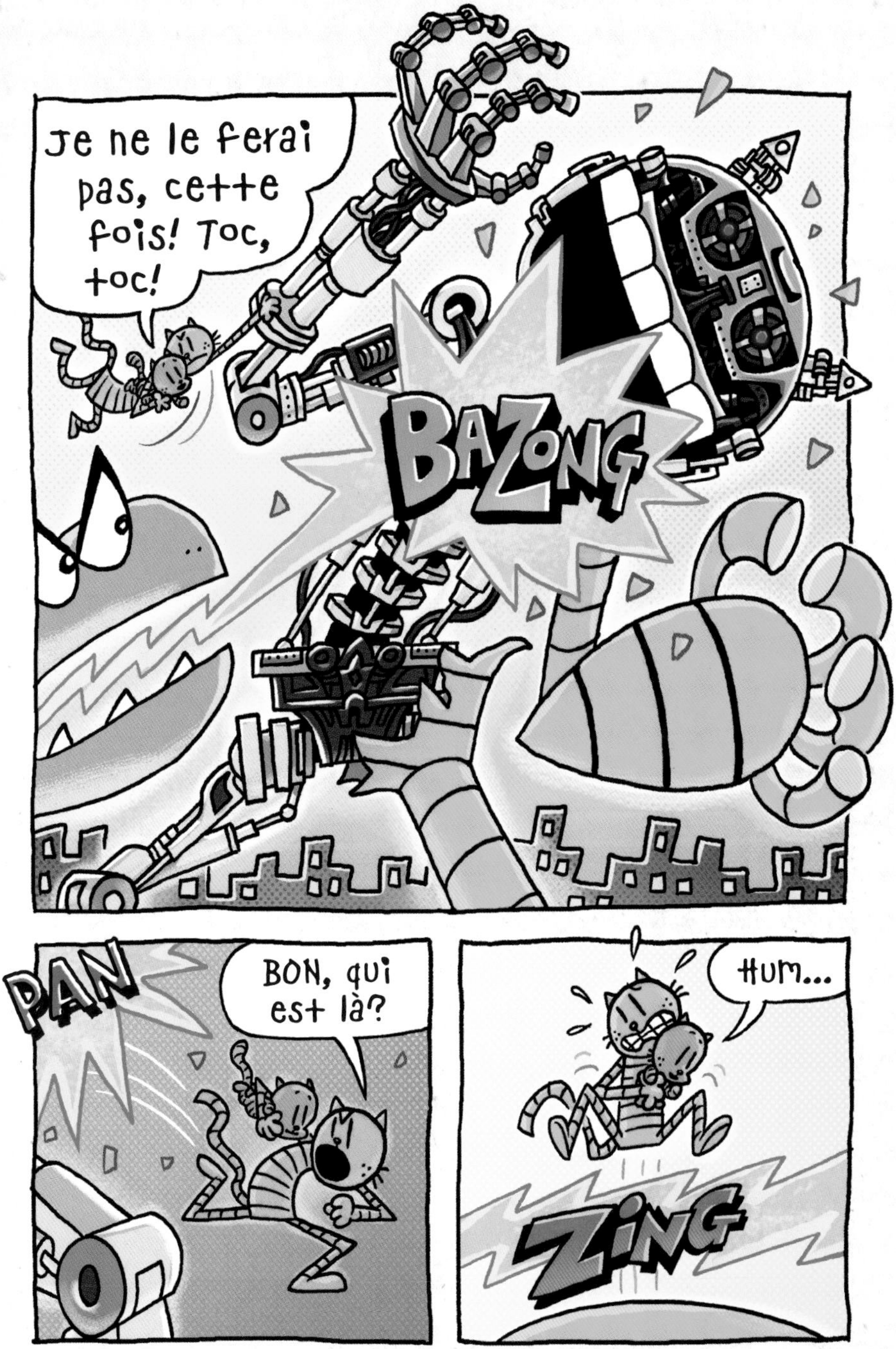
Je ne le ferai pas, cette fois! Toc, toc!
BAZONG
PAN
BON, qui est là?
Hum...
ZING

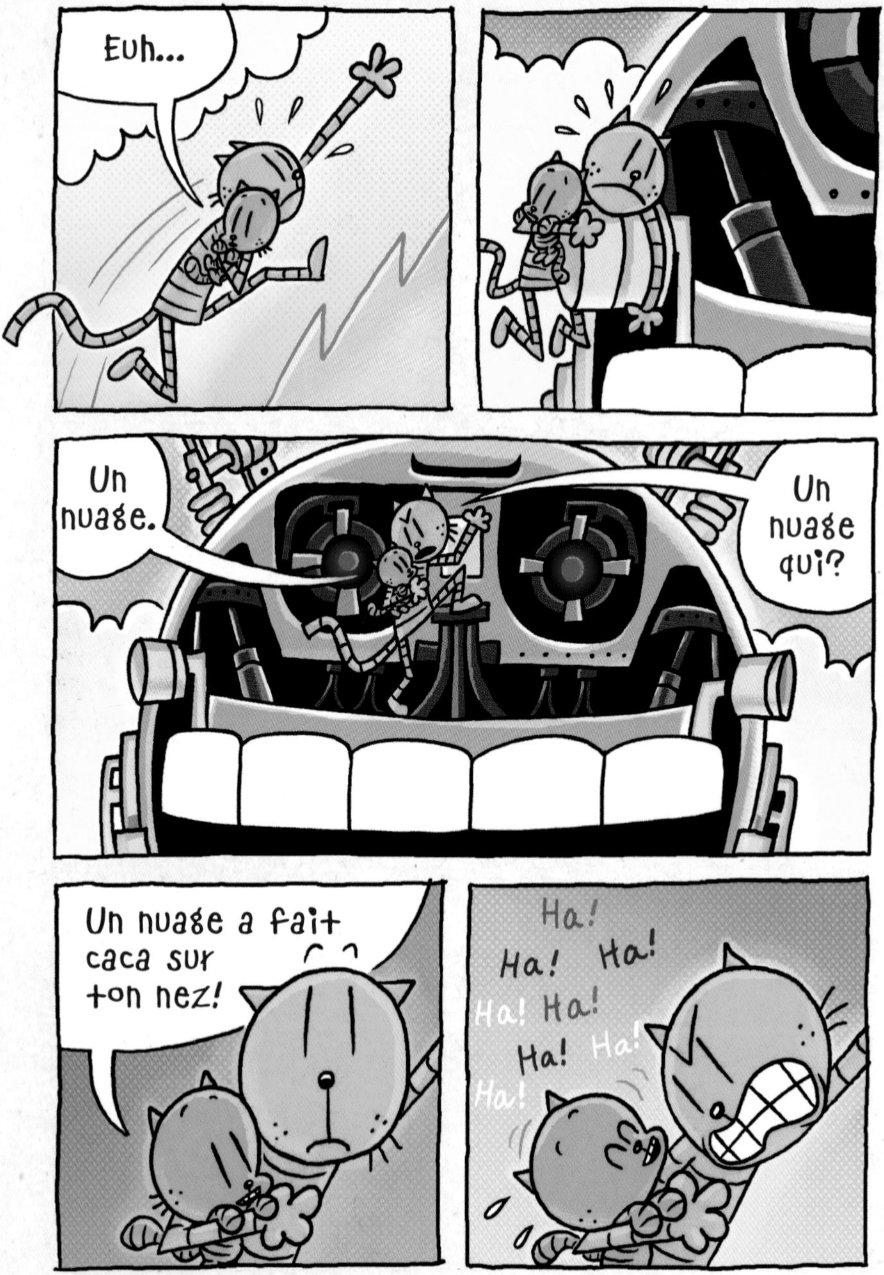
Euh...
Un nuage.
Un nuage qui?
Un nuage a fait caca sur ton nez!
Ha! Ha! Ha! Ha! Ha! Ha! Ha! Ha!

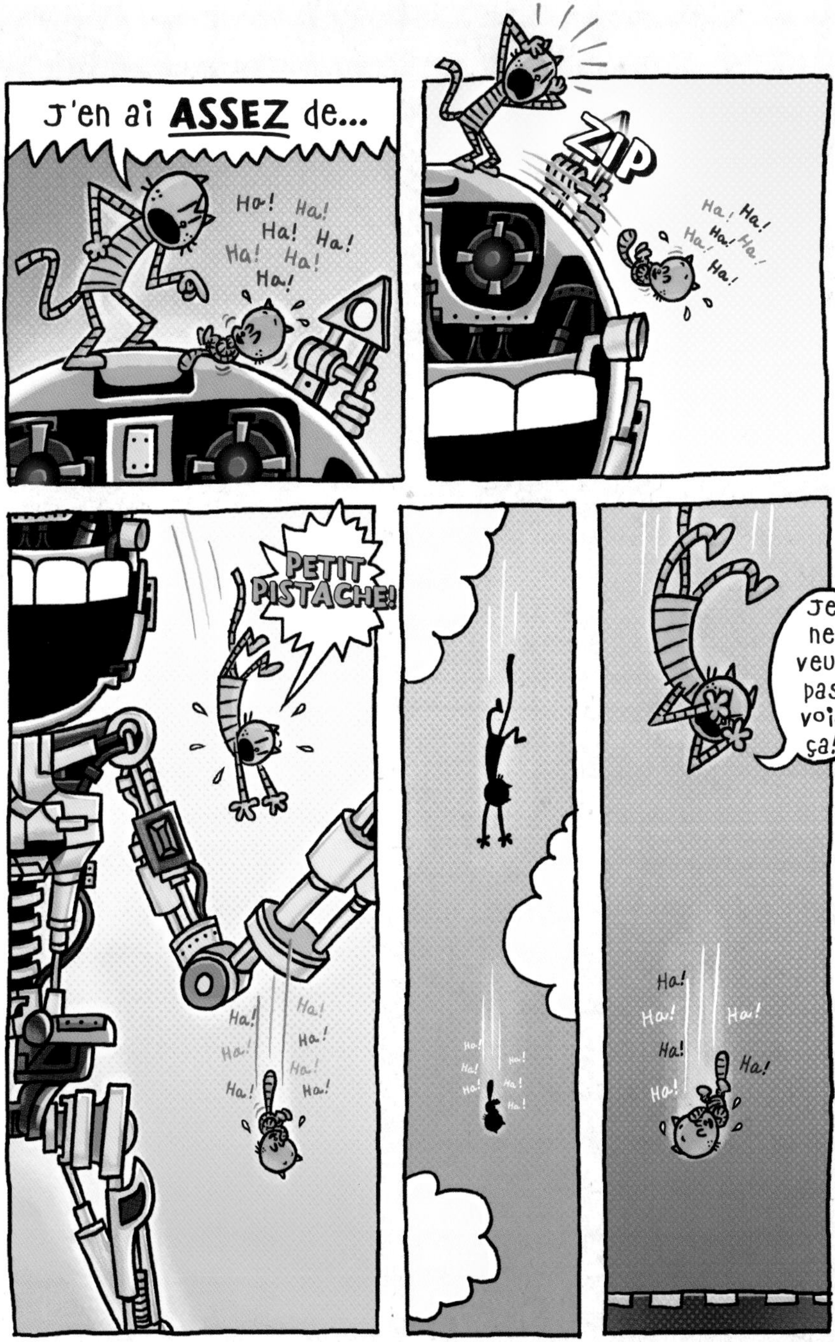
J'en ai ASSEZ de...
Ha! Ha! Ha! Ha! Ha! Ha! Ha!
ZIP
Ha! Ha! Ha! Ha! Ha! Ha!
PETIT PISTACHE!
Ha! Ha! Ha! Ha! Ha! Ha! Ha!
Ha! Ha! Ha! Ha! Ha! Ha!
Je ne veux pas voir ça!
Ha! Ha! Ha! Ha! Ha! Ha!

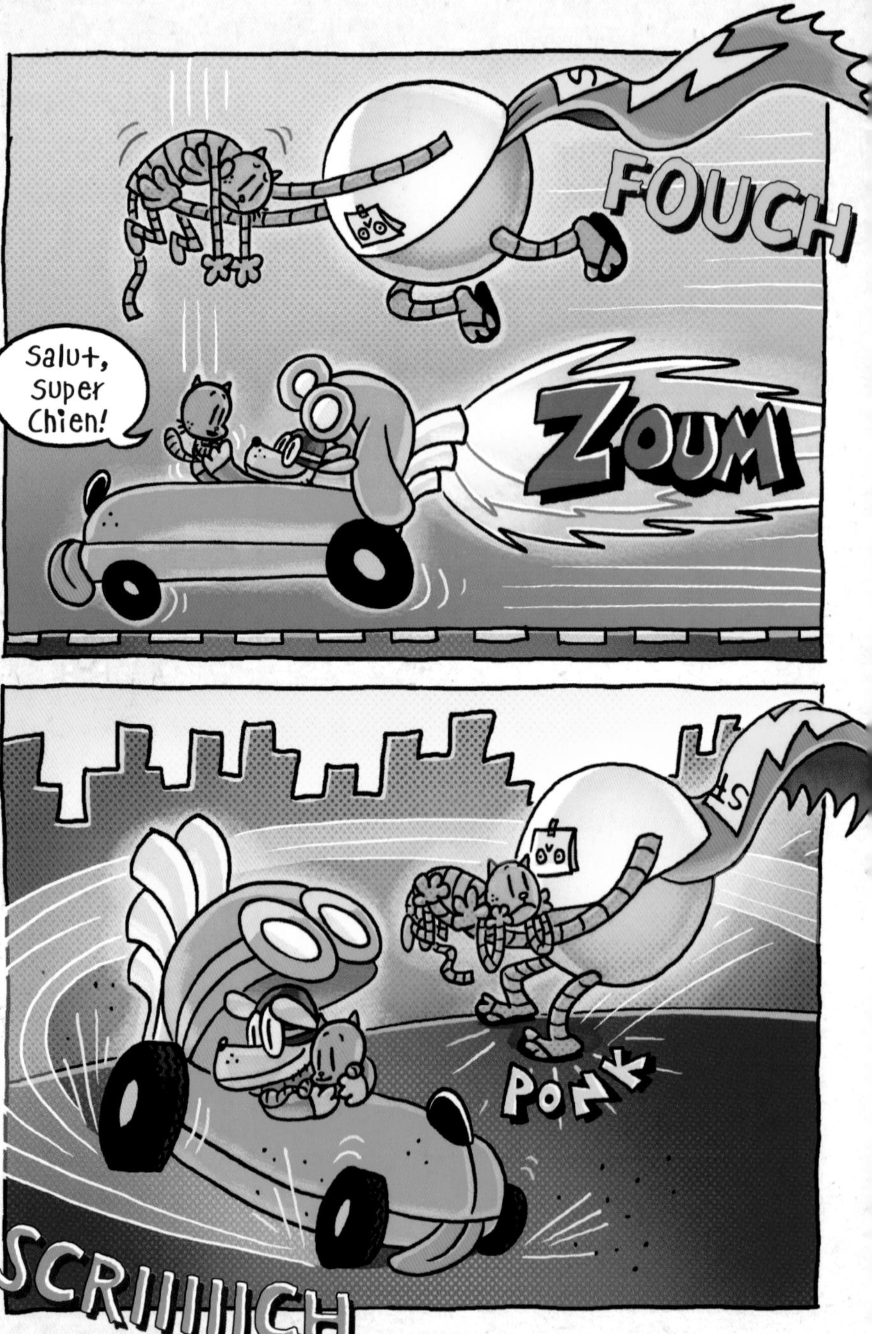
FOUCH
Salut, super Chien!
ZOUM
PONK
SCRIIIIICH

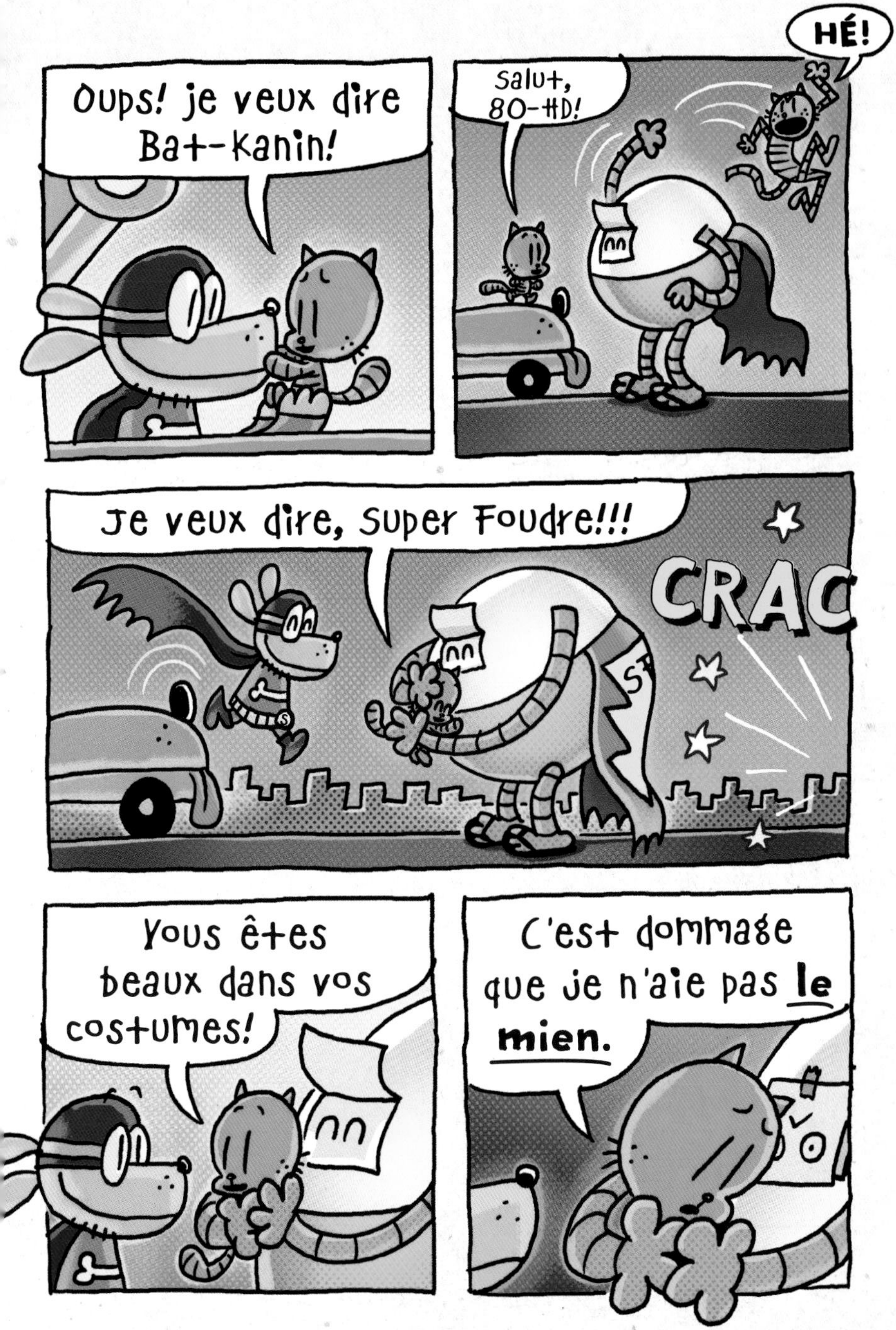
Oups! je veux dire Bat-Kanin!
Salut, 80-HD!
HÉ!
Je veux dire, Super Foudre!!!
CRAC
Vous êtes beaux dans vos costumes!
C'est dommage que je n'aie pas **le mien.**

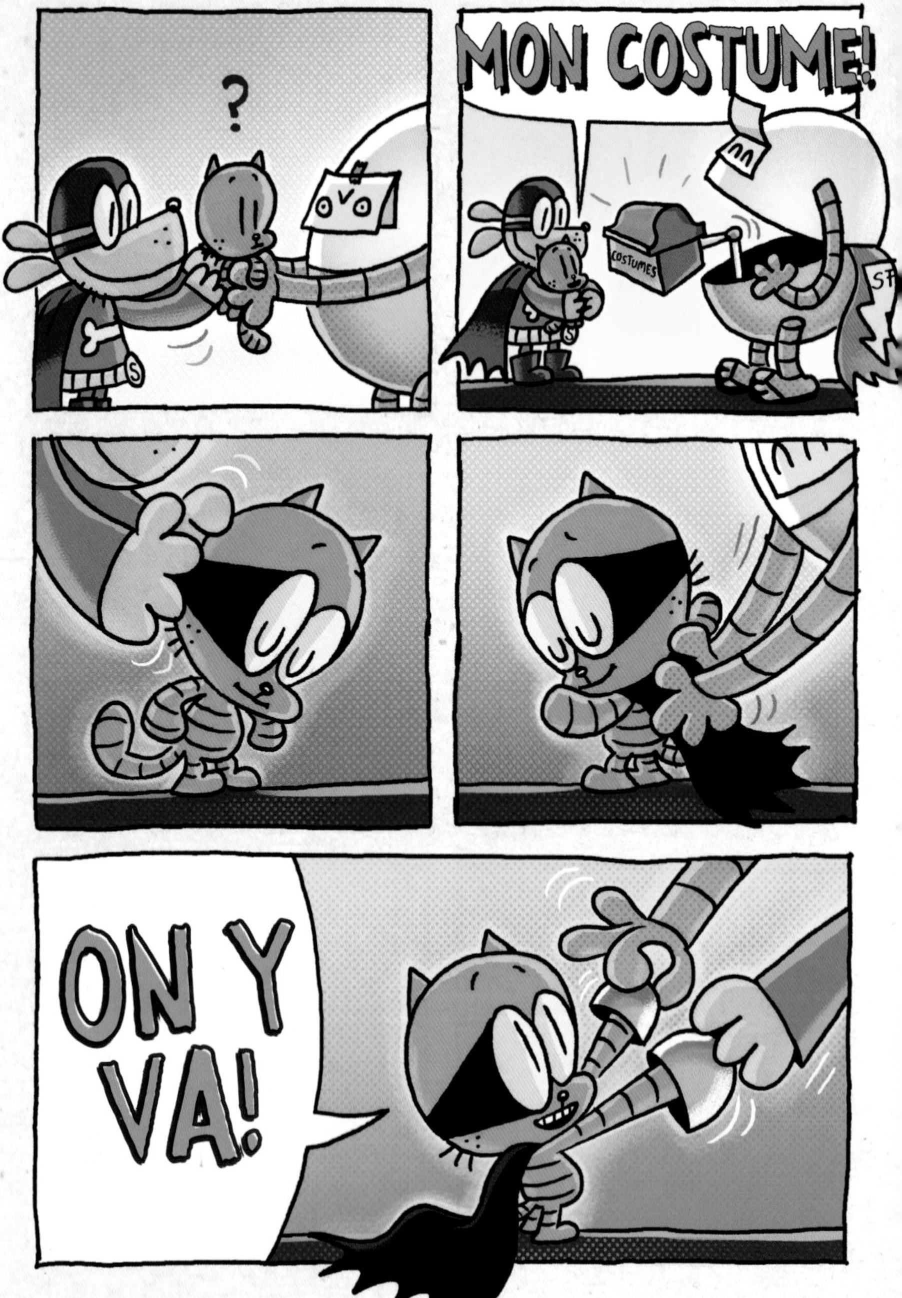
?
MON COSTUME!
COSTUMES
ON Y VA!

CHAPITRE 6

SUPER COPAINS

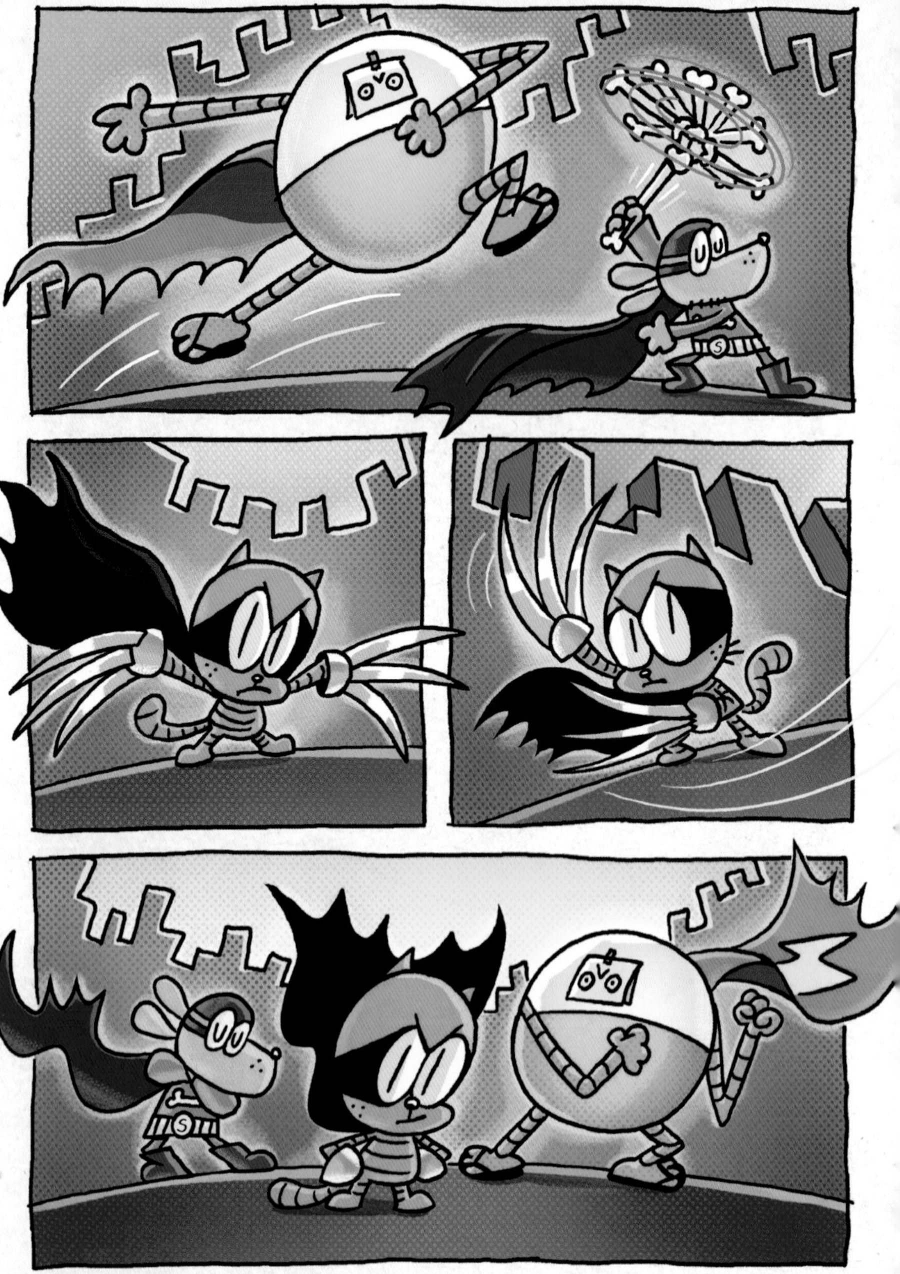

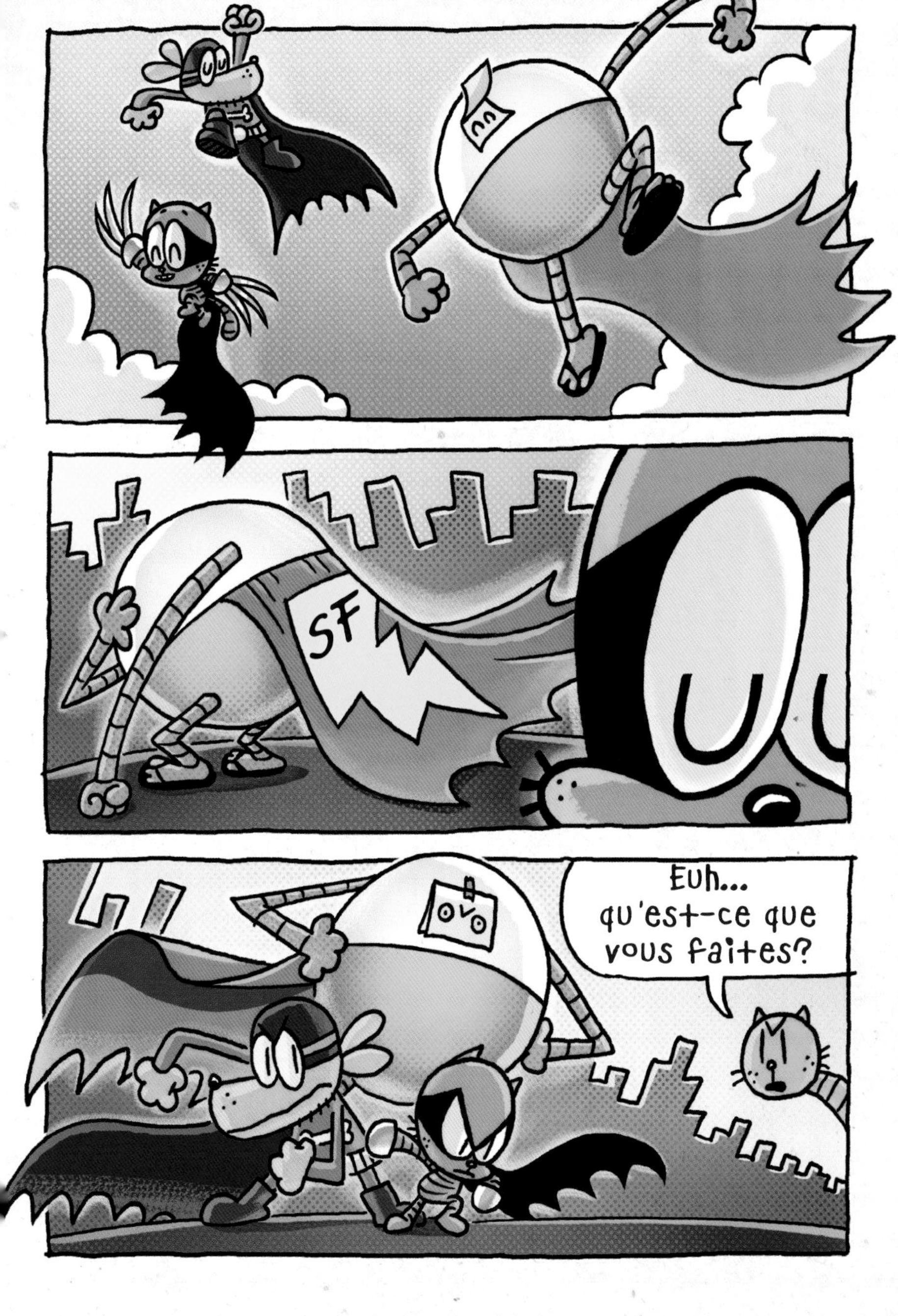
SF
Euh...
qu'est-ce que
vous faites?

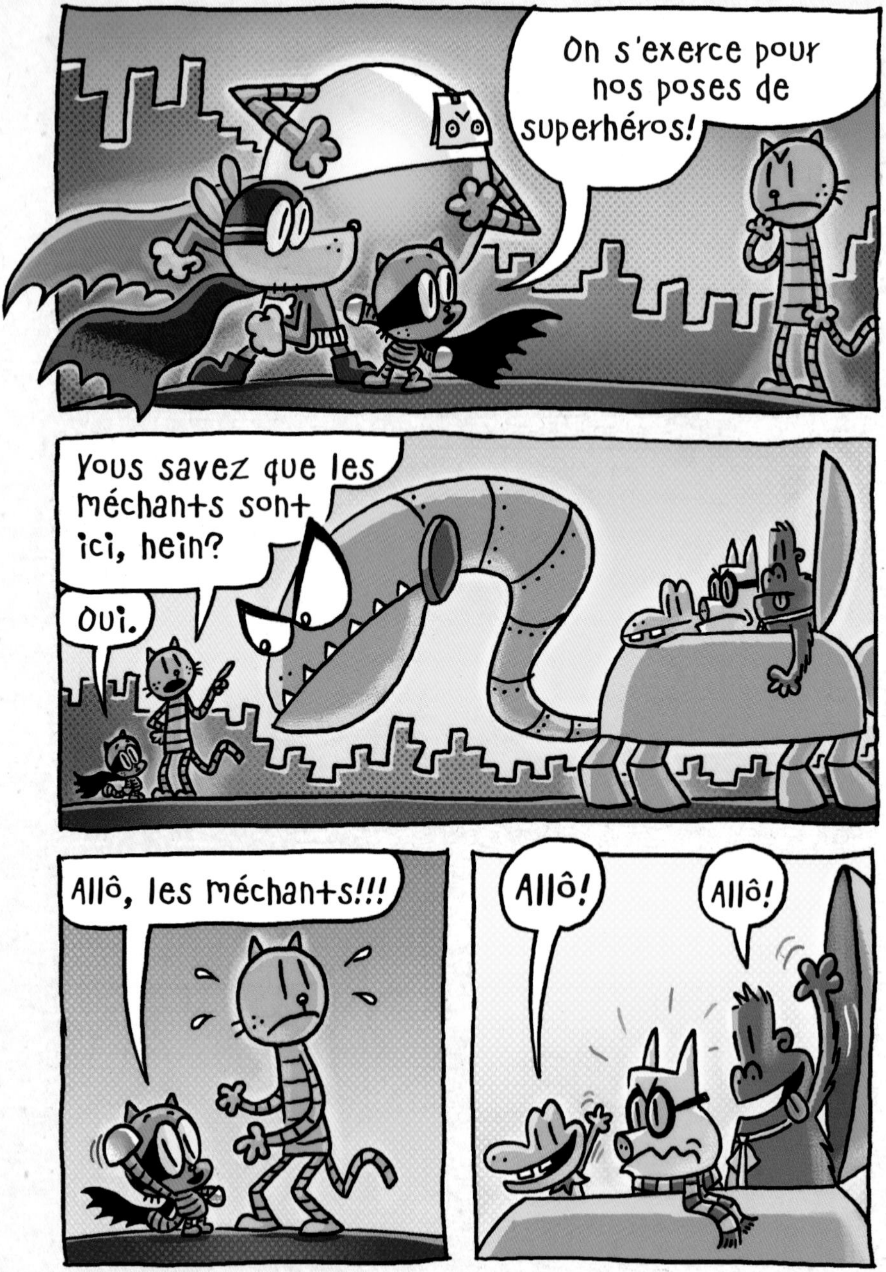
On s'exerce pour nos poses de superhéros!
Vous savez que les méchants sont ici, hein?
Oui.
Allô, les méchants!!!
Allô!
Allô!

NE LE SALUEZ PAS! C'EST VOTRE **ENNEMI!**

Et **nos** ennemis doivent être **anéantis!**

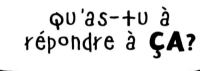

Qu'as-tu à répondre à **ÇA?**

Toc, toc!

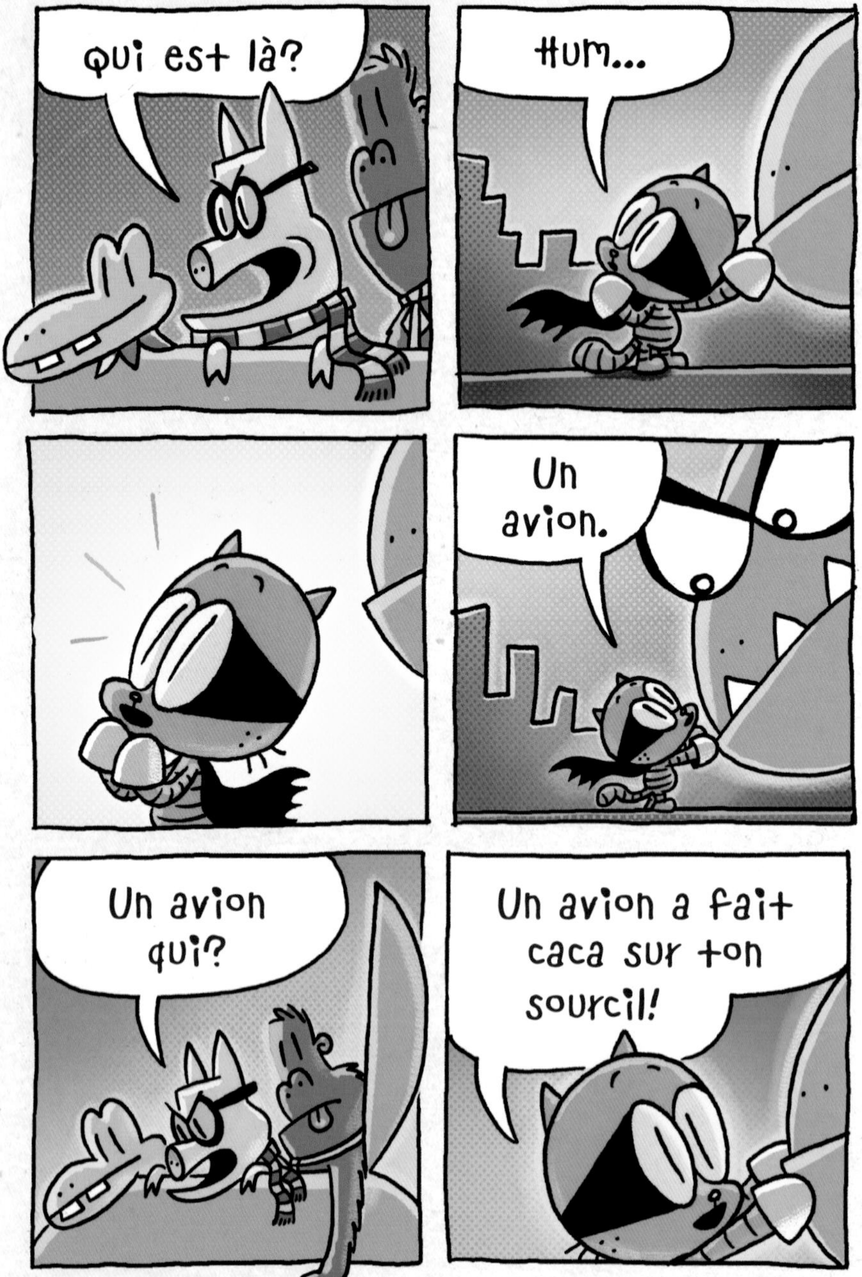
Qui est là?
Hum...
Un avion.
Un avion qui?
Un avion a fait caca sur ton sourcil!

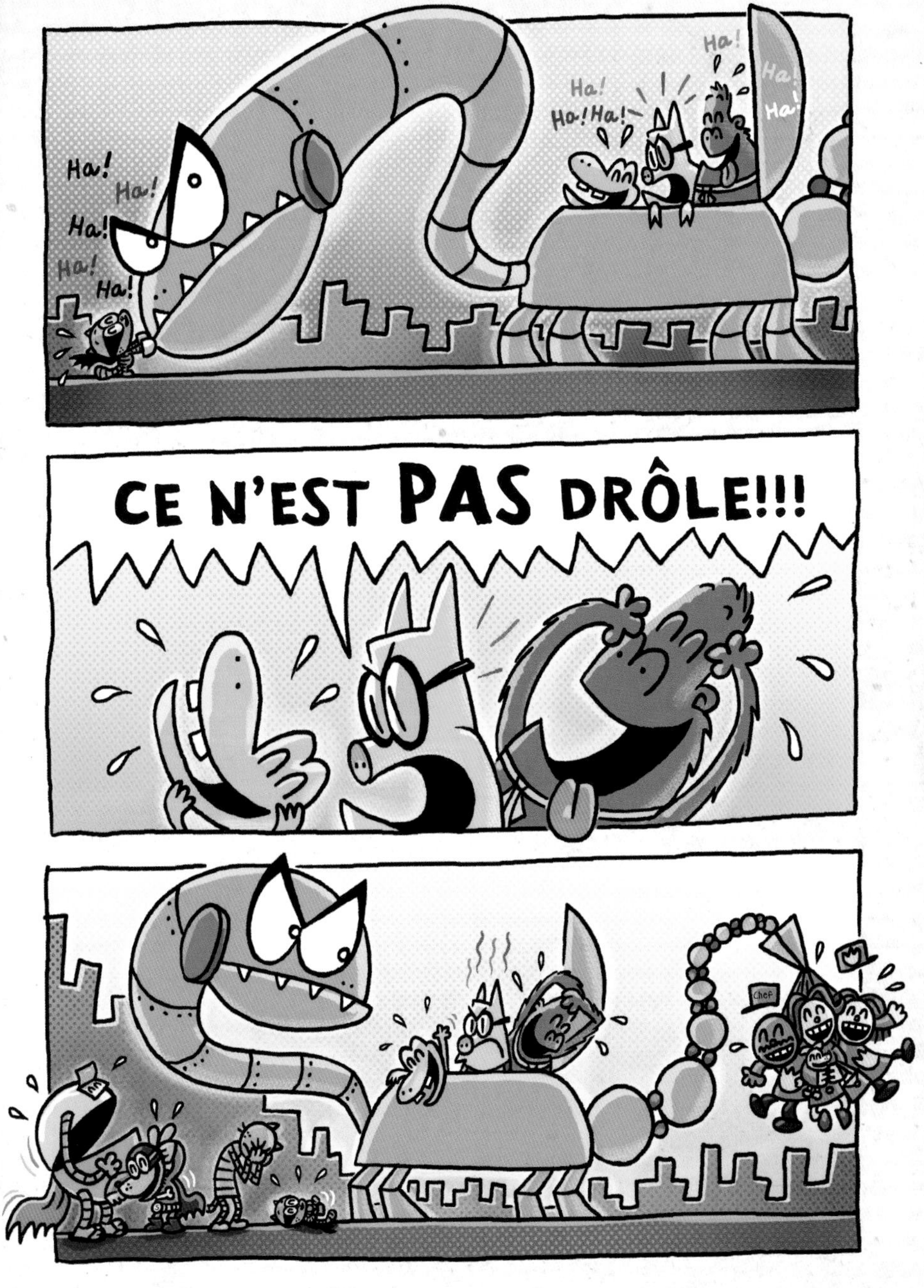

Ha! Ha! Ha! Ha! Ha!
Ha! Ha! Ha!
Ha! Ha! Ha!
CE N'EST PAS DRÔLE!!!
Chef

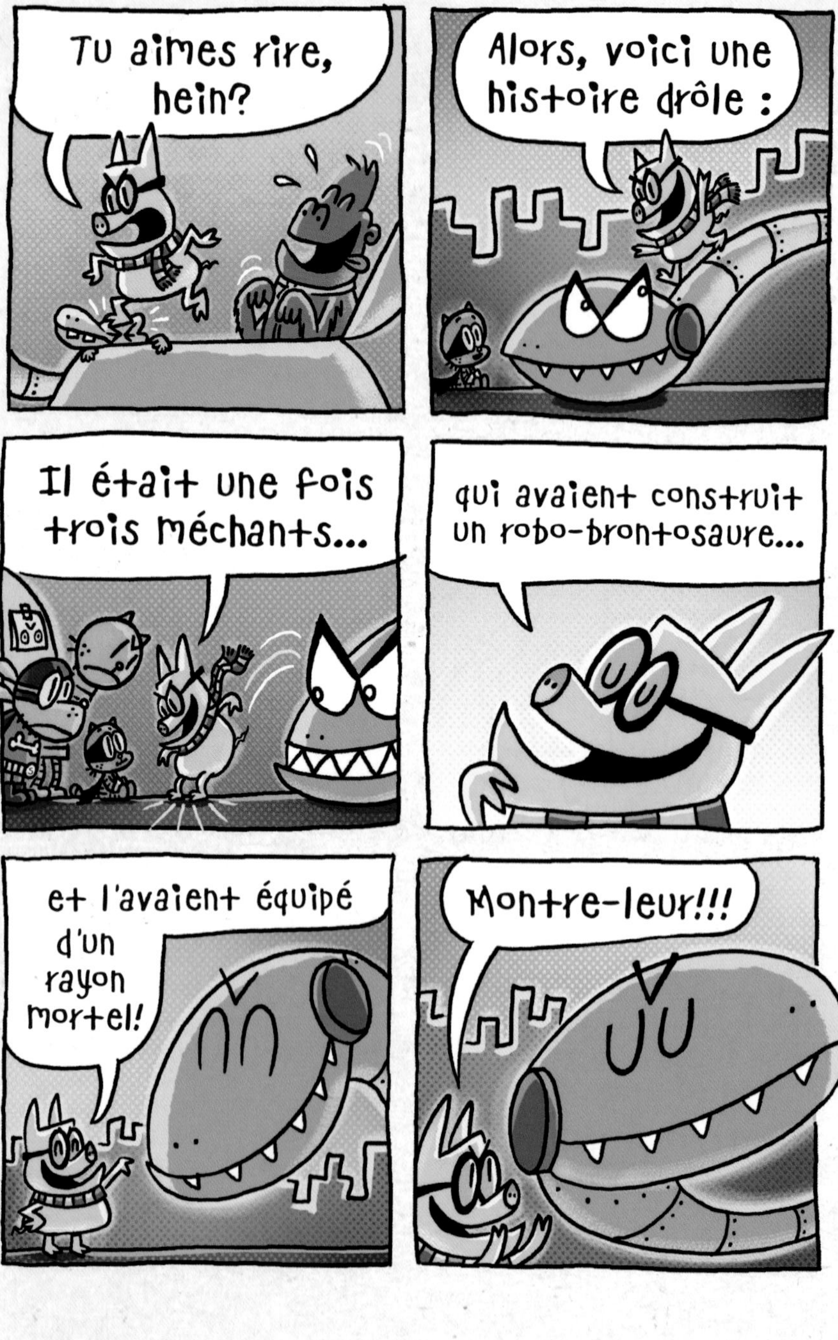
Tu aimes rire, hein?
Alors, voici une histoire drôle :
Il était une fois trois méchants...
qui avaient construit un robo-brontosaure...
et l'avaient équipé d'un rayon mortel!
Montre-leur!!!

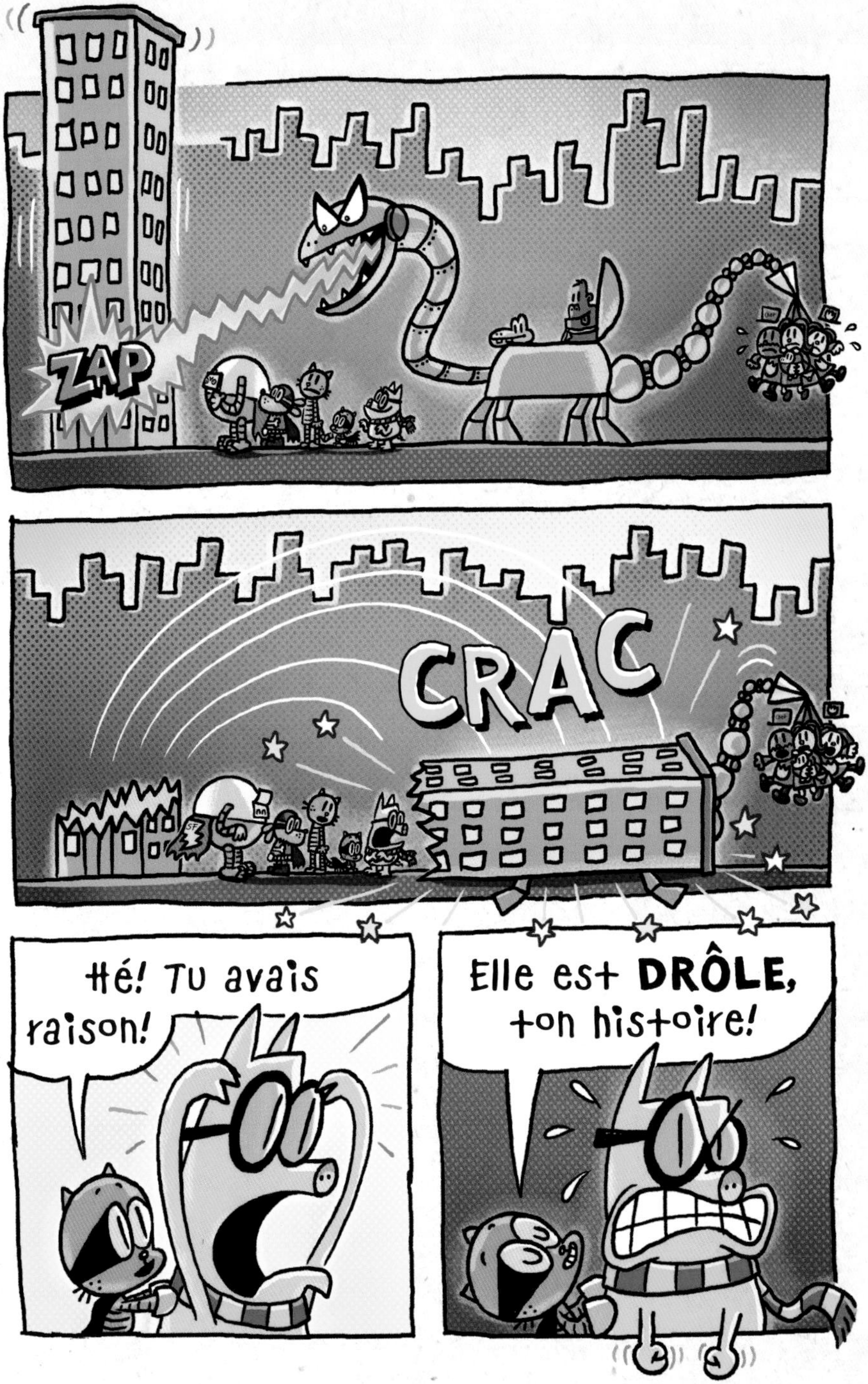
ZAP
CRAC
Hé! Tu avais raison!
Elle est DRÔLE, ton histoire!

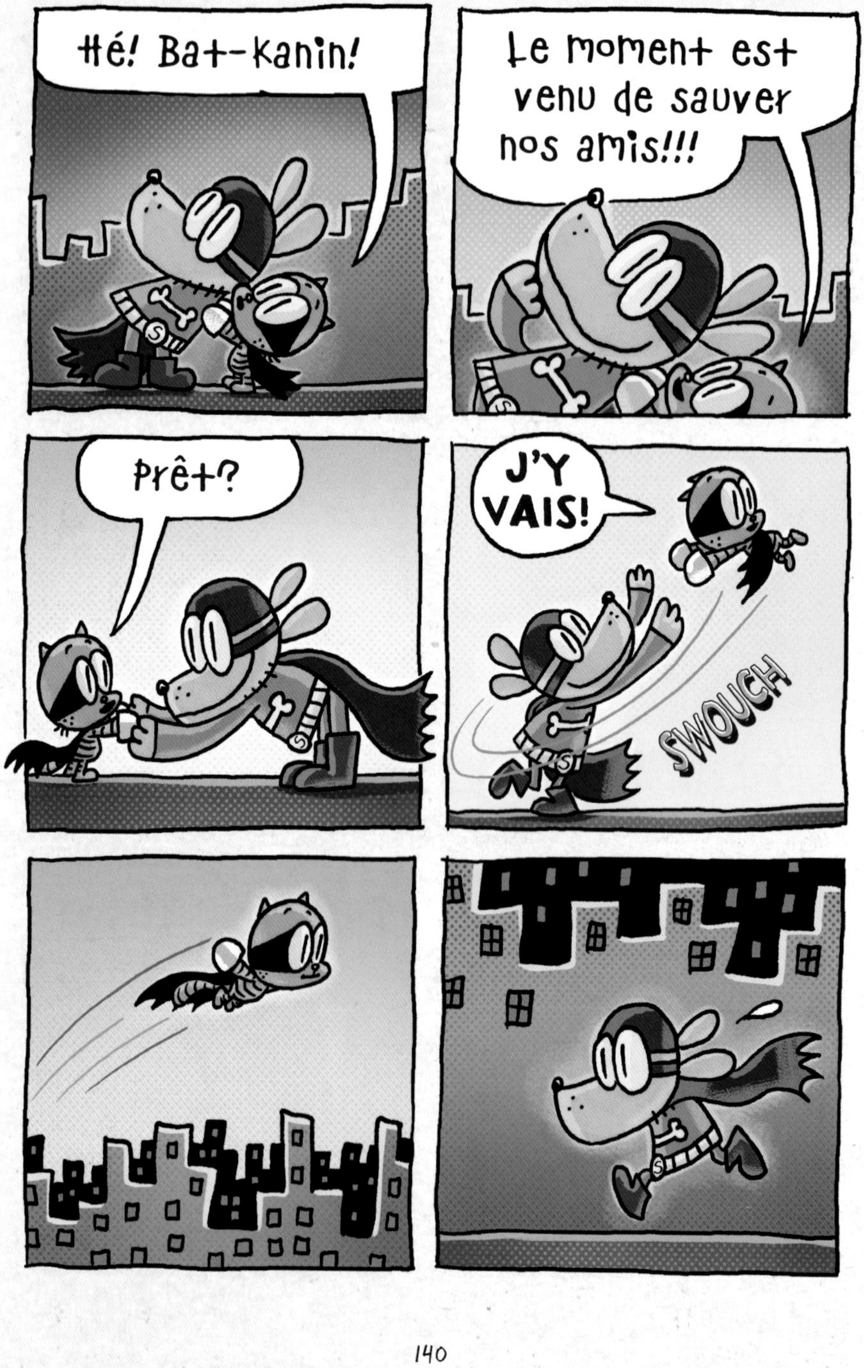
Hé! Bat-Kanin!
Le moment est venu de sauver nos amis!!!
Prêt?
J'Y VAIS!
SWOUCH

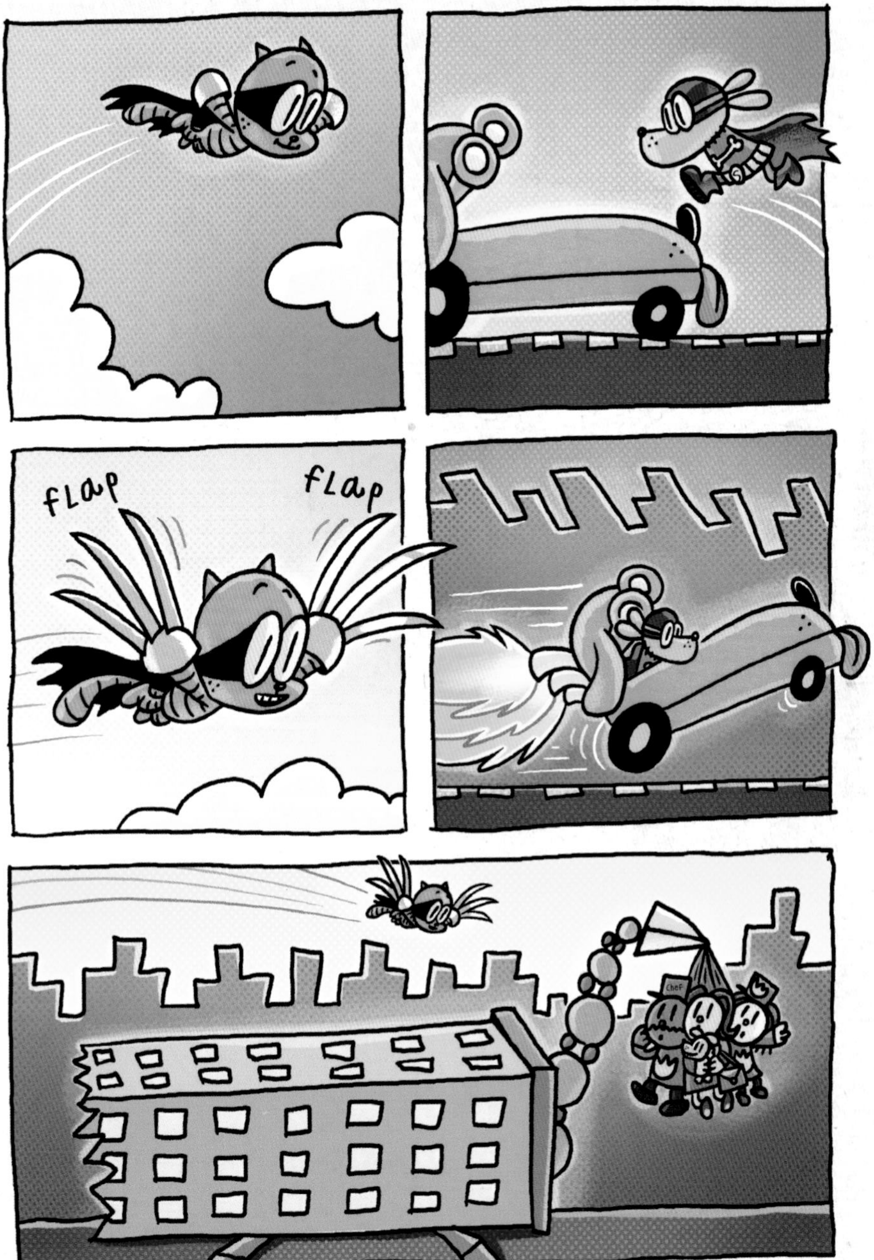
flap
flap
Chef

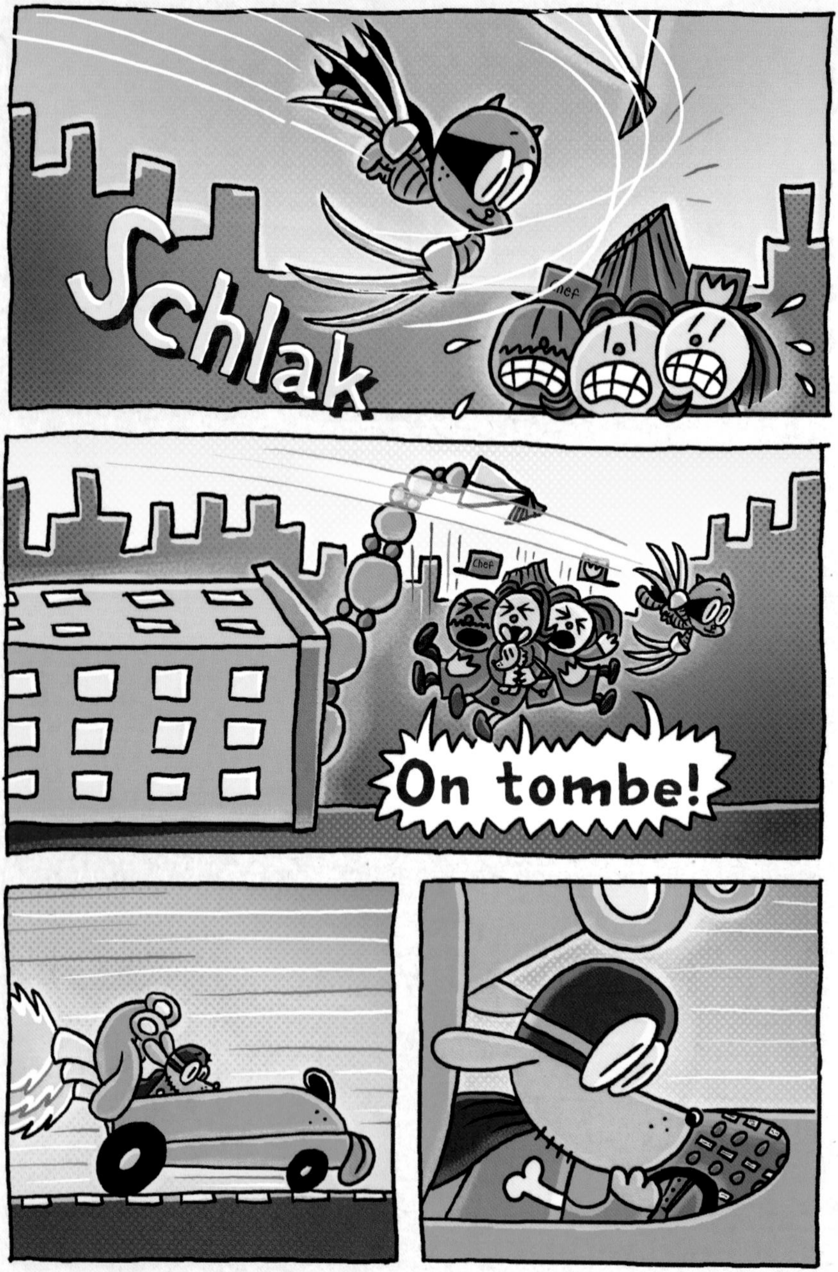
Schlak
Chef
Chef
On tombe!

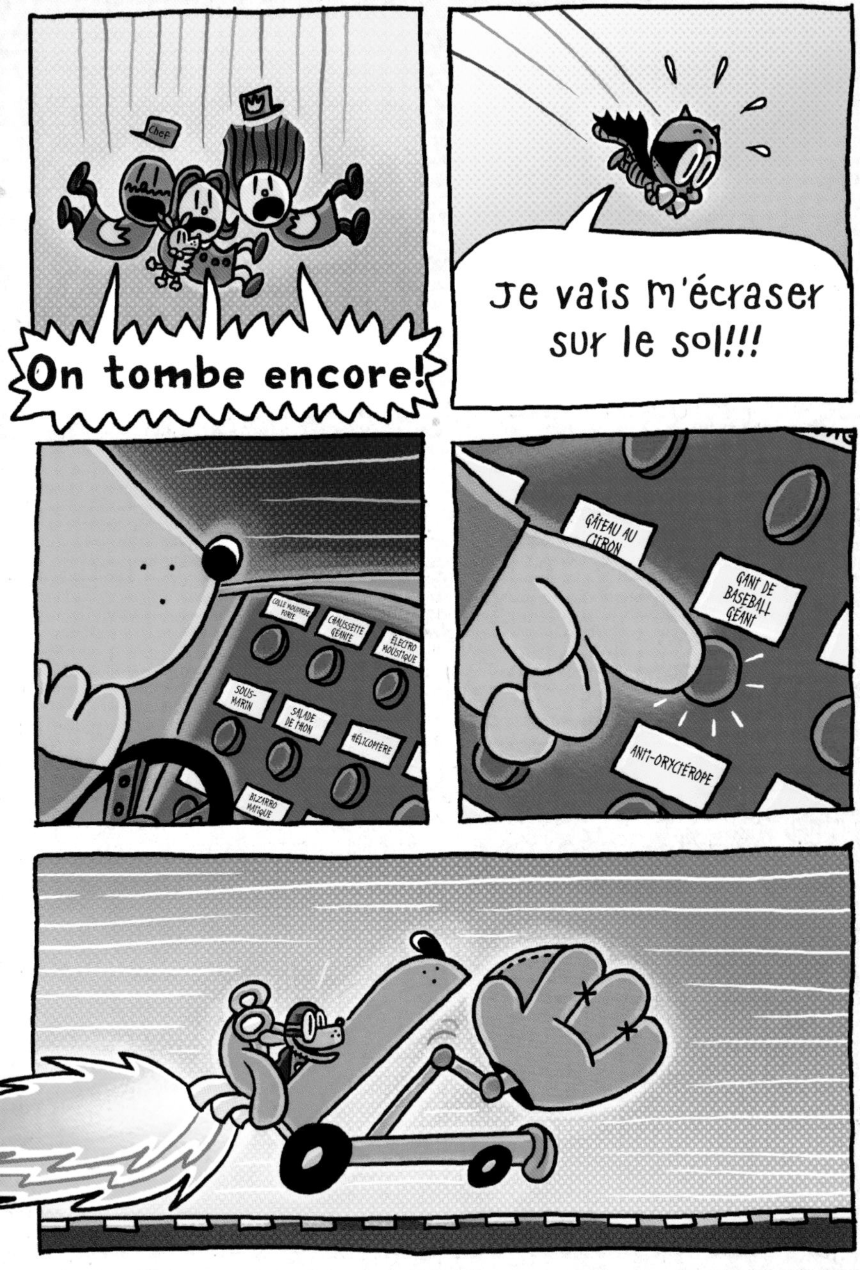
Chef
On tombe encore!
Je vais m'écraser sur le sol!!!
COLLE MOUTARDE FORTE
CHAUSSETTE GÉANTE
ÉLECTRO MOUSTIQUE
SOUS-MARIN
SALADE DE THON
HÉLICOPTÈRE
BIZARRO MATIQUE
GÂTEAU AU CITRON
GANT DE BASEBALL GÉANT
ANTI-ORYCTÉROPE

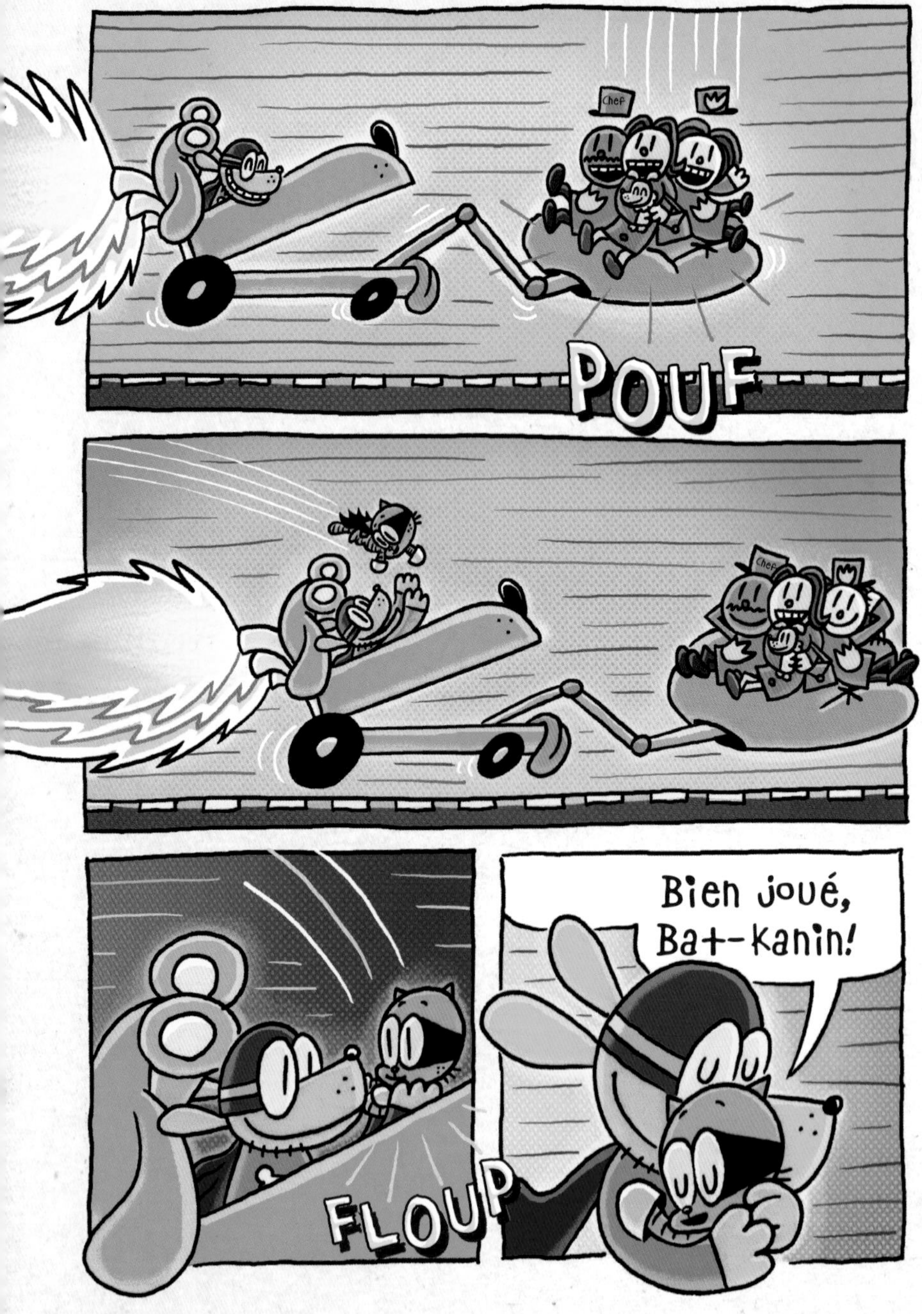
POUF
FLOUP
Bien joué, Bat-kanin!

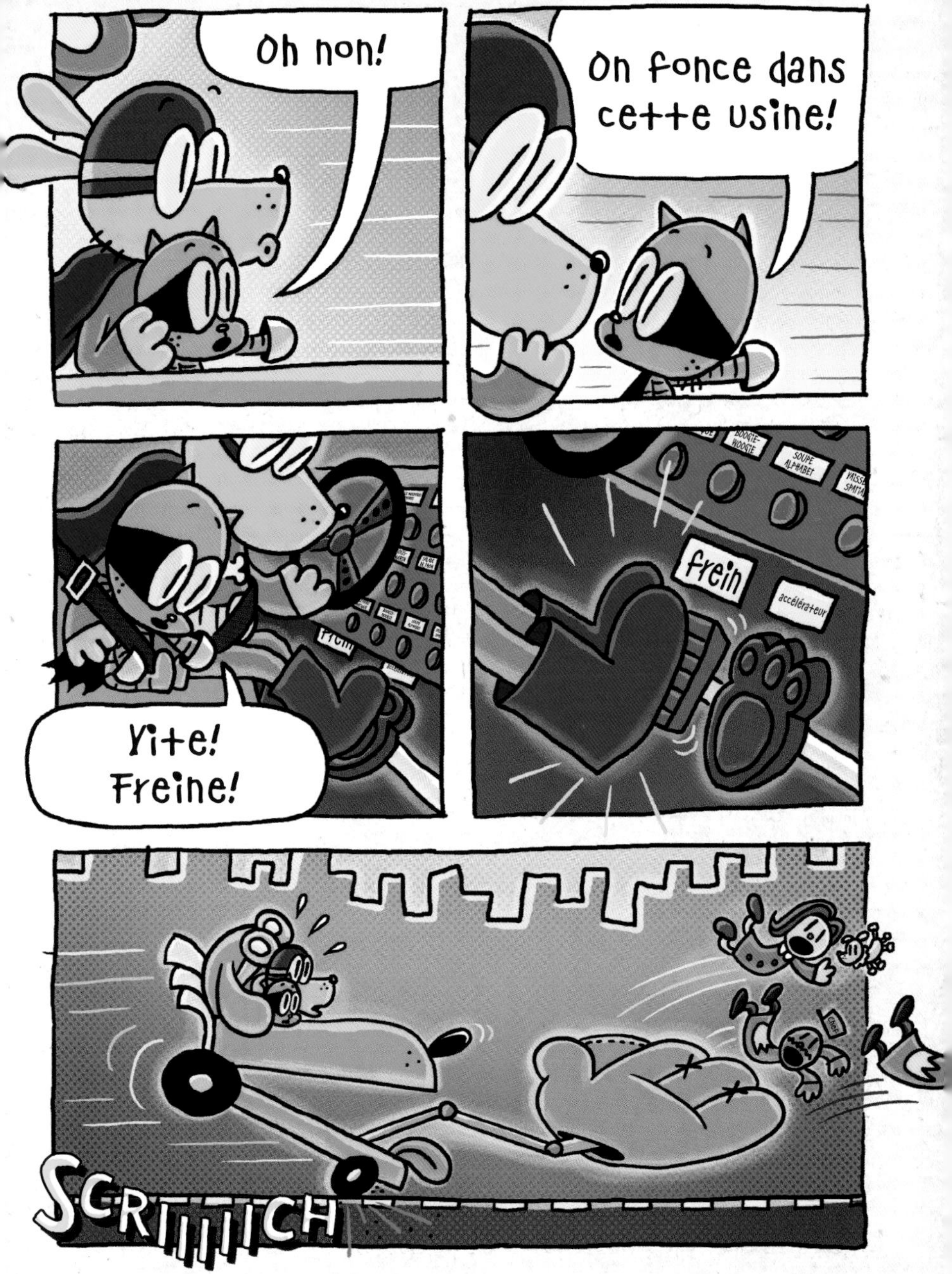
Oh non!
On fonce dans cette usine!
Vite! Freine!
BOOGIE-WOOGIE
SOUPE ALPHABET
frein
accélérateur
SCRIIIIIICH

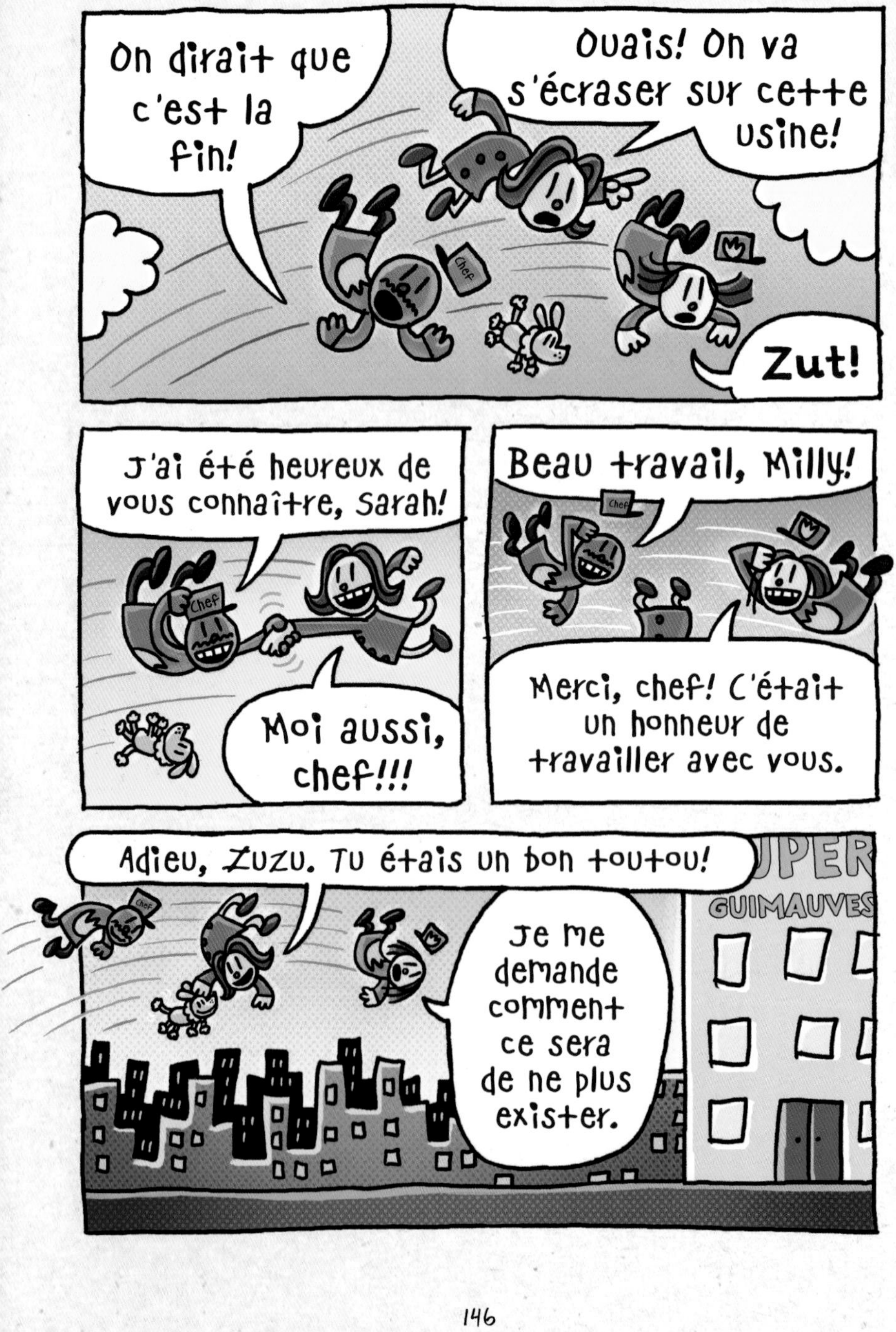
On dirait que c'est la fin!
Ouais! On va s'écraser sur cette usine!
Chef
Zut!
J'ai été heureux de vous connaître, Sarah!
Chef
Moi aussi, chef!!!
Beau travail, Milly!
Chef
Merci, chef! C'était un honneur de travailler avec vous.
Adieu, Zuzu. Tu étais un bon toutou!
Chef
UPER
GUIMAUVES
Je me demande comment ce sera de ne plus exister.

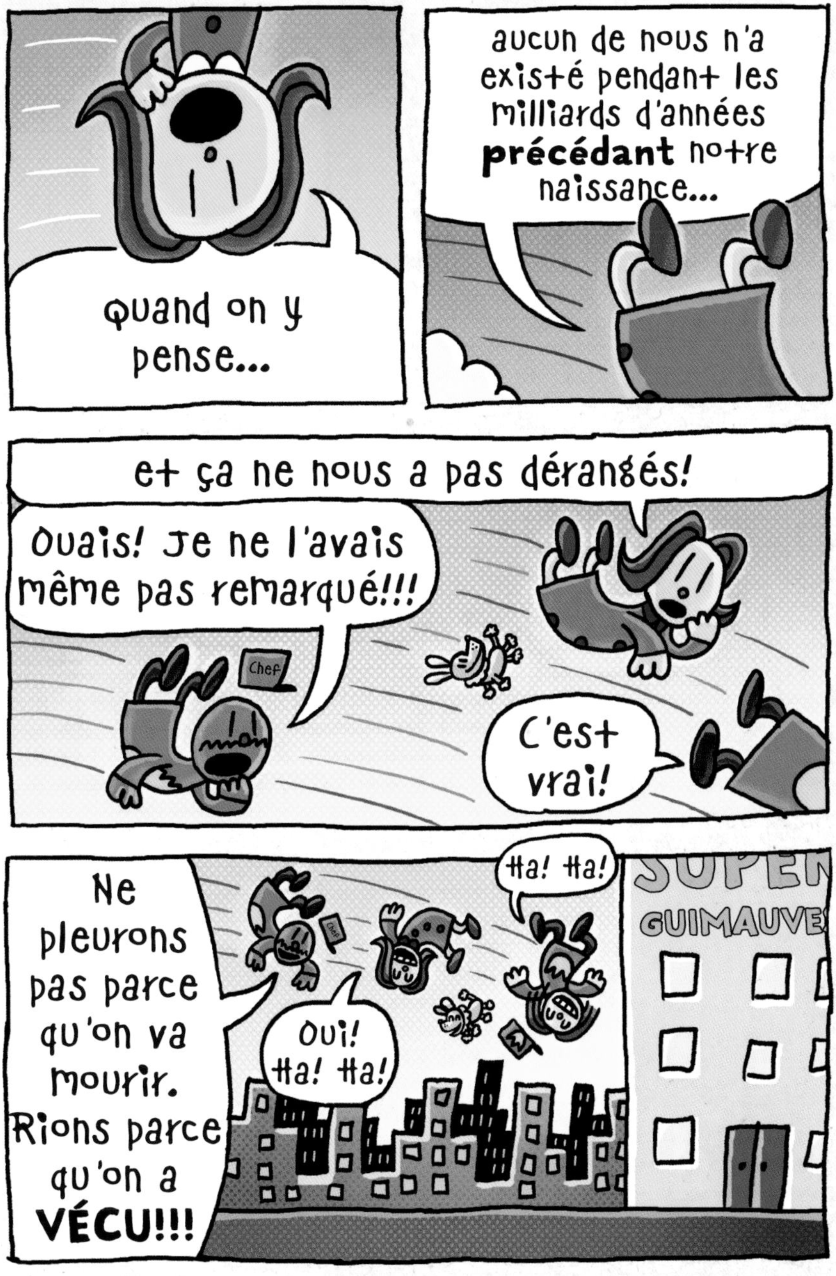
Quand on y pense...
aucun de nous n'a existé pendant les milliards d'années **précédant** notre naissance...
et ça ne nous a pas dérangés!
Ouais! Je ne l'avais même pas remarqué!!!
Chef
C'est vrai!
Ne pleurons pas parce qu'on va mourir. Rions parce qu'on a **VÉCU!!!**
Oui! Ha! Ha!
Ha! Ha!
SUPER
GUIMAUVES

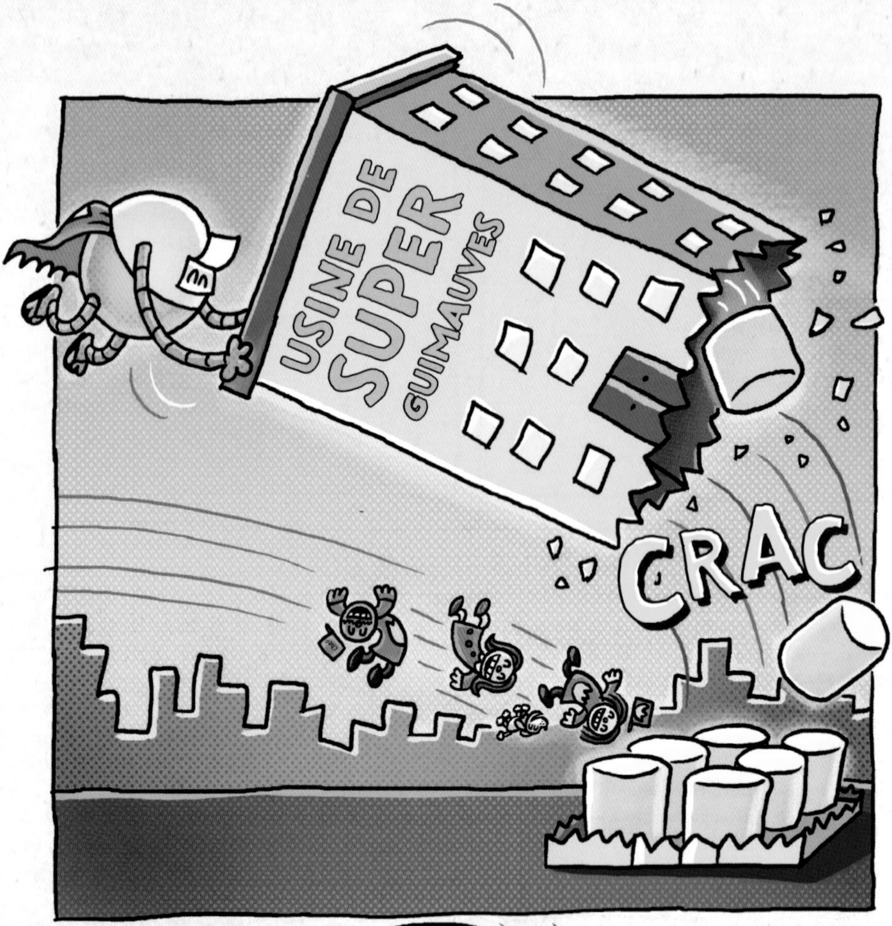
USINE DE SUPER GUIMAUVES
CRAC

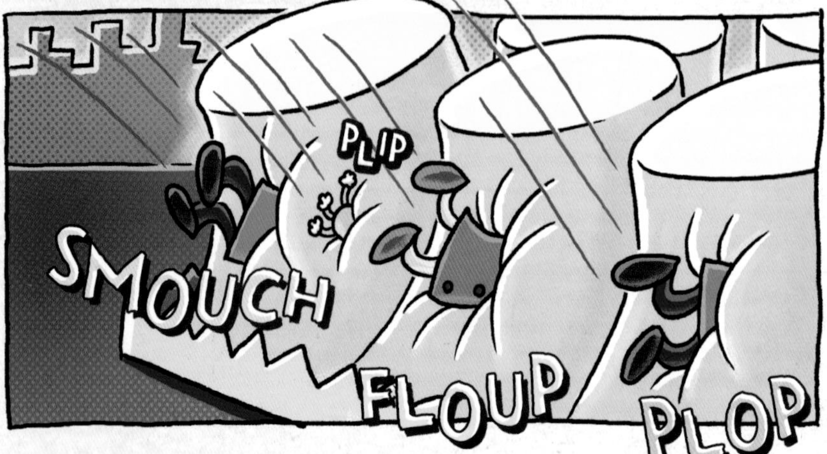
PLIP
SMOUCH
FLOUP
PLOP

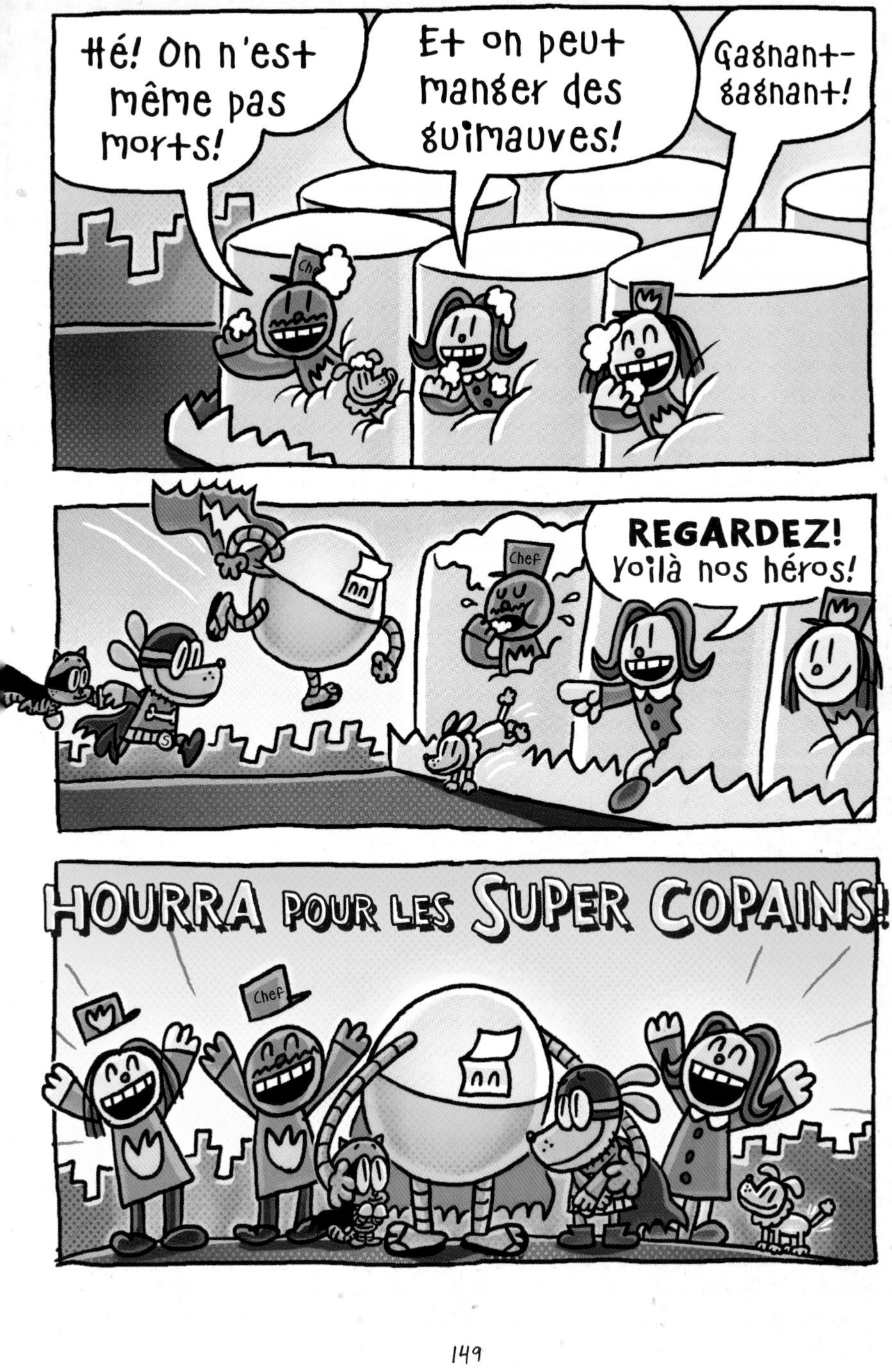
Hé! On n'est même pas morts!
Et on peut manger des guimauves!
Gagnant-gagnant!
REGARDEZ! Voilà nos héros!
HOURRA POUR LES SUPER COPAINS!

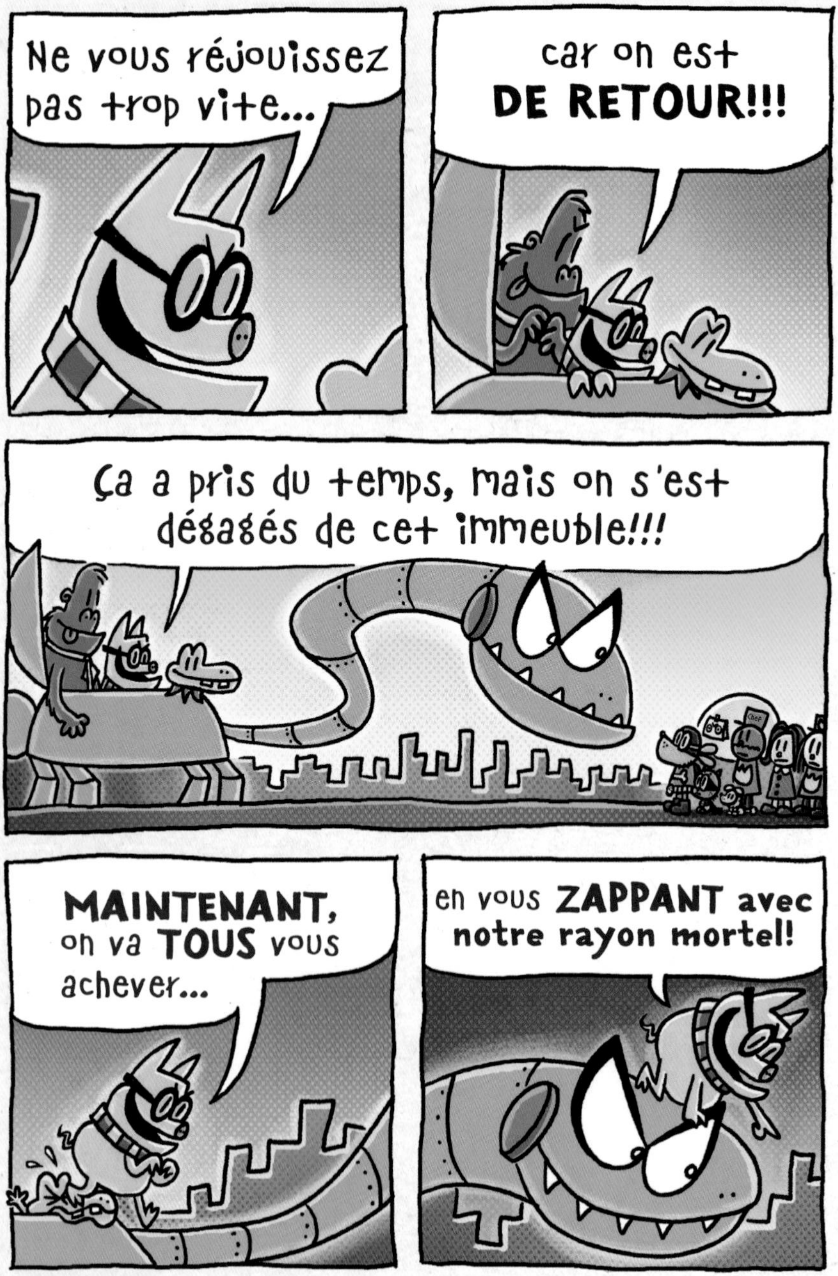
Ne vous réjouissez pas trop vite...
car on est DE RETOUR!!!
Ça a pris du temps, mais on s'est dégagés de cet immeuble!!!
MAINTENANT, on va TOUS vous achever...
en vous ZAPPANT avec notre rayon mortel!

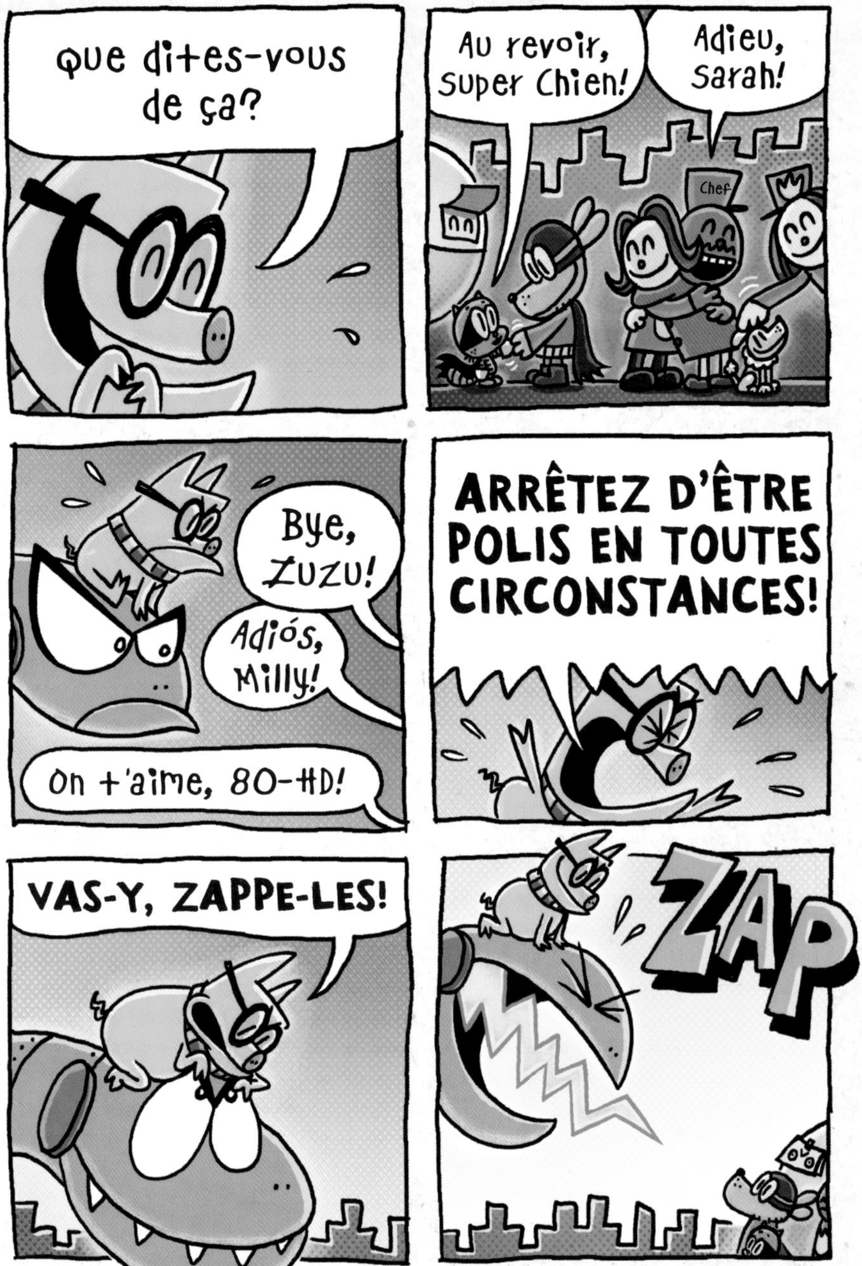
Que dites-vous de ça?
Au revoir, Super Chien!
Adieu, Sarah!
Chef
Bye, Zuzu!
Adiós, Milly!
On t'aime, 80-HD!
ARRÊTEZ D'ÊTRE POLIS EN TOUTES CIRCONSTANCES!
VAS-Y, ZAPPE-LES!
ZAP

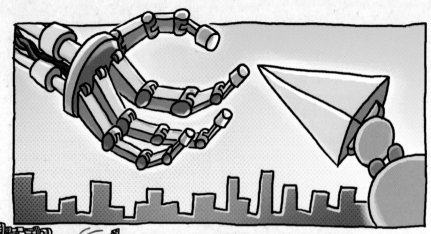

ZiP

On dirait qu'il va y avoir une bataille de robots géants...

EN TOURNE·O·RAMA!

Main gauche

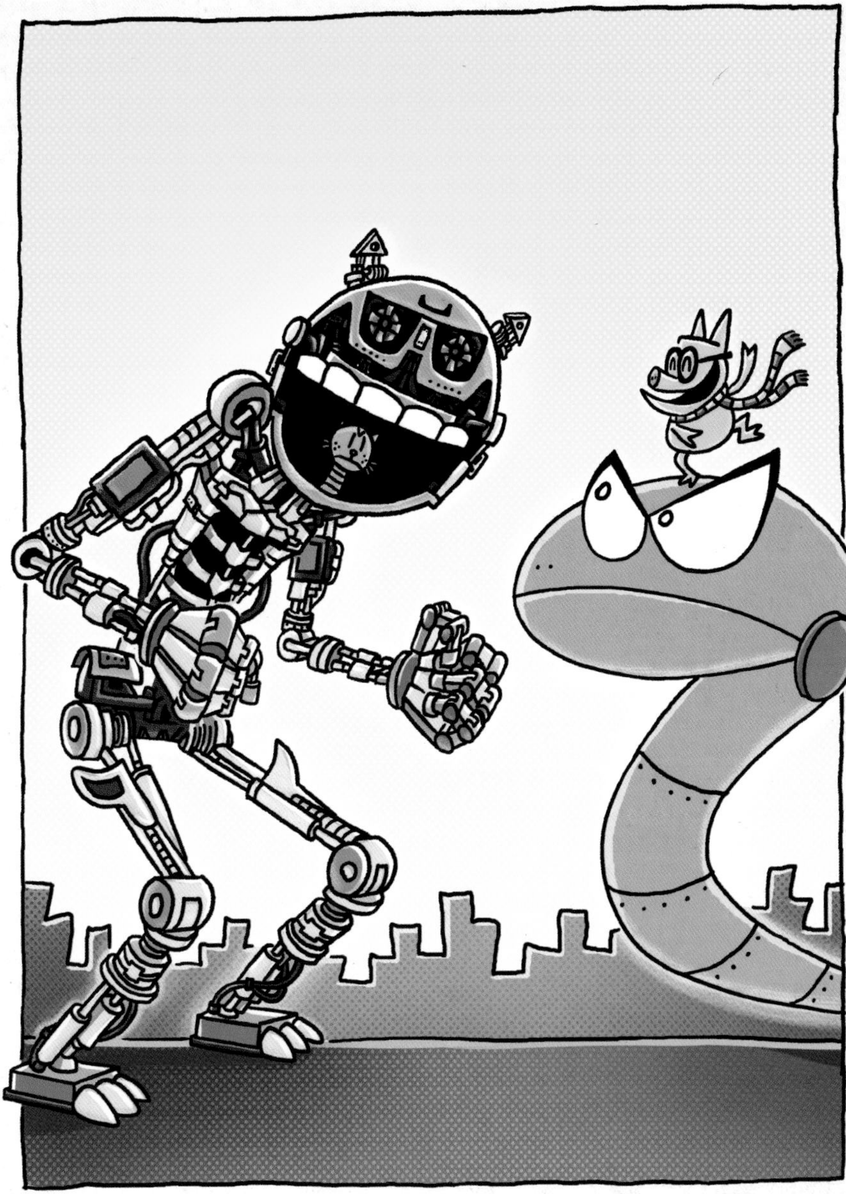

pouce
droit

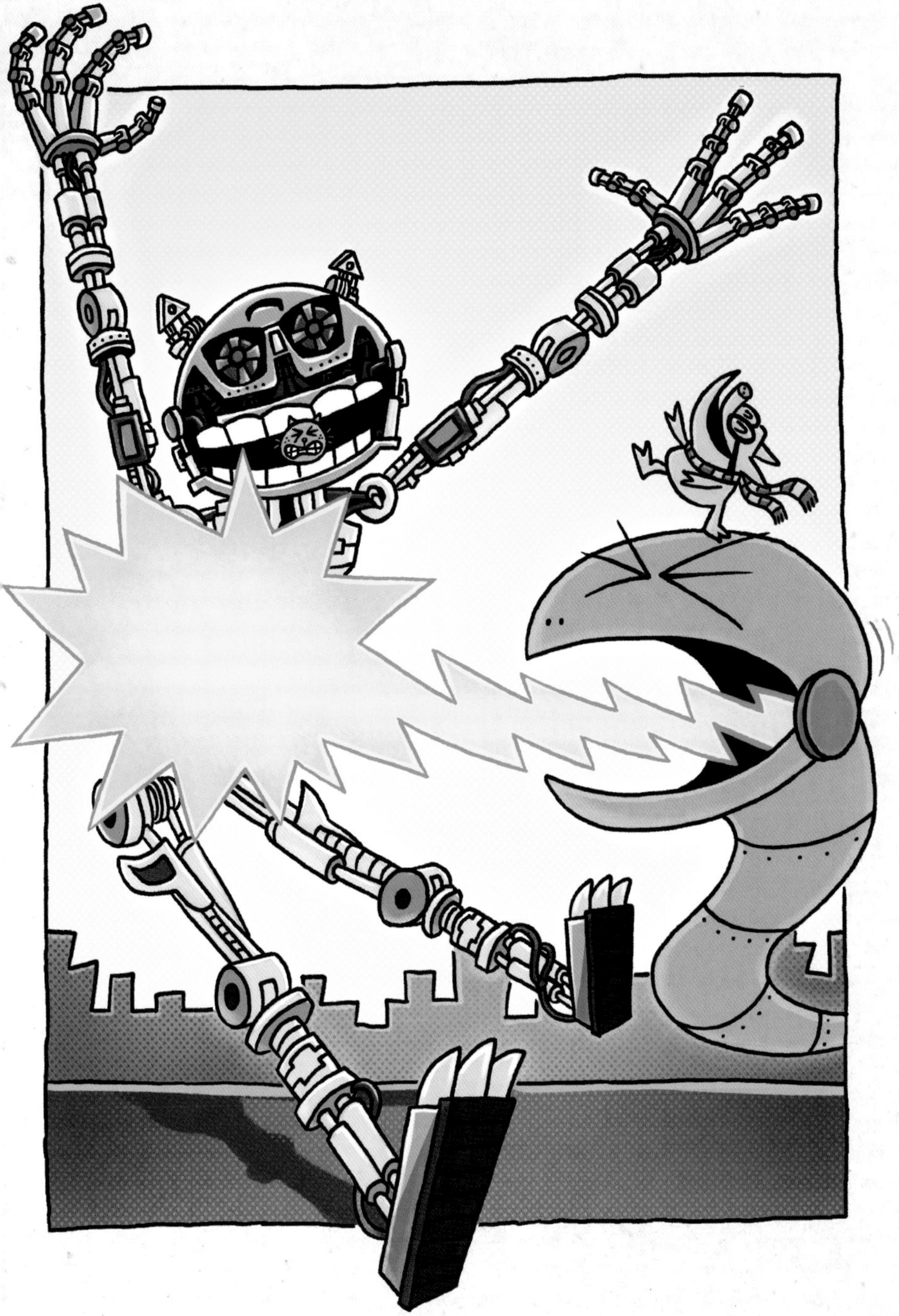

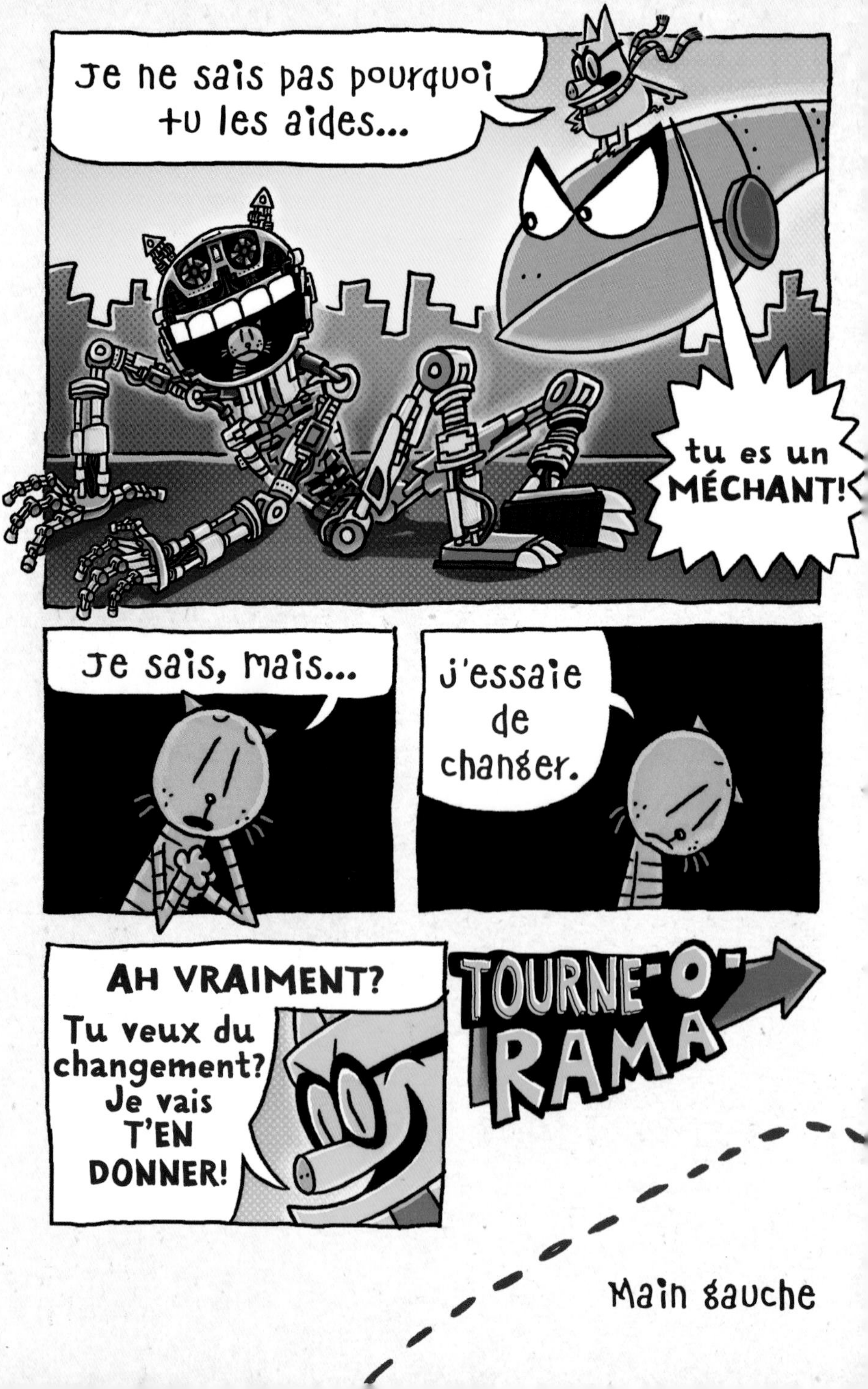

Je ne sais pas pourquoi tu les aides...
tu es un MÉCHANT!
Je sais, mais...
j'essaie de changer.
AH VRAIMENT?
Tu veux du changement? Je vais T'EN DONNER!
TOURNE-O-RAMA
Main gauche

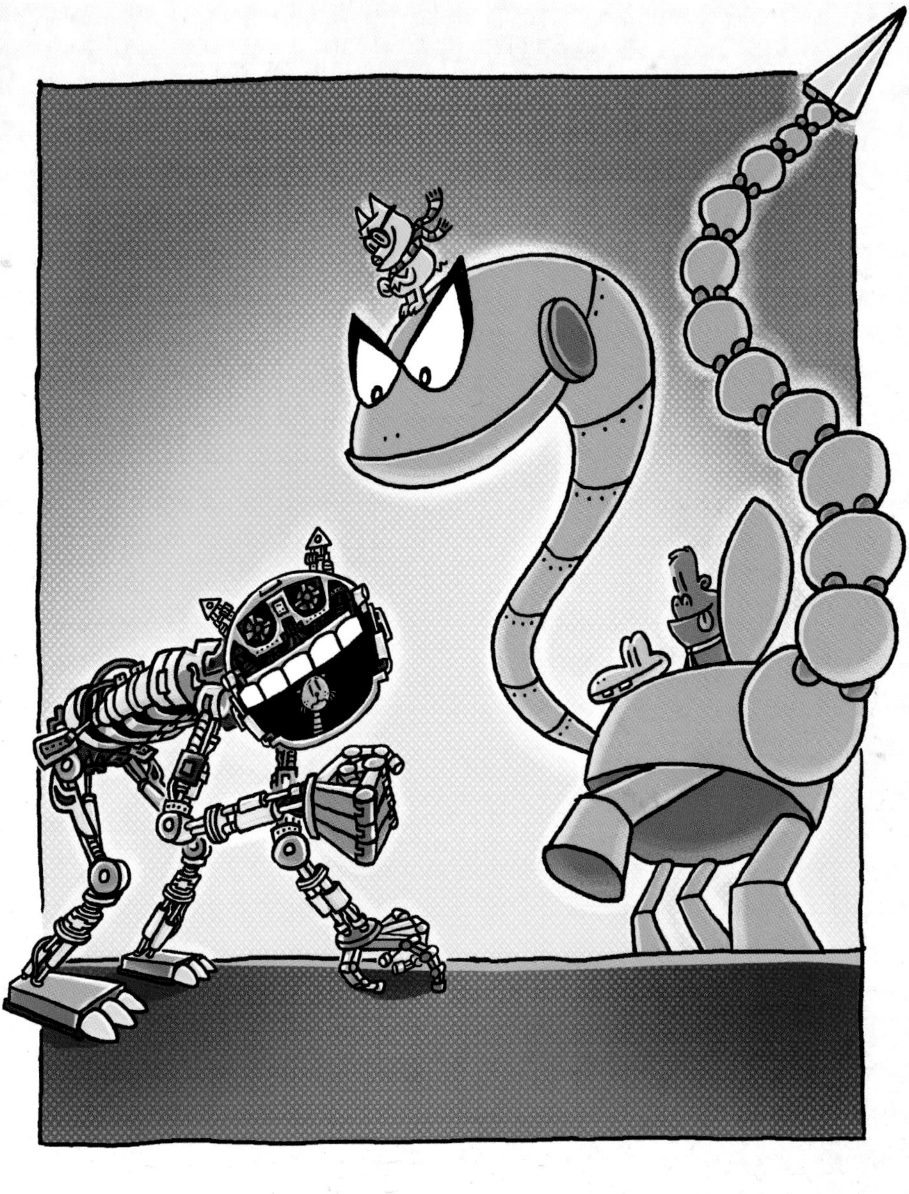

pouce
droit

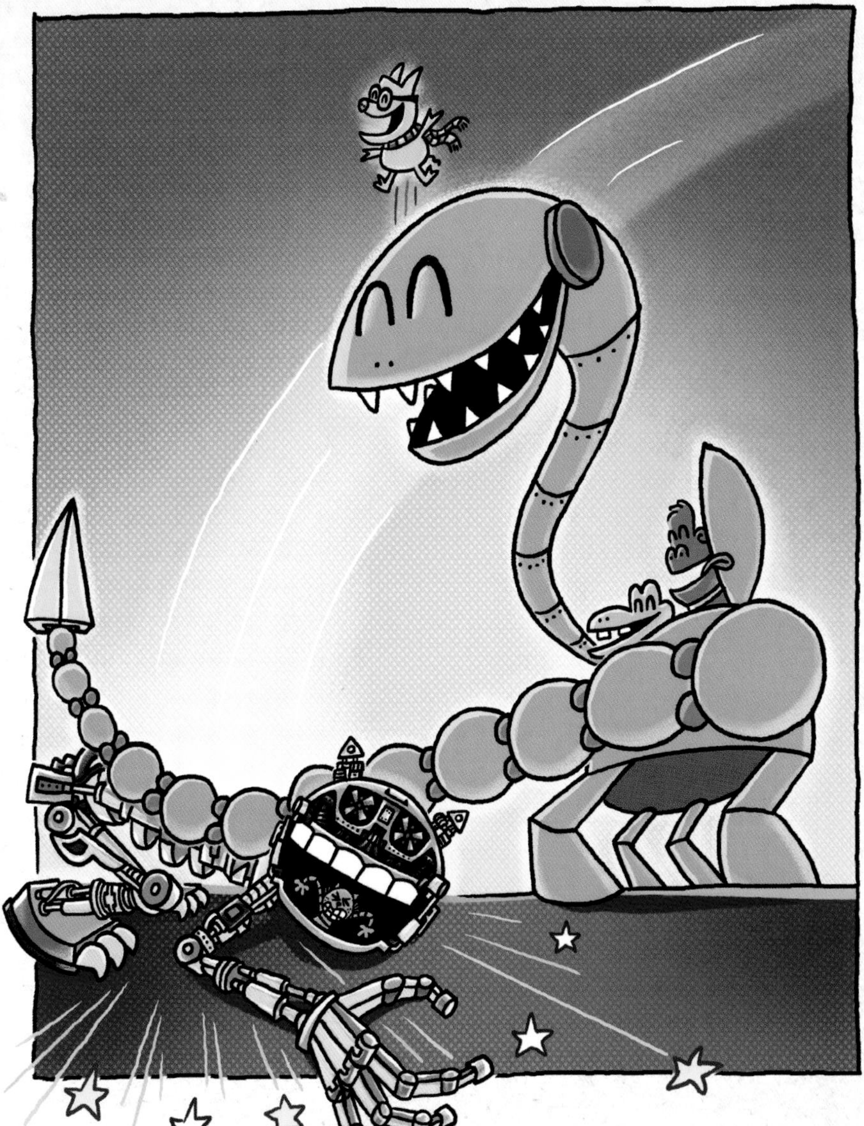

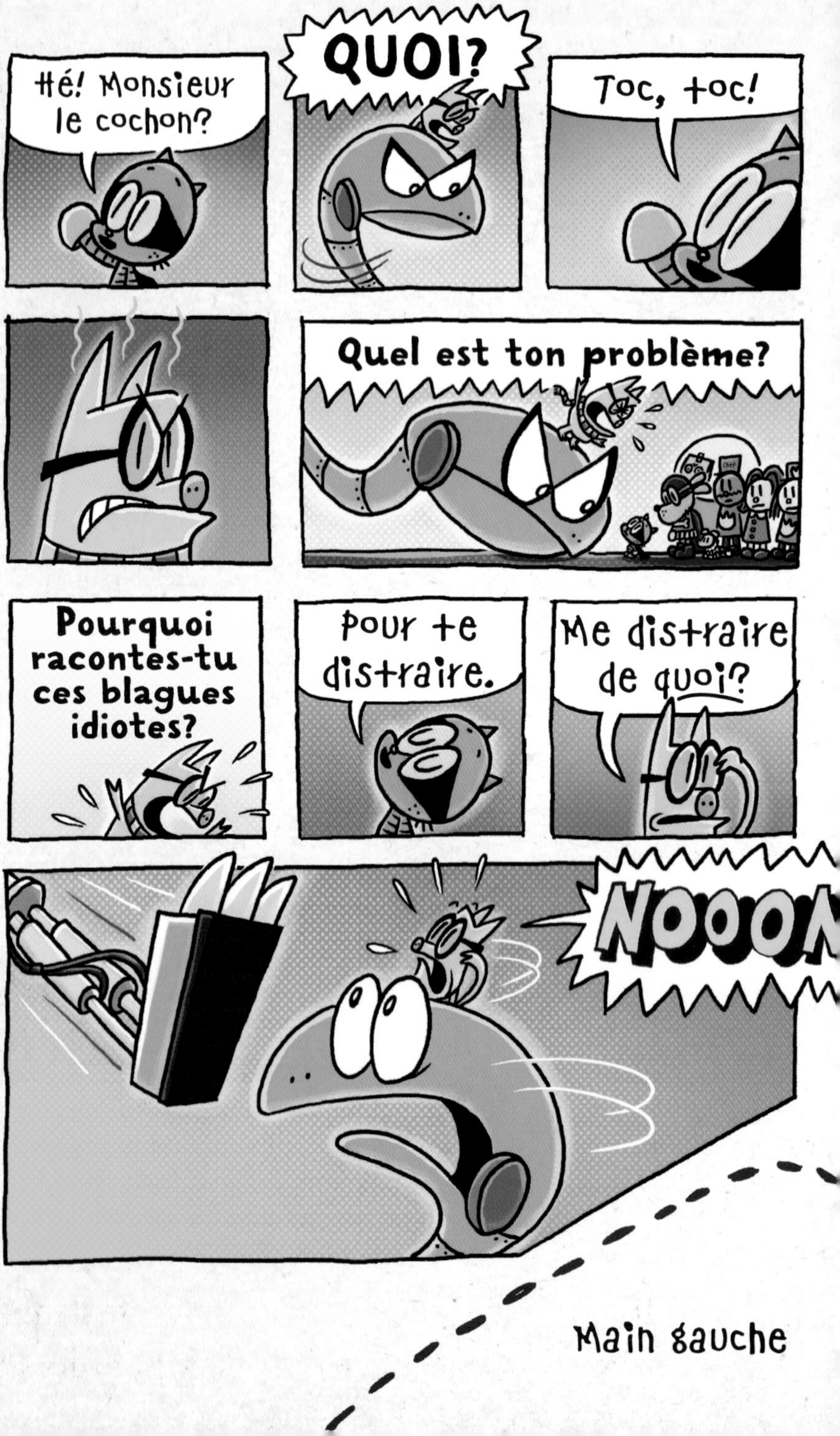
Hé! Monsieur le cochon?
QUOI?
Toc, toc!
Quel est ton problème?
Pourquoi racontes-tu ces blagues idiotes?
Pour te distraire.
Me distraire de quoi?
NOOON
Main gauche

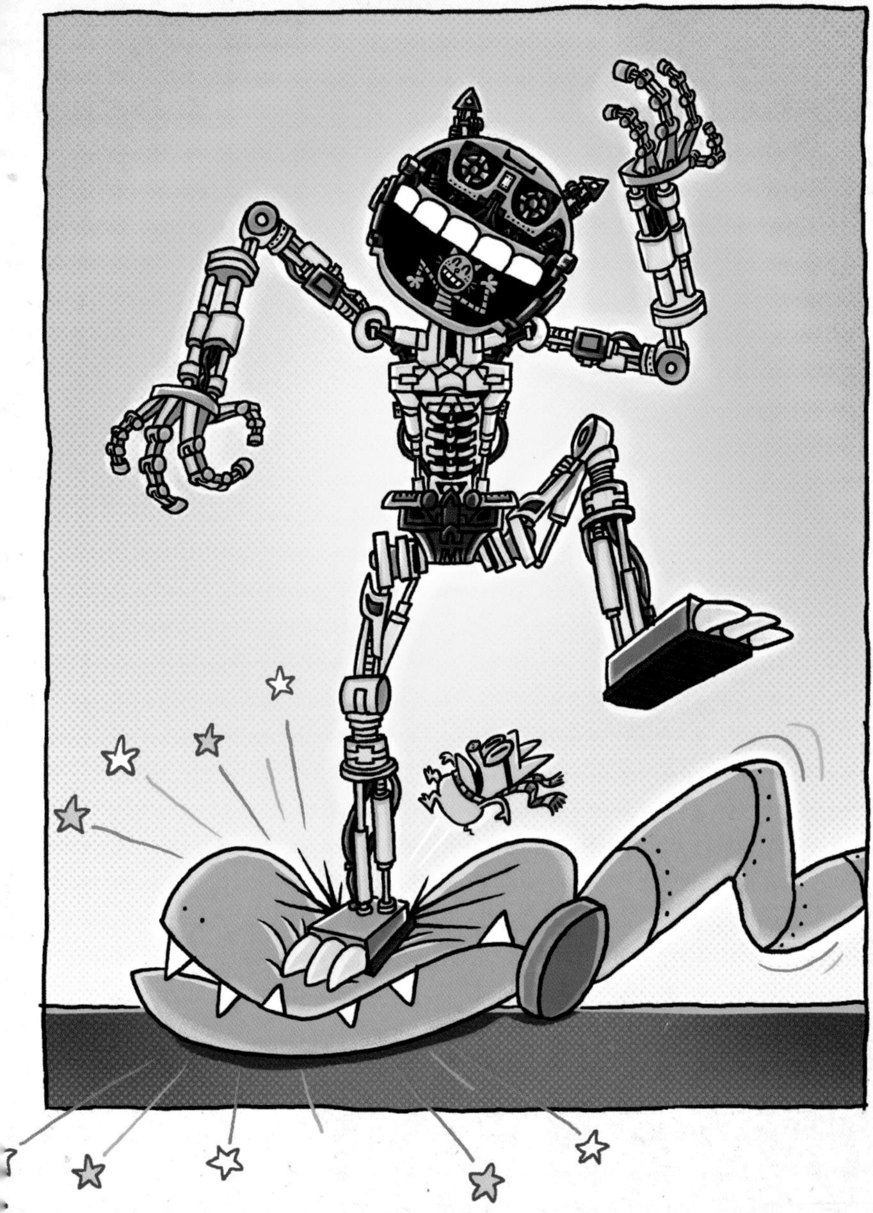

pouce
droit

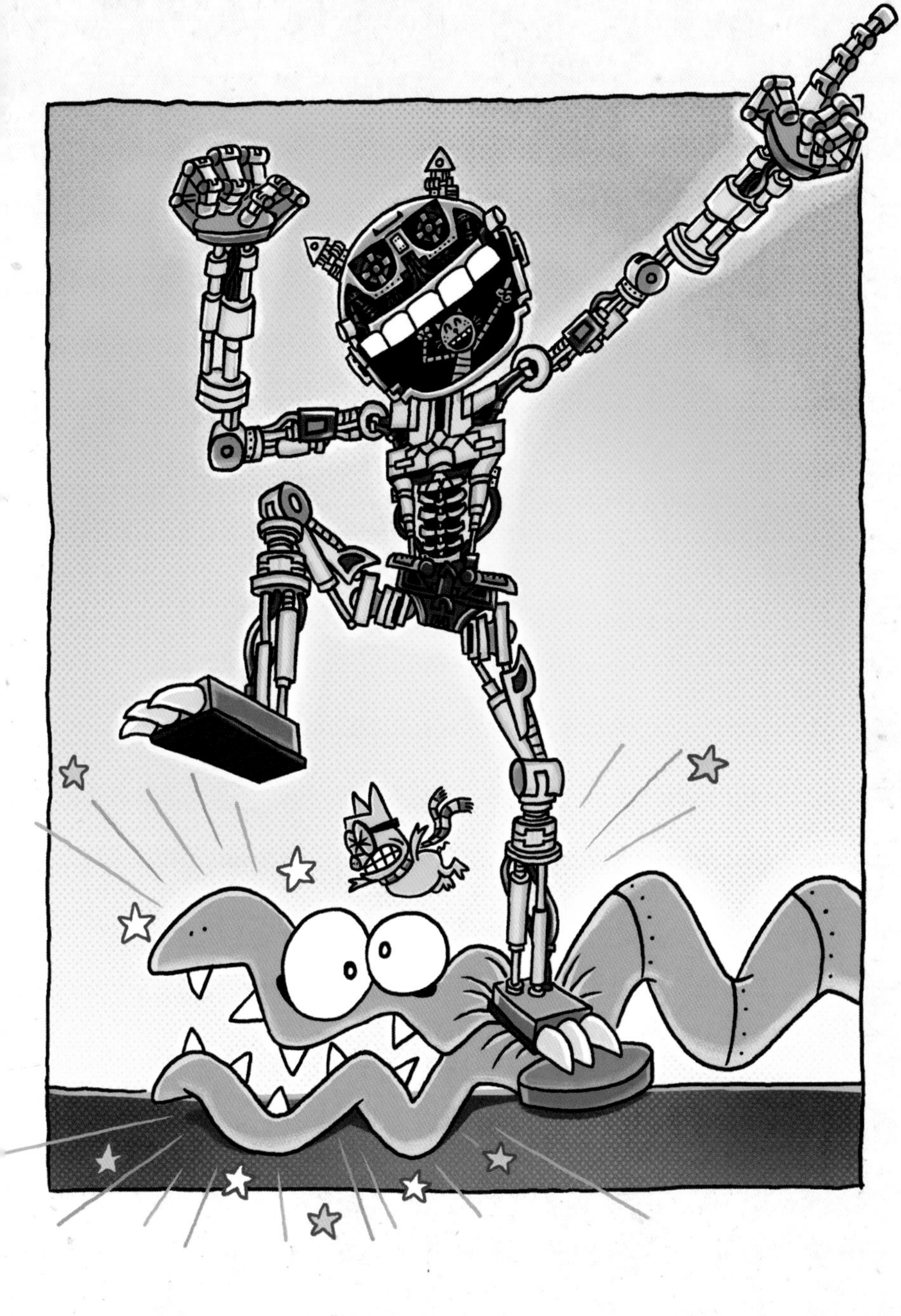

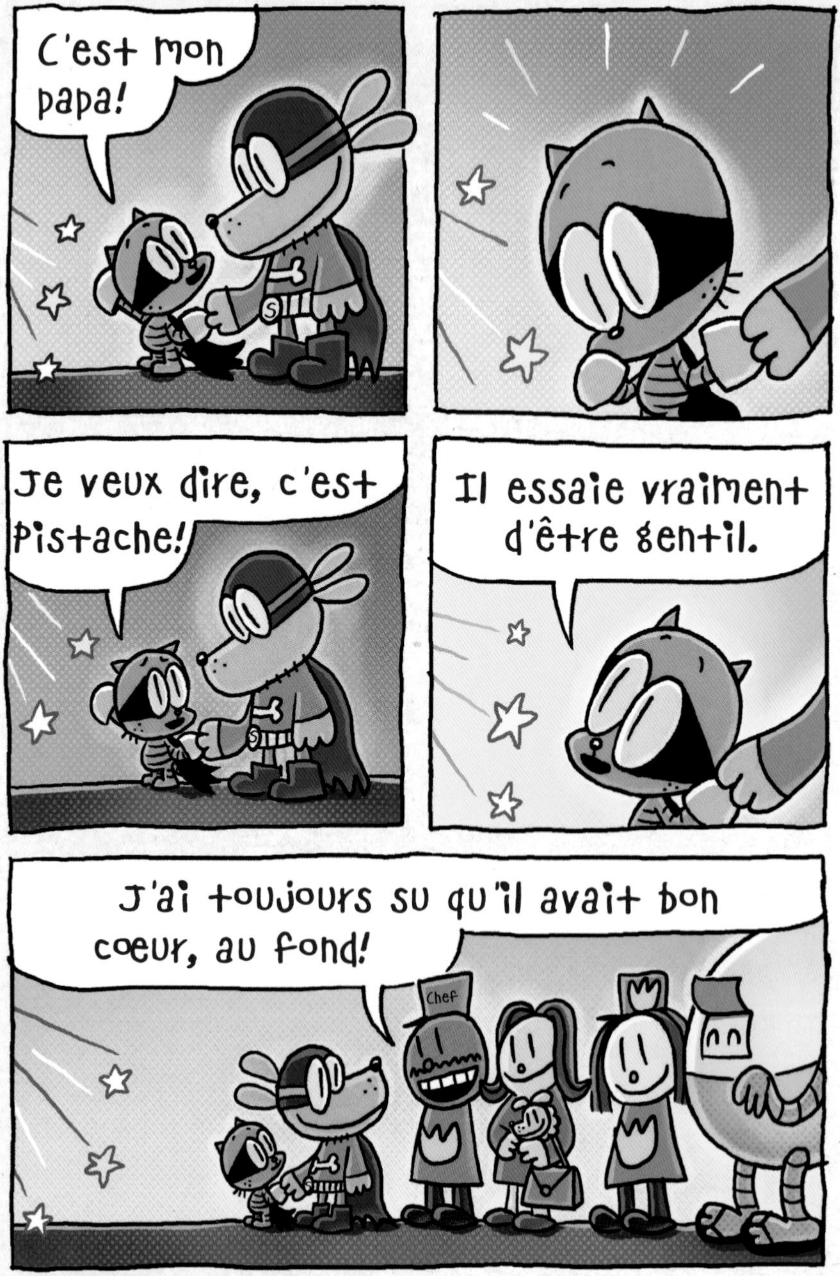
C'est mon papa!
Je veux dire, c'est Pistache!
Il essaie vraiment d'être gentil.
J'ai toujours su qu'il avait bon coeur, au fond!
Chef

CHAPITRE 7

LA NOIRCEUR

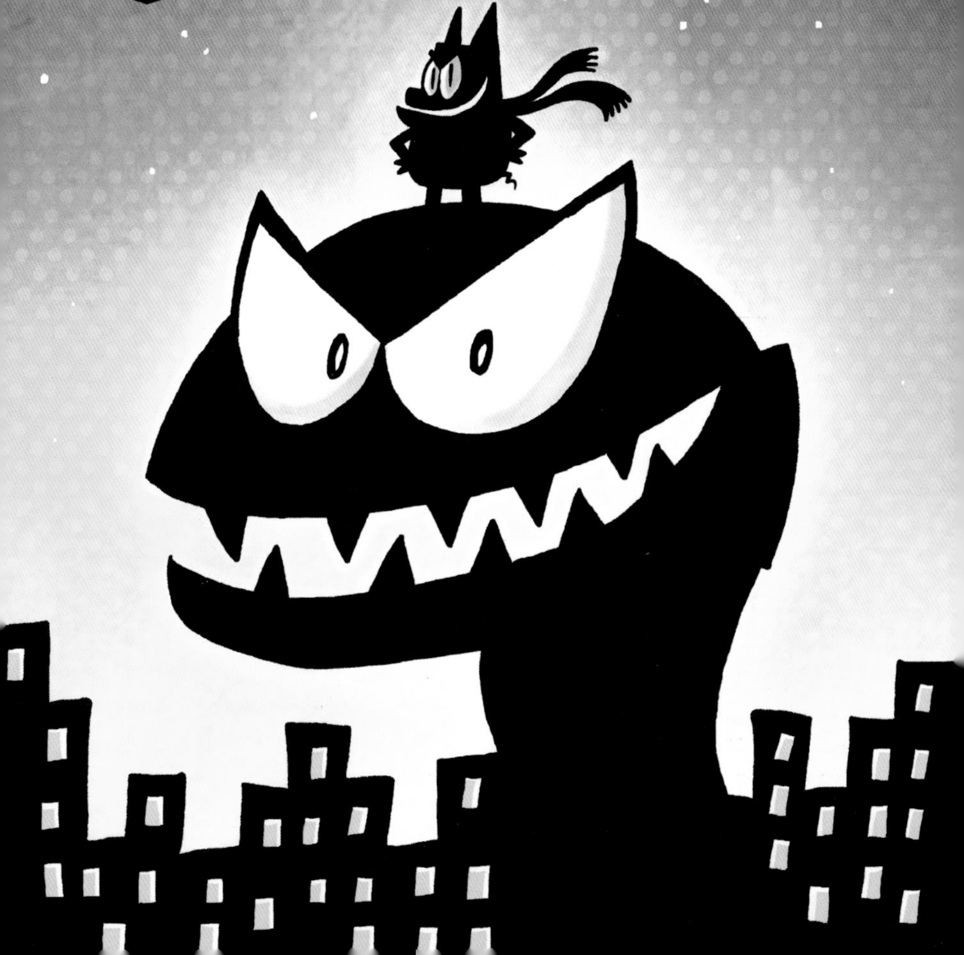

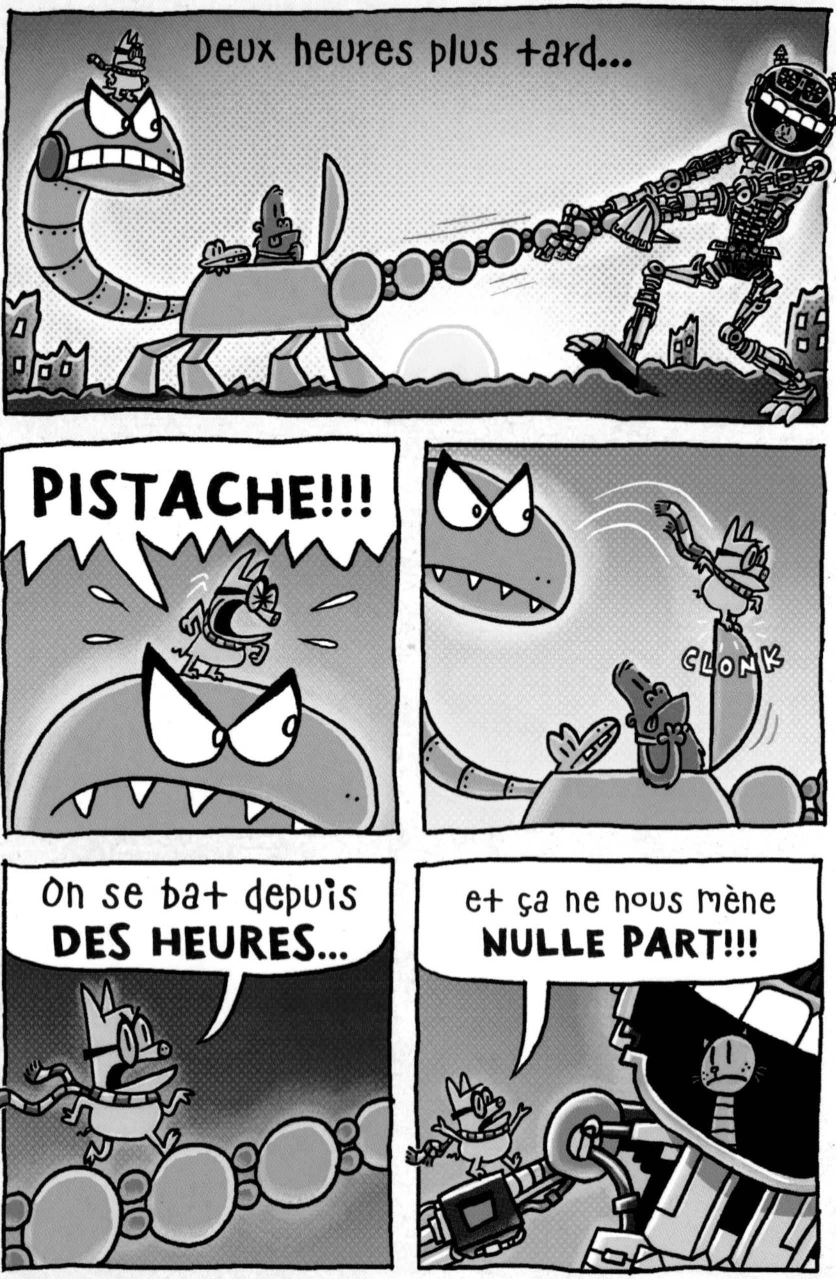
Deux heures plus tard...
PISTACHE!!!
CLONK
On se bat depuis DES HEURES...
et ça ne nous mène NULLE PART!!!

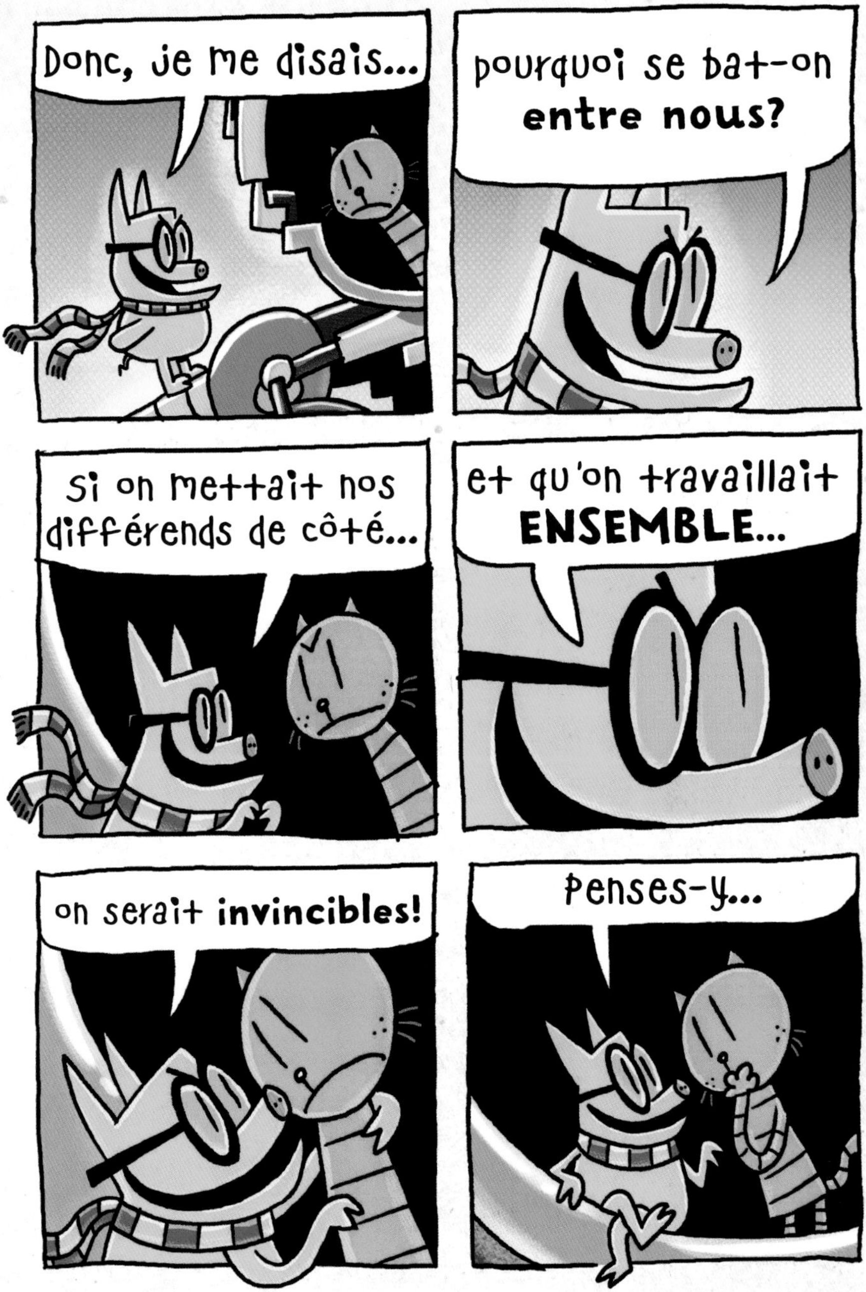
Donc, je me disais...
pourquoi se bat-on **entre nous?**
Si on mettait nos différends de côté...
et qu'on travaillait **ENSEMBLE...**
on serait **invincibles!**
Penses-y...

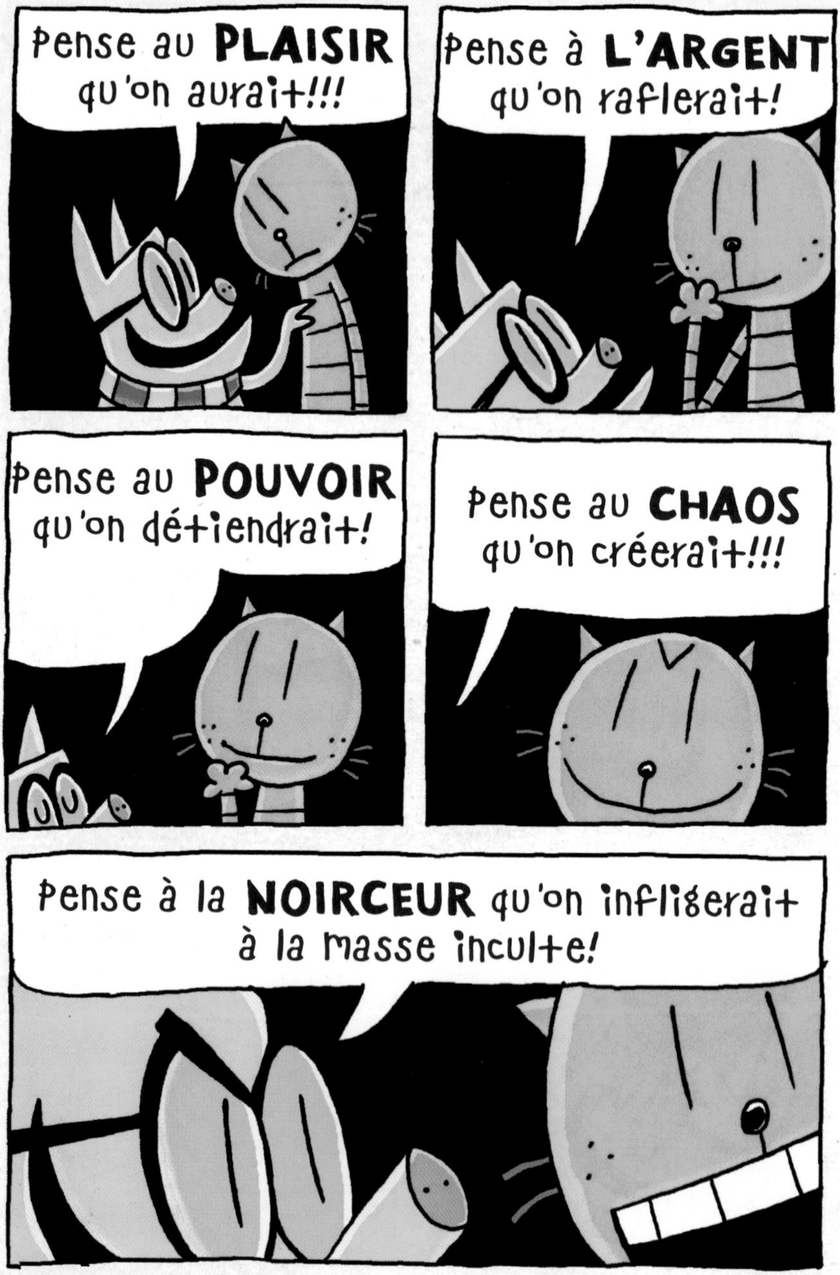
Pense au PLAISIR qu'on aurait!!!
Pense à L'ARGENT qu'on raflerait!
Pense au POUVOIR qu'on détiendrait!
Pense au CHAOS qu'on créerait!!!
Pense à la NOIRCEUR qu'on infligerait à la masse inculte!

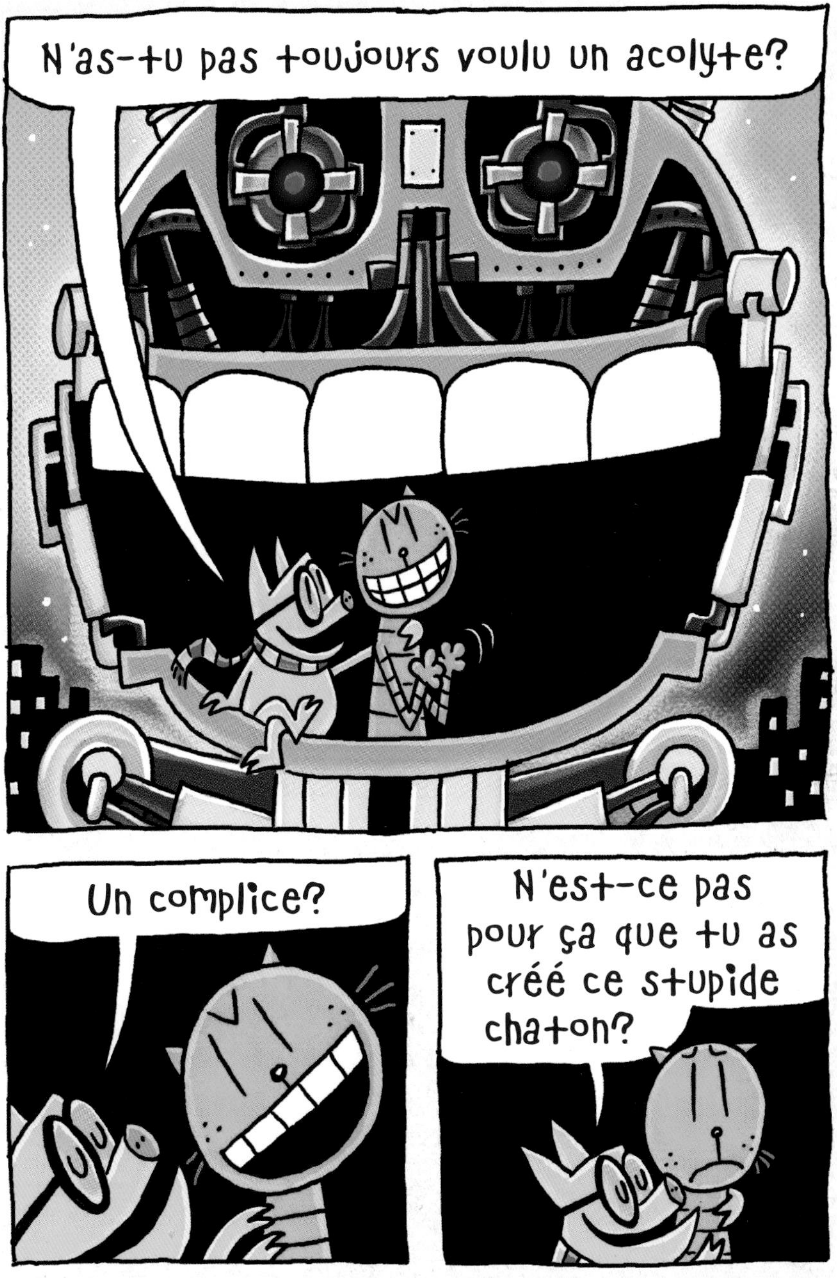
N'as-tu pas toujours voulu un acolyte?
Un complice?
N'est-ce pas pour ça que tu as créé ce stupide chaton?

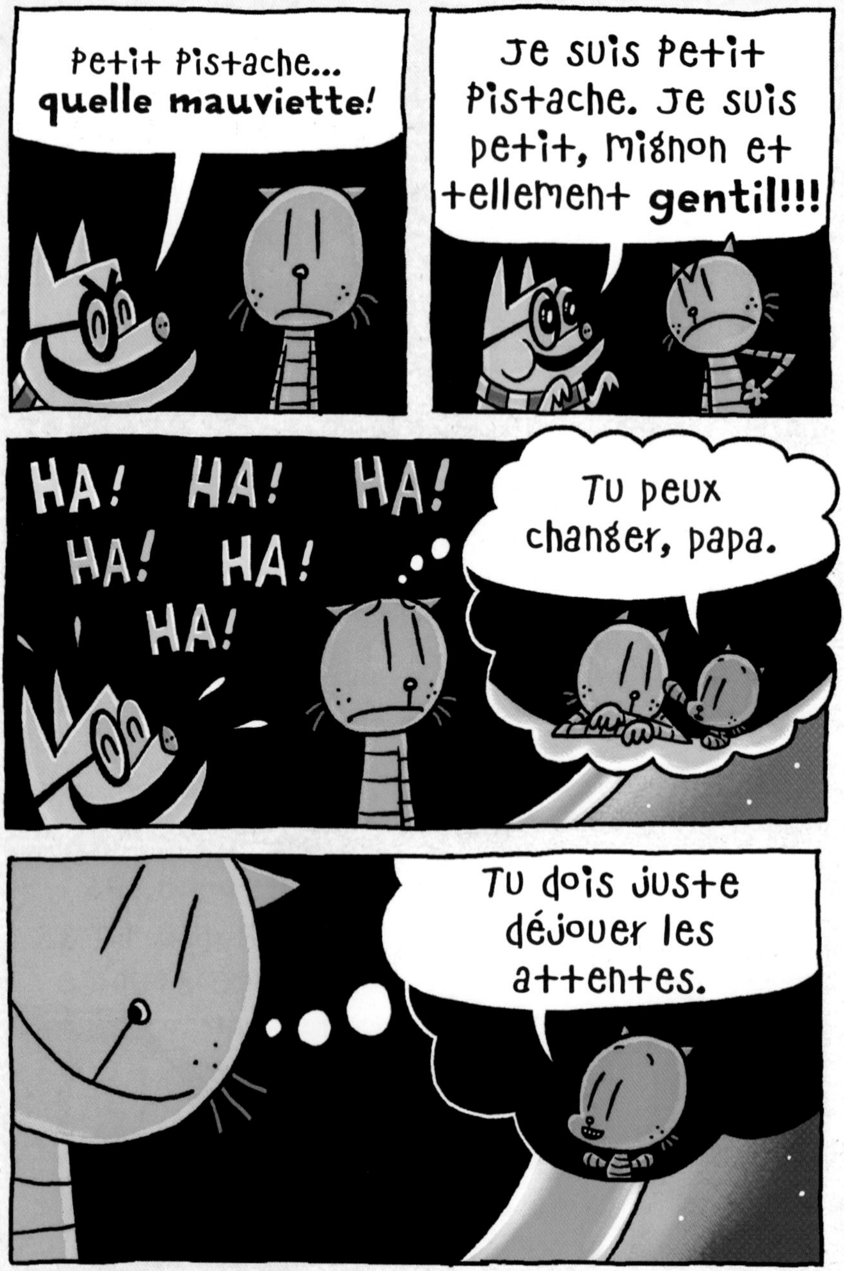
Petit Pistache... **quelle mauviette!**
Je suis Petit Pistache. Je suis petit, mignon et tellement **gentil!!!**
HA! HA! HA! HA! HA! HA!
Tu peux changer, papa.
Tu dois juste déjouer les attentes.

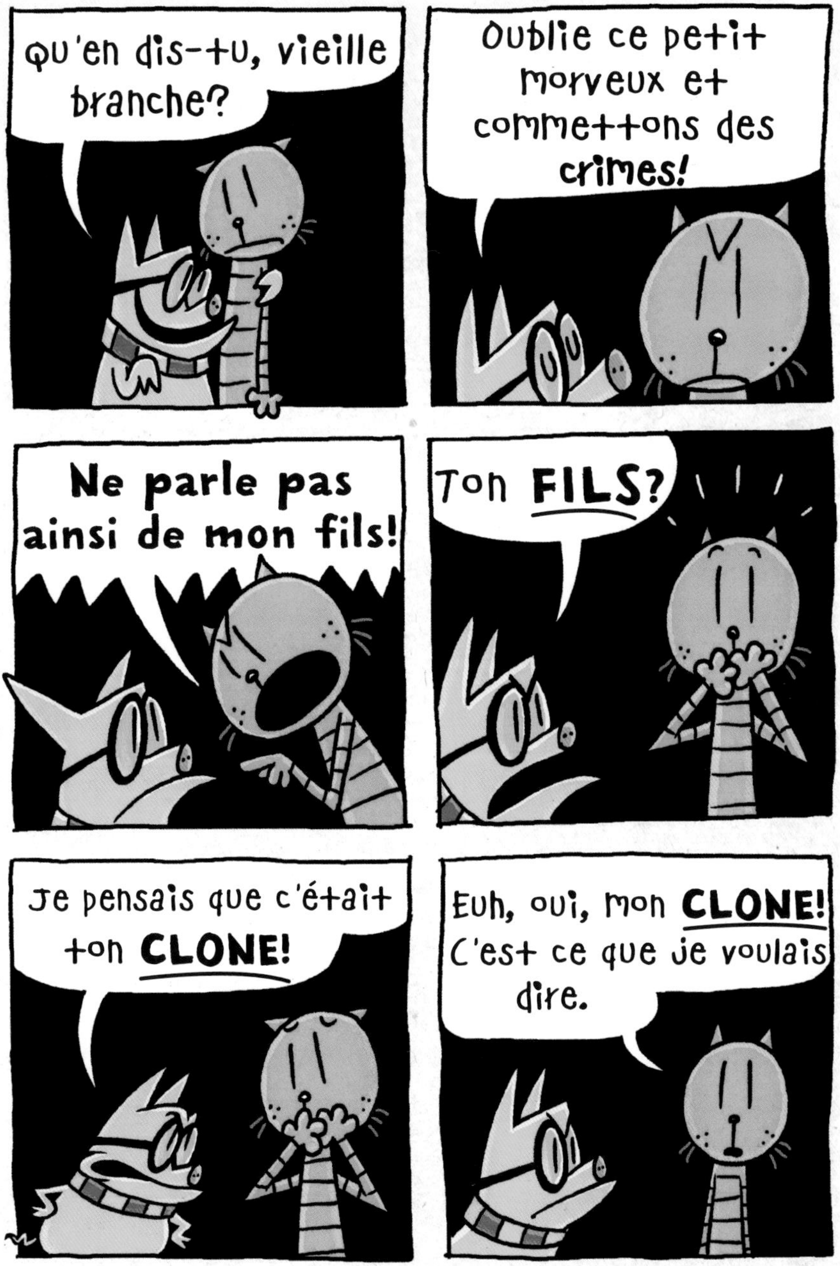
Qu'en dis-tu, vieille branche?
Oublie ce petit morveux et commettons des crimes!
Ne parle pas ainsi de mon fils!
Ton FILS?
Je pensais que c'était ton CLONE!
Euh, oui, mon CLONE! C'est ce que je voulais dire.

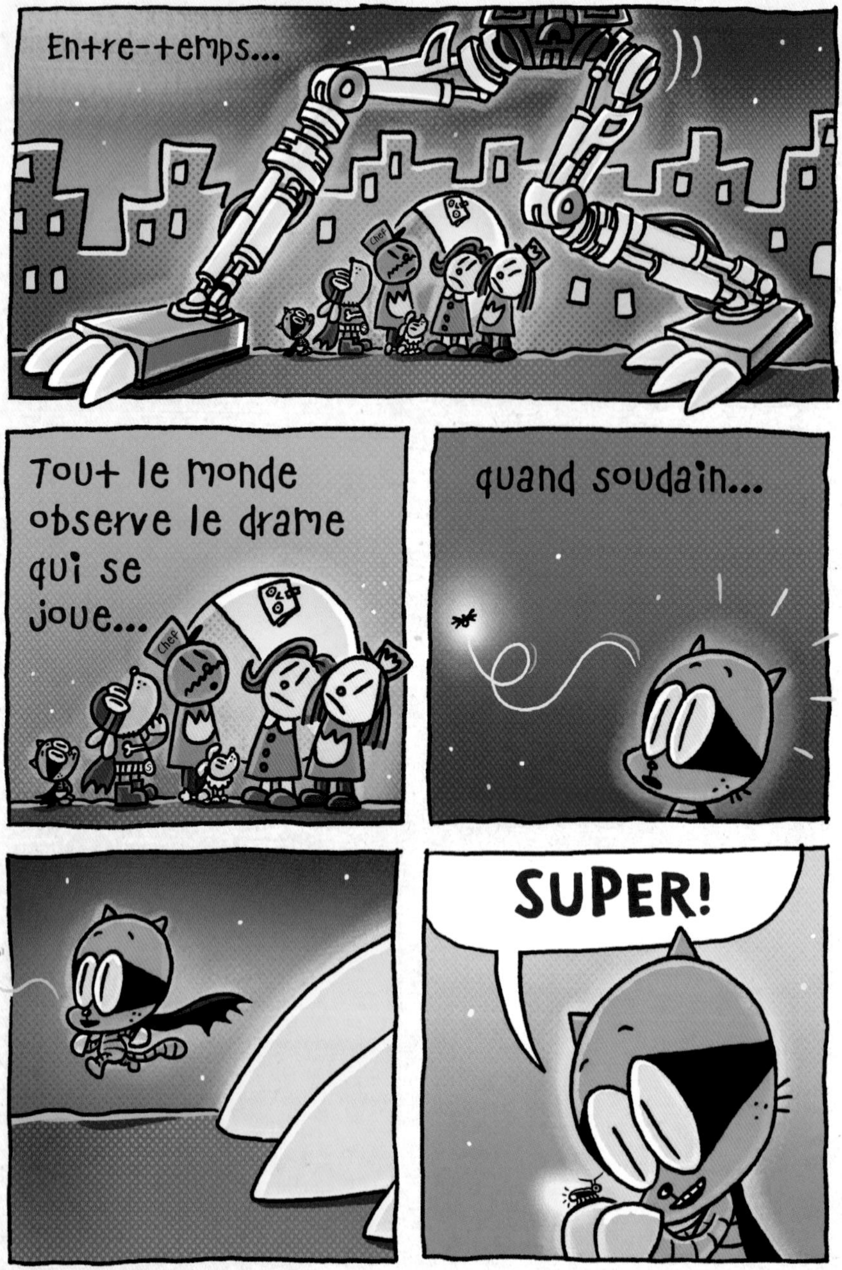
Entre-temps...
Tout le monde observe le drame qui se joue...
quand soudain...
SUPER!

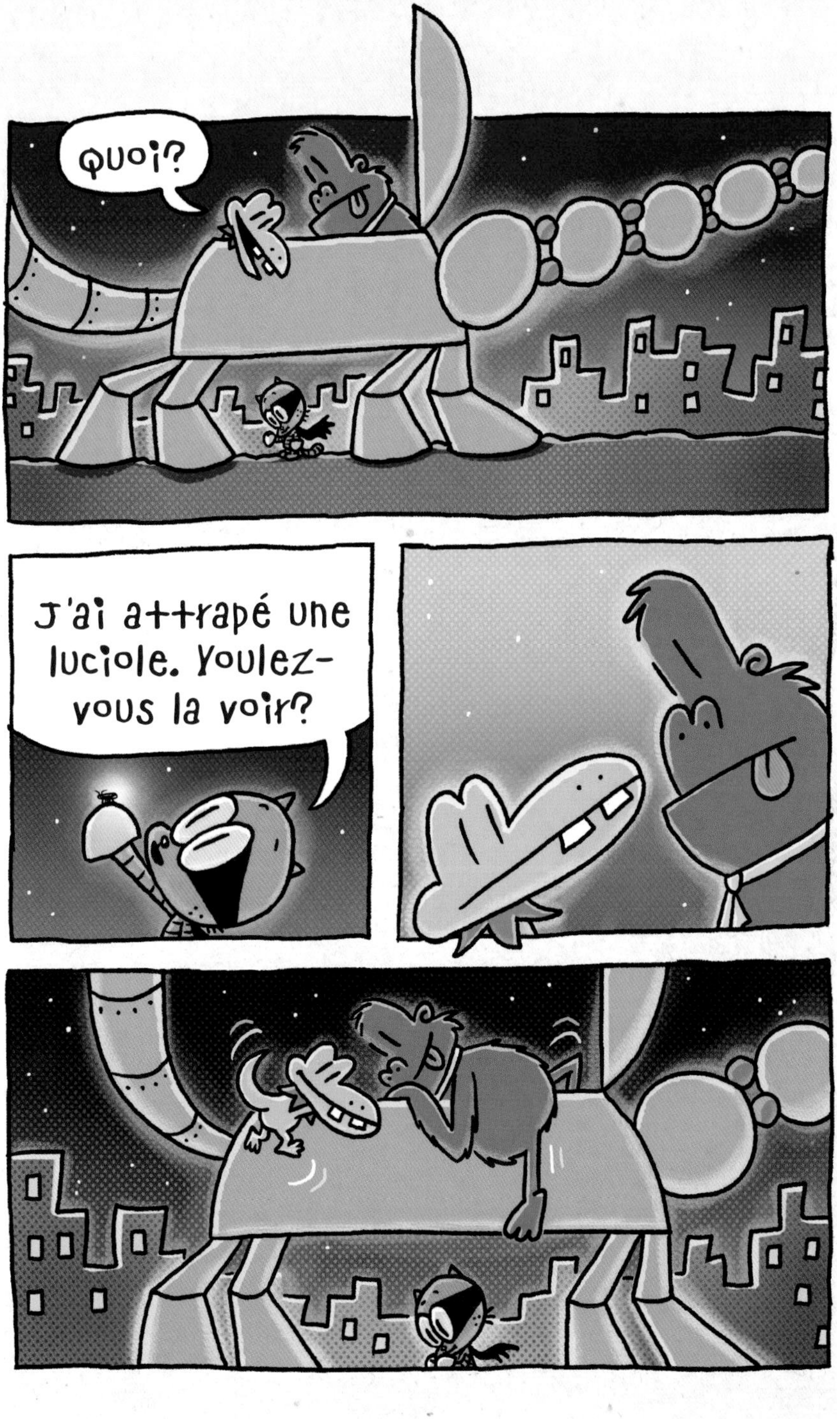
QUOI?
J'ai attrapé une luciole. Voulez-vous la voir?

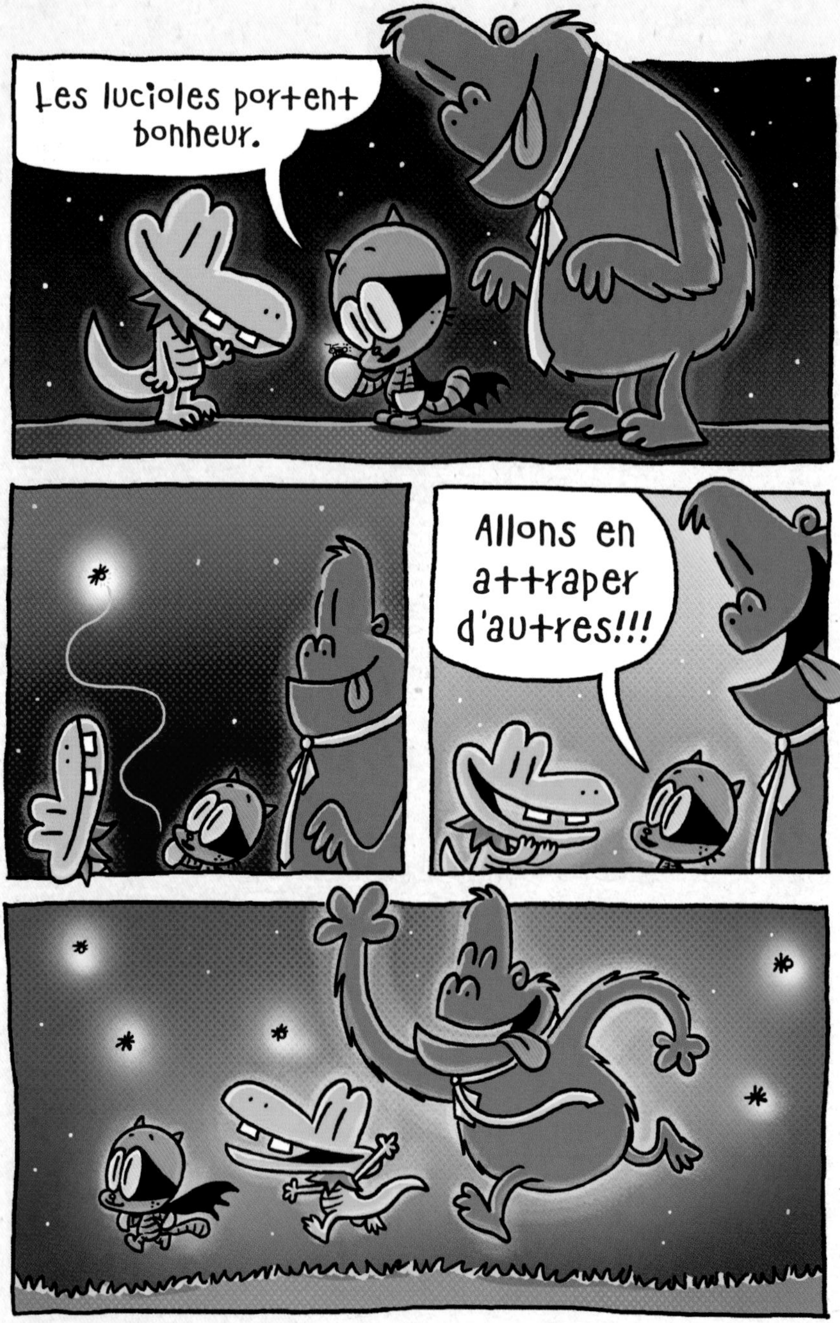

Les lucioles portent bonheur.
Allons en attraper d'autres!!!

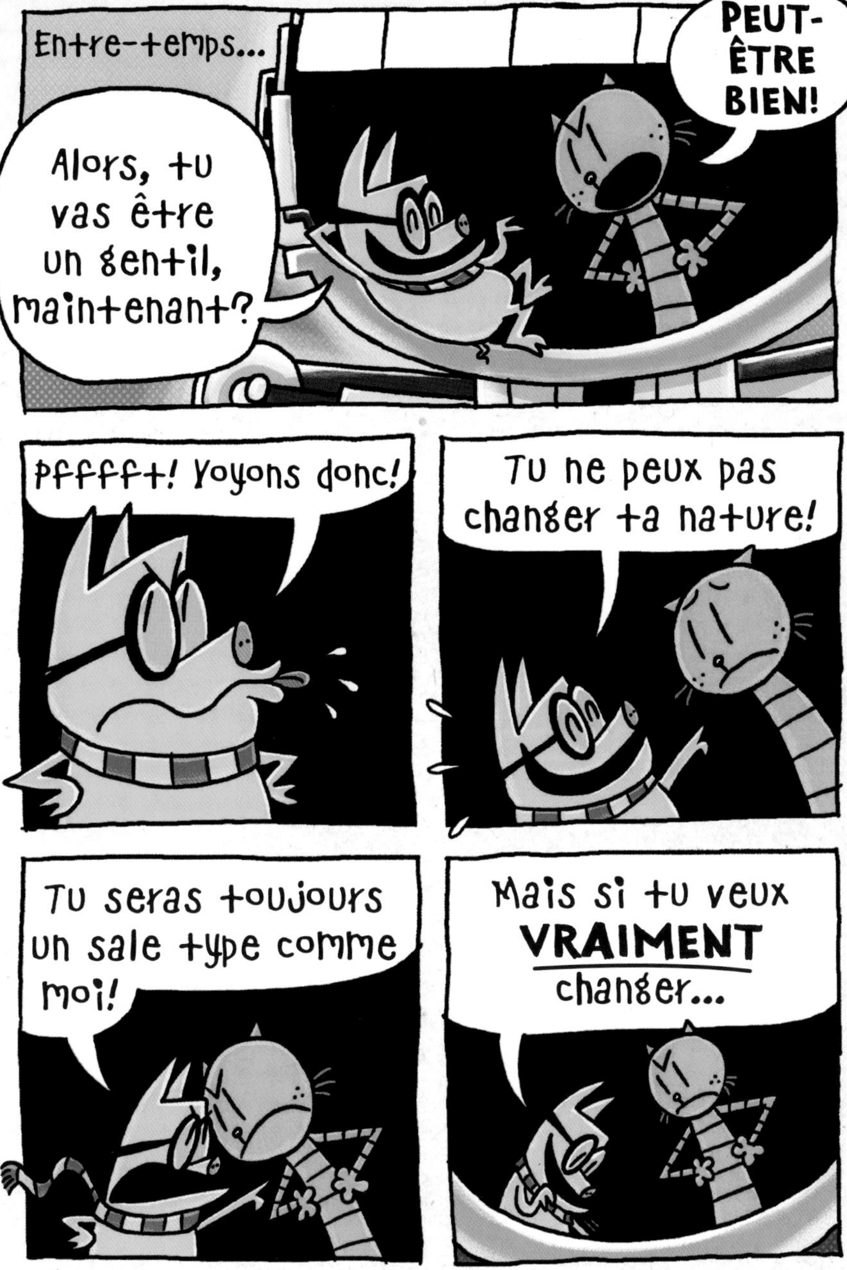

Entre-temps...
Alors, tu vas être un gentil, maintenant?
PEUT-ÊTRE BIEN!
Pfffft! Voyons donc!
Tu ne peux pas changer ta nature!
Tu seras toujours un sale type comme moi!
Mais si tu veux VRAIMENT changer...

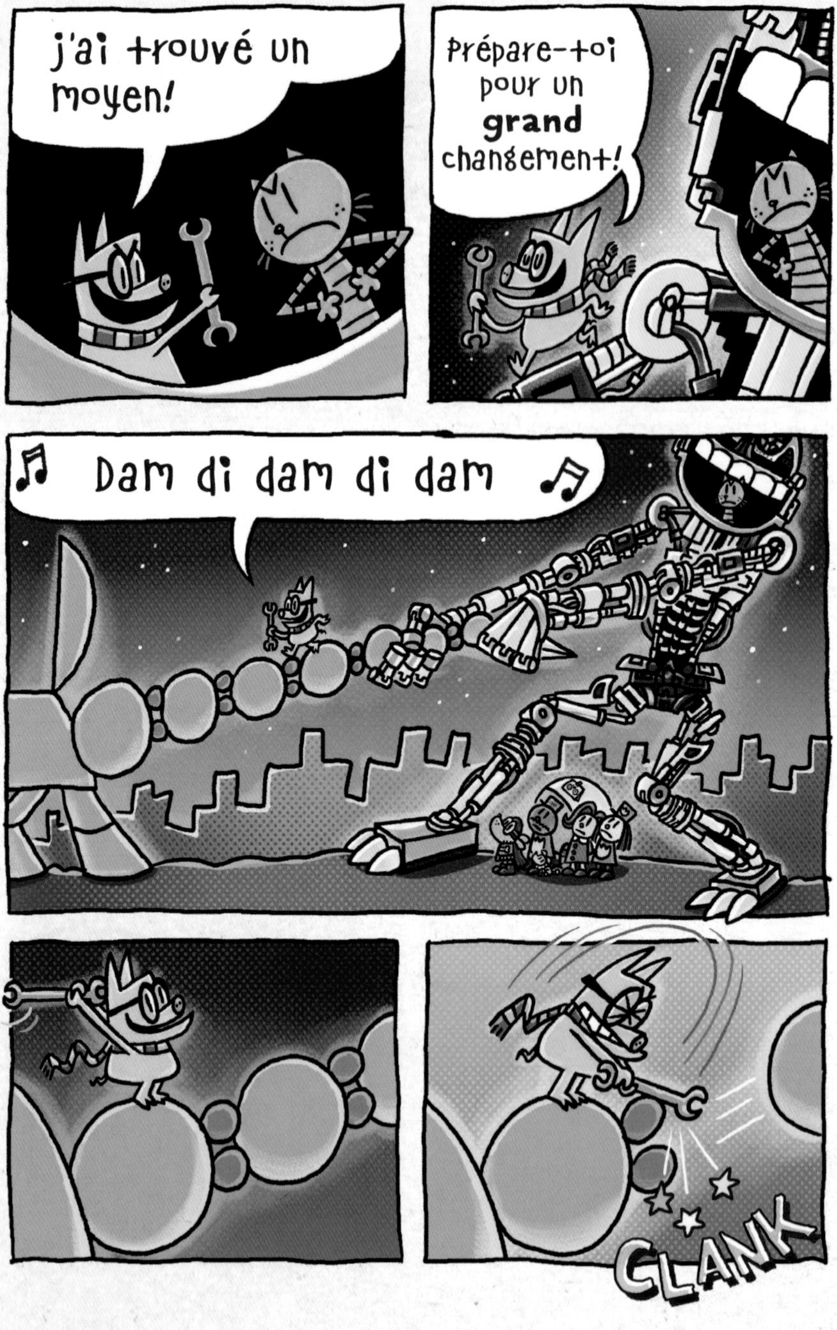
j'ai trouvé un moyen!
Prépare-toi pour un **grand** changement!
Dam di dam di dam
CLANK

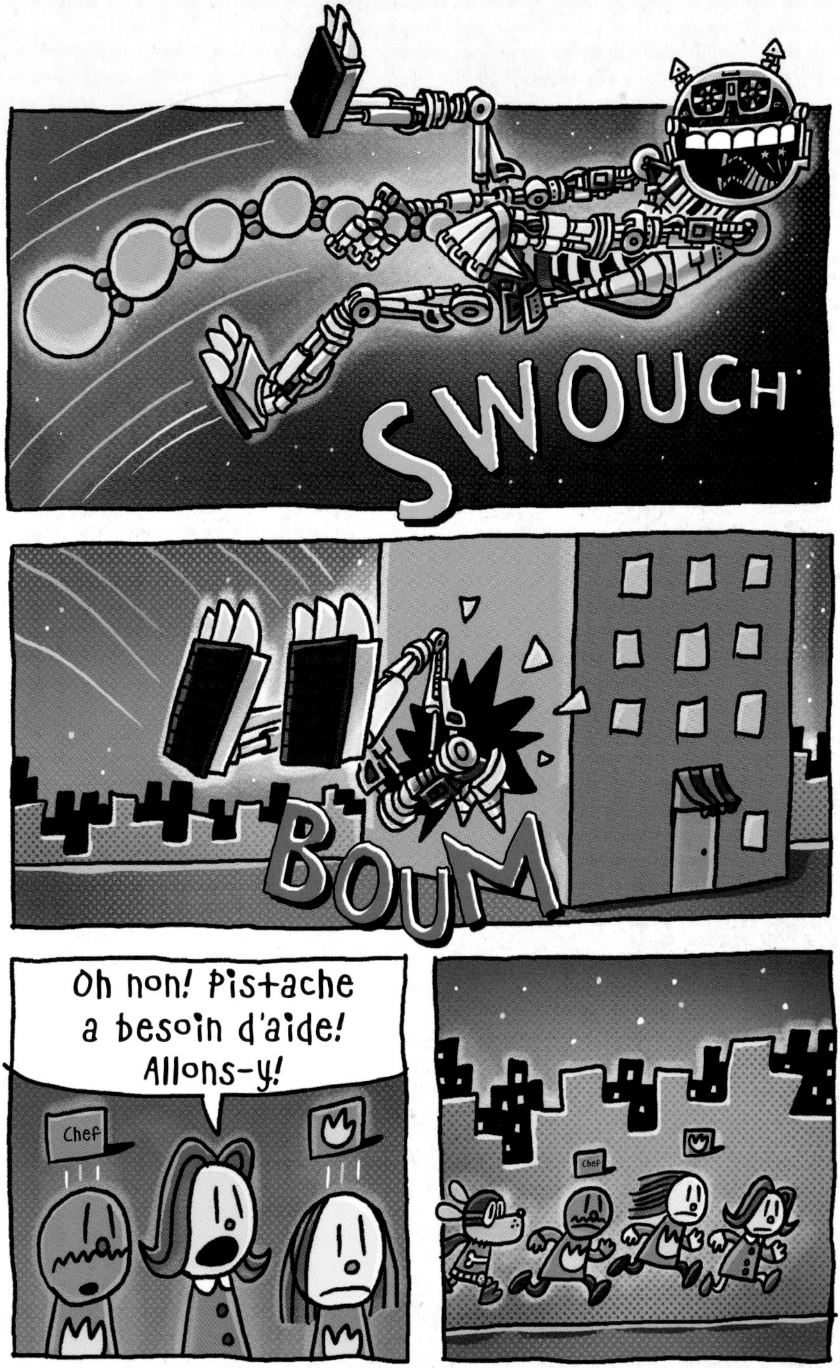

SWOUCH
BOUM
Oh non! Pistache a besoin d'aide! Allons-y!
Chef
Chef

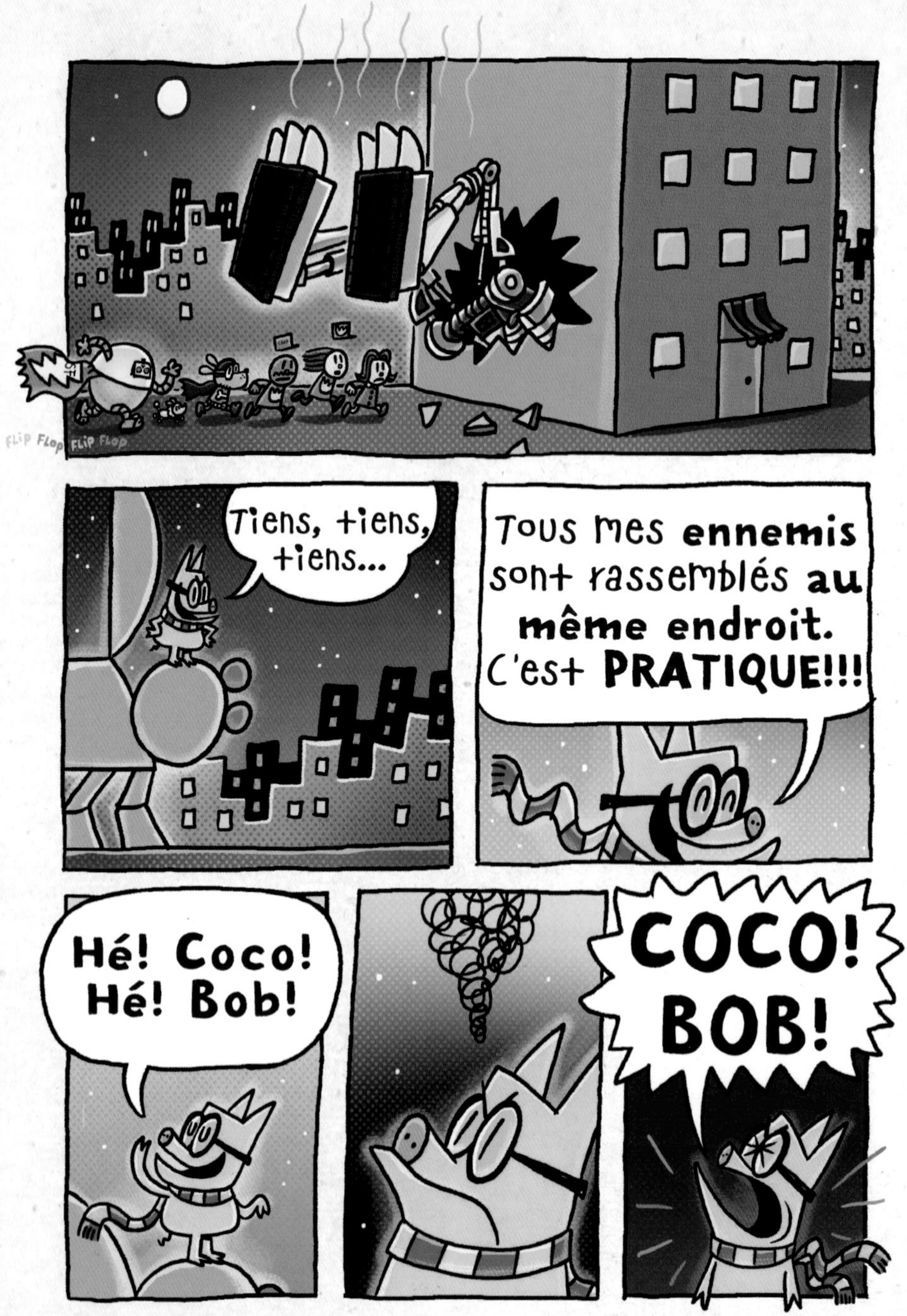
FLIP FLOP FLIP FLOP
Tiens, tiens, tiens...
Tous mes ennemis sont rassemblés au même endroit. C'est PRATIQUE!!!
Hé! Coco! Hé! Bob!
COCO! BOB!

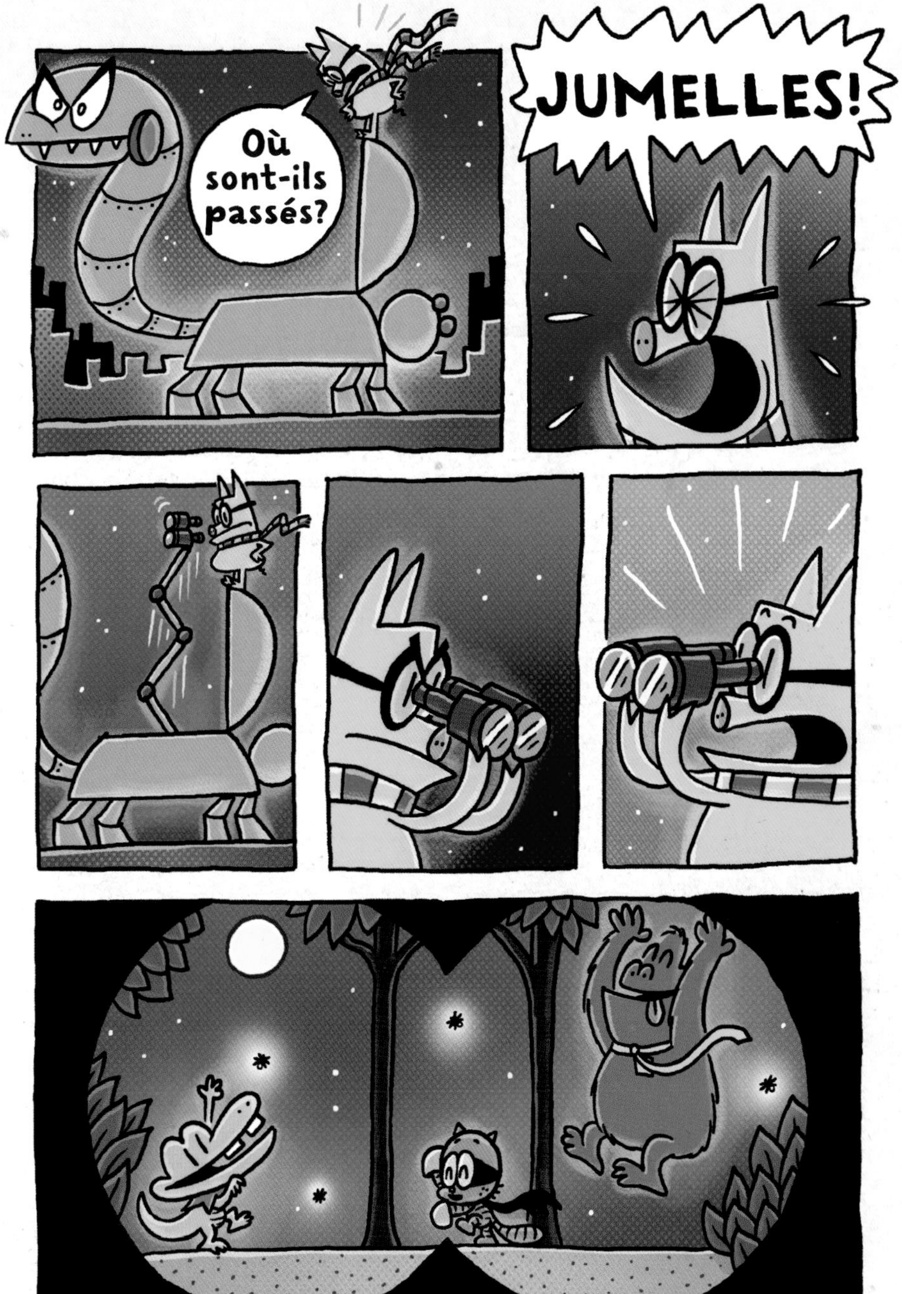

Où sont-ils passés?
JUMELLES!

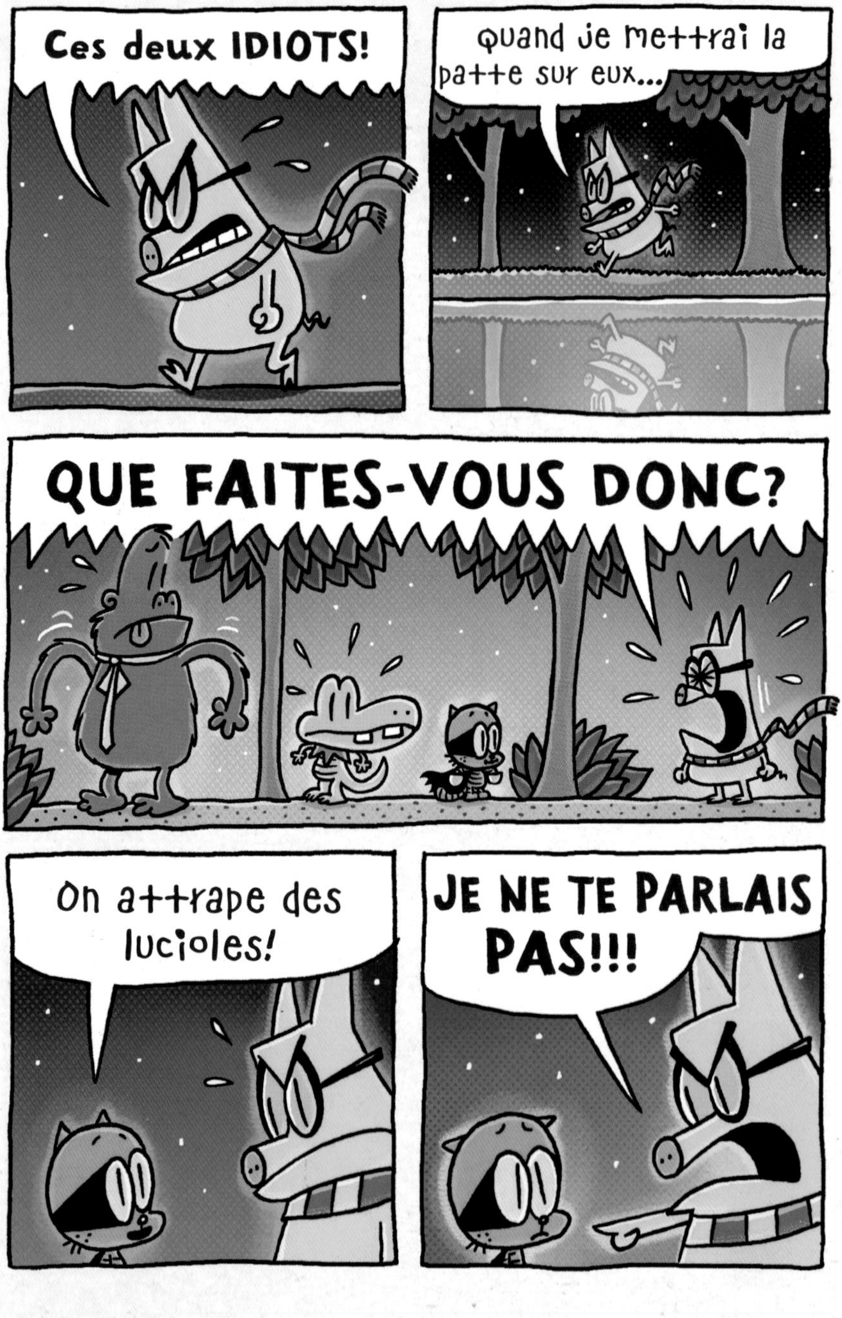
Ces deux IDIOTS!
quand je mettrai la patte sur eux...
QUE FAITES-VOUS DONC?
On attrape des lucioles!
JE NE TE PARLAIS PAS!!!

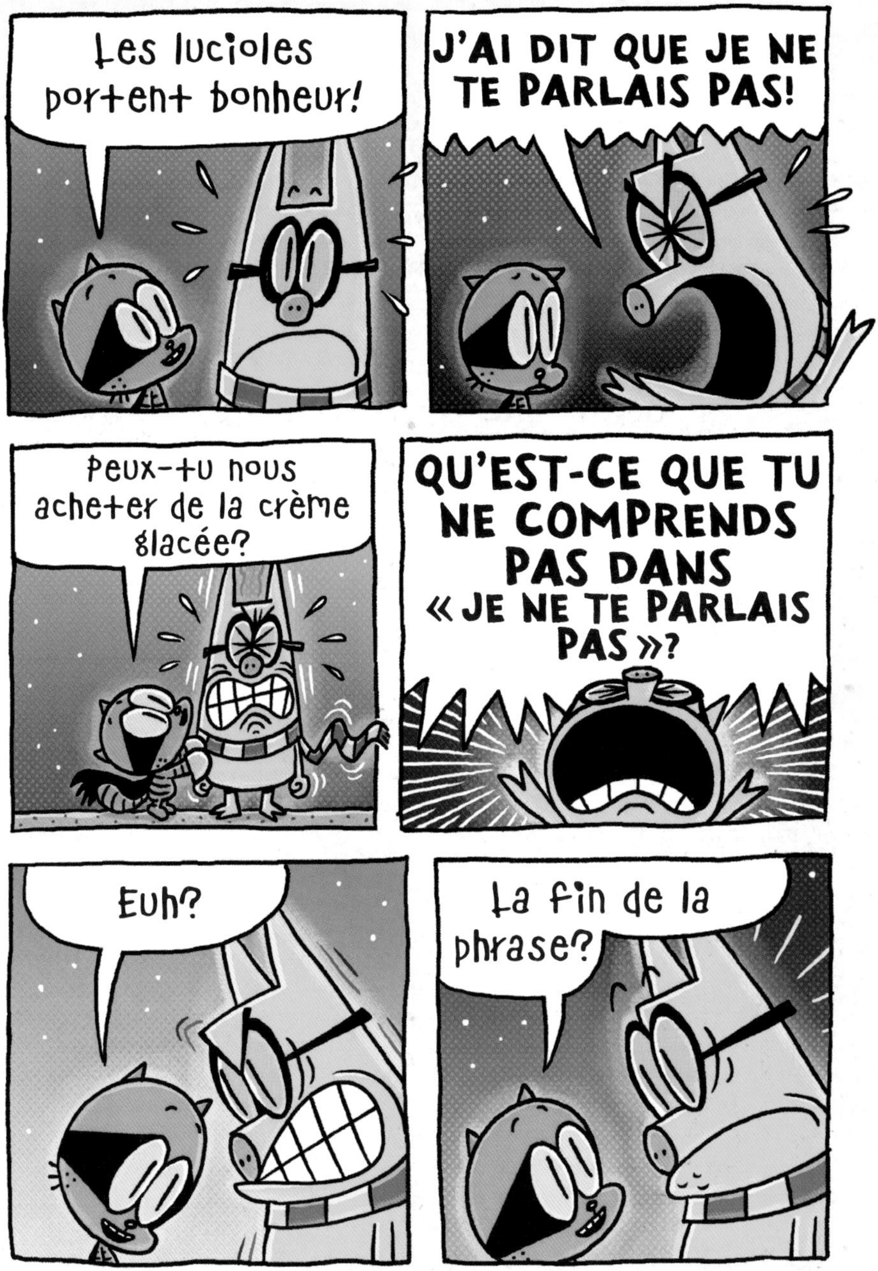
Les lucioles portent bonheur!
J'AI DIT QUE JE NE TE PARLAIS PAS!
Peux-tu nous acheter de la crème glacée?
QU'EST-CE QUE TU NE COMPRENDS PAS DANS « JE NE TE PARLAIS PAS »?
Euh?
La fin de la phrase?

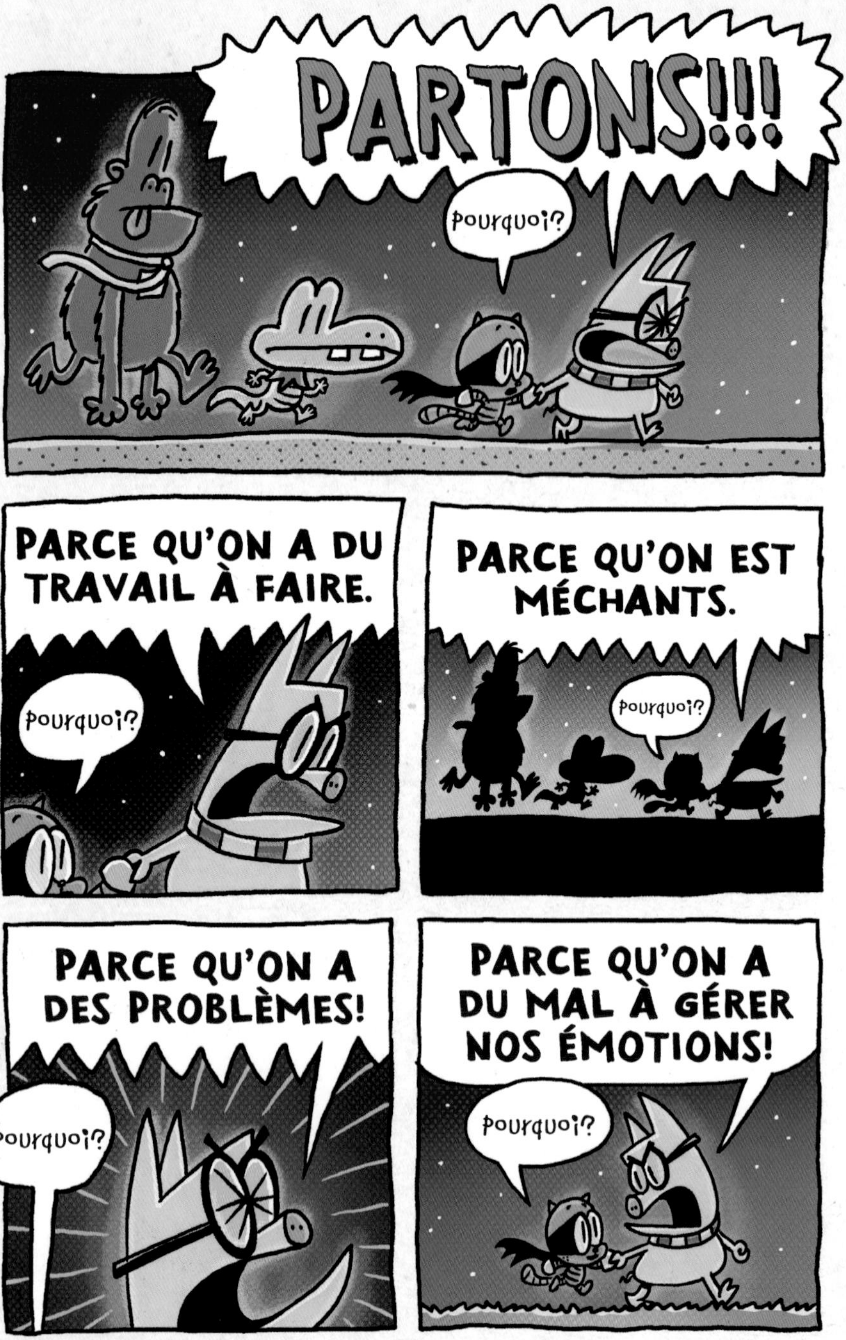
PARTONS!!!
pourquoi?
PARCE QU'ON A DU TRAVAIL À FAIRE.
pourquoi?
PARCE QU'ON EST MÉCHANTS.
pourquoi?
PARCE QU'ON A DES PROBLÈMES!
pourquoi?
PARCE QU'ON A DU MAL À GÉRER NOS ÉMOTIONS!
pourquoi?

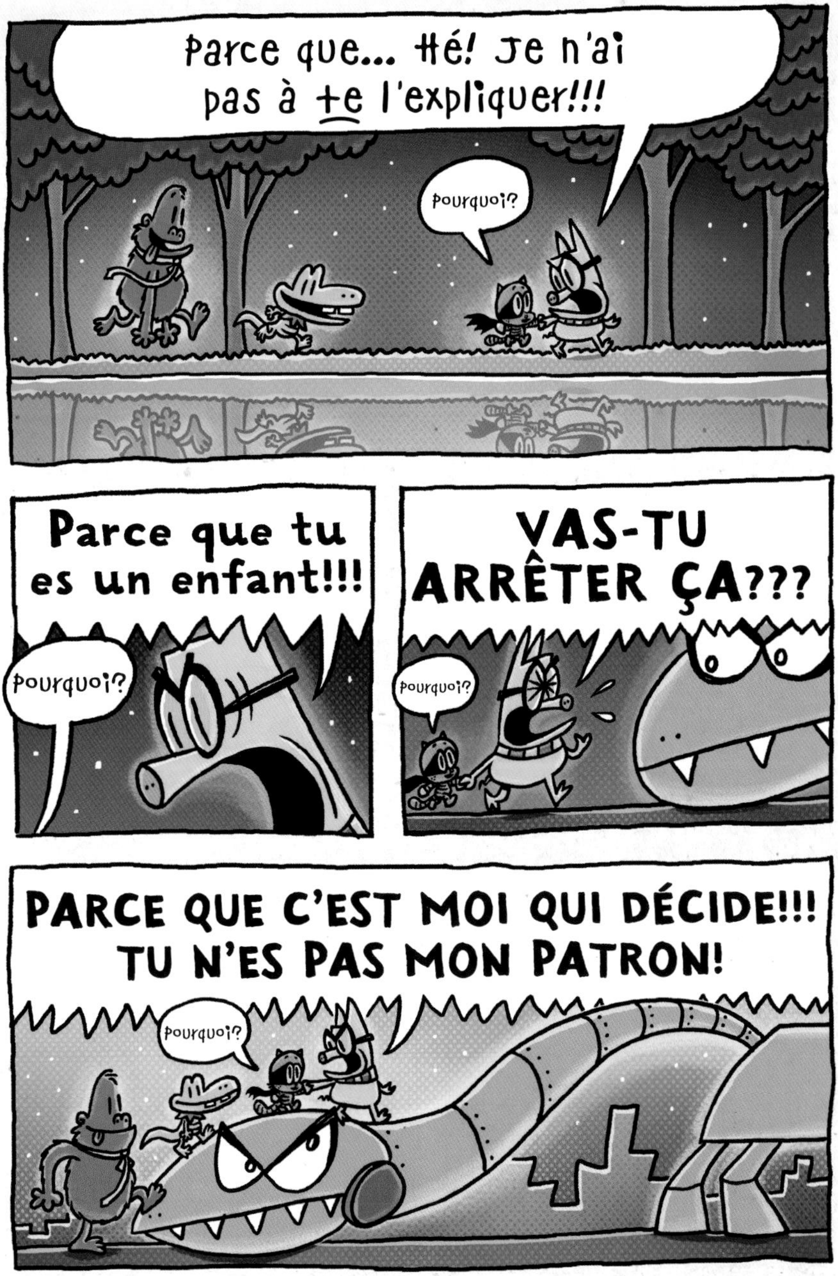
Parce que... Hé! Je n'ai pas à te l'expliquer!!!
Pourquoi?
Parce que tu es un enfant!!!
Pourquoi?
VAS-TU ARRÊTER ÇA???
Pourquoi?
PARCE QUE C'EST MOI QUI DÉCIDE!!! TU N'ES PAS MON PATRON!
Pourquoi?

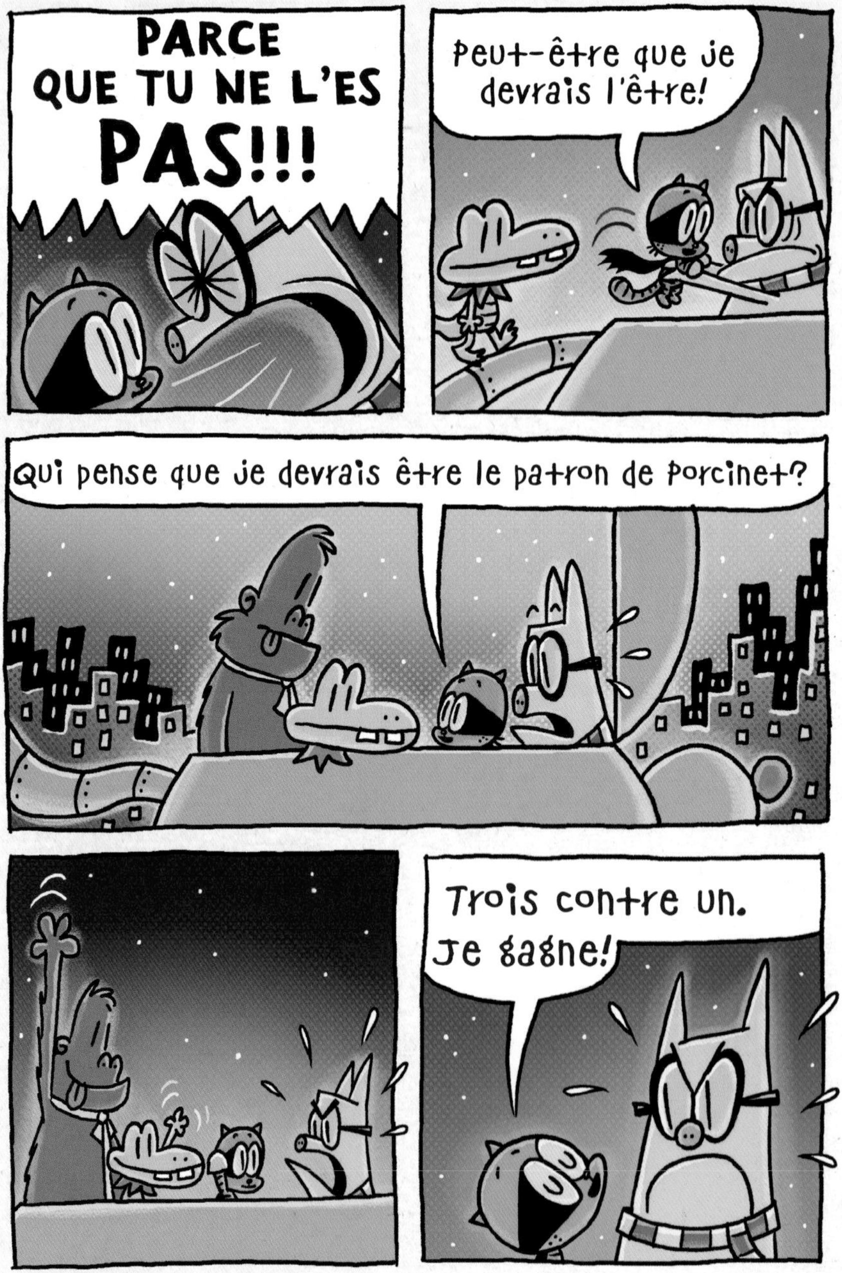
PARCE QUE TU NE L'ES PAS!!!
Peut-être que je devrais l'être!
Qui pense que je devrais être le patron de Porcinet?
Trois contre un. Je gagne!

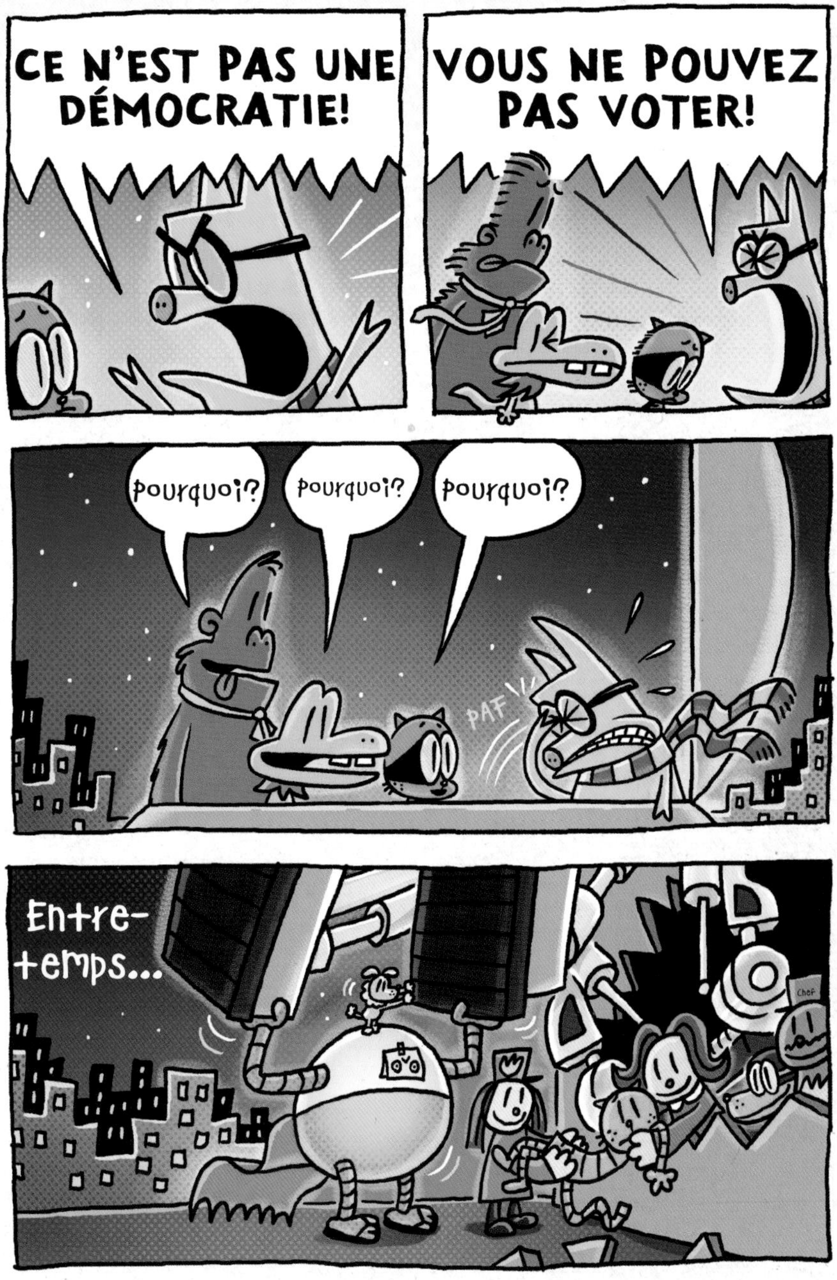
CE N'EST PAS UNE DÉMOCRATIE!
VOUS NE POUVEZ PAS VOTER!
POURQUOI?
POURQUOI?
POURQUOI?
PAF
Entre-temps...
Chef

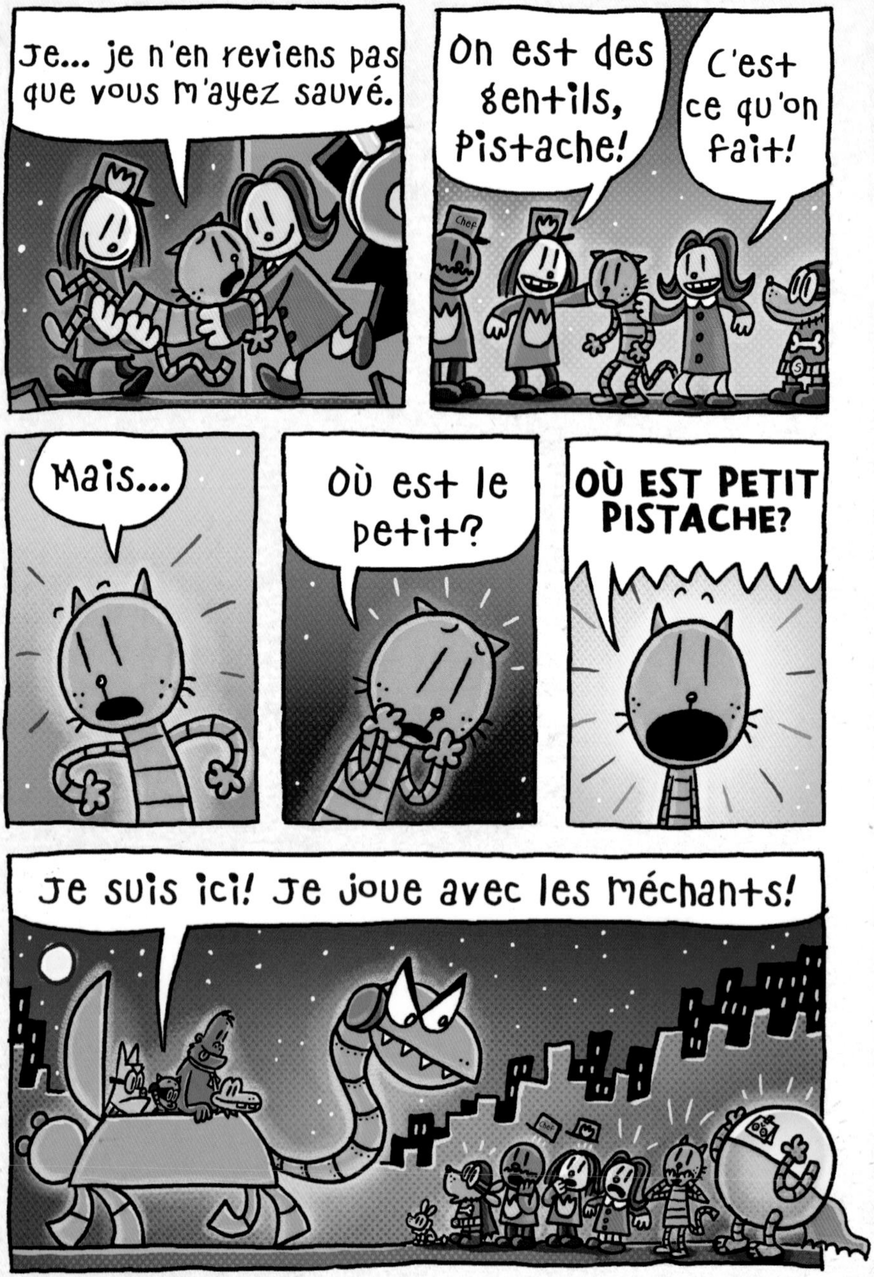
Je... je n'en reviens pas que vous m'ayez sauvé.
On est des gentils, Pistache!
C'est ce qu'on fait!
Chef
Mais...
Où est le petit?
OÙ EST PETIT PISTACHE?
Je suis ici! Je joue avec les méchants!
Chef

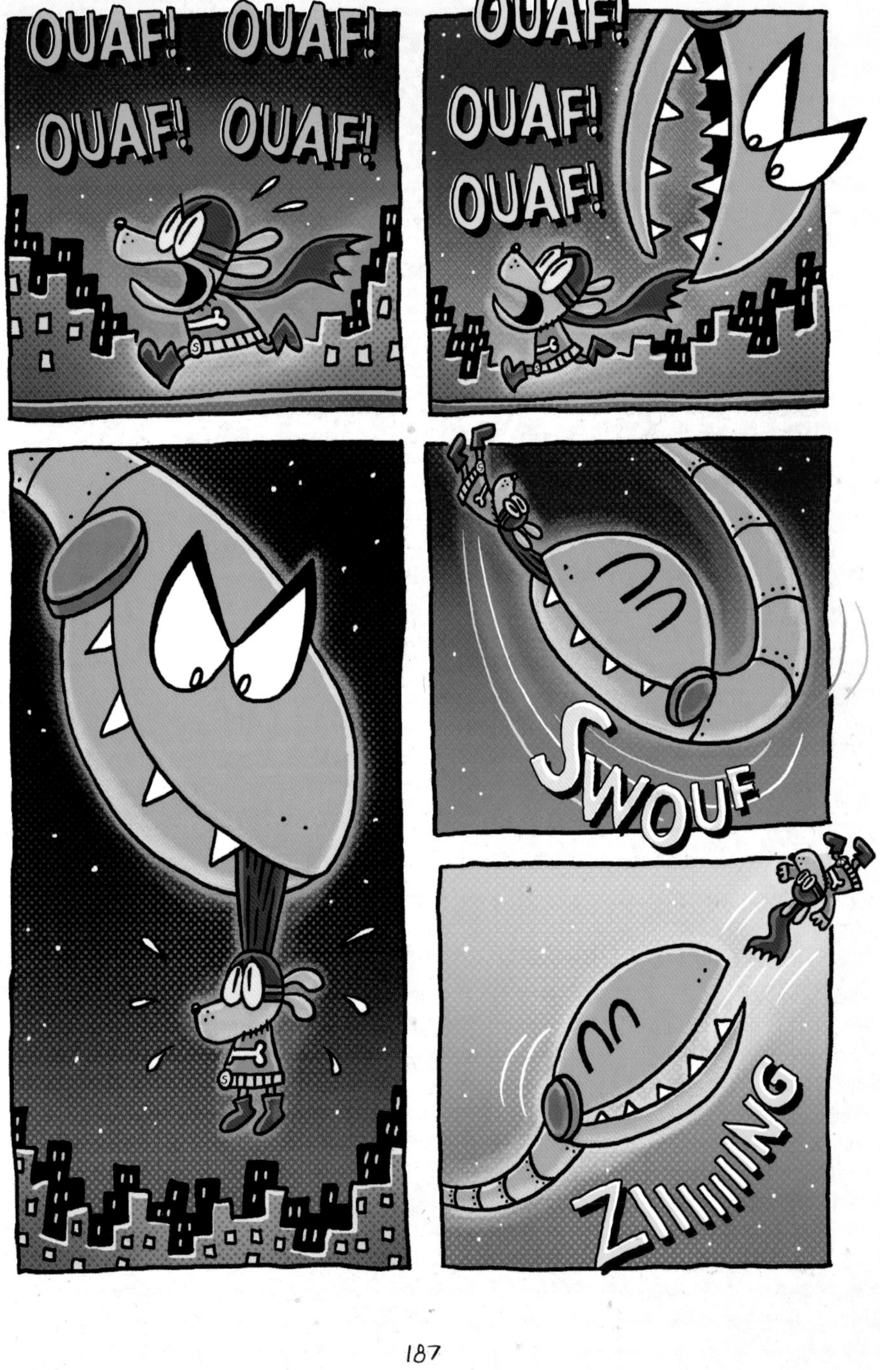
OUAF! OUAF!
OUAF! OUAF!
OUAF!
OUAF!
OUAF!
SWOUF
ZIIIIIING

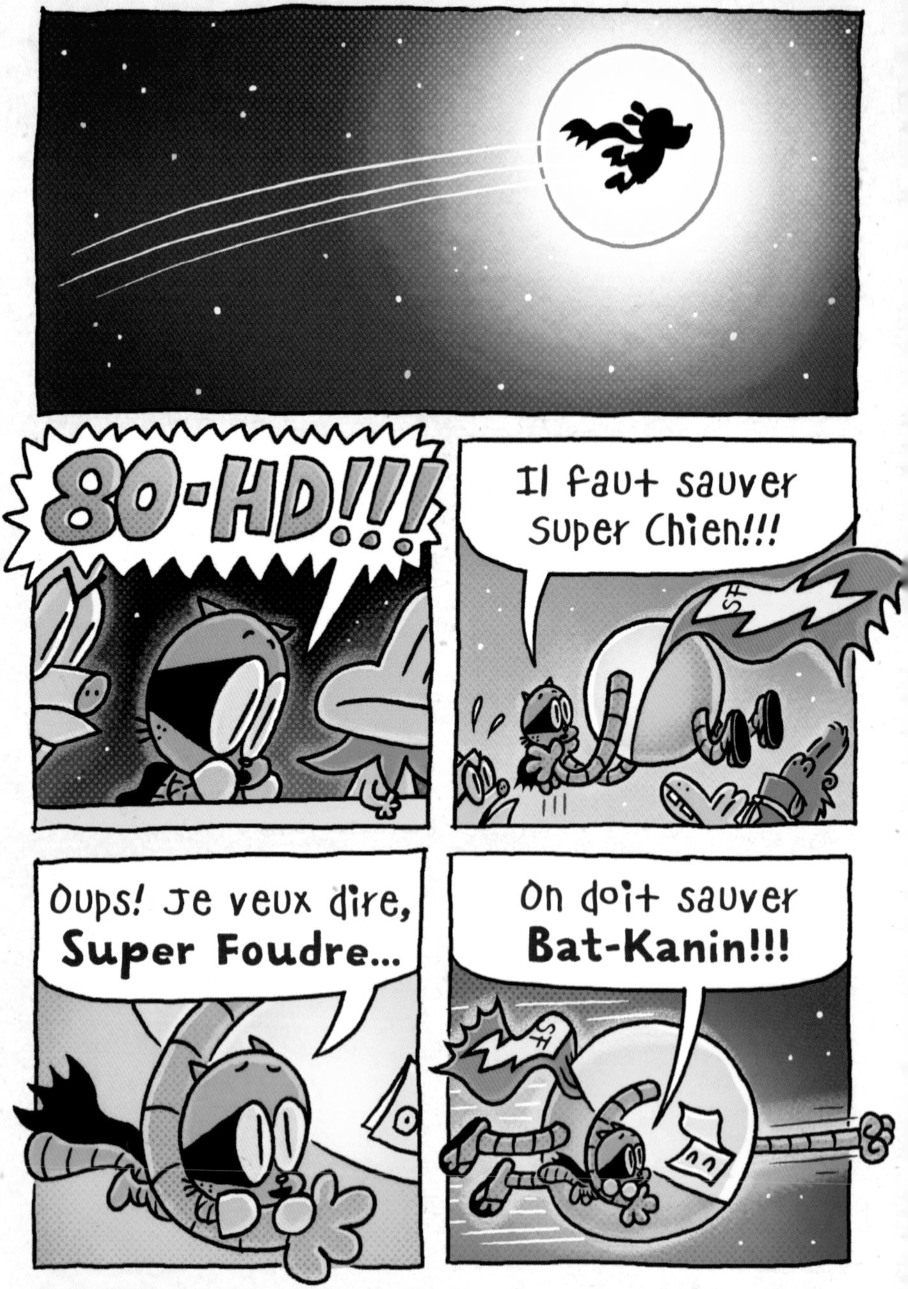

80-HD!!!
Il faut sauver Super Chien!!!
Oups! Je veux dire, **Super Foudre...**
On doit sauver **Bat-Kanin!!!**

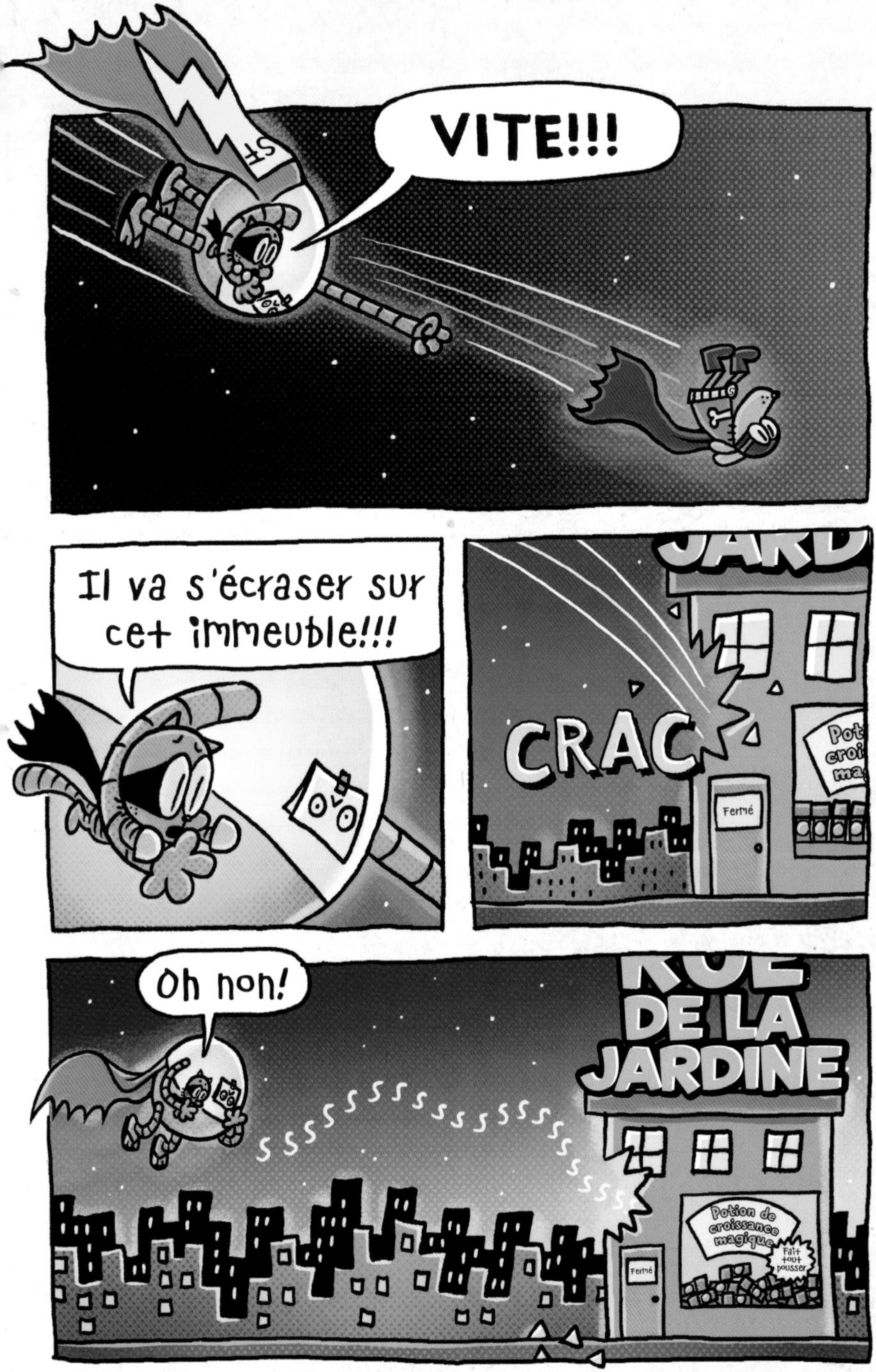
VITE!!!
Il va s'écraser sur cet immeuble!!!
CRAC
Fermé
Oh non!
SSSSSSSSSSSSSSSSSSSS
DE LA JARDINE
Potion de croissance magique
Fait tout pousser
Fermé

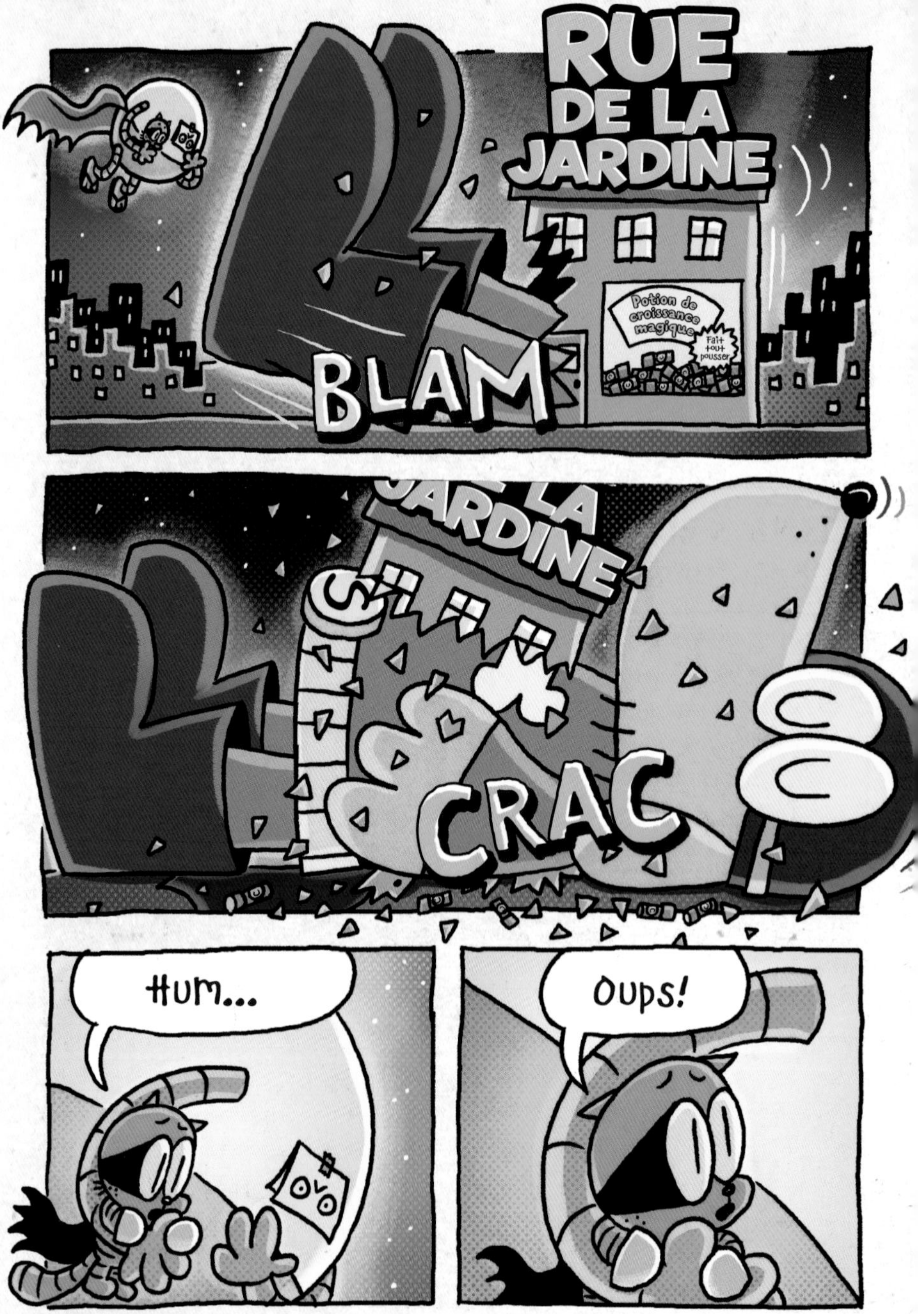
RUE DE LA JARDINE
Potion de croissance magique
Fait tout pousser
BLAM
JARDINE
CRAC
Hum...
Oups!

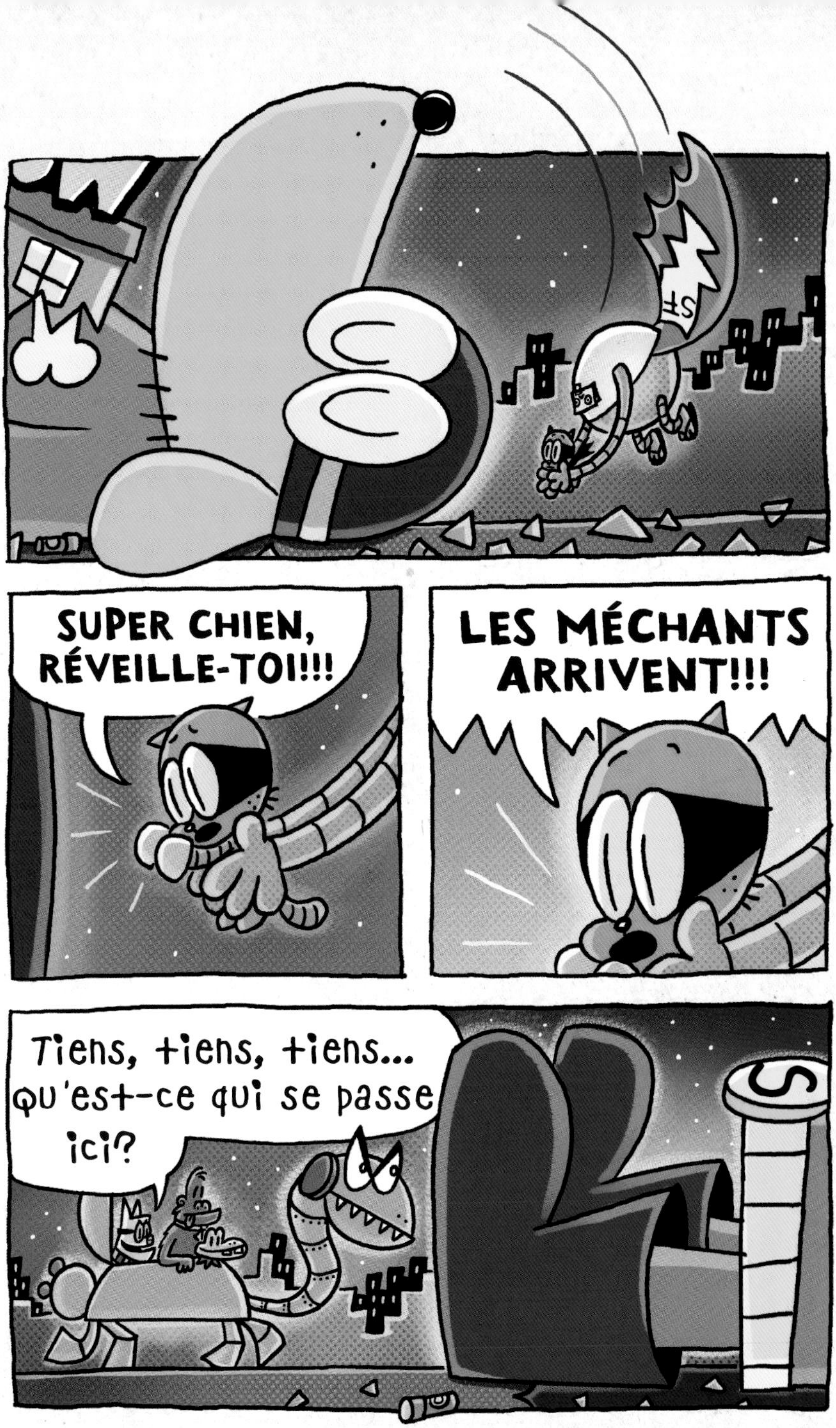
SUPER CHIEN, RÉVEILLE-TOI!!!
LES MÉCHANTS ARRIVENT!!!
Tiens, tiens, tiens... qu'est-ce qui se passe ici?

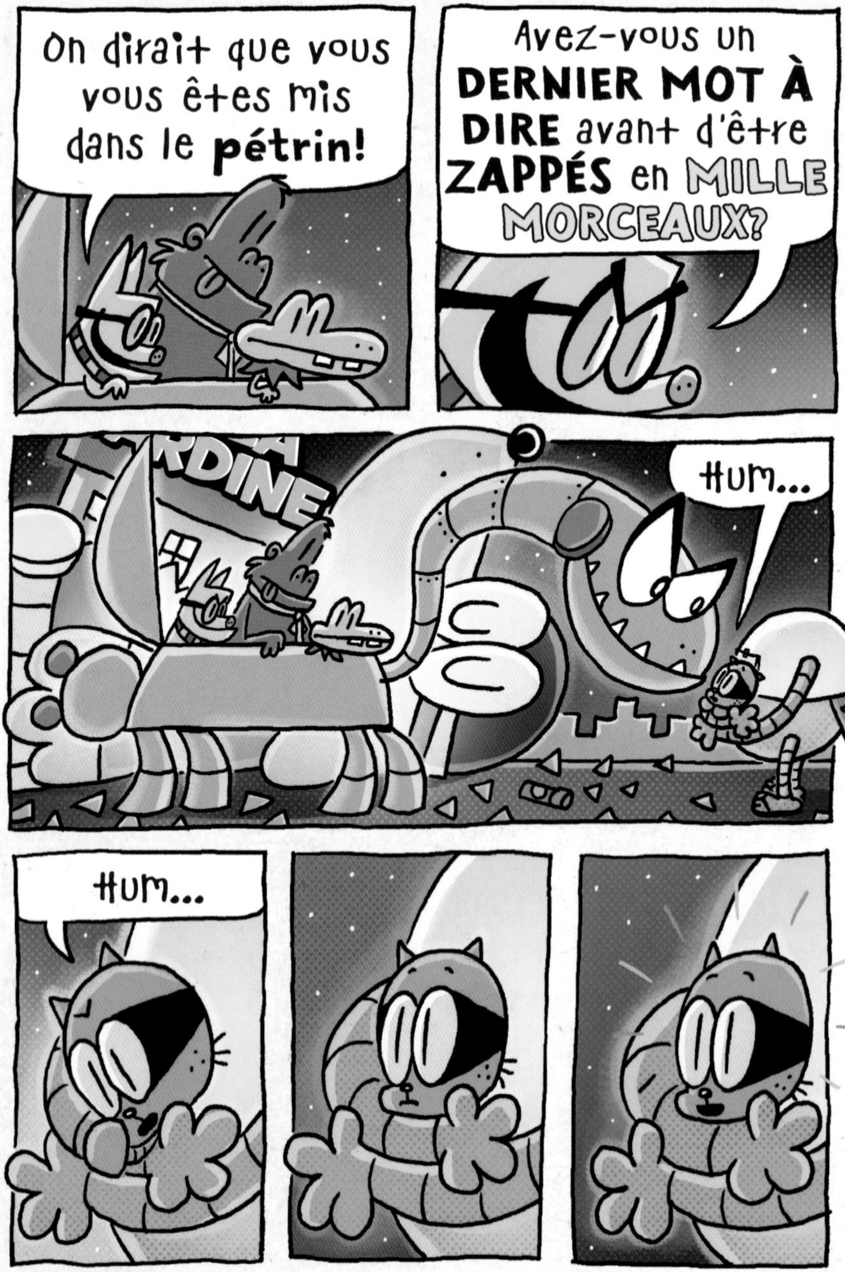
On dirait que vous vous êtes mis dans le pétrin!
Avez-vous un DERNIER MOT À DIRE avant d'être ZAPPÉS en MILLE MORCEAUX?
Hum...
Hum...

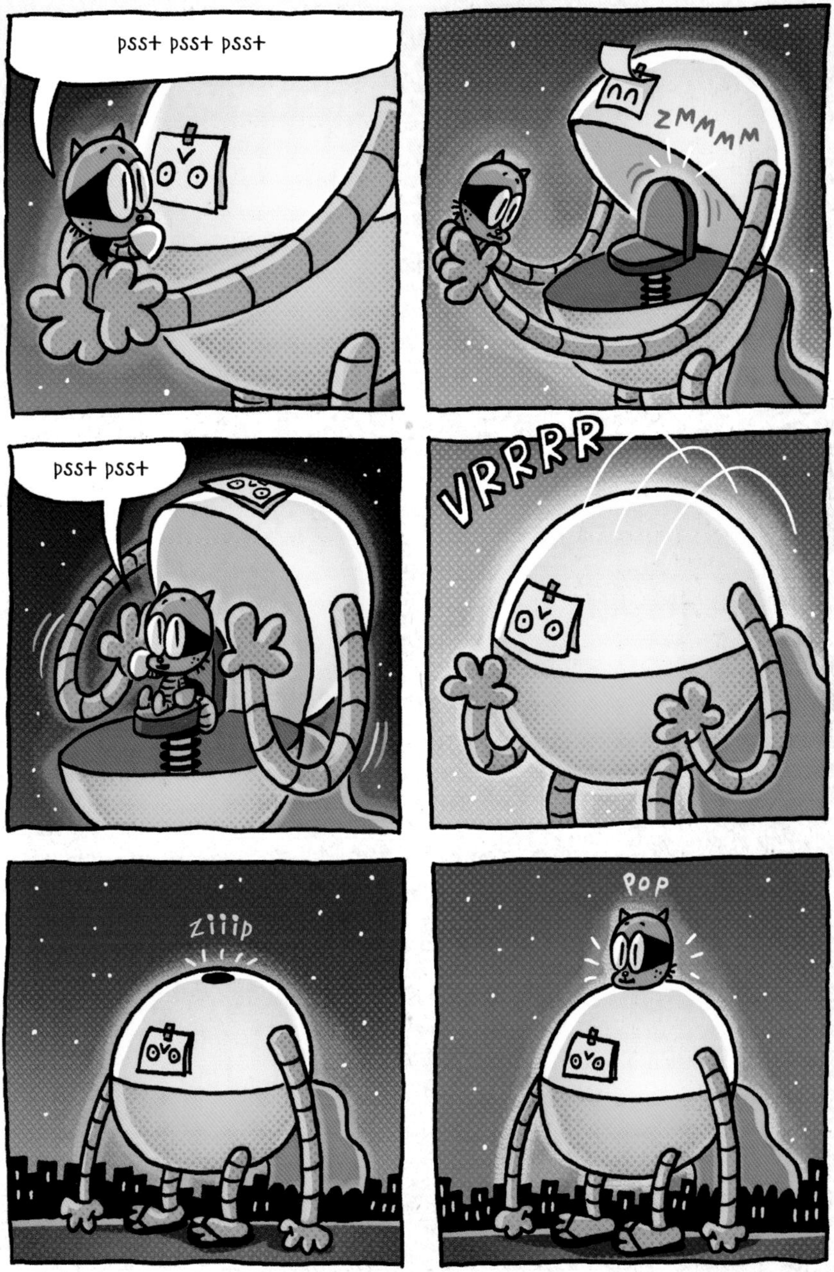
psst psst psst
ZMMMM
psst psst
VRRRR
ziiip
POP

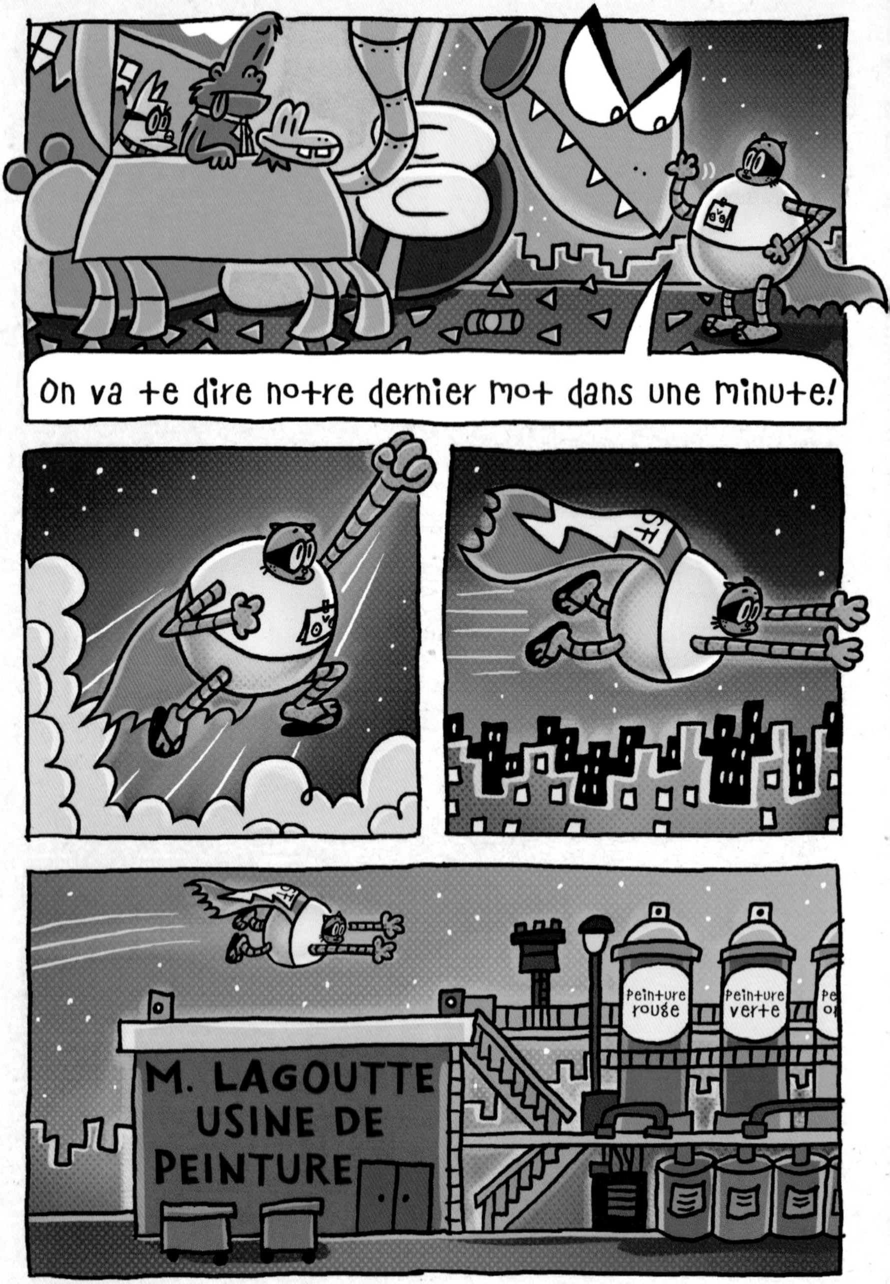
On va te dire notre dernier mot dans une minute!
Peinture rouge
Peinture verte
M. LAGOUTTE USINE DE PEINTURE

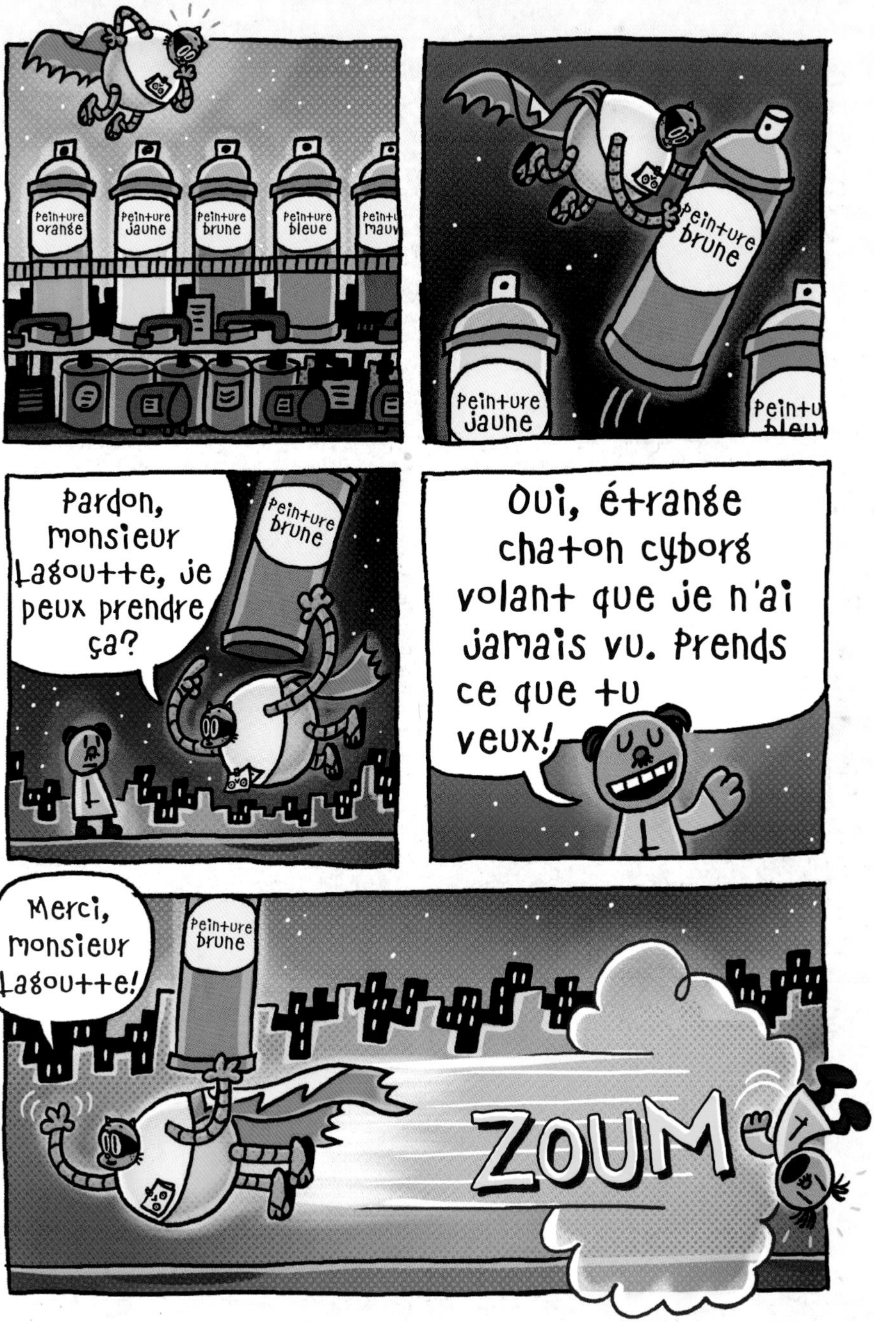
Peinture orange
Peinture jaune
Peinture brune
Peinture bleue
Peinture brune
Peinture jaune
Pardon, monsieur Lagoutte, je peux prendre ça?
Peinture brune
Oui, étrange chaton cyborg volant que je n'ai jamais vu. Prends ce que tu veux!
Merci, monsieur Lagoutte!
Peinture brune
ZOUM

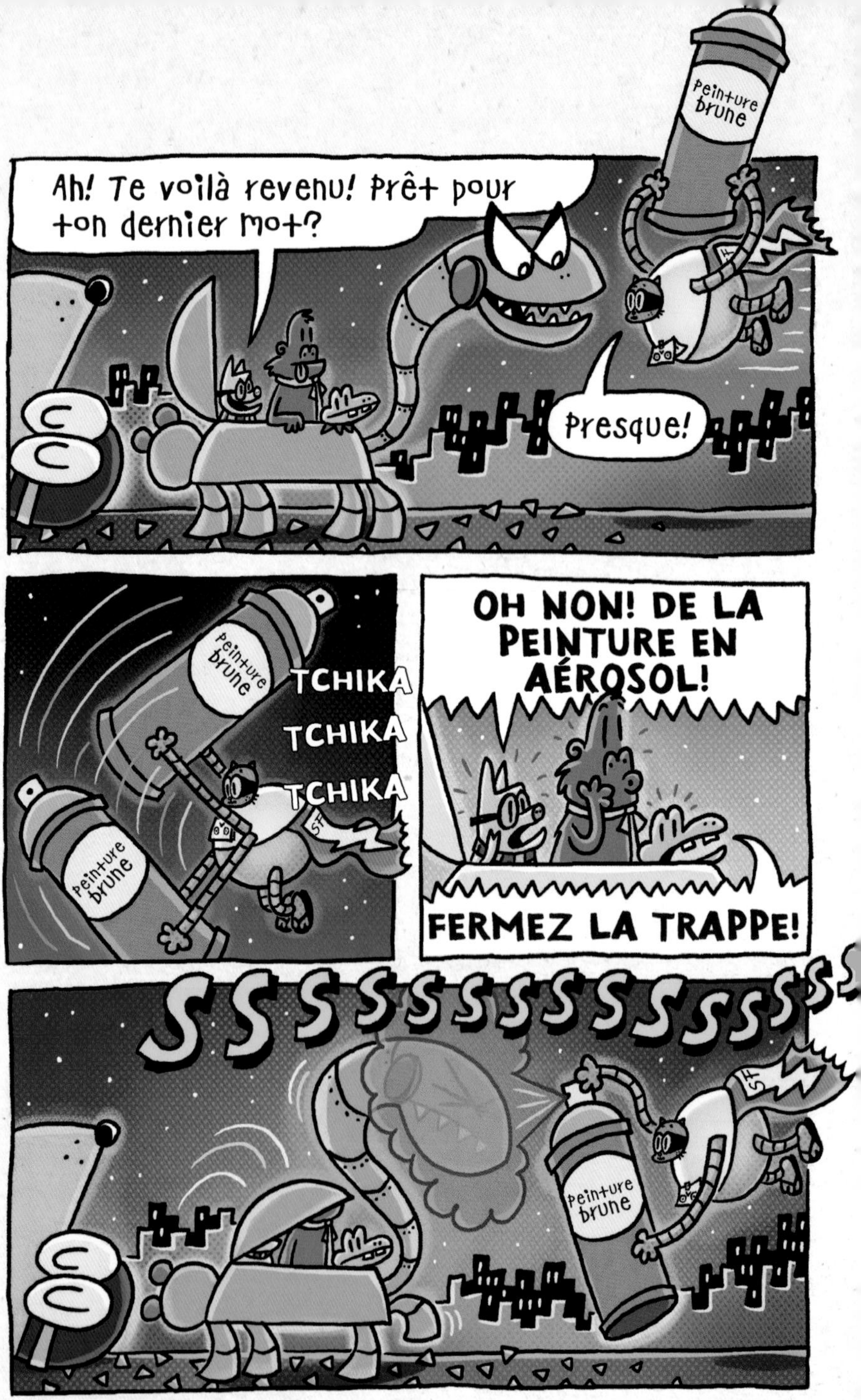
Ah! Te voilà revenu! Prêt pour ton dernier mot?
Presque!
Peinture brune
TCHIKA
TCHIKA
TCHIKA
OH NON! DE LA PEINTURE EN AÉROSOL!
FERMEZ LA TRAPPE!
SSSSSSSSSSSSSS
Peinture brune

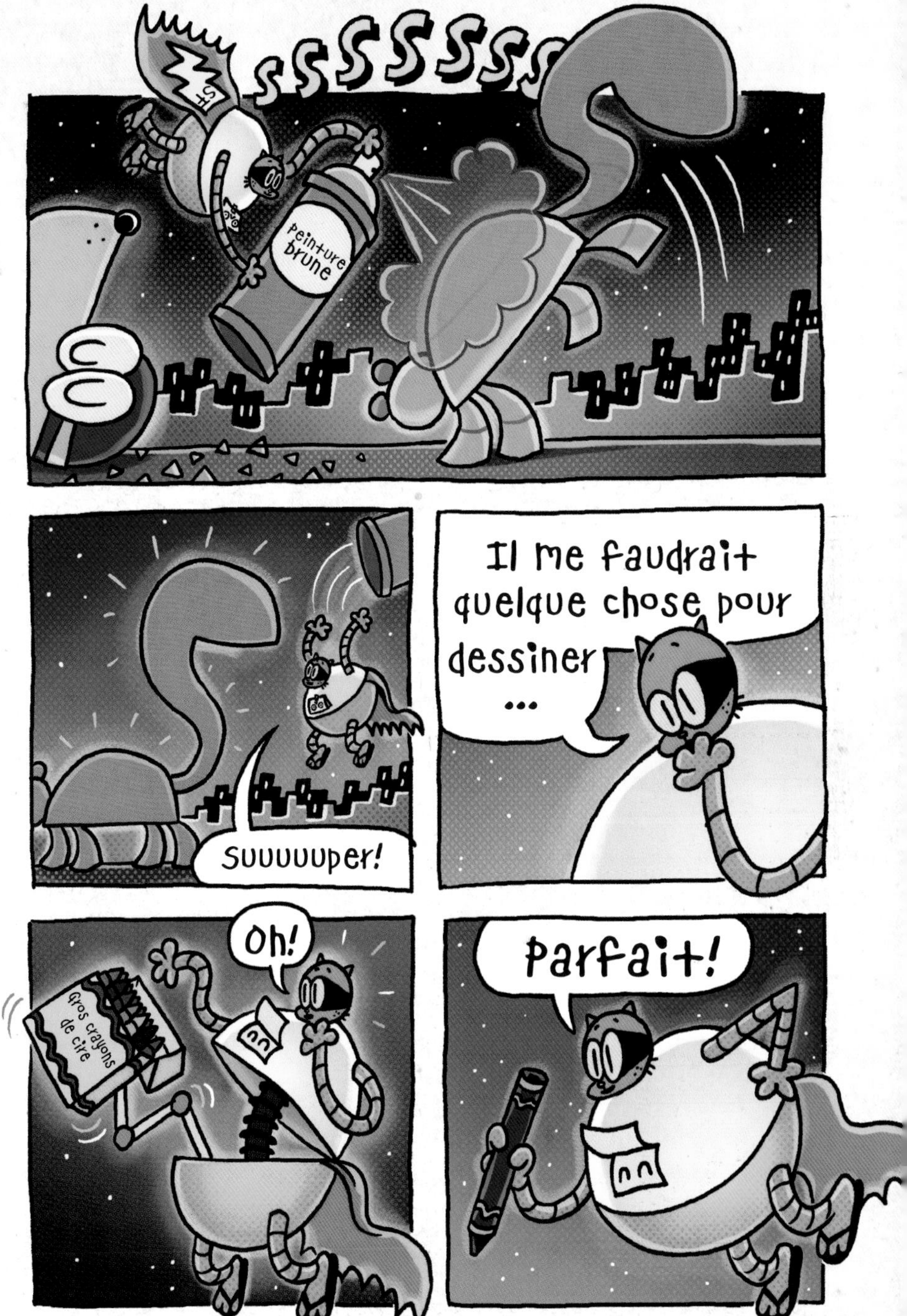
sSSSSSS
Peinture brune
Il me faudrait quelque chose pour dessiner ...
Suuuuuper!
Oh!
Gros crayons de cire
Parfait!

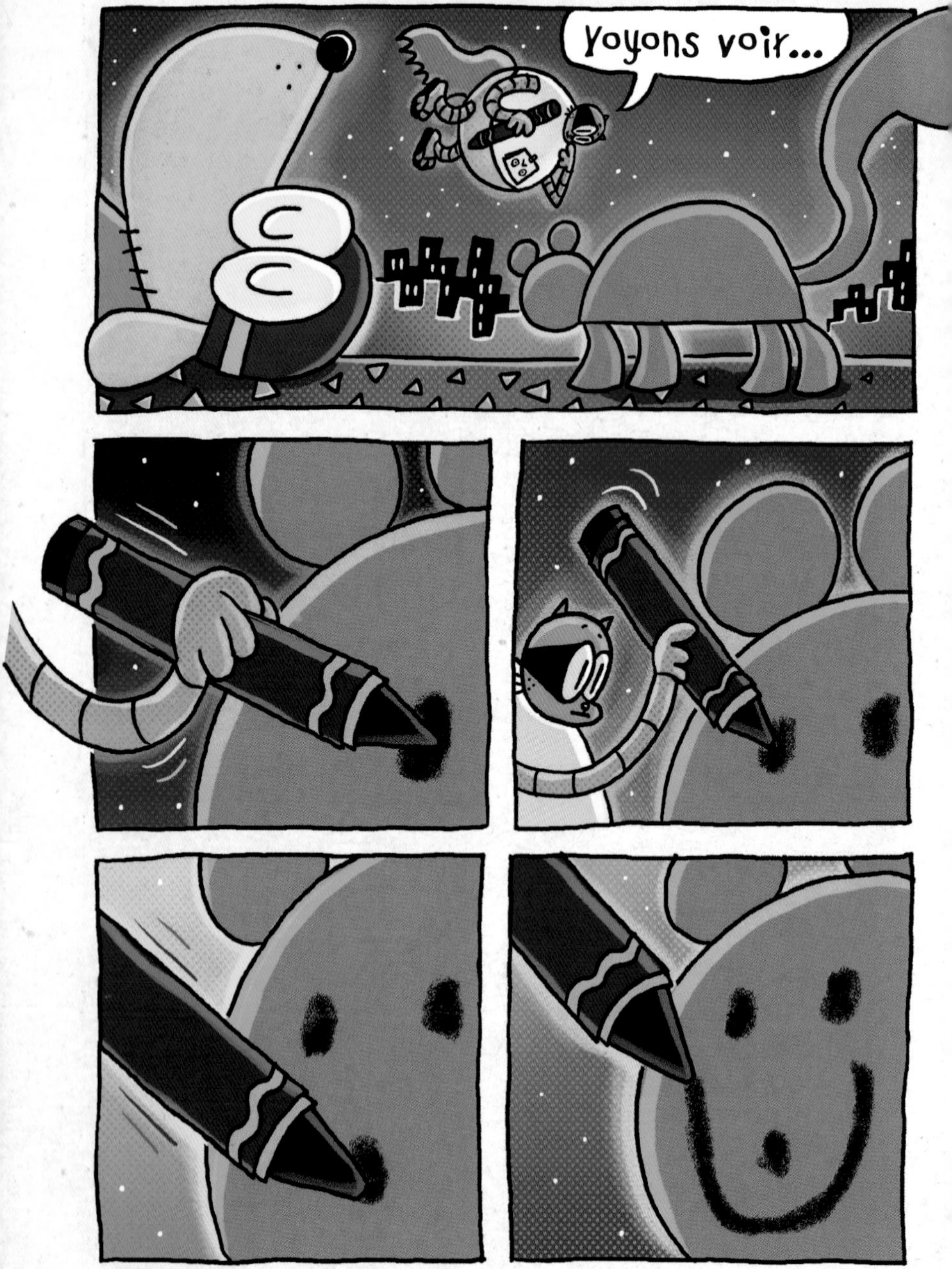
Voyons voir...

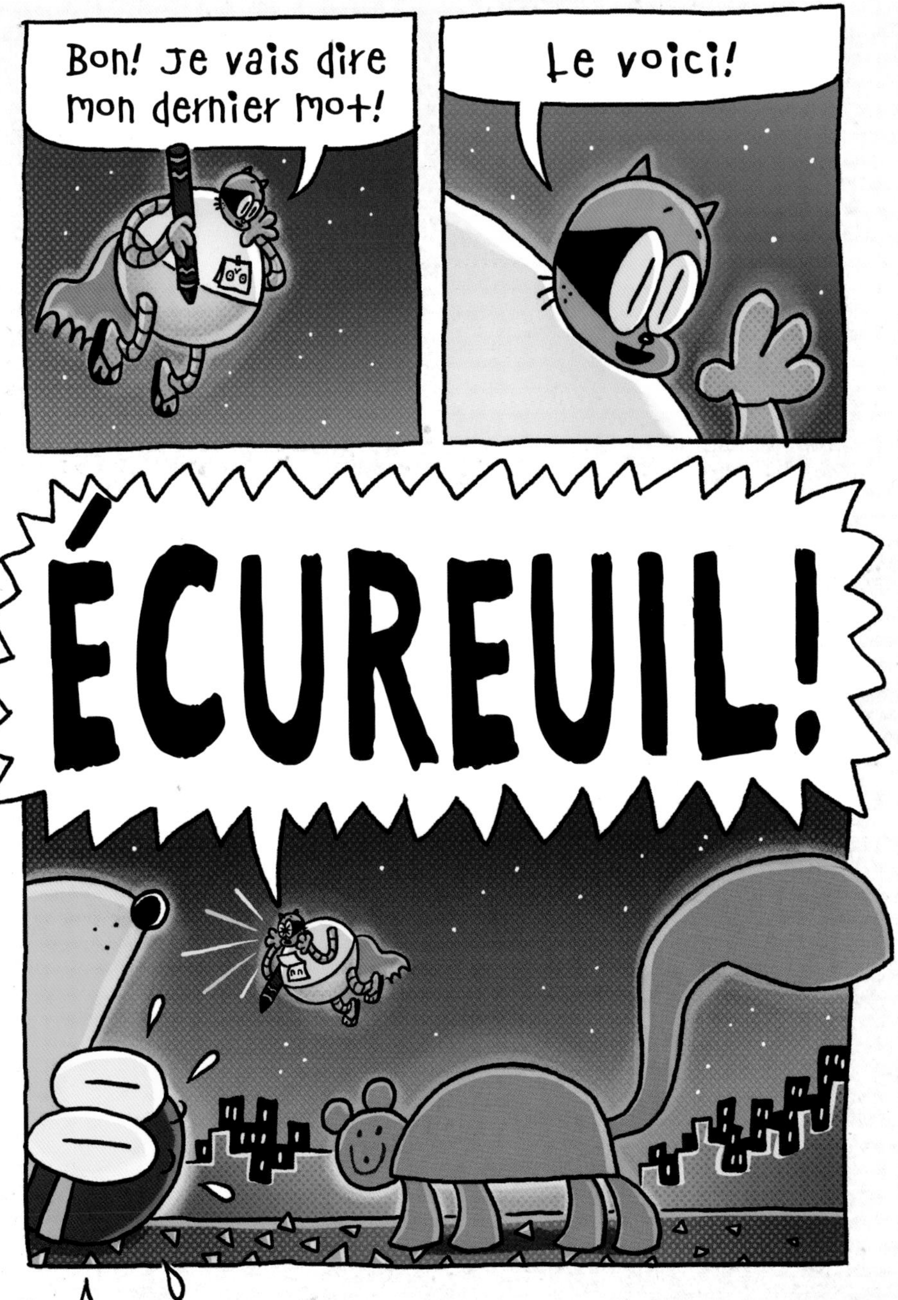
Bon! Je vais dire mon dernier mot!
Le voici!
ÉCUREUIL!

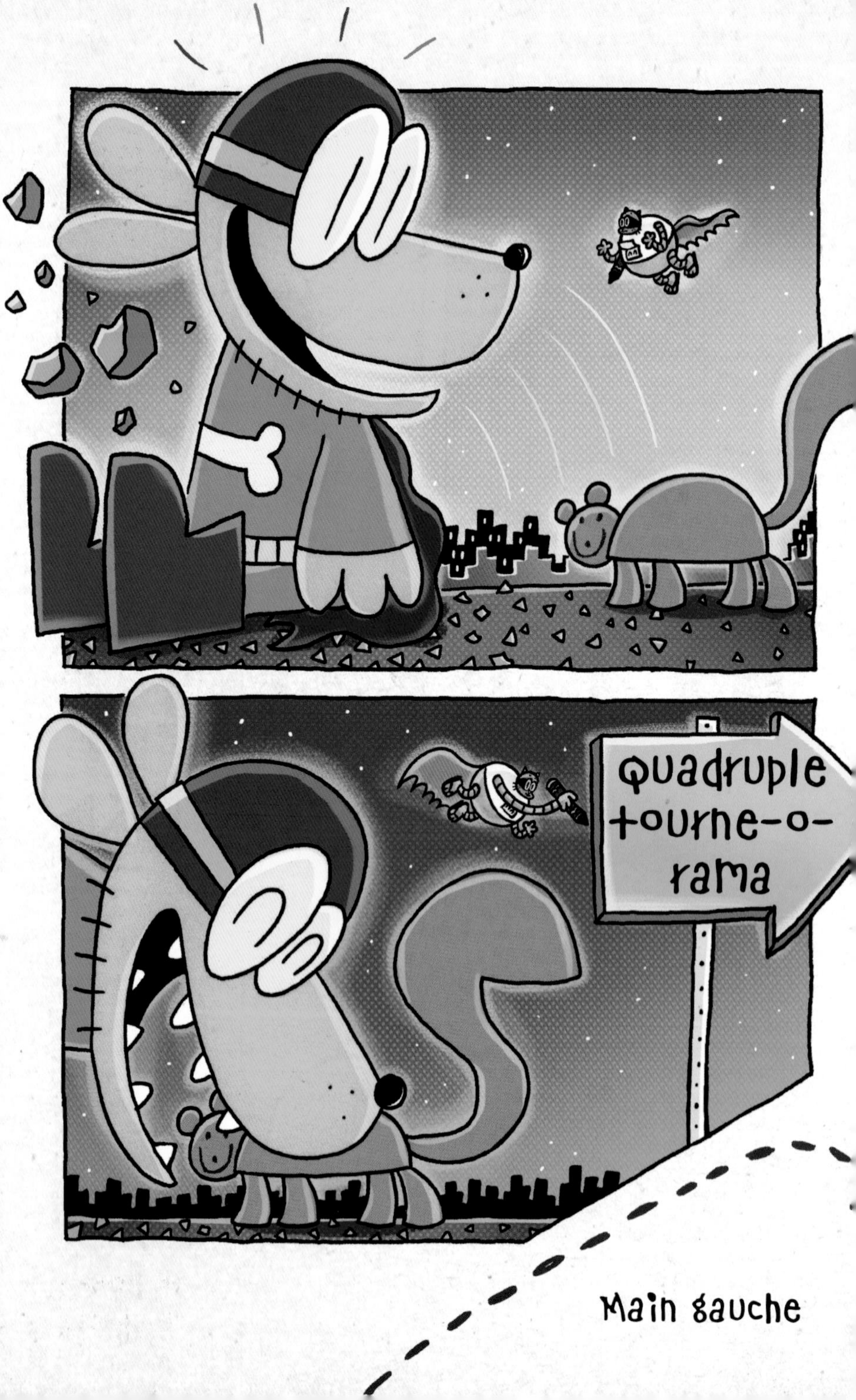
quadruple tourne-o-rama
Main gauche

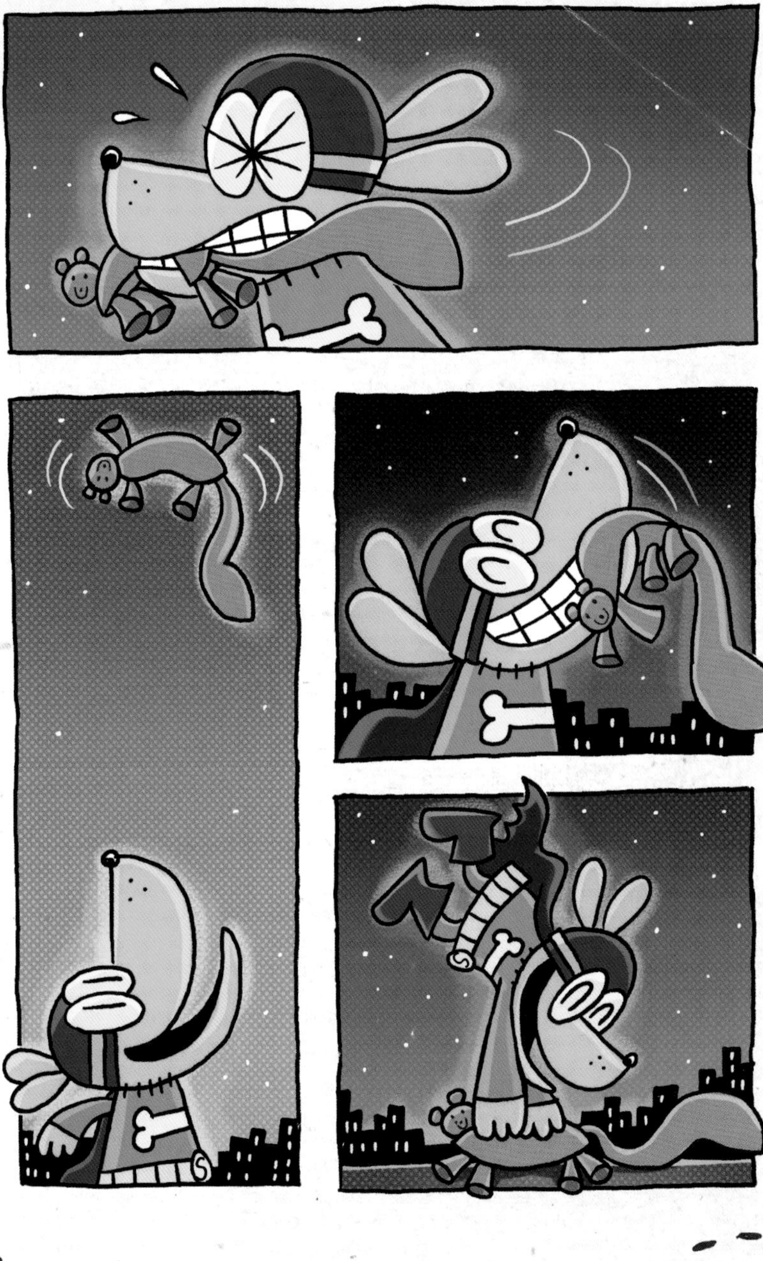

pouce
droit

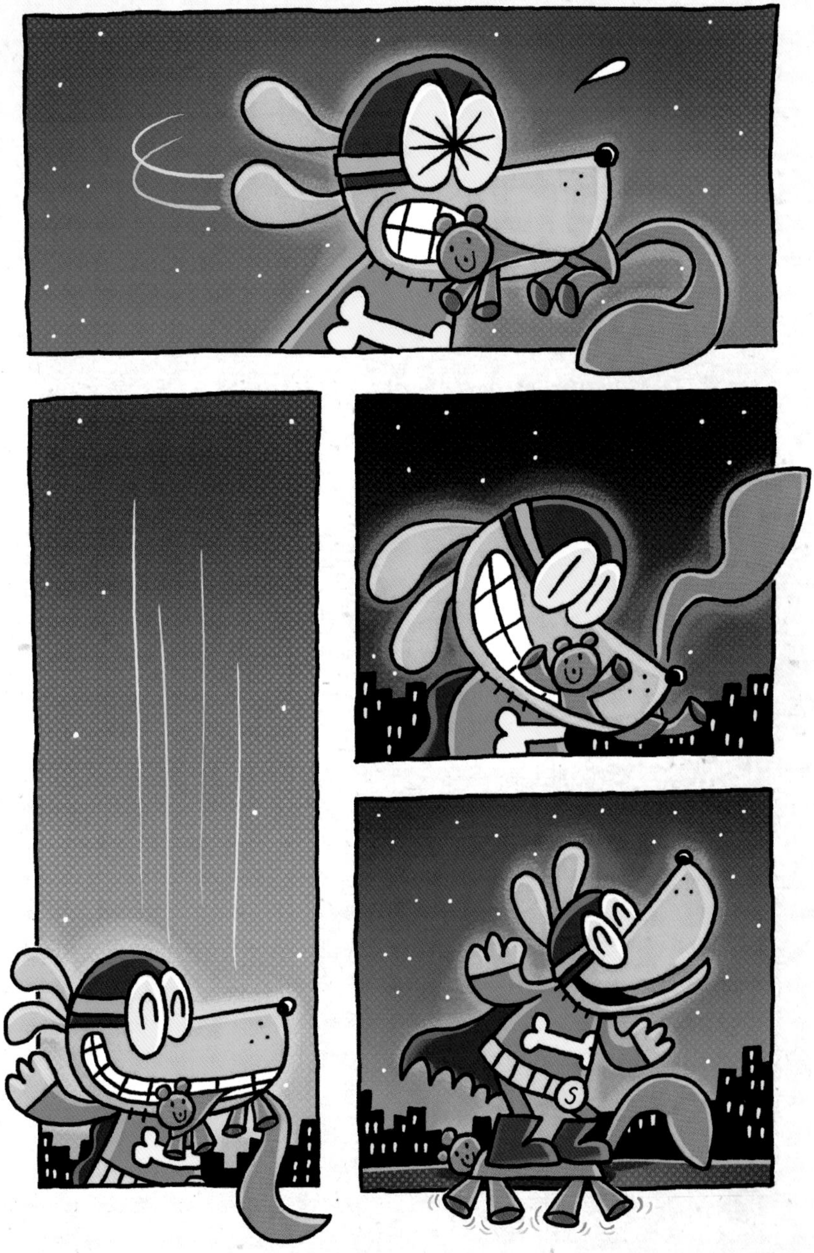

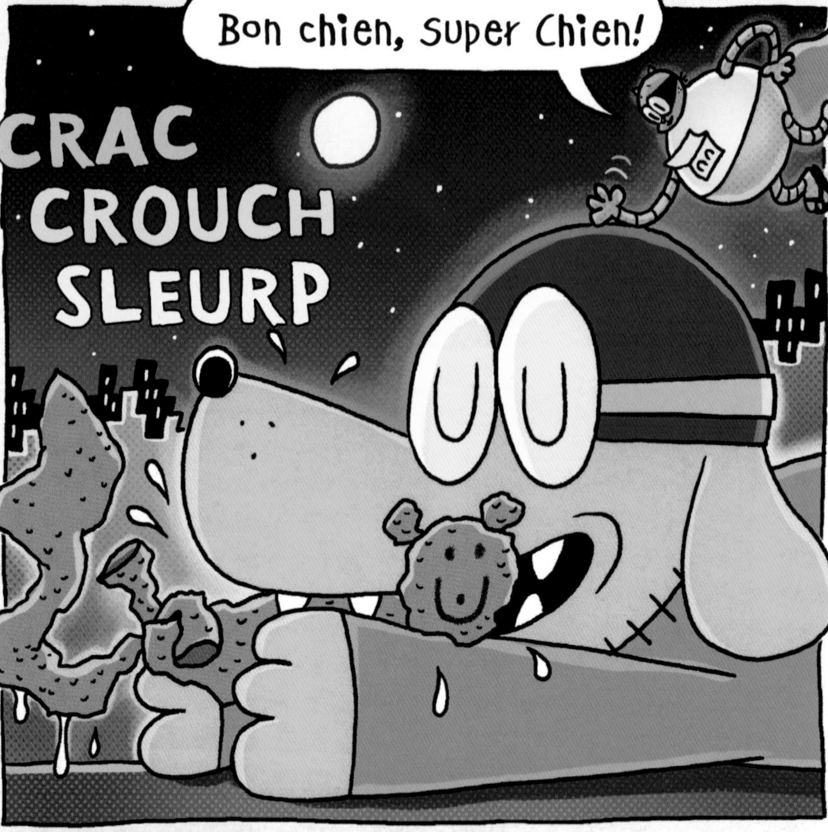
Bon chien, Super Chien!
CRAC
CROUCH
SLEURP

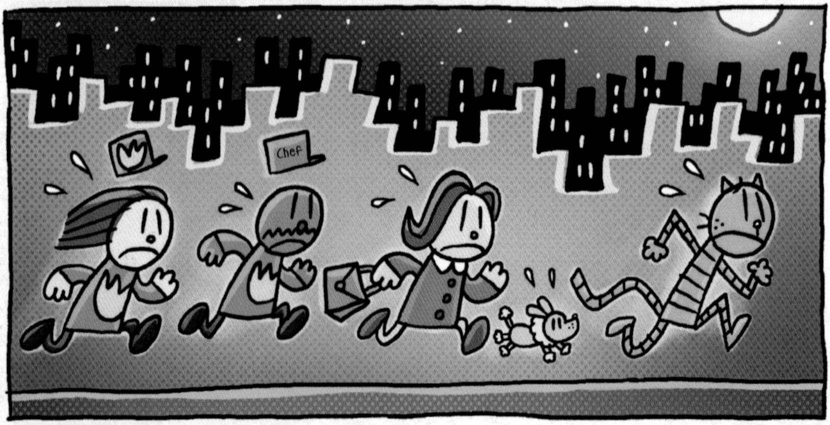
Chef

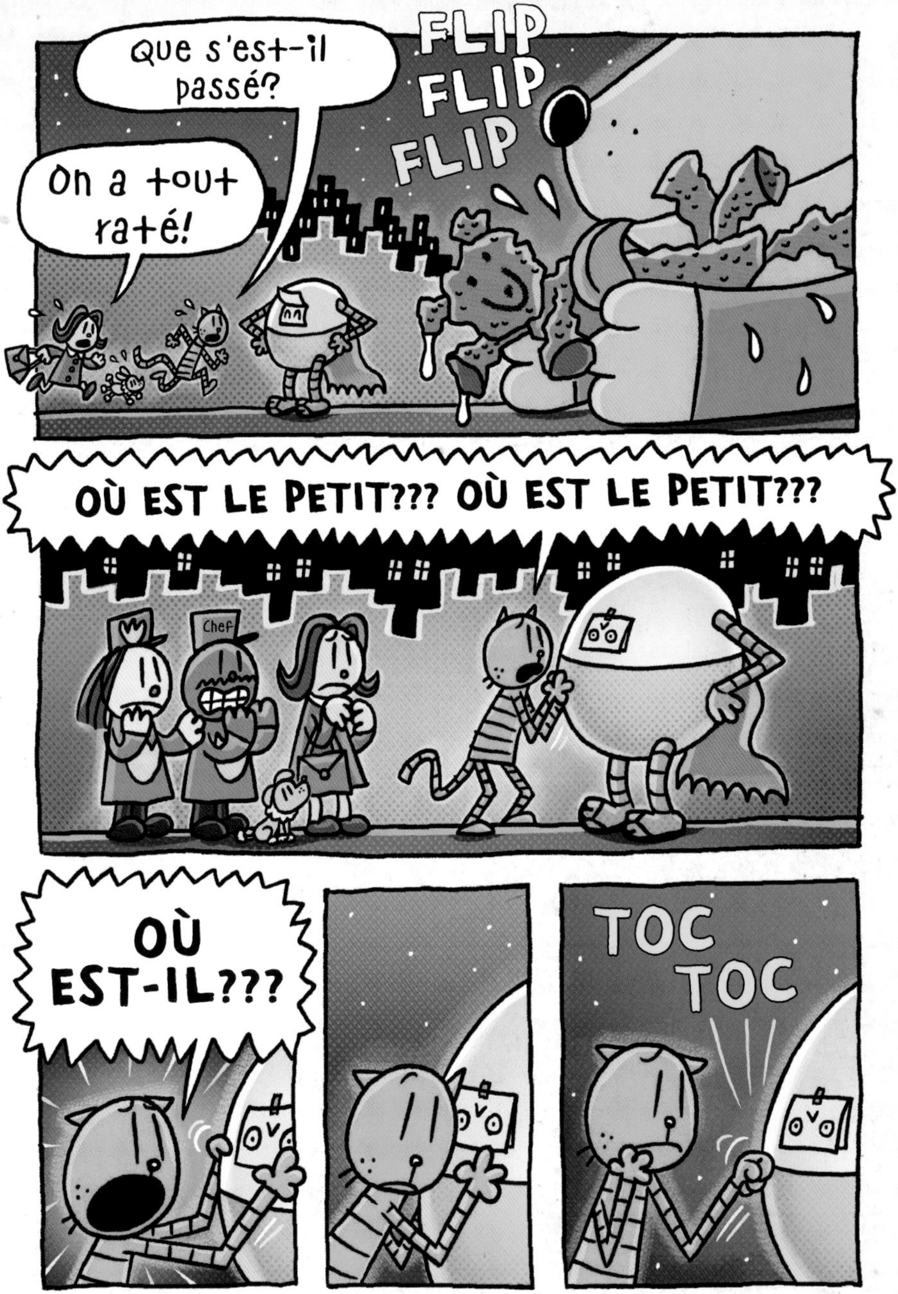

FLIP
FLIP
FLIP
Que s'est-il passé?
On a tout raté!
OÙ EST LE PETIT??? OÙ EST LE PETIT???
Chef
OÙ EST-IL???
TOC
TOC

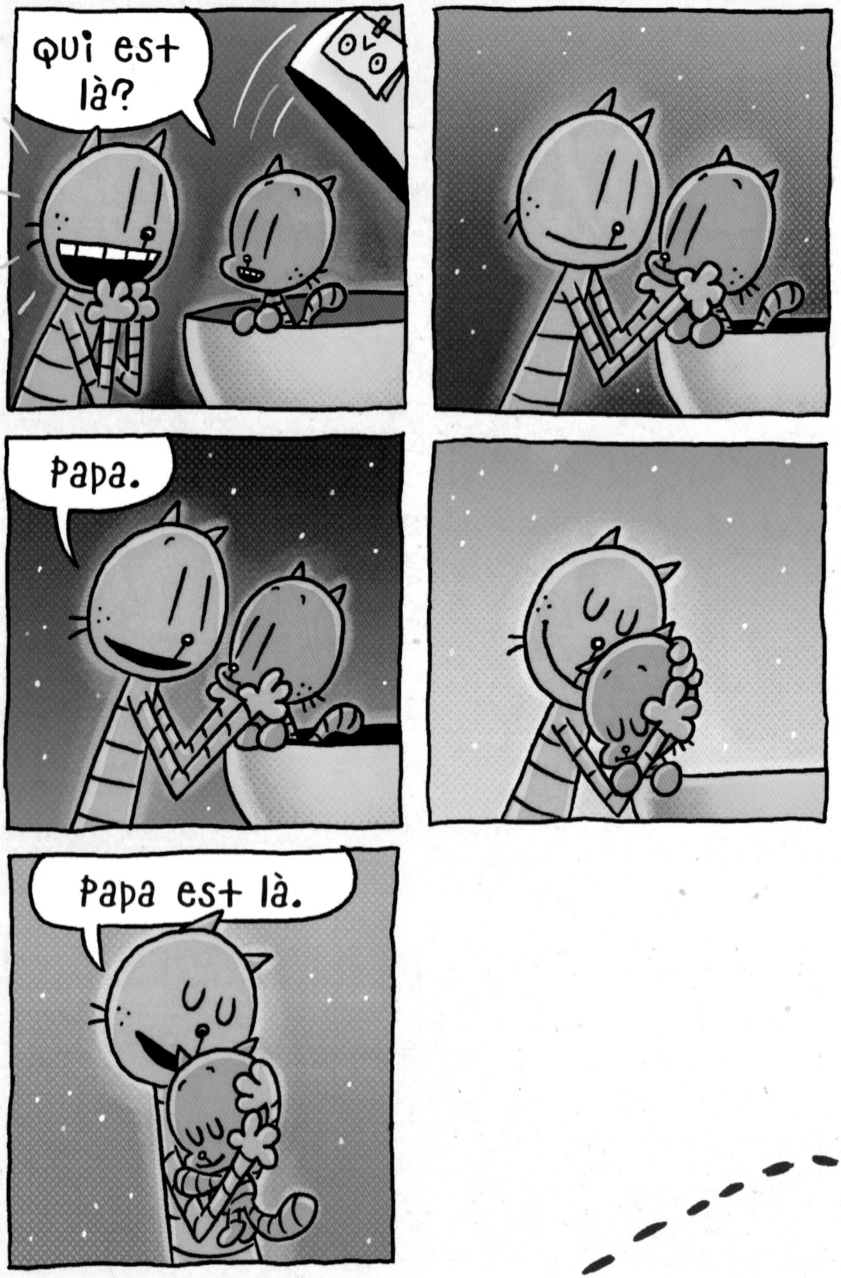
Qui est là?
Papa.
Papa est là.

Main gauche

Bisou baveux

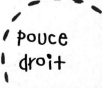

pouce droit

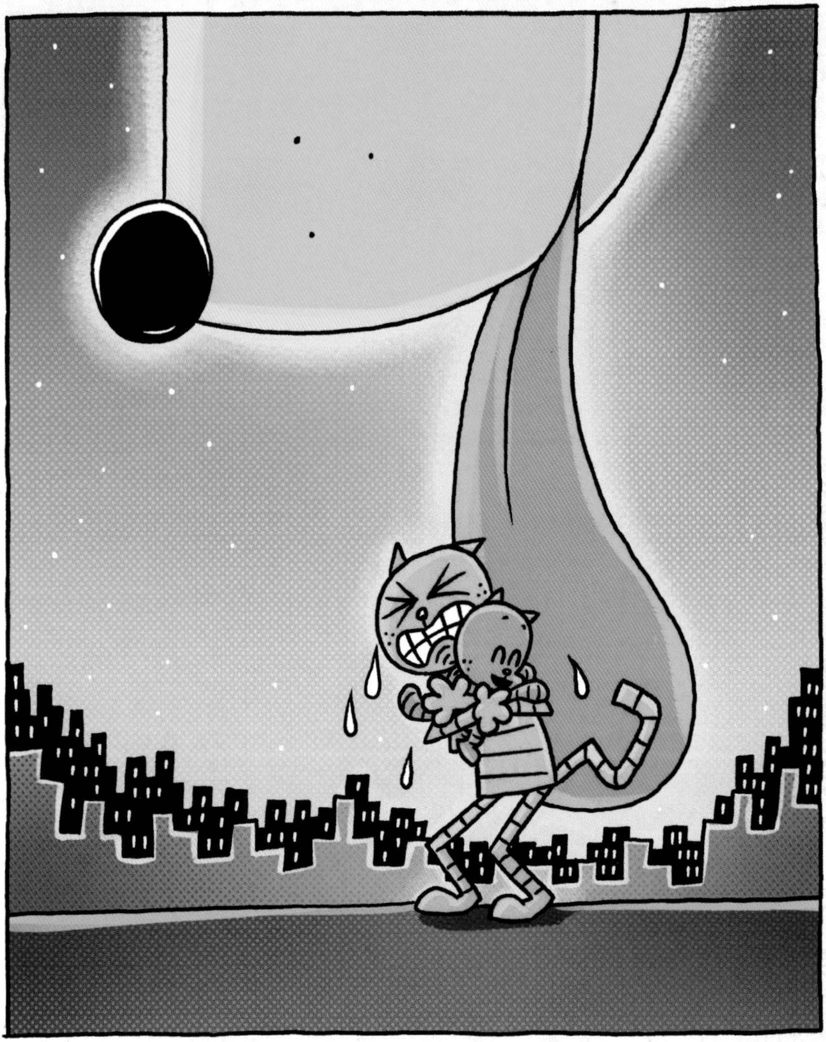

Bisou baveux

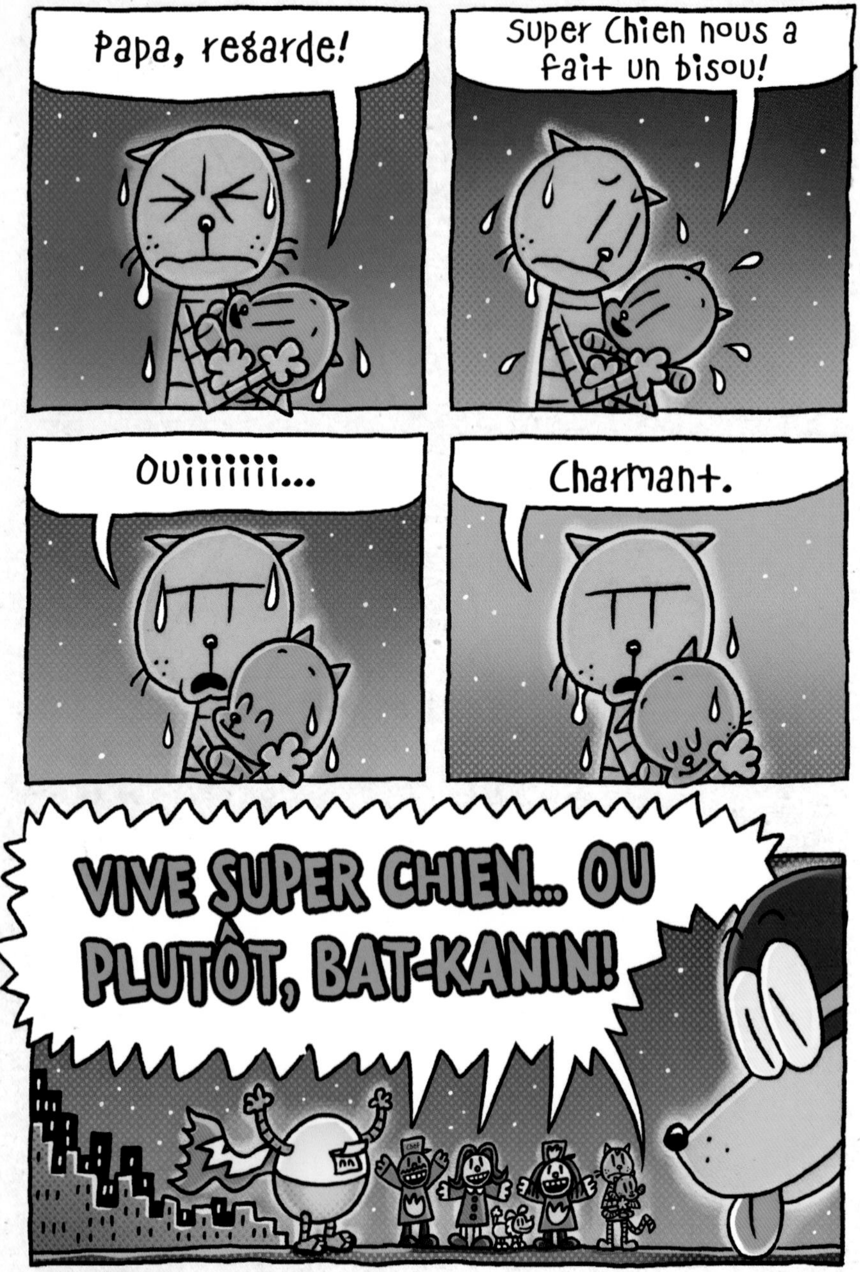
Papa, regarde!
Super Chien nous a fait un bisou!
Ouiiiiiii...
Charmant.
VIVE SUPER CHIEN... OU PLUTÔT, BAT-KANIN!

CHAPITRE 8

SUPER CHIEN A DES PUCES!

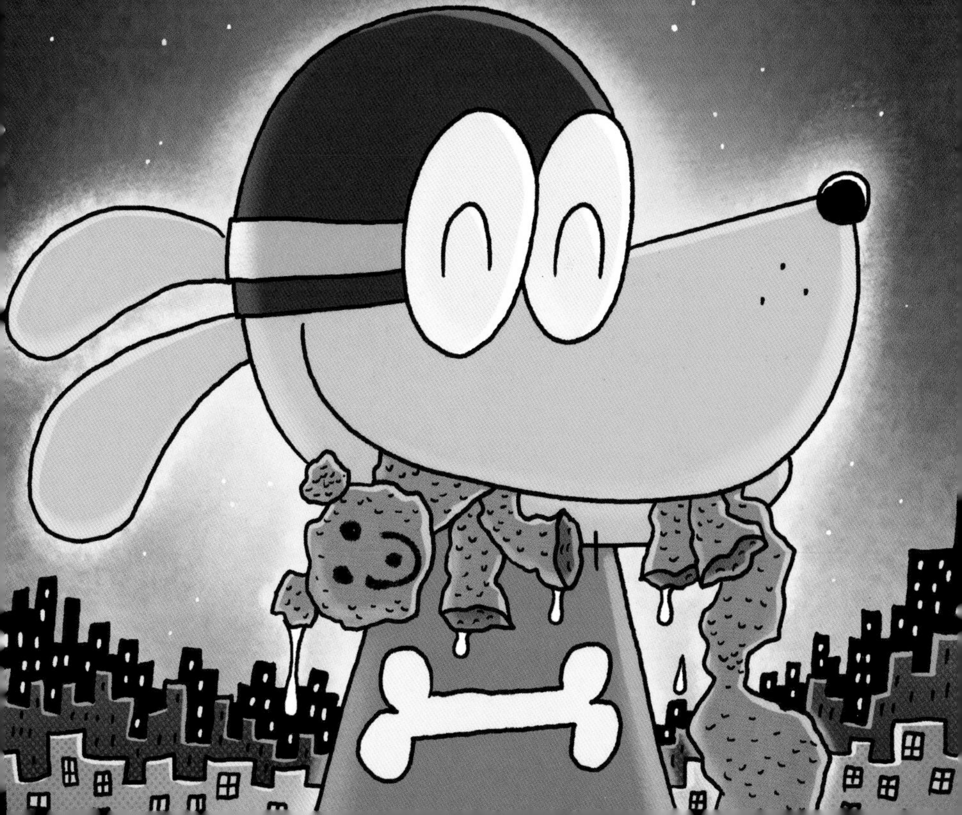

Bon, on devrait... Hé! qu'est-ce que c'est?

Quoi donc, papa?

C'est le rayon rétrécisseur que j'ai laissé tomber au chapitre 5.

Ah oui!

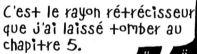

Je me demande s'il fonctionne.

Vérifions!

ZAP

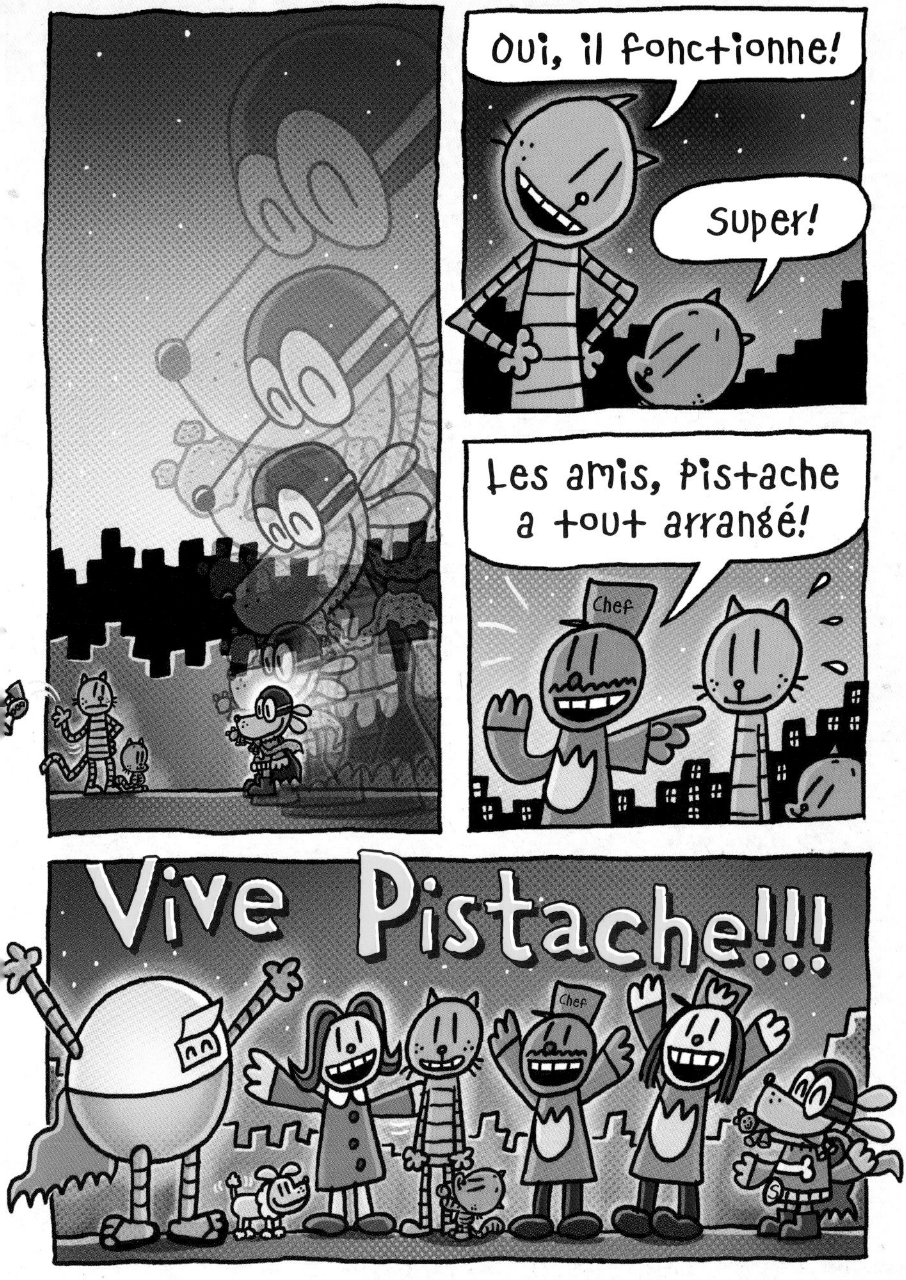

Oui, il fonctionne!
Super!
Les amis, Pistache a tout arrangé!
Chef
Vive Pistache!!!
Chef

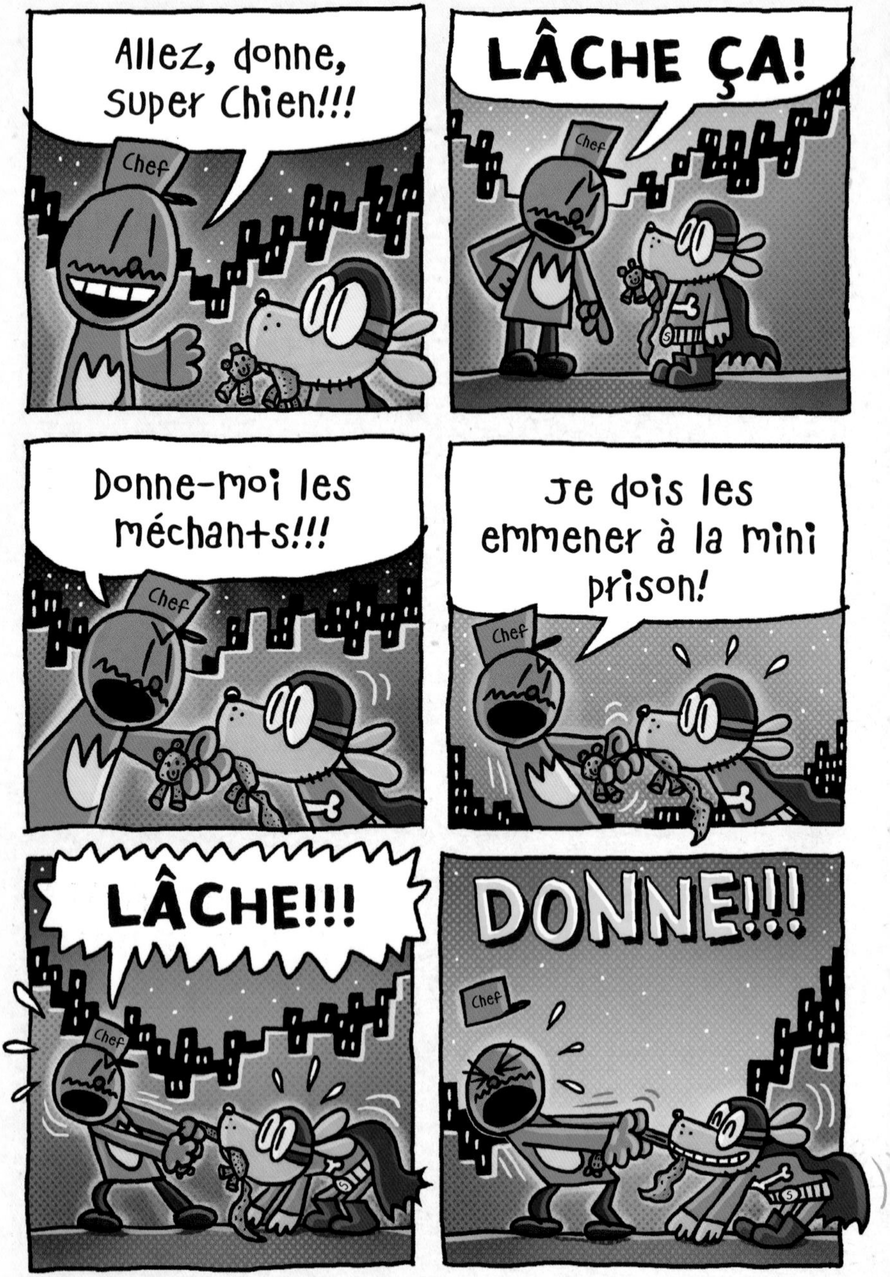
Allez, donne, super Chien!!!
Chef
LÂCHE ÇA!
Chef
Donne-moi les méchants!!!
Chef
Je dois les emmener à la mini prison!
Chef
LÂCHE!!!
Chef
DONNE!!!
Chef

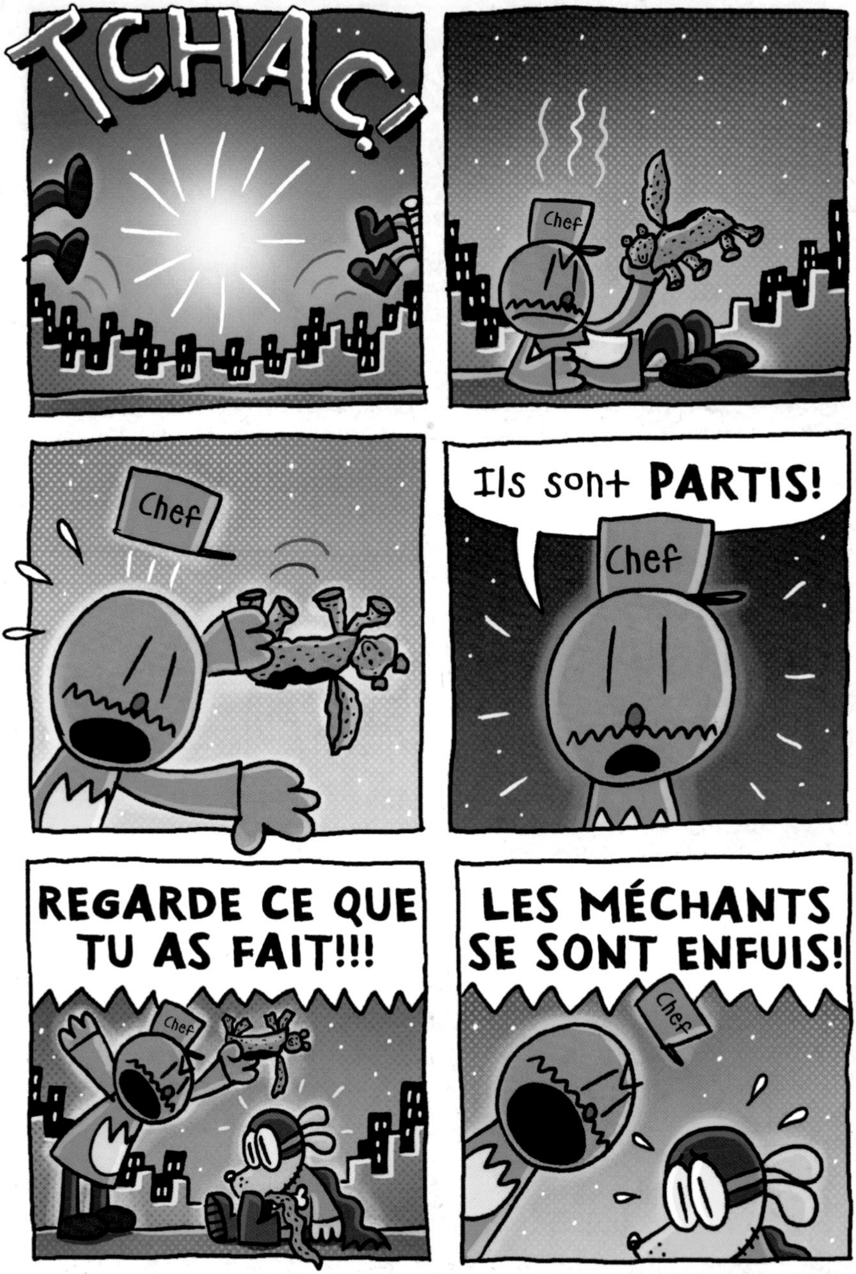

TCHAÇ!
Chef
Chef
Ils sont PARTIS!
Chef
REGARDE CE QUE TU AS FAIT!!!
Chef
LES MÉCHANTS SE SONT ENFUIS!
Chef

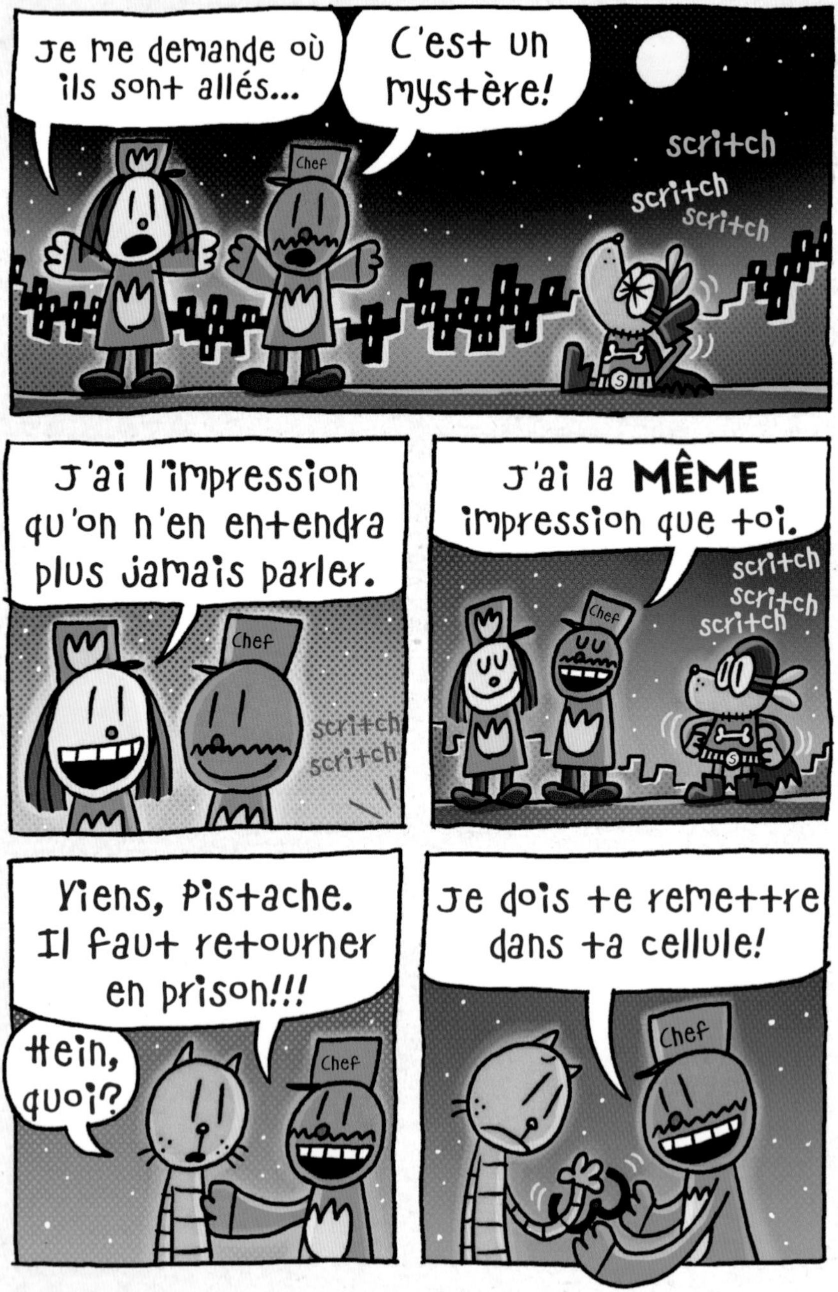
Je me demande où ils sont allés...
C'est un mystère!
scritch
scritch
scritch
J'ai l'impression qu'on n'en entendra plus jamais parler.
scritch
scritch
J'ai la **MÊME** impression que toi.
scritch
scritch
scritch
Viens, Pistache. Il faut retourner en prison!!!
Hein, quoi?
Je dois te remettre dans ta cellule!

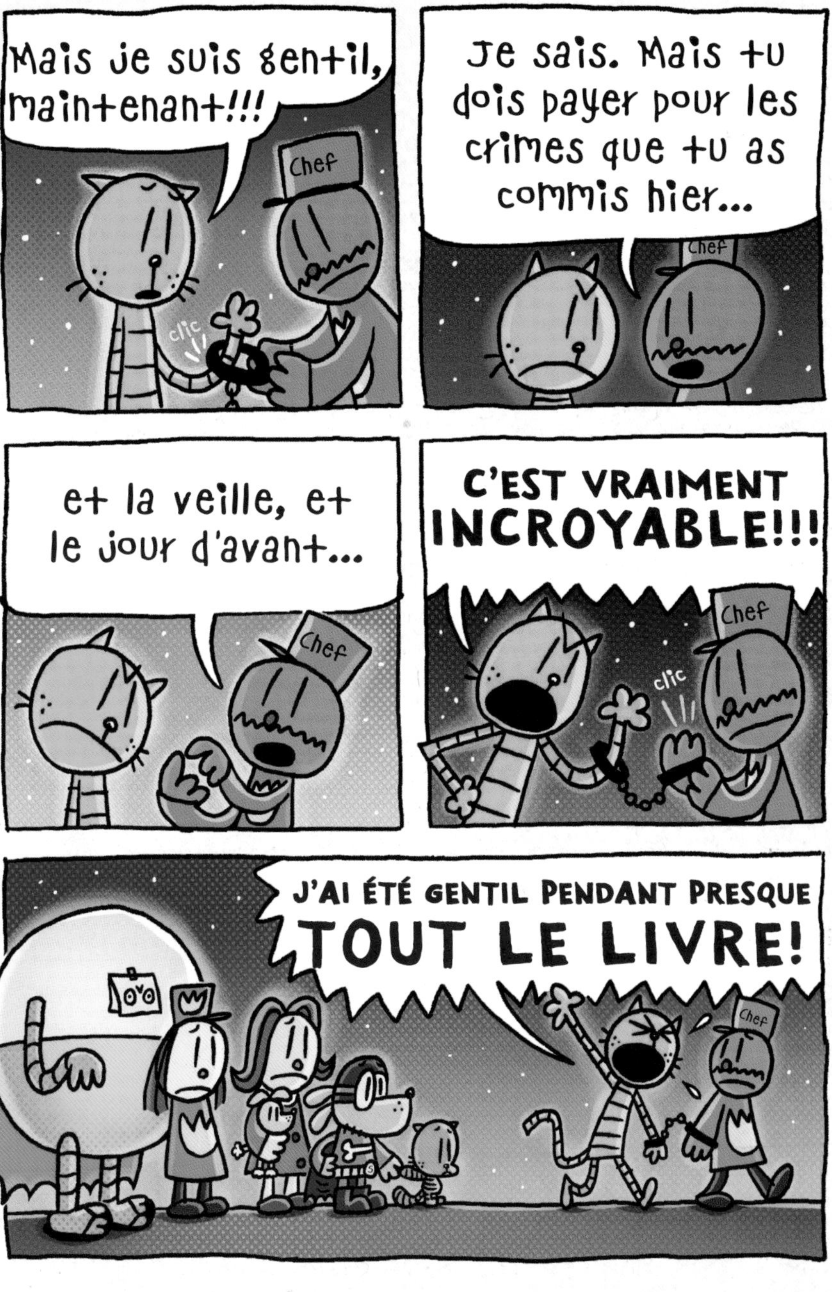
Mais je suis gentil, maintenant!!!
clic
Chef
Je sais. Mais tu dois payer pour les crimes que tu as commis hier...
Chef
et la veille, et le jour d'avant...
Chef
C'EST VRAIMENT INCROYABLE!!!
Chef
clic
J'AI ÉTÉ GENTIL PENDANT PRESQUE TOUT LE LIVRE!
Chef

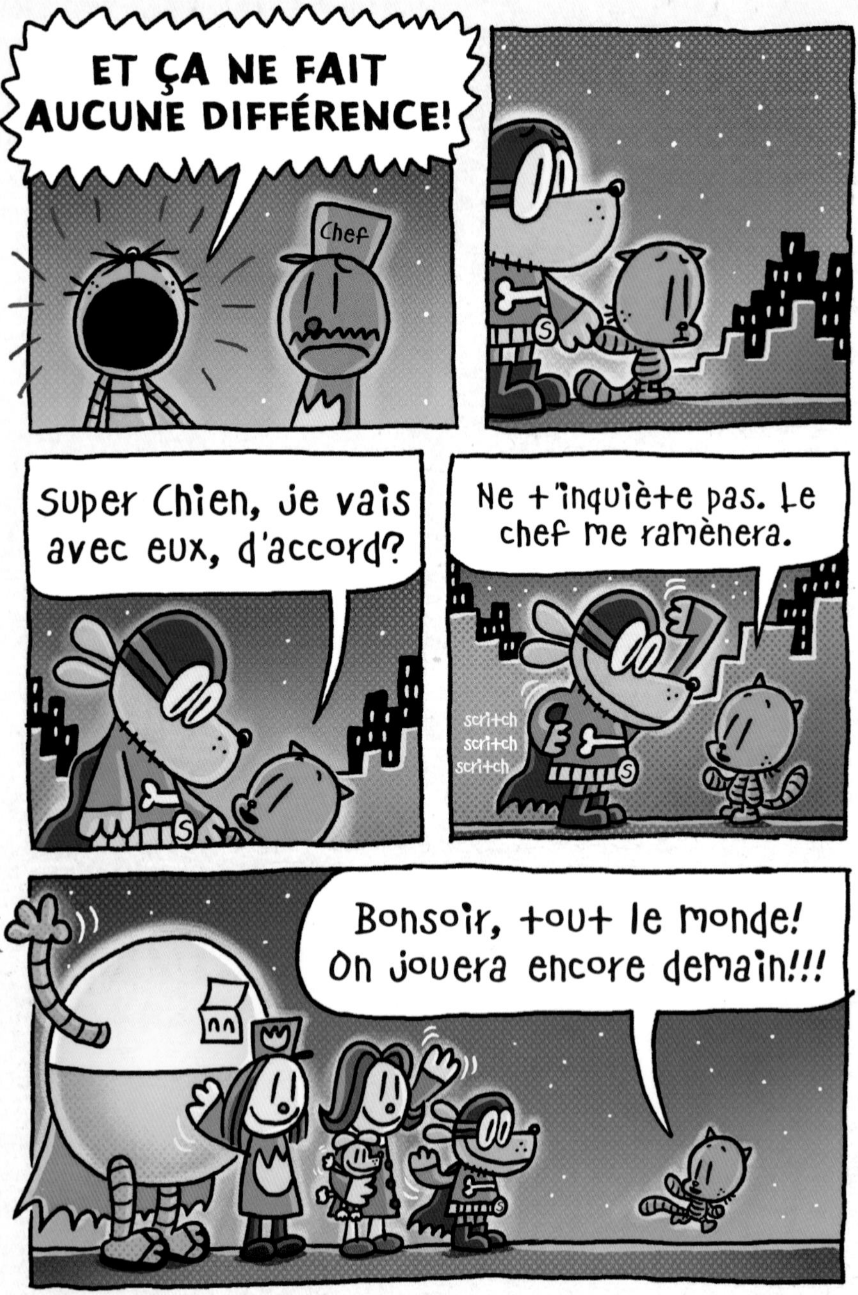
ET ÇA NE FAIT AUCUNE DIFFÉRENCE!
Chef
Super Chien, je vais avec eux, d'accord?
Ne t'inquiète pas. Le chef me ramènera.
scritch
scritch
scritch
Bonsoir, tout le monde! On jouera encore demain!!!

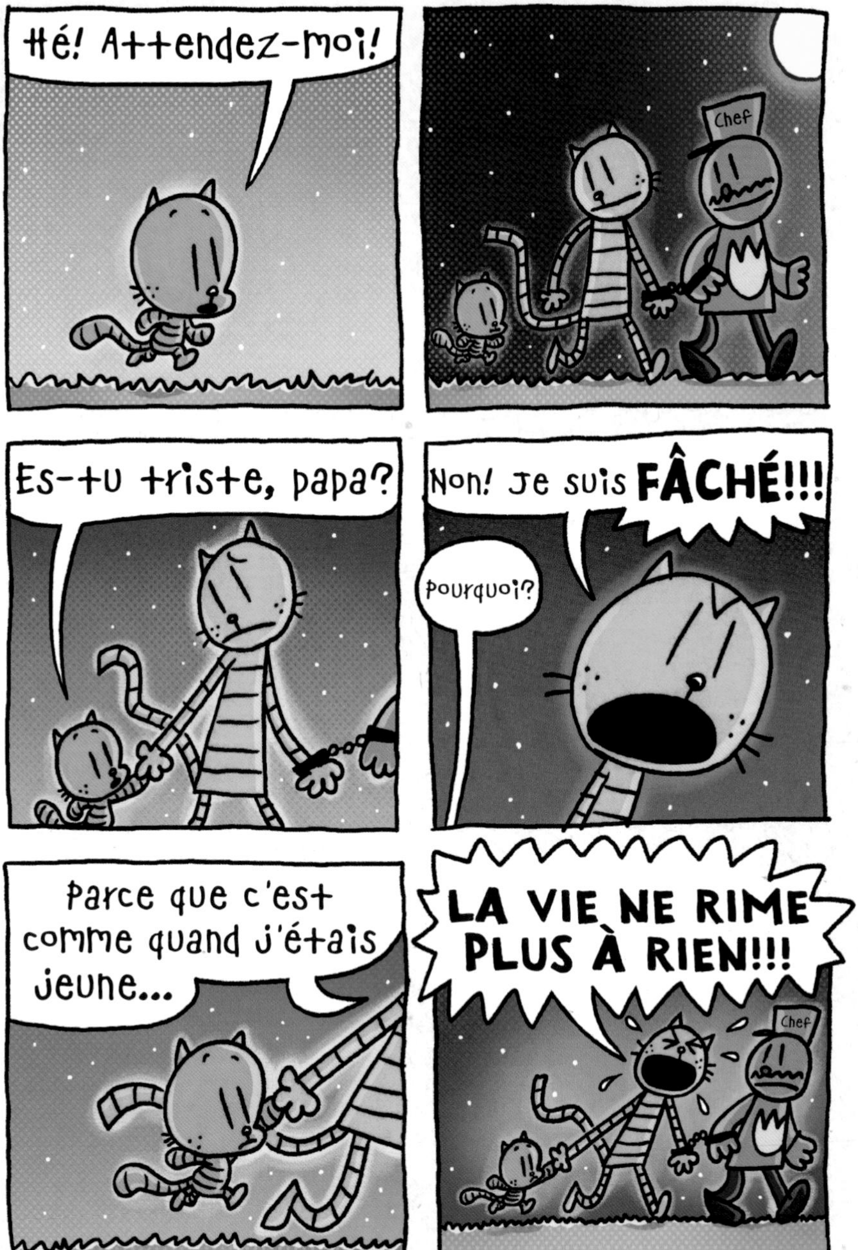
Hé! Attendez-moi!
Chef
Es-tu triste, papa?
Non! Je suis FÂCHÉ!!!
Pourquoi?
Parce que c'est comme quand j'étais jeune...
LA VIE NE RIME PLUS À RIEN!!!
Chef

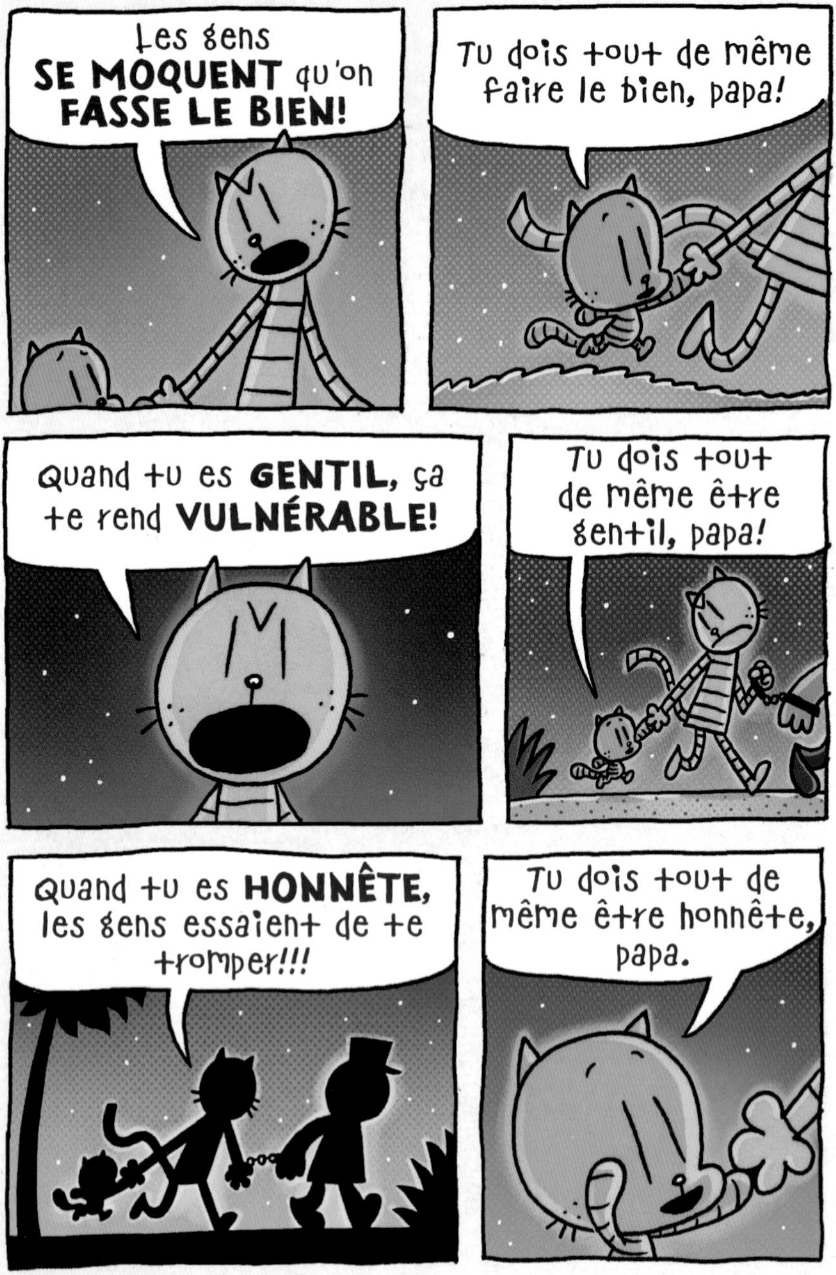
Les gens SE MOQUENT qu'on FASSE LE BIEN!
Tu dois tout de même faire le bien, papa!
Quand tu es GENTIL, ça te rend VULNÉRABLE!
Tu dois tout de même être gentil, papa!
Quand tu es HONNÊTE, les gens essaient de te tromper!!!
Tu dois tout de même être honnête, papa.

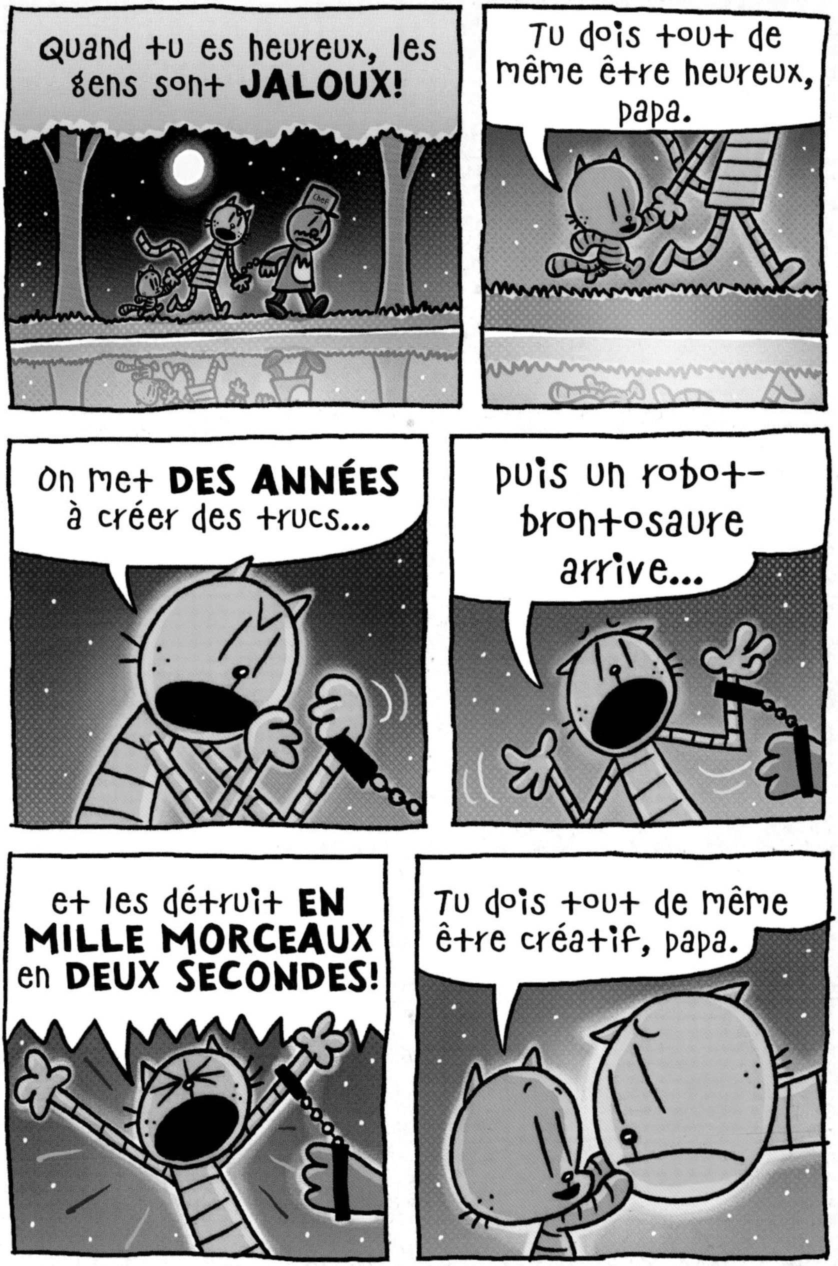
Quand tu es heureux, les gens sont **JALOUX!**
Tu dois tout de même être heureux, papa.
On met **DES ANNÉES** à créer des trucs...
puis un robot-brontosaure arrive...
et les détruit **EN MILLE MORCEAUX** en **DEUX SECONDES!**
Tu dois tout de même être créatif, papa.

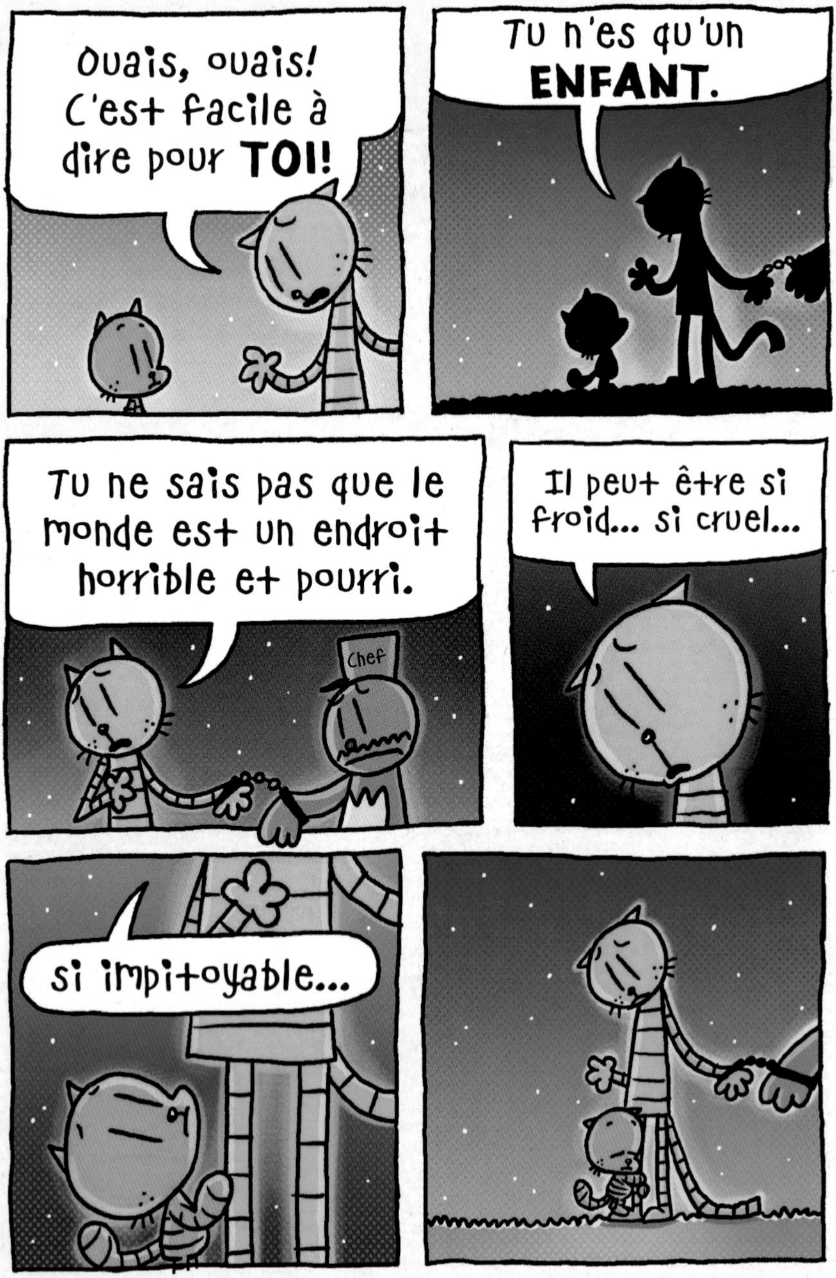
Ouais, ouais! C'est facile à dire pour **TOI!**
Tu n'es qu'un **ENFANT.**
Tu ne sais pas que le monde est un endroit horrible et pourri.
Chef
Il peut être si froid... si cruel...
si impitoyable...

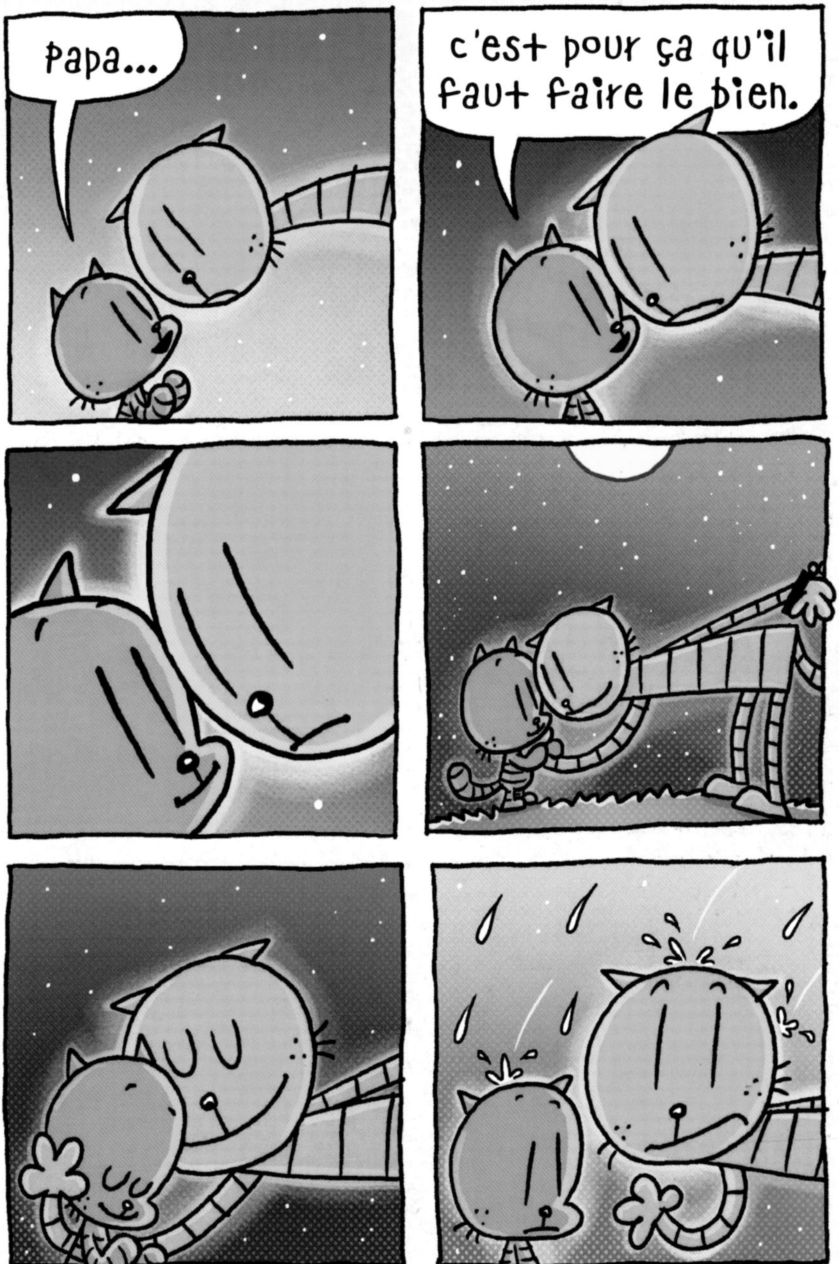
Papa...
C'est pour ça qu'il faut faire le bien.

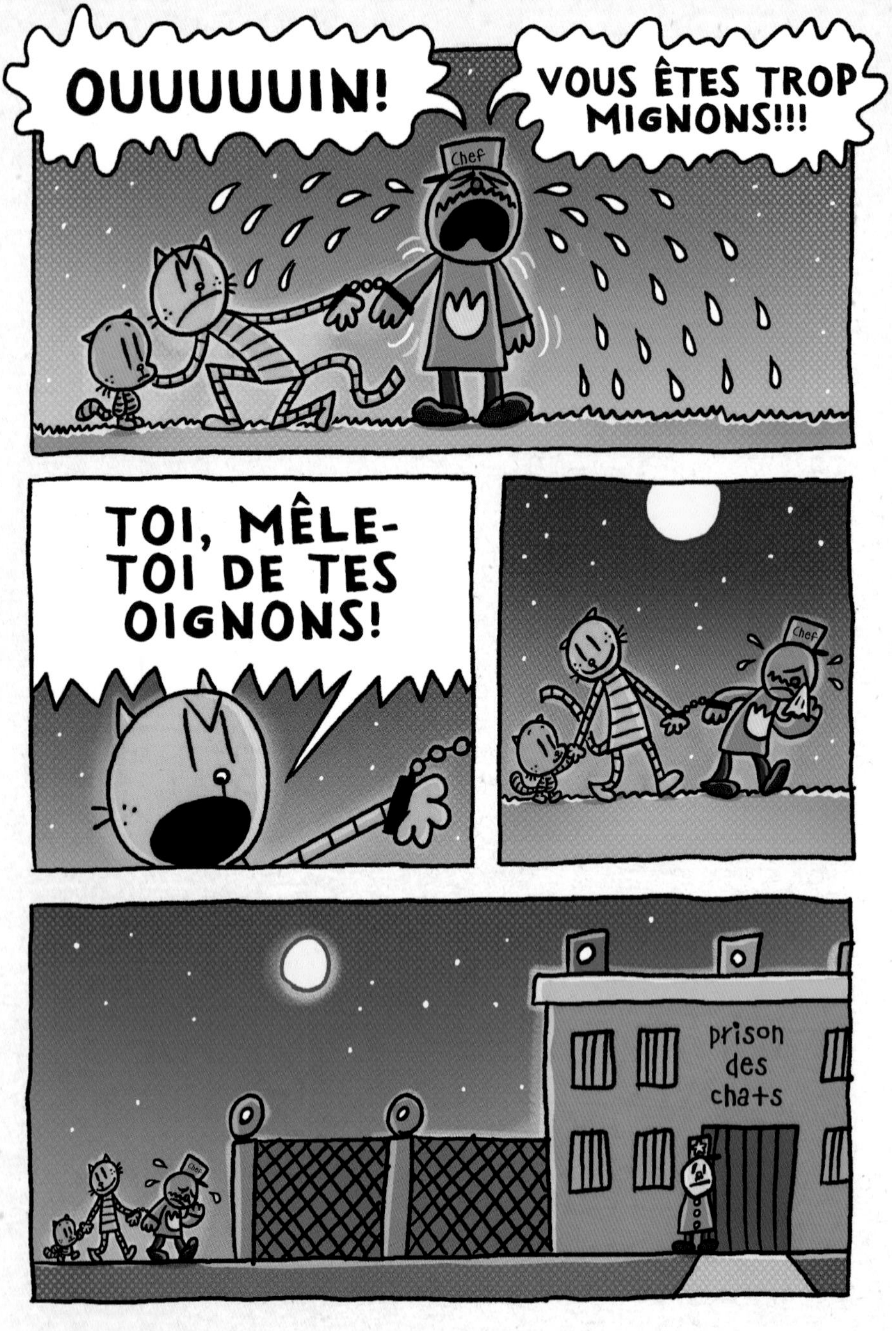
OUUUUUIN!
VOUS ÊTES TROP MIGNONS!!!
Chef
TOI, MÊLE-TOI DE TES OIGNONS!
Chef
Chef
prison des chats

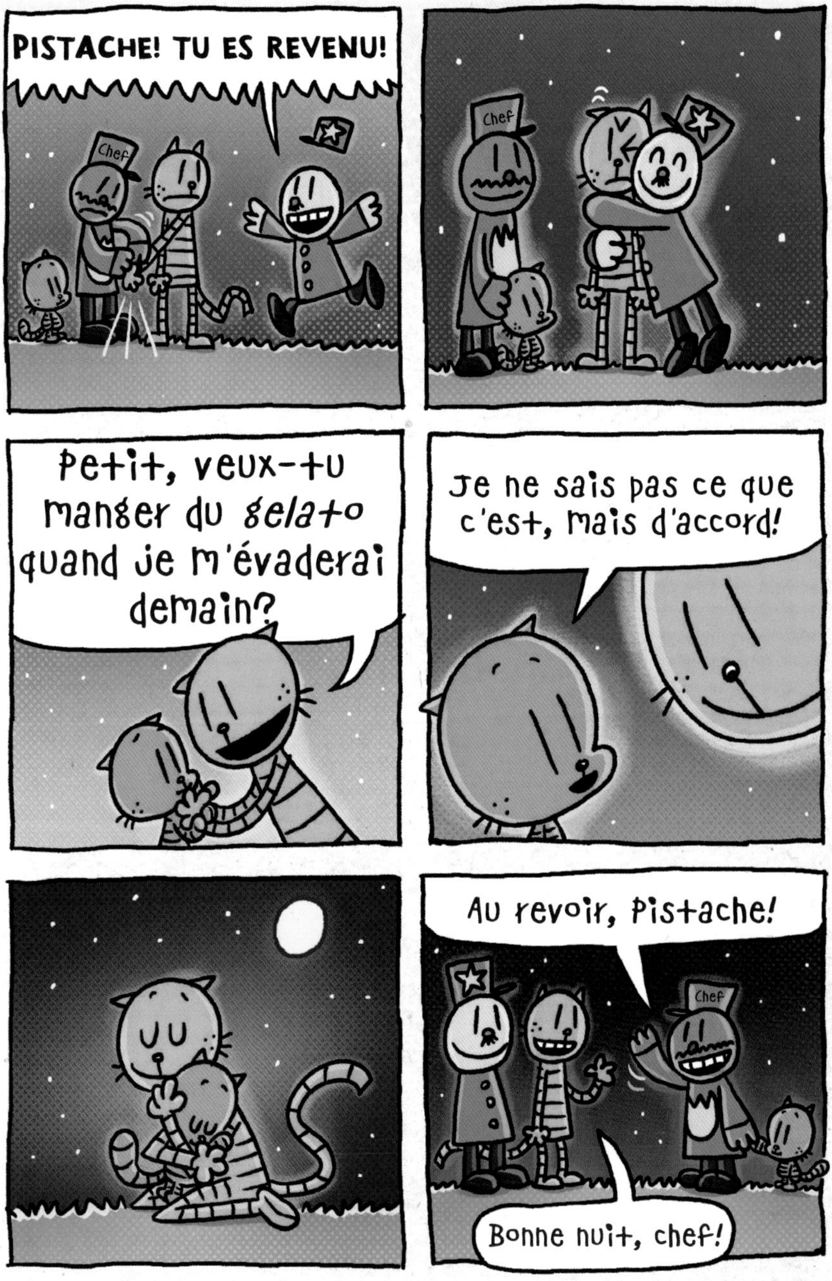
PISTACHE! TU ES REVENU!
Petit, veux-tu manger du *gelato* quand je m'évaderai demain?
Je ne sais pas ce que c'est, mais d'accord!
Au revoir, Pistache!
Bonne nuit, chef!

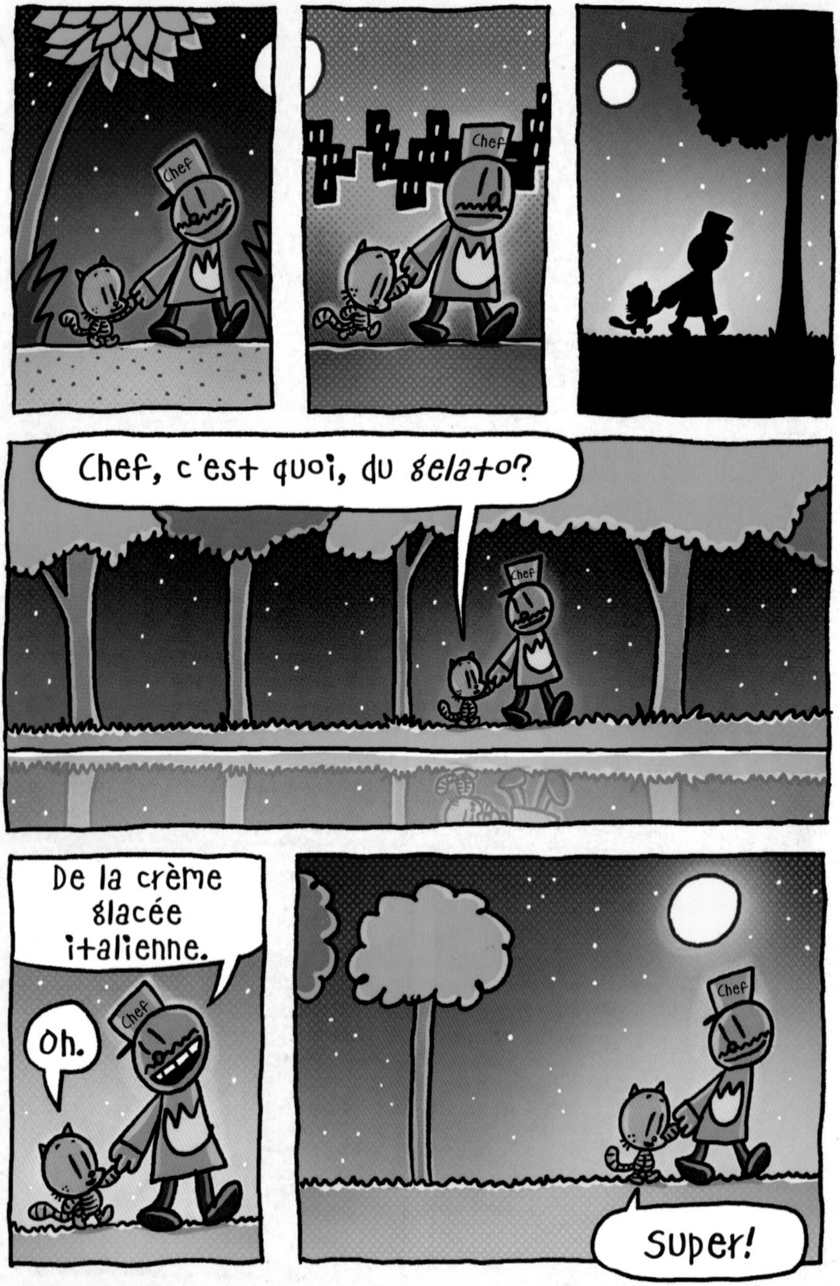
Chef
Chef
Chef, c'est quoi, du gelato?
Chef
De la crème glacée italienne.
Chef
Oh.
Chef
Super!

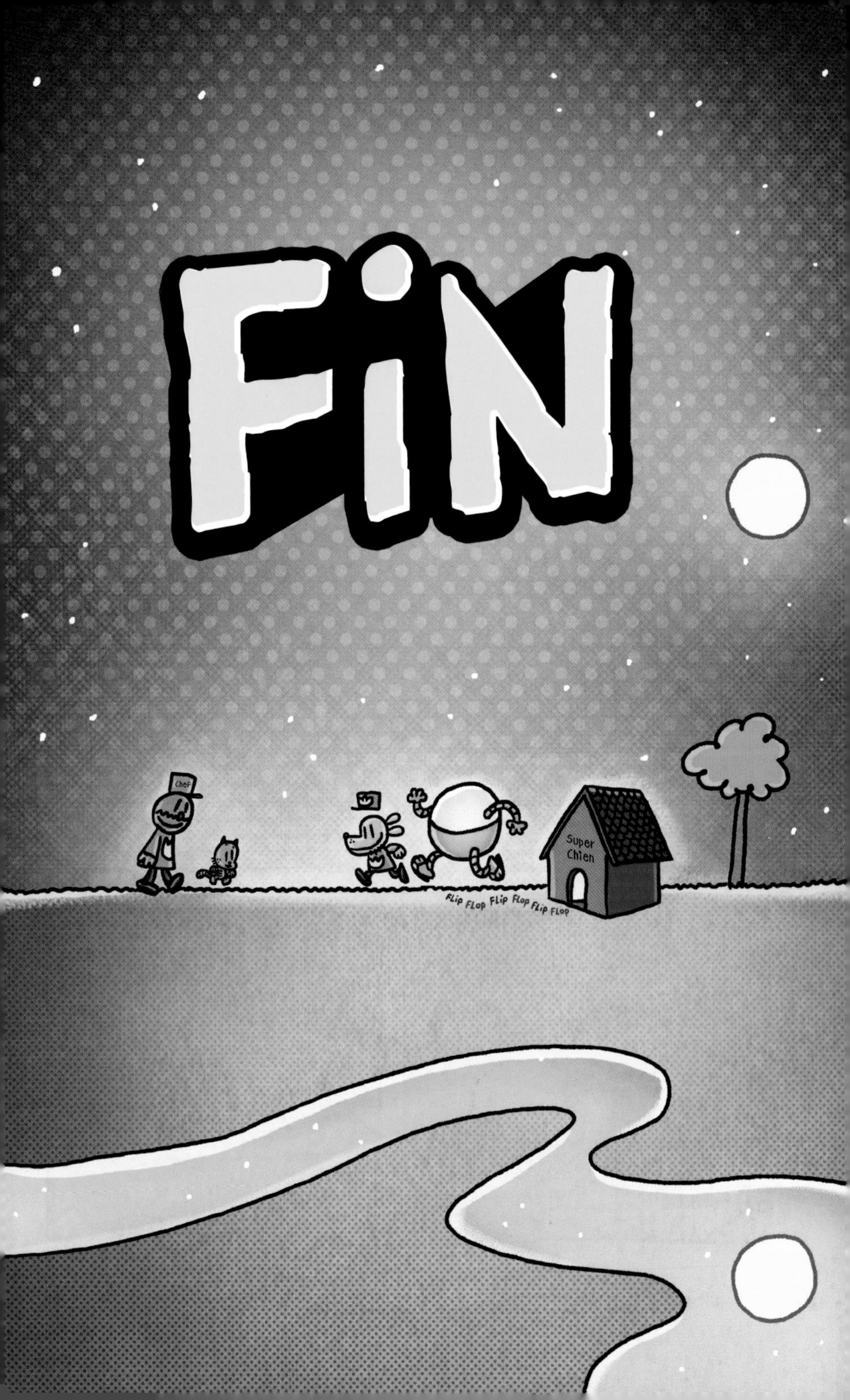
FiN
Chef
Super Chien
FLip FLop FLip FLop FLip FLop

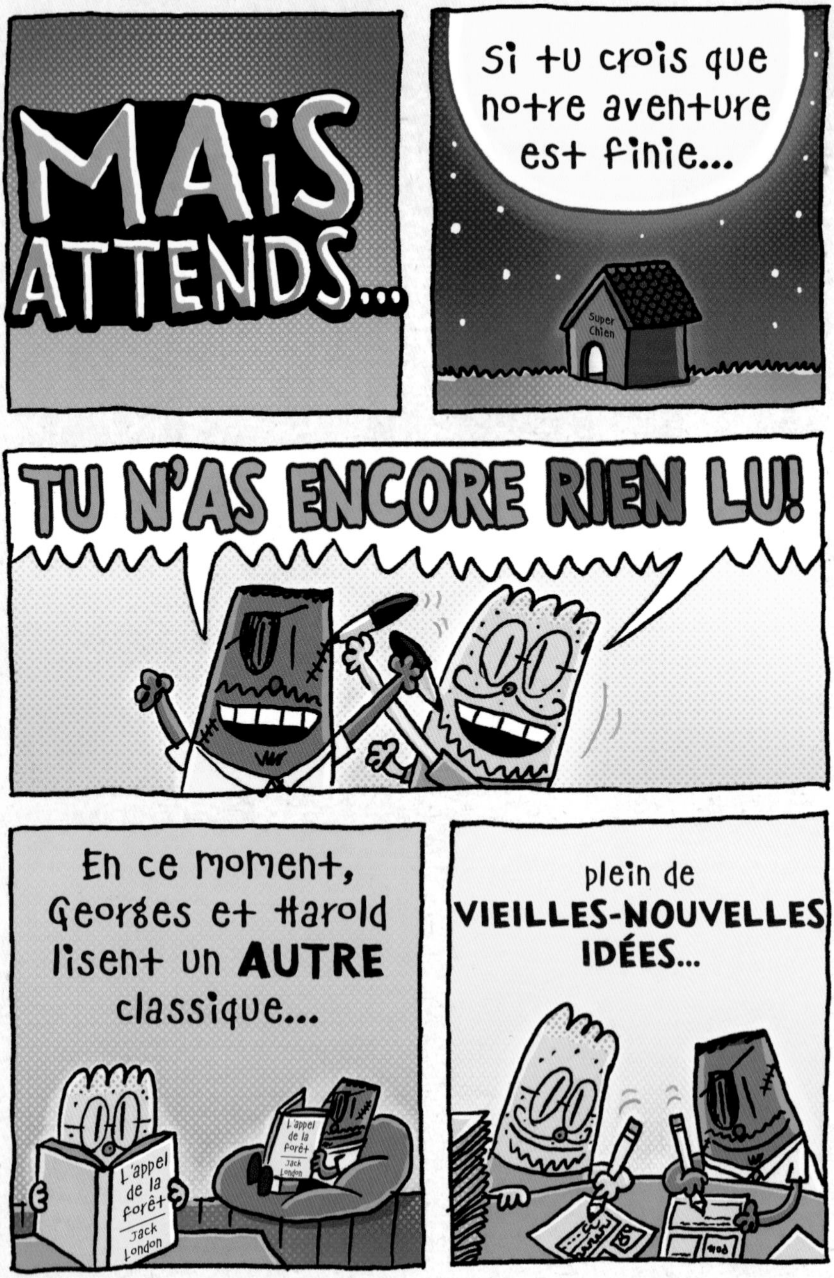
MAIS ATTENDS...
Si tu crois que notre aventure est finie...
Super Chien
TU N'AS ENCORE RIEN LU!
En ce moment, Georges et Harold lisent un AUTRE classique...
L'appel de la forêt
Jack London
L'appel de la forêt
Jack London
plein de VIEILLES-NOUVELLES IDÉES...

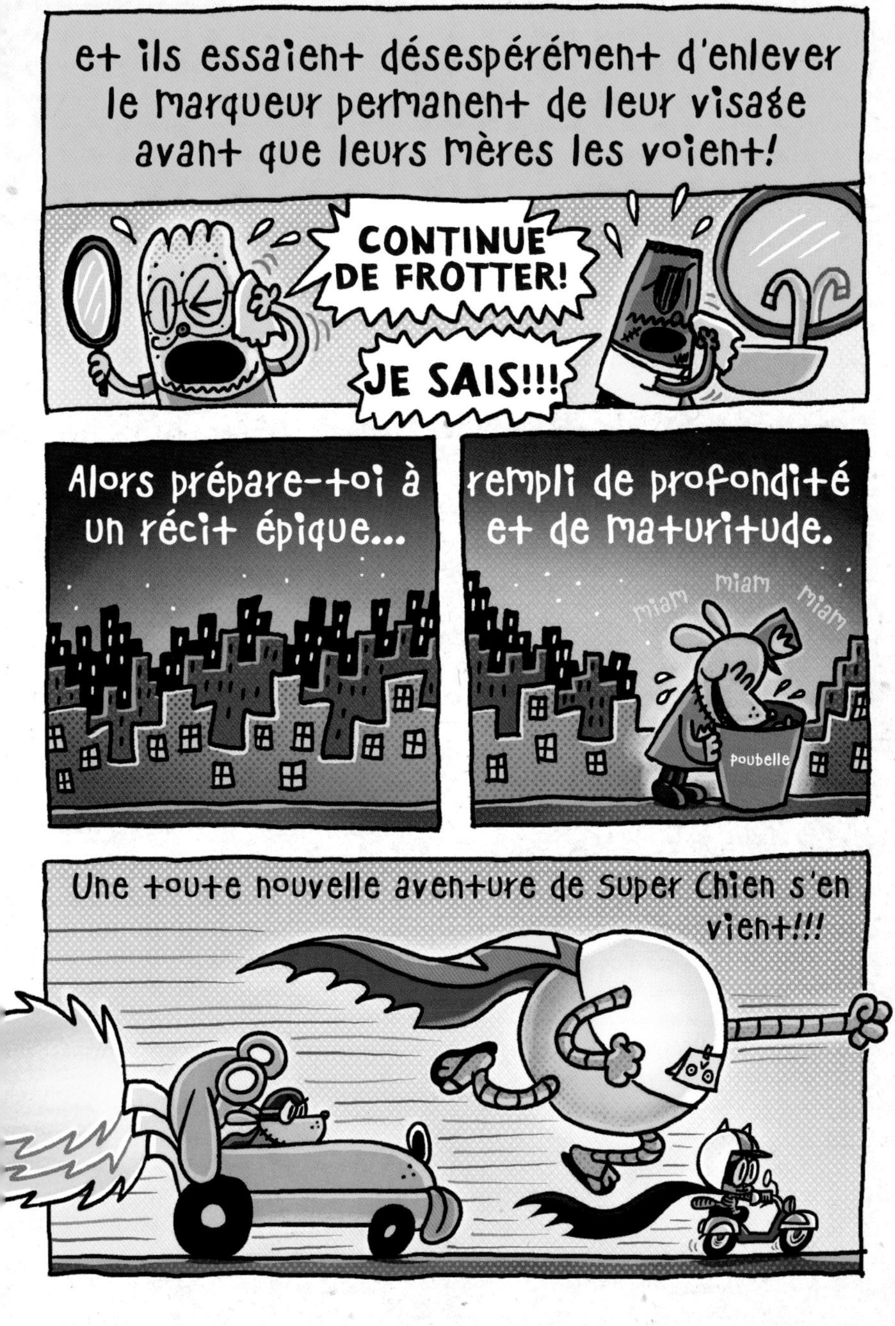
et ils essaient désespérément d'enlever le marqueur permanent de leur visage avant que leurs mères les voient!
CONTINUE DE FROTTER!
JE SAIS!!!
Alors prépare-toi à un récit épique...
rempli de profondité et de maturitude.
miam
miam
miam
poubelle
Une toute nouvelle aventure de Super Chien s'en vient!!!

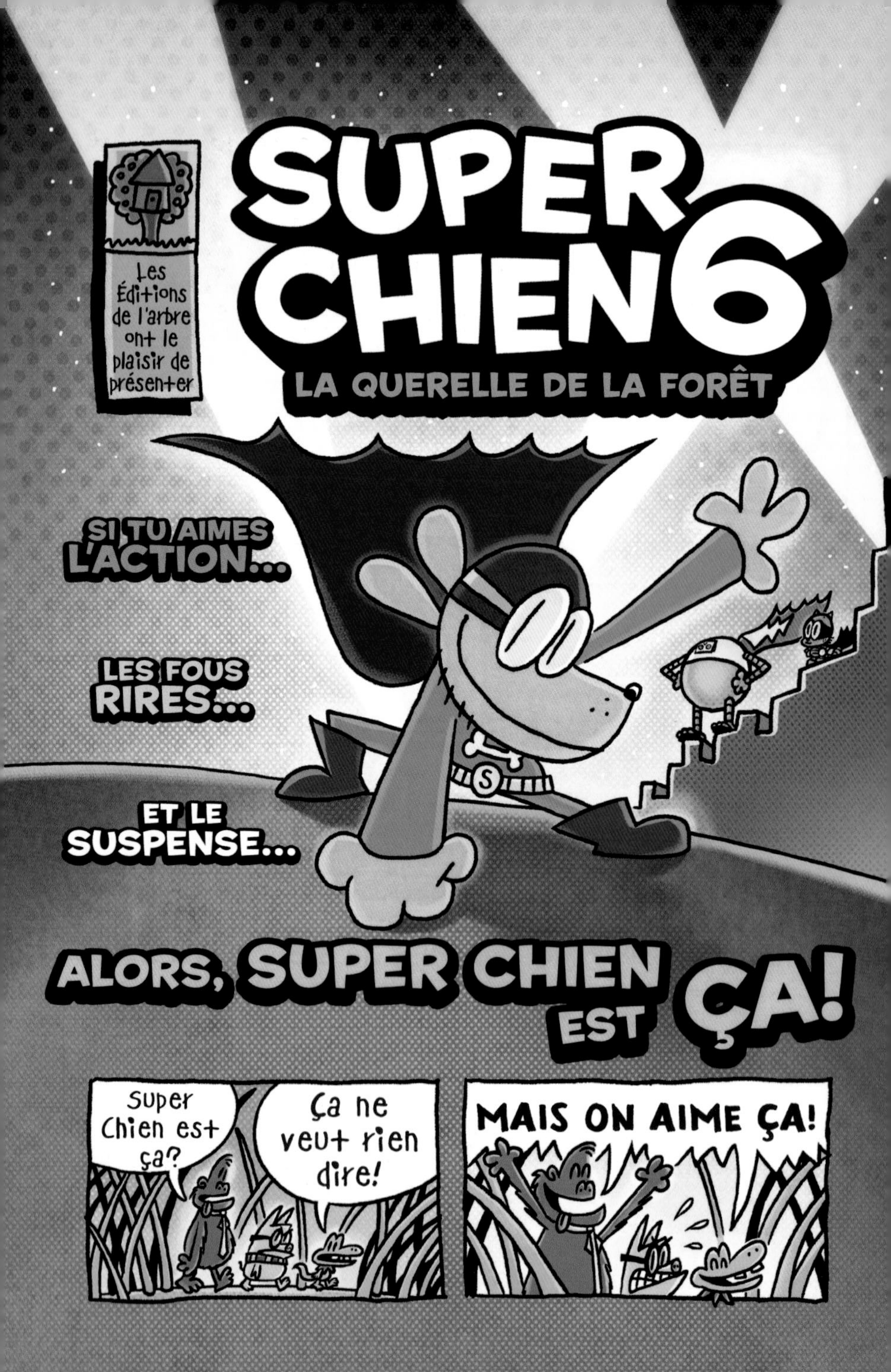
Les Éditions de l'arbre ont le plaisir de présenter
SUPER CHIEN 6
LA QUERELLE DE LA FORÊT
SI TU AIMES L'ACTION...
LES FOUS RIRES...
ET LE SUSPENSE...
ALORS, SUPER CHIEN EST ÇA!
Super Chien est ça?
Ça ne veut rien dire!
MAIS ON AIME ÇA!

L'ABC du DESSIN

BAT-KANIN

en **42** étapes ridiculement faciles!

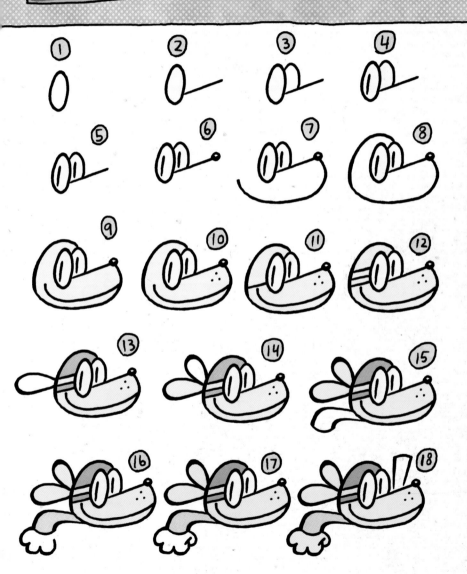

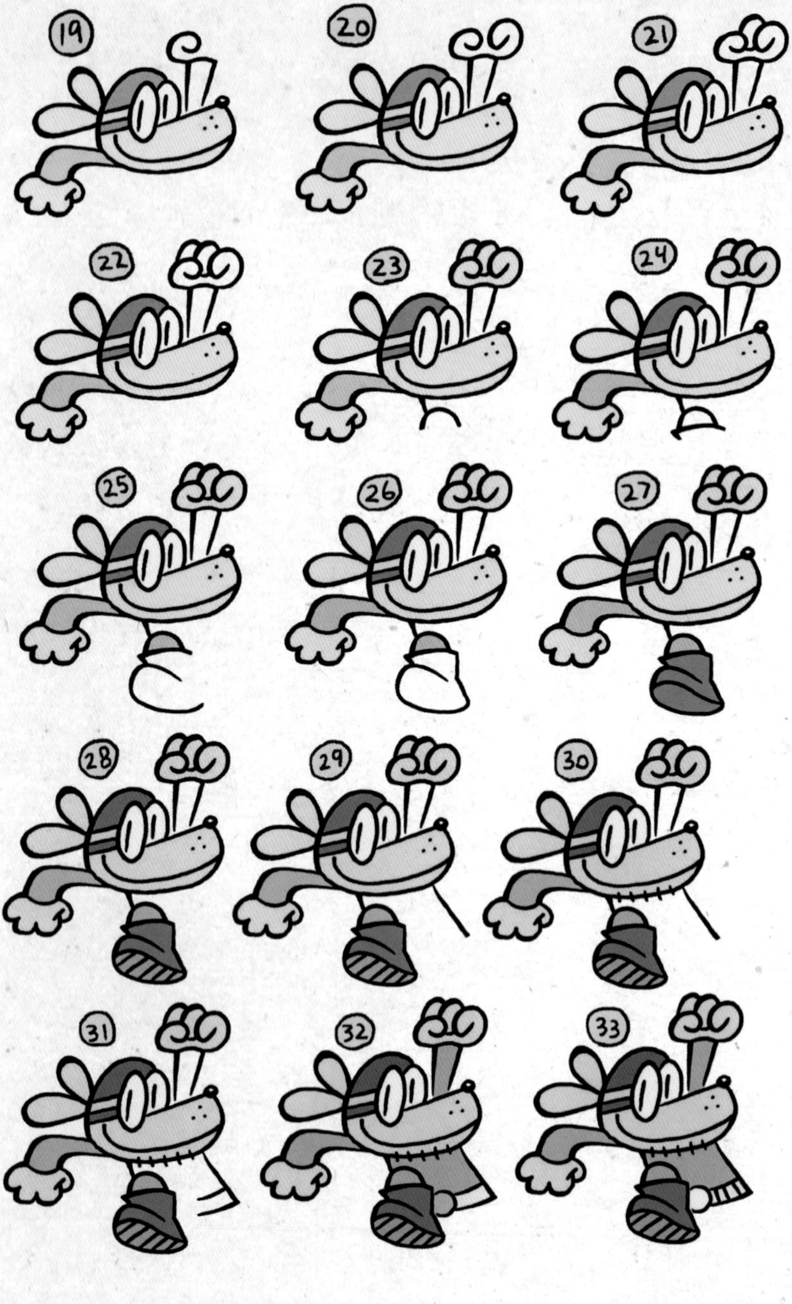
19
20
21
22
23
24
25
26
27
28
29
30
31
32
33

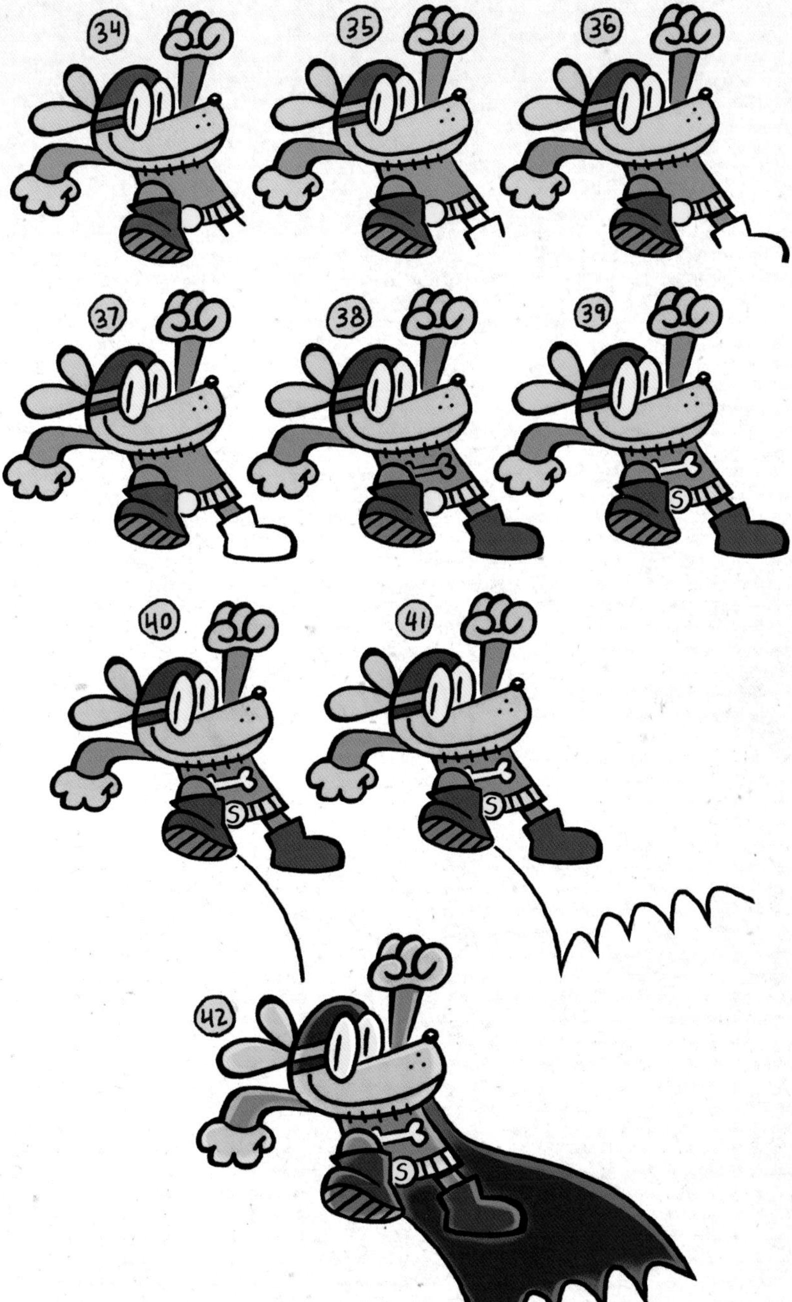
34
35
36
37
38
39
40
41
42

MINI CHAT

en **41** étapes ridiculement faciles!

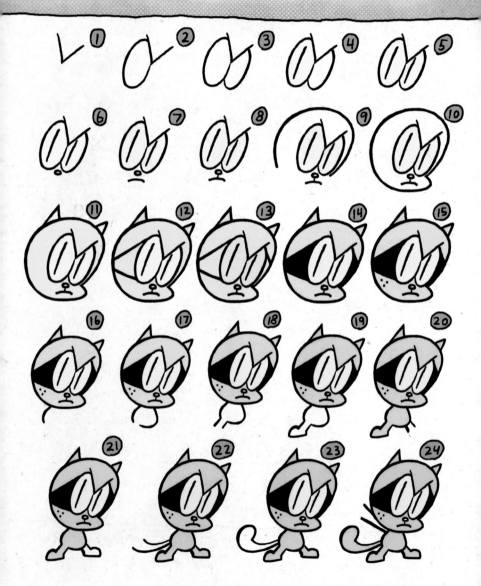

234

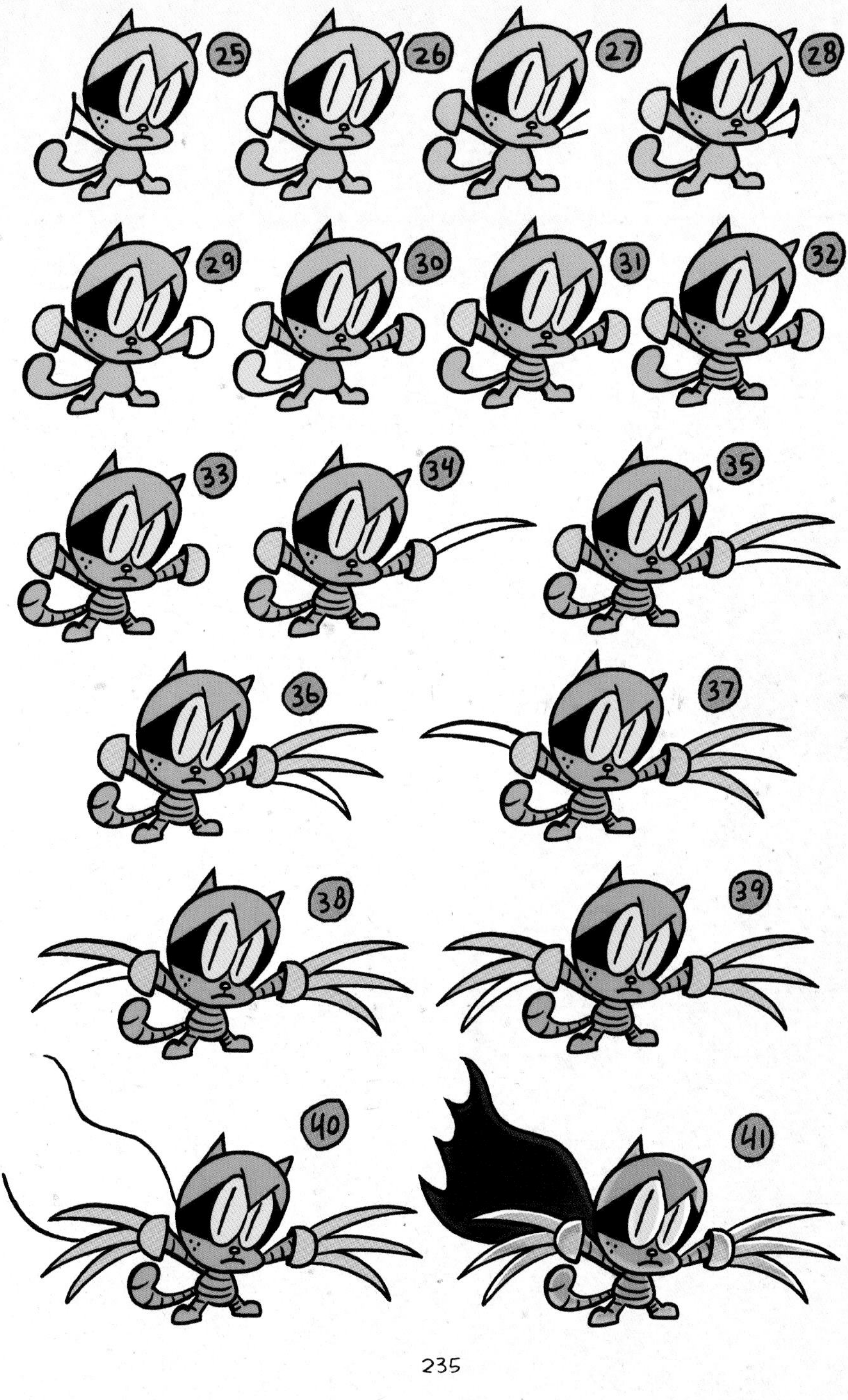
25
26
27
28
29
30
31
32
33
34
35
36
37
38
39
40
41

COCO

en **26** étapes ridiculement faciles!

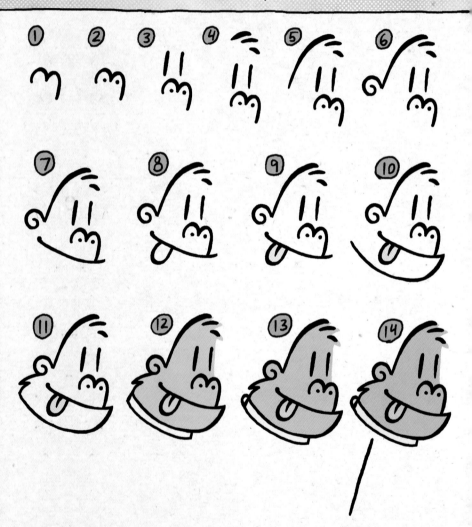

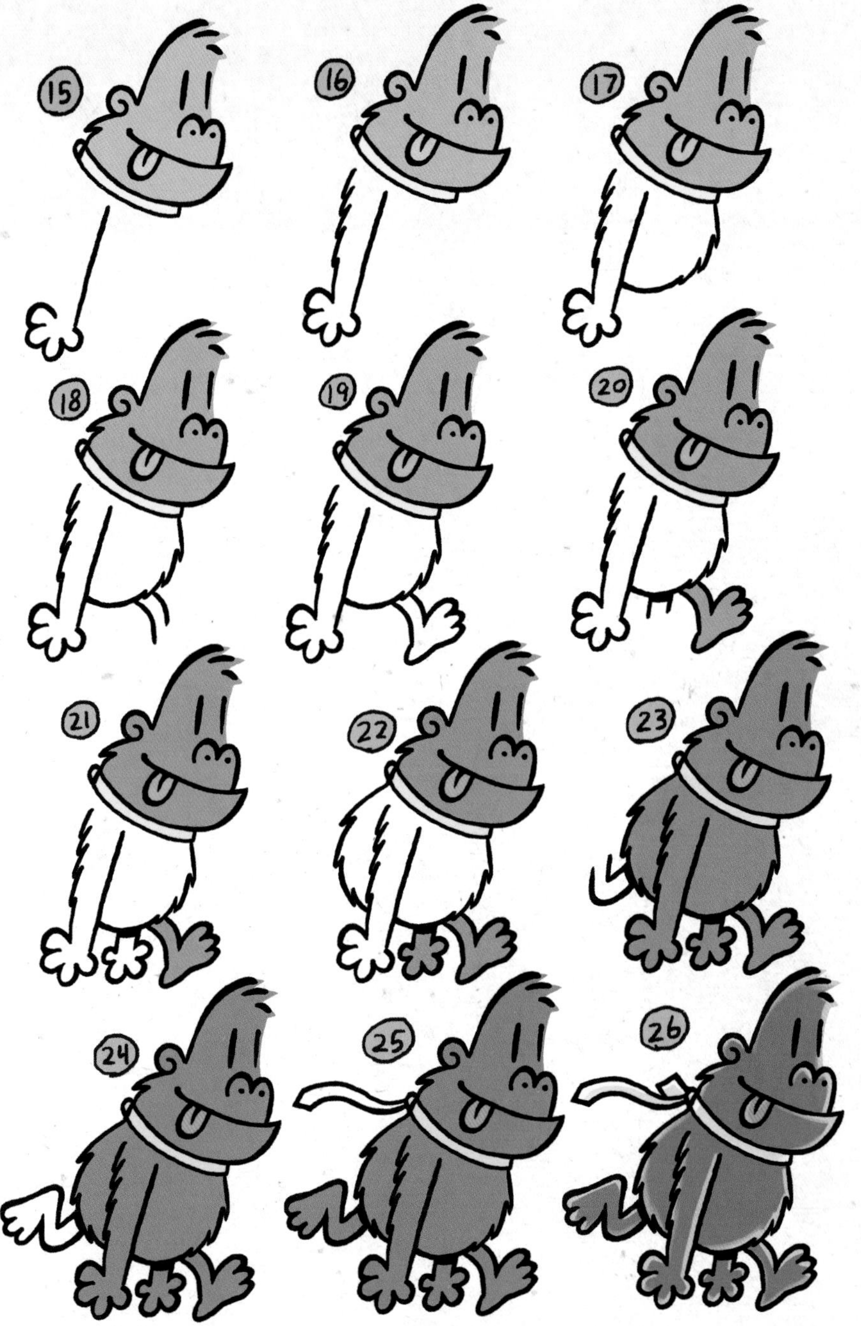
15
16
17
18
19
20
21
22
23
24
25
26

SUPER FOUDRE ⚡SF

L'ABC du DESSIN

en **31** étapes ridiculement faciles!

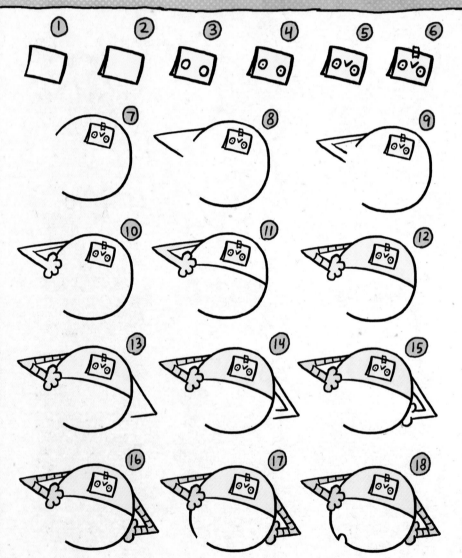

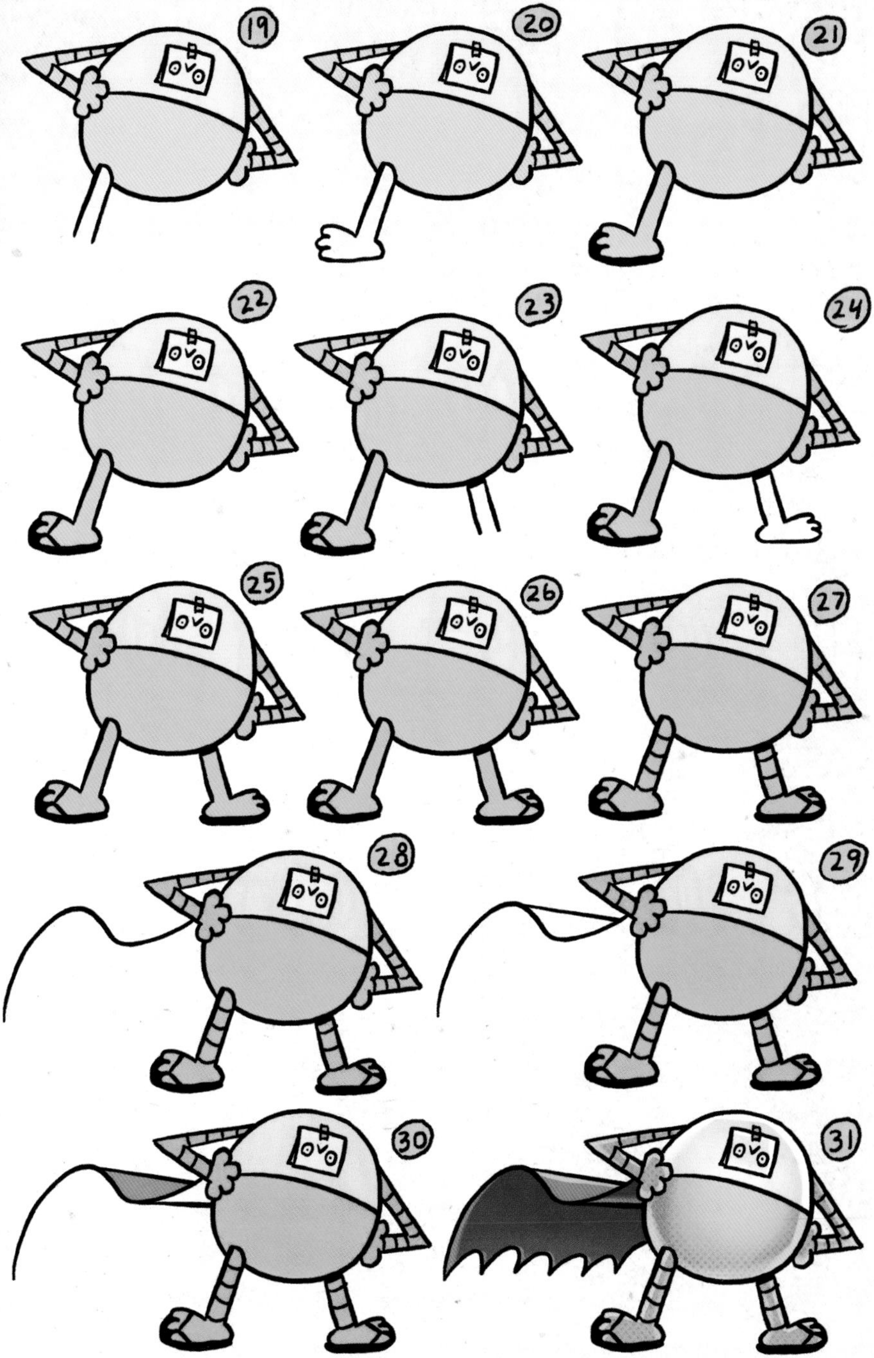
19
20
21
22
23
24
25
26
27
28
29
30
31

L'ABC du DESSIN

PORCINET

en 33 étapes ridiculement faciles!

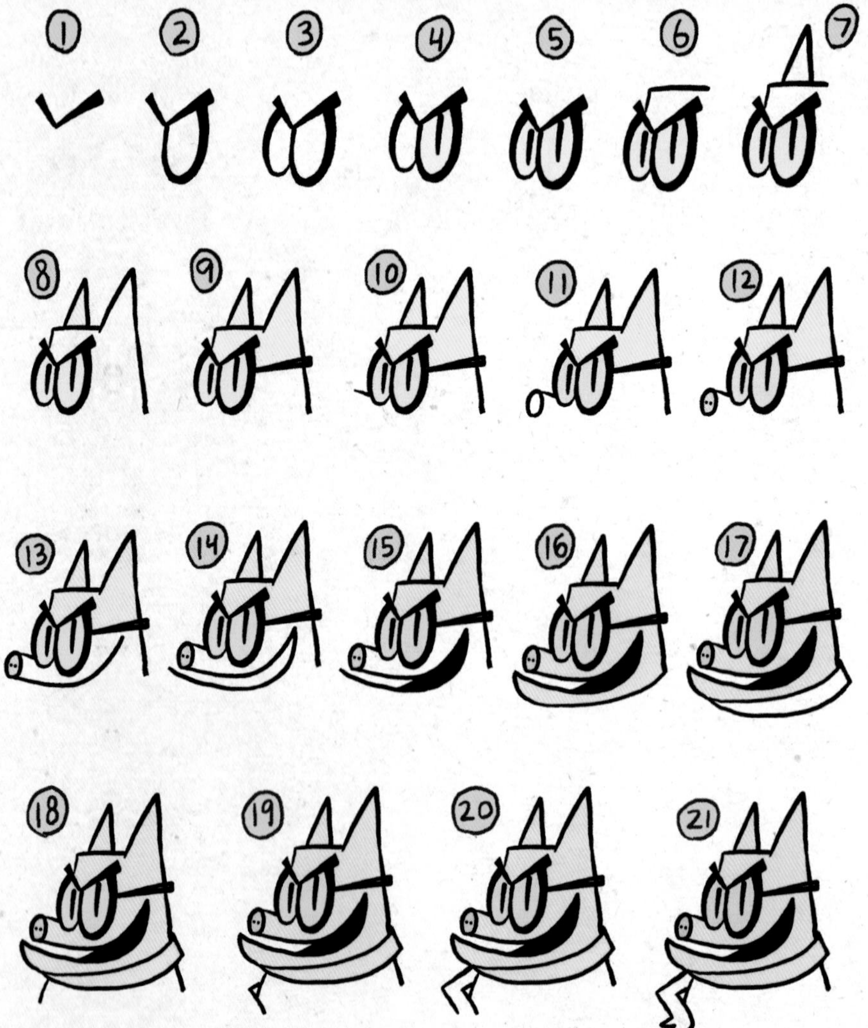
1
2
3
4
5
6
7
8
9
10
11
12
13
14
15
16
17
18
19
20
21

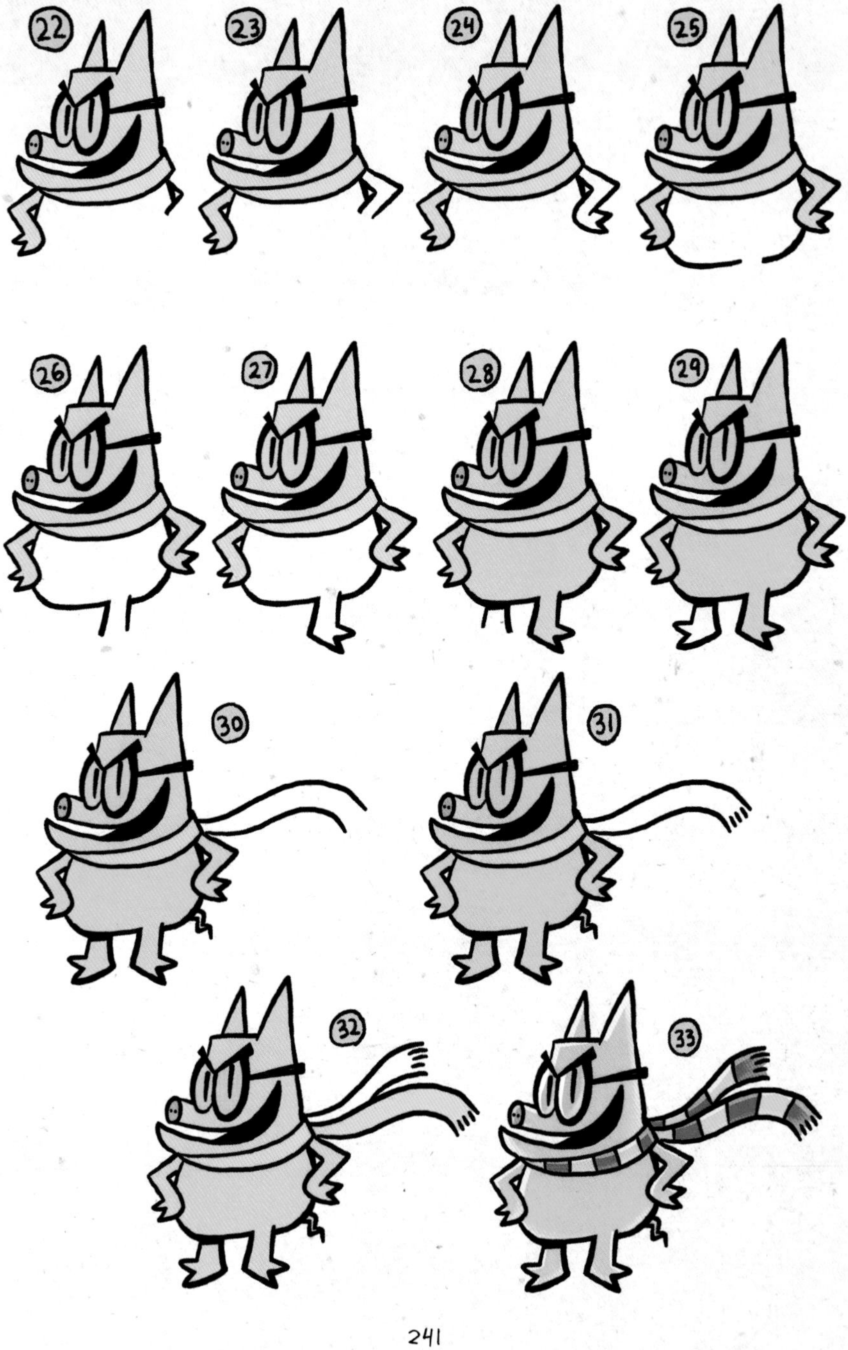
22
23
24
25
26
27
28
29
30
31
32
33

BOB

en **21** étapes ridiculement faciles!

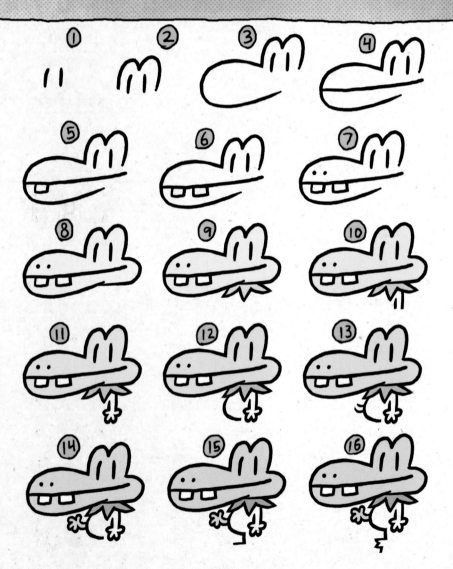

242

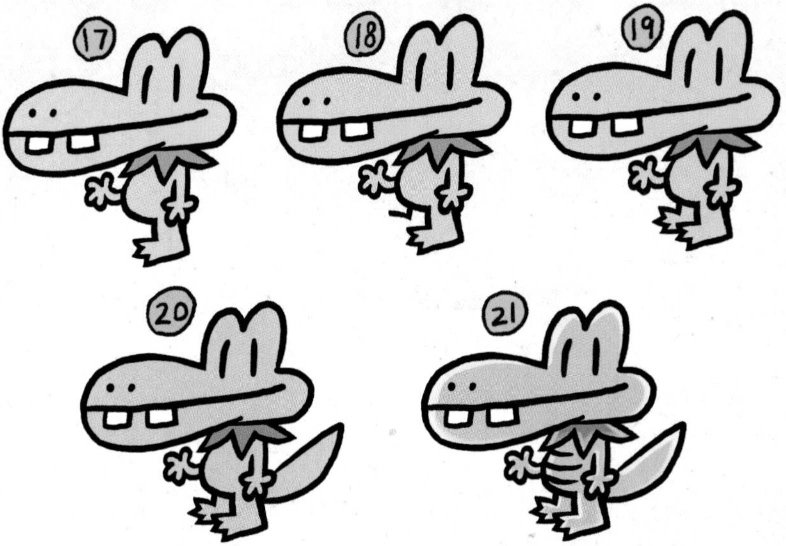
17
18
19
20
21

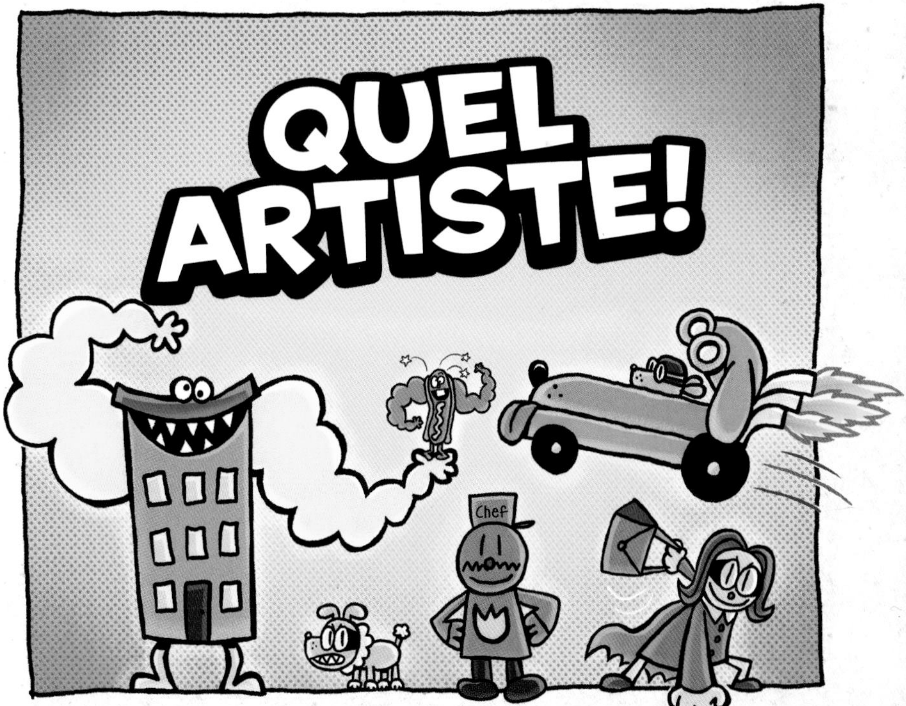
QUEL ARTISTE!
Chef

NOTES

de Georges et Harold

⭐ Notre personnage préféré du livre de William Golding, *Sa Majesté des mouches*, est Porcinet. Mais dans notre livre, Porcinet est un méchant.

⭐ Les dialogues de la page 147 viennent de citations généralement attribuées à Mark Twain et au Dr. Seuss.

⭐ La conversation des pages 220-221 est librement inspirée du poème *Tout de même*, de Kent M. Keith. Une version de ce poème est affichée au mur du foyer pour enfants de Mère Teresa, à Calcutta, en Inde.

⭐ « J'ai enfin fini de lire *Sa Majesté des mouches.* C'était génial! » — Harold Hébert

LIS À TON CHAT!

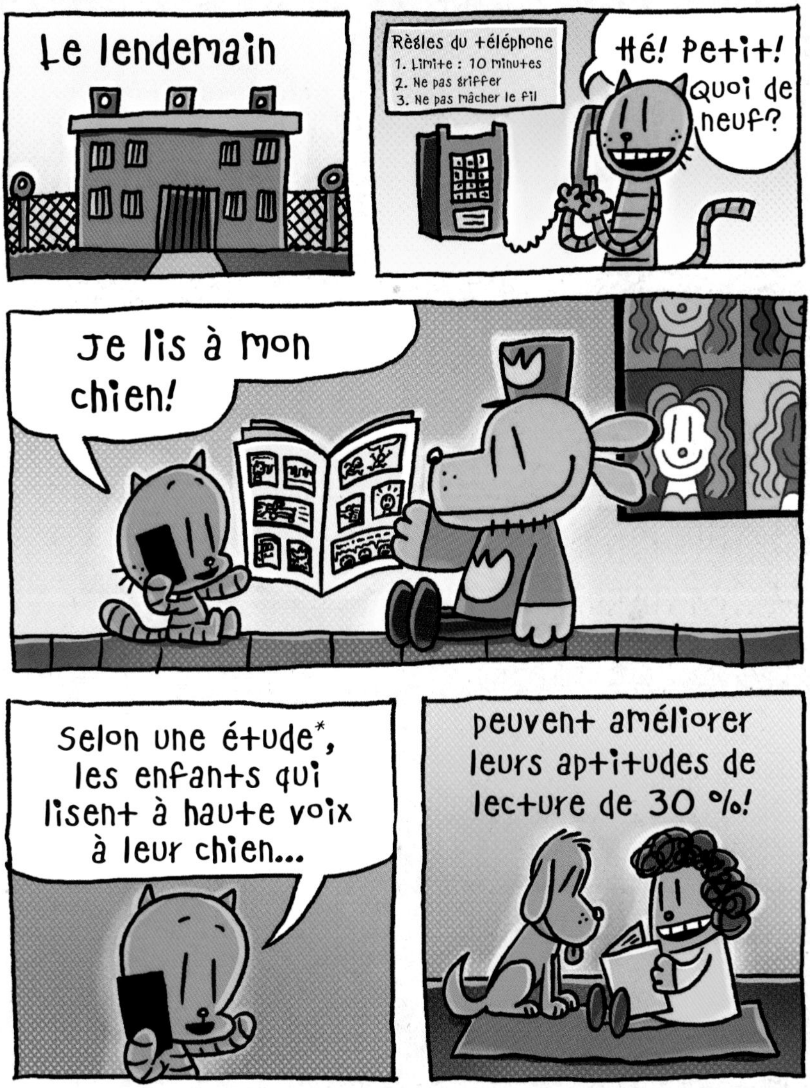
Le lendemain
Règles du téléphone
1. Limite : 10 minutes
2. Ne pas griffer
3. Ne pas mâcher le fil
Hé! Petit! Quoi de neuf?
Je lis à mon chien!
Selon une étude*, les enfants qui lisent à haute voix à leur chien...
peuvent améliorer leurs aptitudes de lecture de 30 %!

* Université de la Californie-Davis : Lire à Rover, 2010

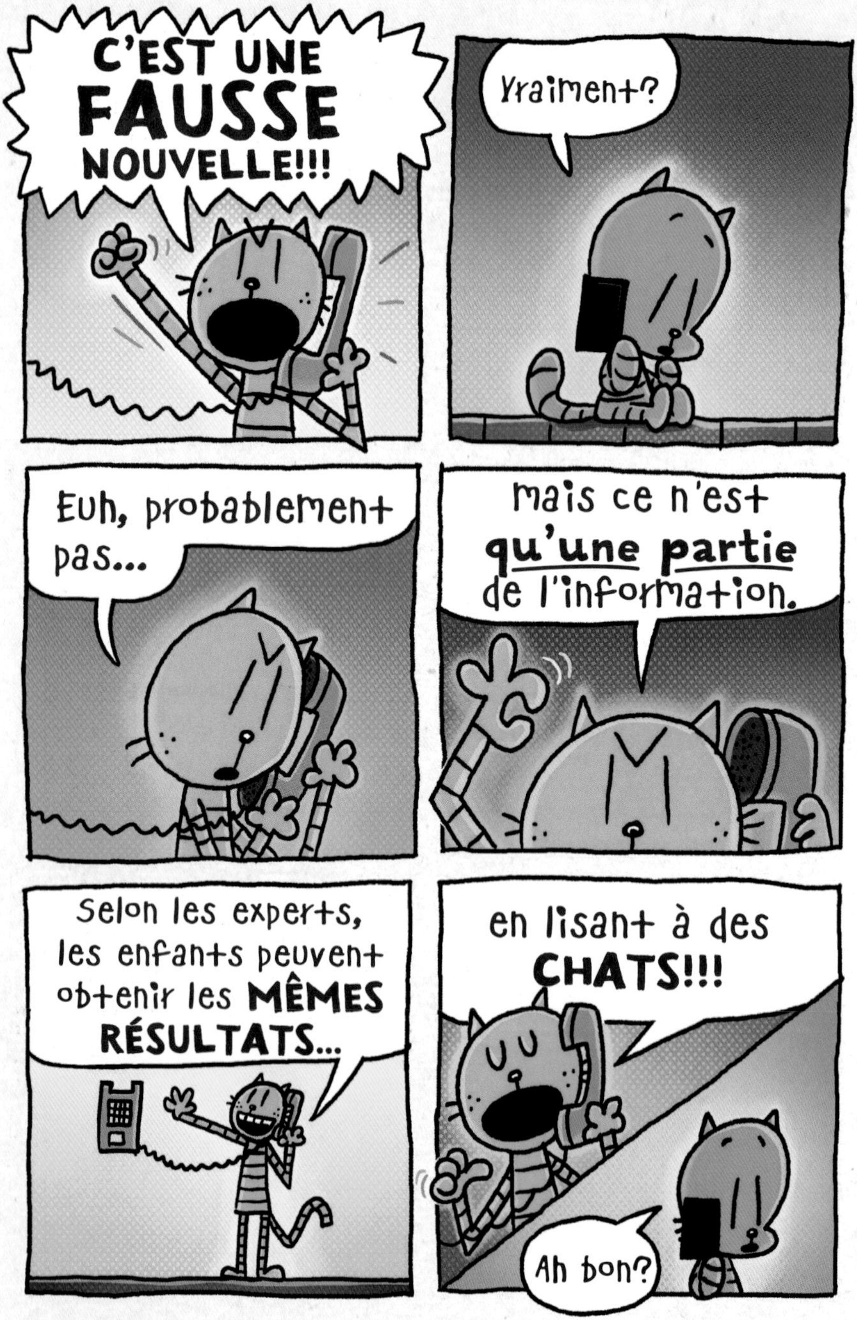
C'EST UNE FAUSSE NOUVELLE!!!
Vraiment?
Euh, probablement pas...
mais ce n'est qu'une partie de l'information.
Selon les experts, les enfants peuvent obtenir les MÊMES RÉSULTATS...
en lisant à des CHATS!!!
Ah bon?

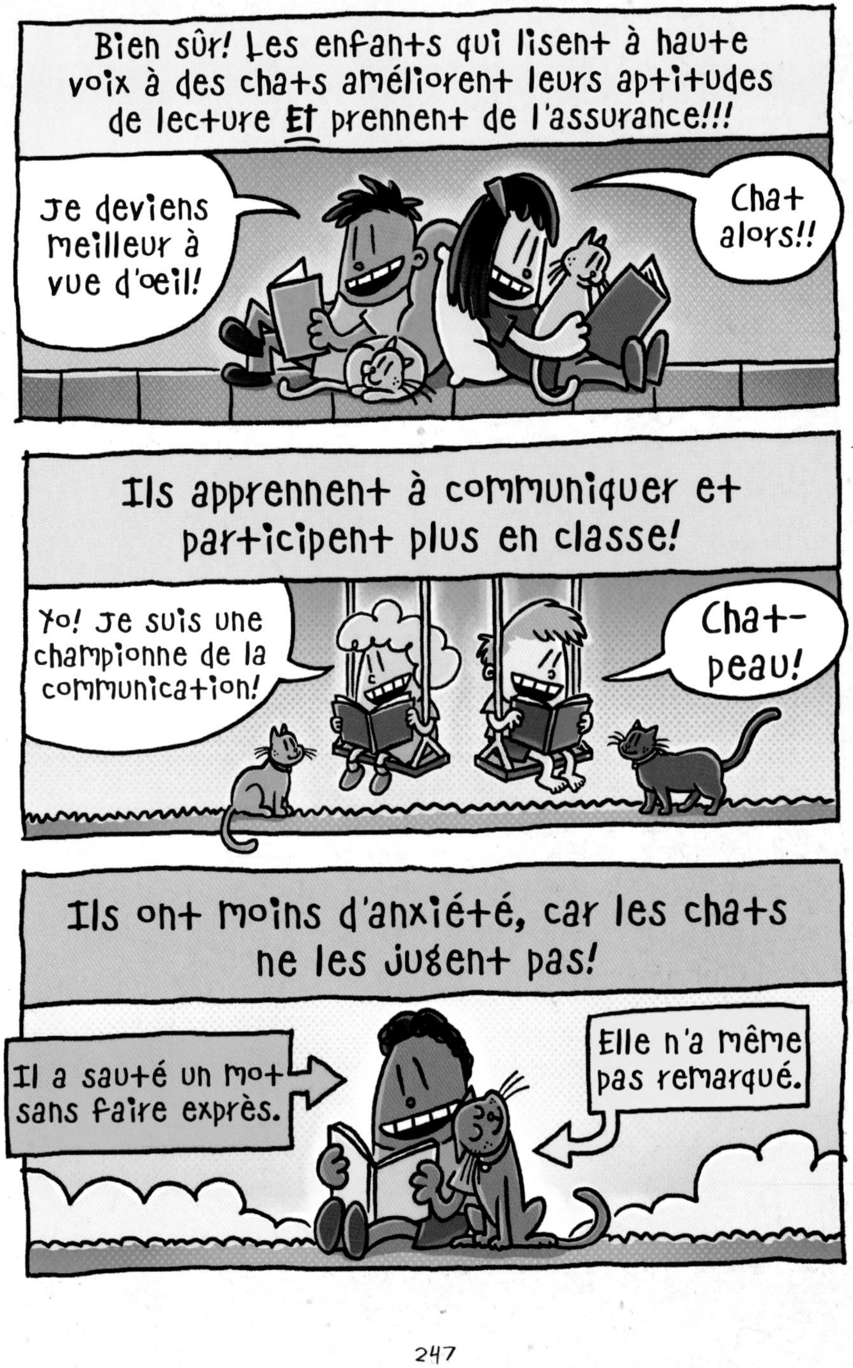
Bien sûr! Les enfants qui lisent à haute voix à des chats améliorent leurs aptitudes de lecture ET prennent de l'assurance!!!
Je deviens meilleur à vue d'oeil!
Chat alors!!
Ils apprennent à communiquer et participent plus en classe!
Yo! Je suis une championne de la communication!
Chat-peau!
Ils ont moins d'anxiété, car les chats ne les jugent pas!
Il a sauté un mot sans faire exprès.
Elle n'a même pas remarqué.

MAIS CE N'EST PAS TOUT!

En ce moment, il y a une nouvelle **tendance très populaire.**

Dans les refuges pour animaux...

les enfants* peuvent lire aux chats pensionnaires!!!

Ils bénéficient de tous les avantages de la lecture à haute voix avec un animal...

* accompagnés d'un parent ou d'un tuteur

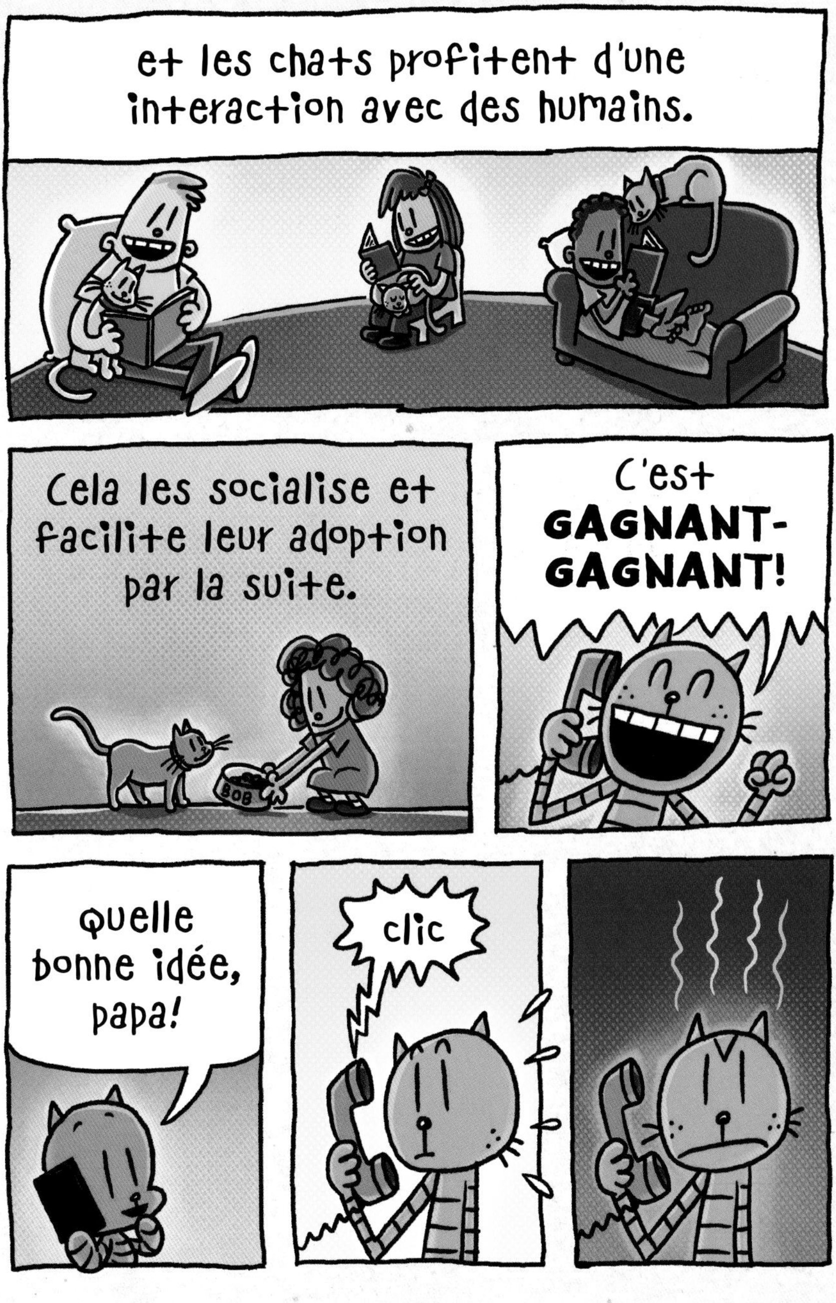
et les chats profitent d'une interaction avec des humains.
Cela les socialise et facilite leur adoption par la suite.
BOB
C'est GAGNANT-GAGNANT!
Quelle bonne idée, papa!
clic

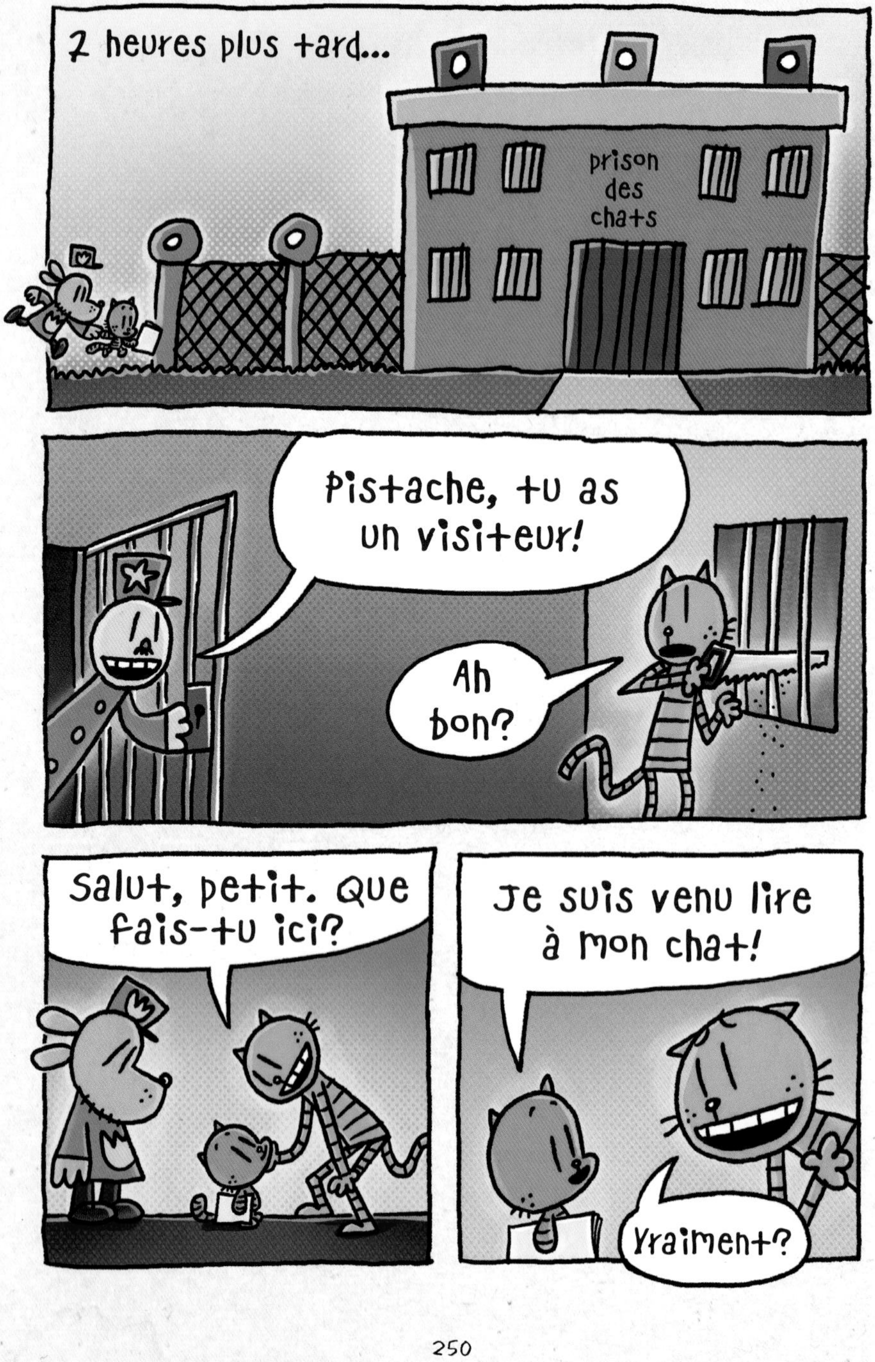

2 heures plus tard...
prison des chats
Pistache, tu as un visiteur!
Ah bon?
Salut, petit. Que fais-tu ici?
Je suis venu lire à mon chat!
Vraiment?

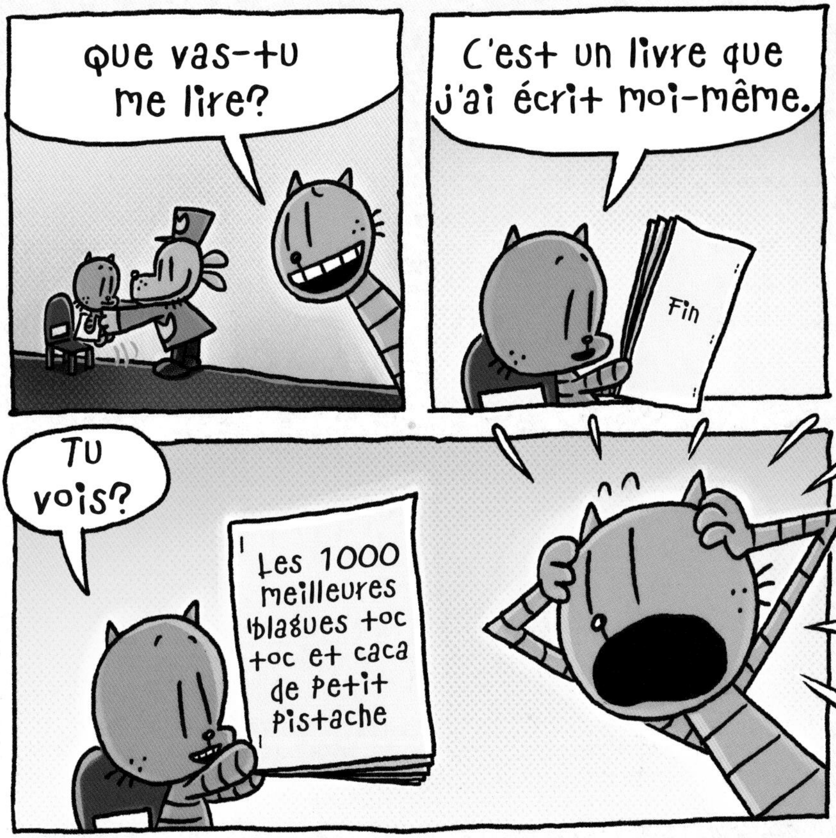
Que vas-tu me lire?
C'est un livre que j'ai écrit moi-même.
Fin
Tu vois?
Les 1000 meilleures blagues toc toc et caca de petit Pistache

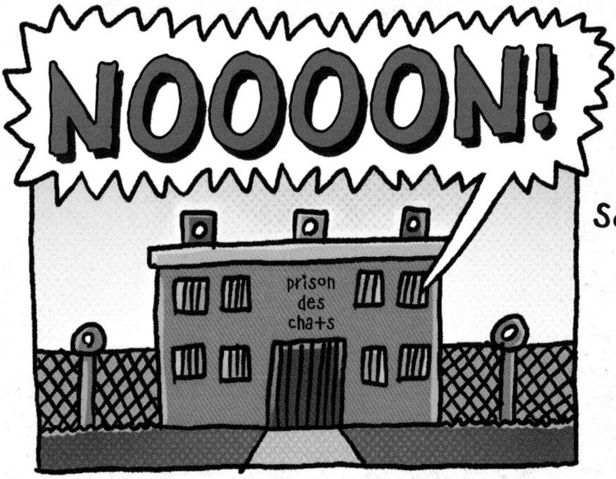
NOOOON!
prison des chats

Renseigne-toi auprès du refuge de ton quartier pour savoir si toi aussi tu peux aller

FAIRE LA LECTURE À UN CHAT!

FAIRE LA LECTURE À UN CHAT, C'EST É-PATTE-ANT!

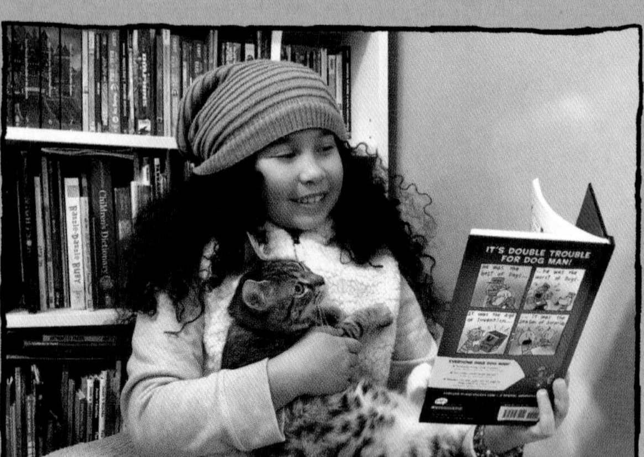
IT'S DOUBLE TROUBLE FOR DOG MAN!

SOPHIE ET SKIPPY

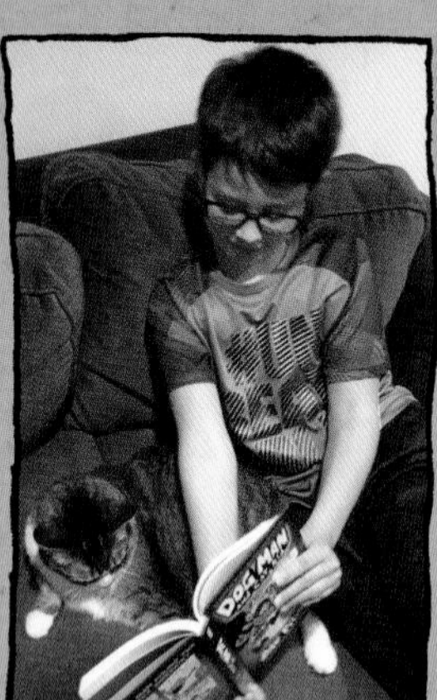

MAUDE ET MAX

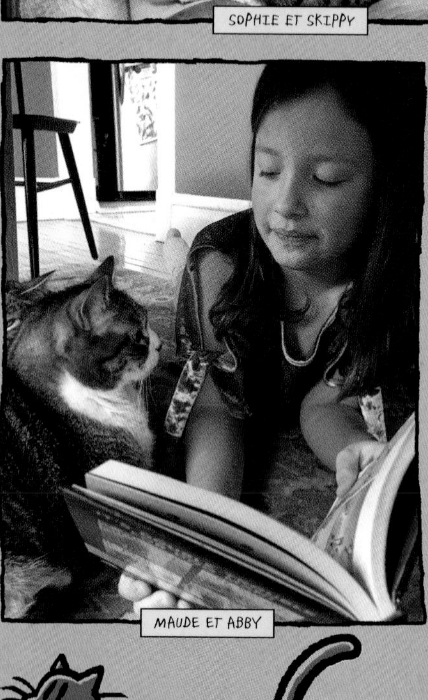

MAUDE ET ABBY

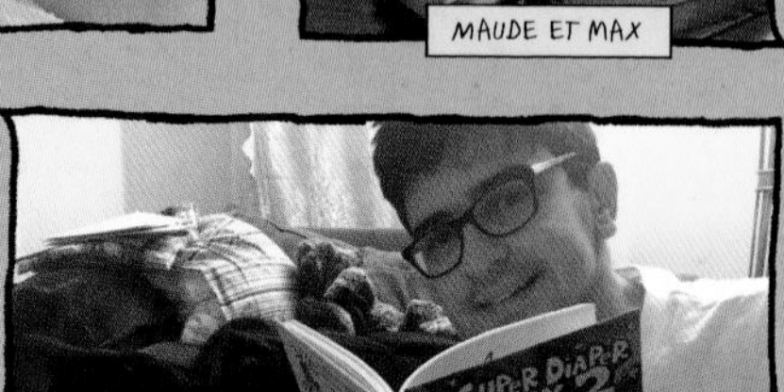
SUPER DIAPER BABY 2

MAX ET ALEX

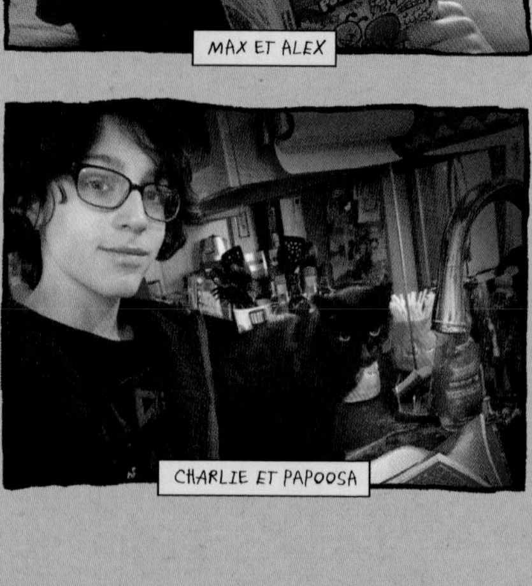

CHARLIE ET PAPOOSA

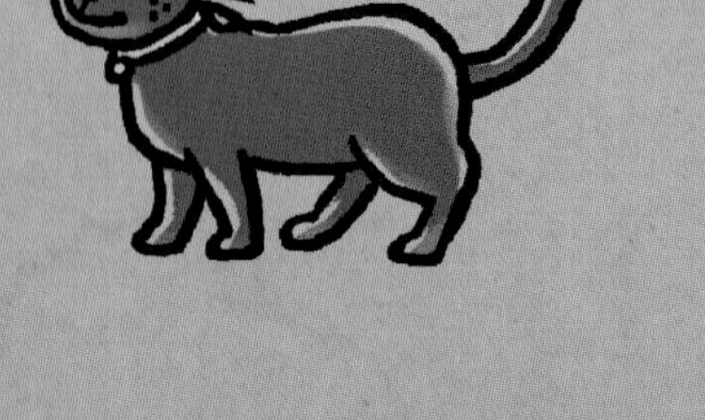

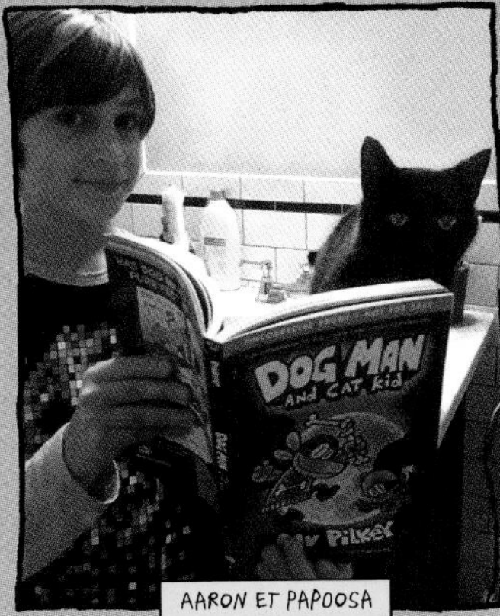
DOG MAN
And CAT Kid
DAV PILKEY
AARON ET PAPOOSA

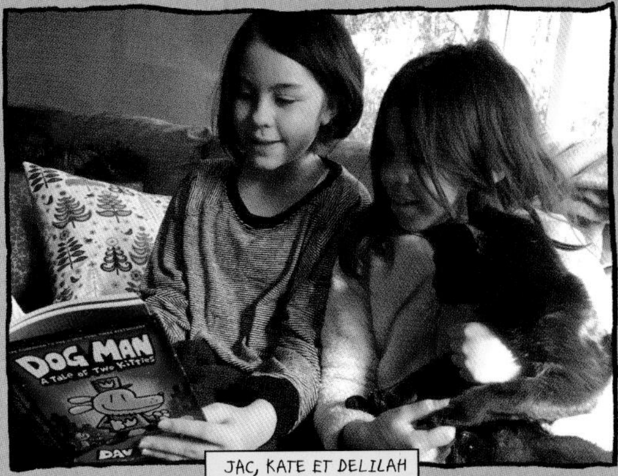
DOG MAN
A Tale of Two Kitties
JAC, KATE ET DELILAH

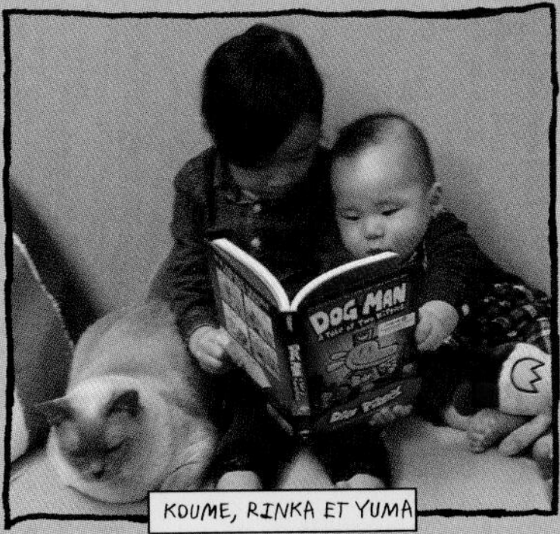
DOG MAN
A Tale of Two Kitties
DAV PILKEY
KOUME, RINKA ET YUMA

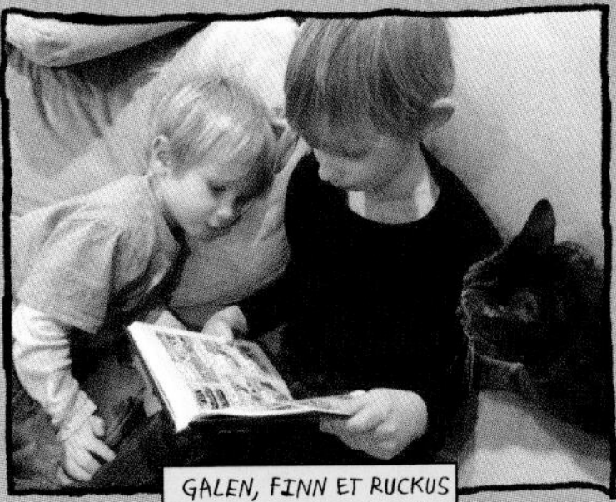
GALEN, FINN ET RUCKUS

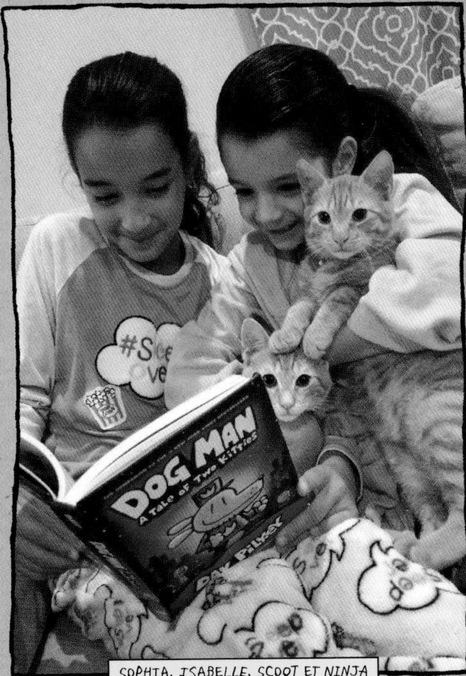
DOG MAN
A Tale of Two Kitties
DAV PILKEY
SOPHIA, ISABELLE, SCOOT ET NINJA

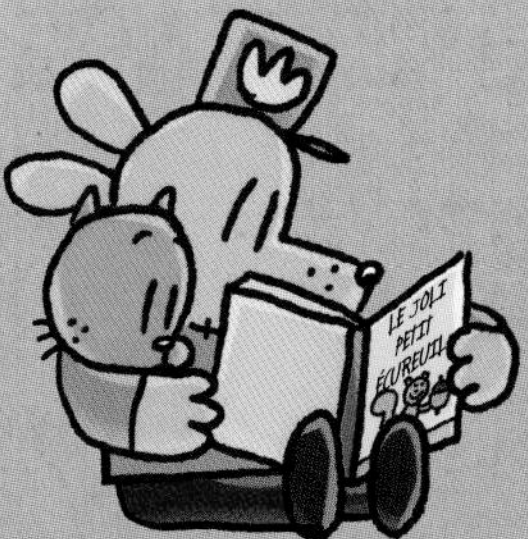
LE JOLI
PETIT
ÉCUREUIL

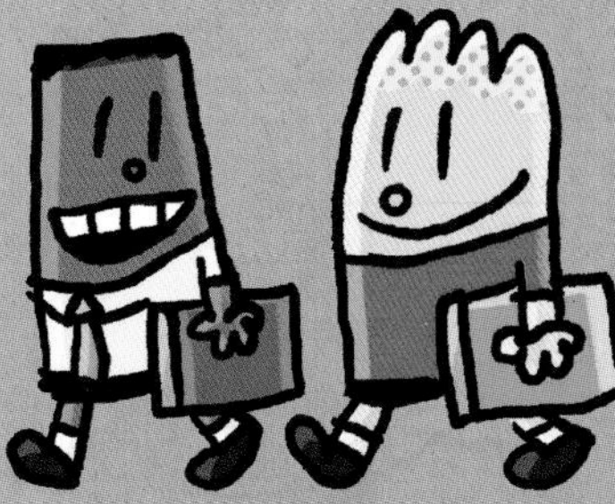

CONNAIS-TU LES COLLECTIONS CAPITAINE BOBETTE ET RICKY RICOTTA DU MÊME AUTEUR?

CAPITAINE BOBETTE

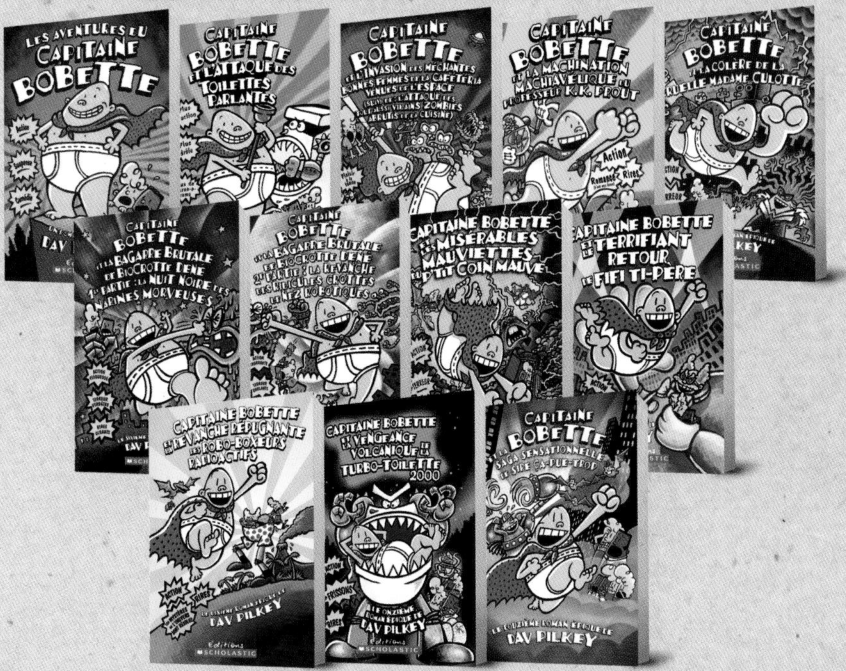
Les aventures du Capitaine Bobette
Capitaine Bobette et l'attaque des toilettes parlantes
Capitaine Bobette et la machination machiavélique du professeur K.K. Prout
Capitaine Bobette et la colère de la cruelle Madame Culotte
Capitaine Bobette et les misérables mauviettes du p'tit coin mauve
Capitaine Bobette et le terrifiant retour de Fifi Ti-Père
Capitaine Bobette et la revanche répugnante des robo-boxeurs radioactifs
Capitaine Bobette et la vengeance volcanique de la turbo-toilette 2000
Capitaine Bobette et la saga sensationnelle de Sire Ça-Pue-Trop
Dav Pilkey
Scholastic

RICKY RICOTTA

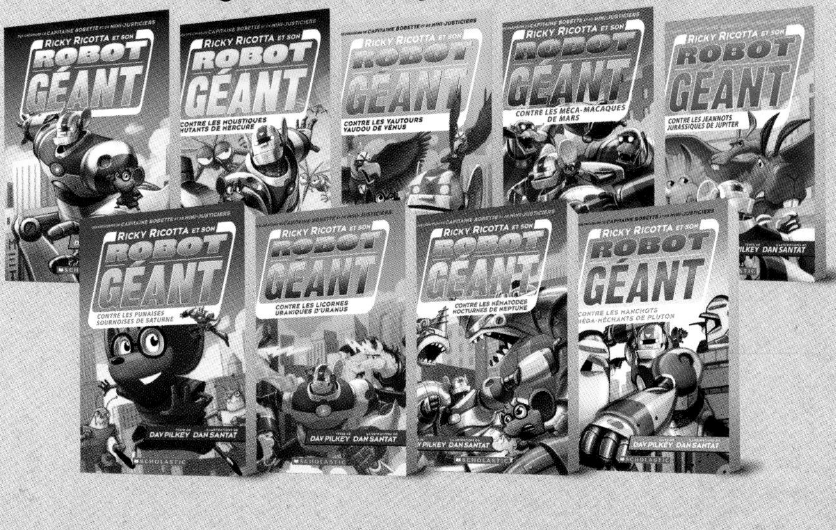
Ricky Ricotta et son Robot géant
contre les moustiques mutants de Mercure
contre les vautours vaudou de Vénus
contre les méca-macaques de Mars
contre les jeannots jurassiques de Jupiter
contre les punaises sournoises de Saturne
contre les licornes uraniques d'Uranus
contre les nématodes nocturnes de Neptune
contre les manchots méga-méchants de Pluton
Dav Pilkey
Dan Santat
Scholastic

À PROPOS DE L'AUTEUR

Enfant, Dav Pilkey souffrait de troubles d'hyperactivité avec déficit de l'attention, de dyslexie et de troubles de comportement. Dav dérangeait tellement en classe que ses enseignants le faisaient asseoir dans le corridor, tous les jours. Heureusement, Dav aimait dessiner et inventer des histoires. Il passait son temps dans le corridor à créer ses propres BD.

En deuxième année, Dav Pilkey a dessiné une BD au sujet d'un superhéros nommé capitaine Bobette. Son enseignante l'a déchirée et lui a dit qu'il ne pourrait pas passer le reste de sa vie à dessiner des livres bêtes. Heureusement, Dav n'écoutait pas ses enseignants.

À PROPOS DU COLORISTE

Jose Garibaldi a grandi du côté sud de Chicago. Enfant, il était souvent dans la lune et il aimait gribouiller. Aujourd'hui, c'est ce qu'il fait à temps plein. Jose est un illustrateur, un peintre et un bédéiste professionnel. Il a travaillé pour *Dark Horse Comics*, Disney, Nickelodeon, *MAD Magazine* et bien d'autres. Il vit à Los Angeles, en Californie, avec sa femme et ses chats.